贾自尊 ☆ 著

花叶往事

知识产权出版社
全国百佳图书出版单位
—北京—

图书在版编目（CIP）数据

花叶往事 / 贾自尊著 . —北京：知识产权出版社，2021.2（2021.9 重印）
ISBN 978-7-5130-7379-0

Ⅰ . ①花… Ⅱ . ①贾… Ⅲ . ①散文集—中国—当代
Ⅳ . ① I267

中国版本图书馆 CIP 数据核字（2021）第 004472 号

责任编辑：王颖超　　　　　　　　责任校对：王　岩
文字编辑：赵　昱　　　　　　　　责任印制：刘译文

花叶往事

贾自尊　著

出版发行	知识产权出版社有限责任公司	网　　址	http://www.ipph.cn
社　　址	北京市海淀区气象路 50 号院	邮　　编	100081
责编电话	010-82000860 转 8655	责编邮箱	wangyingchao@cnipr.com
发行电话	010-82000860 转 8101/8102	发行传真	010-82000893/82005070/82000270
印　　刷	北京九州迅驰传媒文化有限公司	经　　销	各大网上书店、新华书店及相关专业书店
开　　本	880mm×1230mm　1/32	印　　张	15
版　　次	2021 年 2 月第 1 版	印　　次	2021 年 9 月第 2 次印刷
字　　数	300 千字	定　　价	58.00 元
ISBN 978-7-5130-7379-0			

出版权专有　侵权必究
如有印装质量问题，本社负责调换。

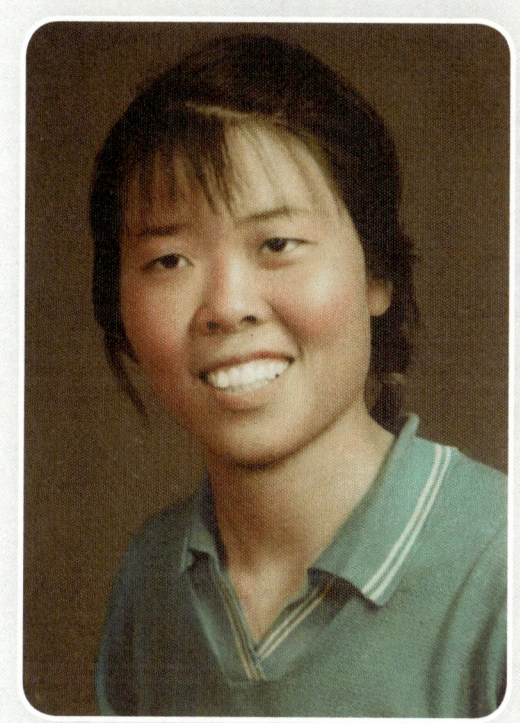

1968年夏,作者贾自尊.

1968年3月2日,自静哥入伍时兄妹五人留念
(前排左起:作者贾自尊、姐自珍;后排左起:自选哥、自静哥、自秋小弟)

2003年春,姨于荣枝
(摄于官桥营村家中)

2003年春,姨父程钦让
(摄于官桥营村家中)

2005年秋,姨于荣枝、姨父程钦让
(摄于官桥营村家中)

2018年4月27日,作者贾自尊与爱人张纪华
(摄于香山公园)

序
心中的话

亲爱的读者朋友们，呈现在您面前的是母亲的第一本书，里面都是一个个简单的小故事，说的也是极其平凡、小人物的日常生活。

主人公是让母亲常常梦绕魂牵的两个豫北农村女性：花妮与伏叶。花妮是她的娘，伏叶是她的姨。"红花配绿叶"，是俩人乳名的由来。在母亲六岁和十岁时，娘与爹先后离开人世，姨也就成了"娘"。

花妮与伏叶美丽、善良，坚强中又带着与命运抗争的倔强。可以说，这也是一部关于她们悲喜命运的生活史。巴尔扎克说过，小说是一个民族的秘史。在母亲的这本书中，最大程度地真实还原了两个女性以及她们的生活场景，还有所处的时代。

在我们很小的时候，母亲就时不时聊起她们。说到高兴处，她像小孩子一样天真地手舞足蹈；谈及伤心事，她又免不了偷偷抹眼泪，心情久久不能平复。从决定写下这些故事的那一天起，母亲几乎调动了身体和心灵的所有能量,像虔诚的教徒般四处收集关于她们的资料,几乎是蘸着眼泪一条条抄写下来,再小心地逐字逐句敲到电脑里。待到书稿杀青时,她居然学会了盲打。

一个真正的作家永远只为内心写作。母亲只是普通人,但她充满童心,酷爱写作,执着于用笔来记录内心的话,和她热爱的这个世界交谈。

再多说几句,母亲与父亲从年轻的时候相遇,无论顺境逆境,一直相知相爱相守。这本书也是他们彼此爱情的见证,如果没有父亲默默的支持,我们也许要错过花妮与伏叶这对姐妹的故事。

张 勇 张 宁
二〇二〇年十二月

前　言

　　生命的小溪缓缓汇入金色的池塘，波光粼粼中闪回着如金岁月的点点滴滴，层层涟漪消散，那些既甜美又酸涩的回忆却鲜活如初。每当我想打开尘封已久的心门，又总是悄悄把它重新关上，生怕触痛自己那并不算太强大的内心。

　　娘离开我们已经六十多个年头，姨离开我们也有十一个年头了。尽管岁月冲淡了许多记忆，可是对二老的怀念却与日俱增。多少次在梦中见到她们，我哭着醒来，再想捉住这个梦的时候，梦却早已不知飞向何处。回想起那一段撕心裂肺的艰难岁月，总会忍不住流下酸楚的泪水。娘离开我们时，剪断的是与我们血肉模糊的脐带，剪不断的是永远的亲情。正如歌中唱的那样："世上只有妈妈好，有妈的孩子像块宝……没妈的孩子像根草。"十月怀胎，呱呱坠地，是娘把我们带到了这个全新的世界。一口奶、一口饭，一把屎、一把尿，从咿呀学语到蹒跚学步，哪一刻能离开娘的哺育和照料？总是在泪光里，再现娘那瘦削疲倦的面庞，还是那样面带着慈祥的微笑，还是那么不知疲倦地忙碌，还是在做着永远也忙不完的家务。这种怀念异常强烈,伴随我度过了几十个春秋。

娘离世早,我依偎在娘怀里的时光也只有那么短短的五六年。小小年纪,记忆又是如此的混沌、朦胧、脆弱,甚至连自己的亲娘长什么模样都不是很清晰了。姨是娘唯一的妹妹,在我的潜意识里,姨更像是我的亲娘。

无论岁月过去多久,姨辛勤劳作的那一幕幕永远都会留在我们的心中。那针针线、密密缝,更像我那慈祥善良的娘亲!写到此处,我不由得想起那首熟悉的诗:"慈母手中线,游子身上衣。临行密密缝,意恐迟迟归。谁言寸草心,报得三春晖。"虽然我们打小就没了娘亲,但姨从始至终一直兢兢业业地承担着娘所能够承担的哺育我们的责任。多少年、多少月、多少天,姨一刻不停地为我们五个操劳,冬夜里那一声声嘶哑的咳嗽声,时不时地把我从熟睡中惊醒。夜深人静之时,想起姨伴随着我们一路走过来的几十个春秋,就会情不自禁生出无限的感慨。梦中,我依然承欢膝下,其乐无比。可醒来时,我早已是泪湿枕巾……

眼看我也即将跨入古稀之年,思念的潮水总是一次次撞击着我的心灵。每每回忆起娘和姨生前的点点滴滴,我只能将这份永远无法释怀的爱,和着滚烫的热泪吞咽进肚子里。我决定重新坐回电脑旁,用自己简单笨拙的语言,粗略地记录下娘和姨的人生历程,静下心来挖掘娘和姨一起度过的朝朝暮暮、点点滴滴记忆的碎片,尽可能地串成一个整体。我想只有这样,才能铭记娘和姨的生养之恩,在我和后人的心灵深处扎根,打下永不磨灭的烙印。

目 录

01 叶和花 / 1

02 裹脚和放脚 / 4

03 织卖布、做卖活 / 8

04 枣树底下话童年 / 10

05 自制洗发水和抹头油 / 13

06 骡车惊魂 / 15

07 记忆中的石榴树 / 18

08 乐乐呵呵过大年 / 20

09 隔着门帘相亲 / 23

10 送小帖 / 27

11 一顶小花轿 / 31

12 沾亲带故送饺子 / 35

13 闹洞房与听墙根 / 38

14 送小饭 / 44

15　回　门 / 47

16　走"续"娘家、认"续"闺女 / 53

17　姨私塾学识字 / 56

18　私塾里的收获 / 62

19　大姐出生 / 65

20　我家相继添丁加口 / 72

21　农家小院快乐多，小溪更像神水河 / 75

22　打粉条 / 78

23　旋粉皮 / 82

24　皂角树 / 84

25　皂角洗衣与洗头 / 88

26　绞脸与盘头 / 92

27　碎铺衬 / 96

28　补丁衣 / 100

29　打褶子 / 104

30　喝糊涂 / 107

31　开窍晚 / 109

32　小广播与看大戏 / 112

33　逛庙会、拴娃娃 / 116

34　秤盘里的滋味 / 120

35　搓麸治病 / 125

36　打着黄昏剥玉米 / 132

37　跟娘学割麦 / 137

38　石碓碓窑里舂米声 / 142

39　纺花车 / 145

40　织布机 / 149

41　夜晚扫盲班 / 153

42　一套蓑衣 / 158

43　地锅里的饭菜香 / 163

44　甜瓜熟透踩曲忙 / 168

45　铡草声声伴人眠 / 174

46　晨暮中那一连串吆喝声 / 178

47　家常饭与粗布衣 / 182

48　揣面馍的教书郎 / 186

49　北坑上沿那口老井 / 191

50　枣树与淘气包 / 197

51 馒头篮 / 202

52 石磨也有"牙齿" / 207

53 小毛驴拉磨 / 211

54 摘菟丝与烤蚂蚱 / 213

55 皮影戏 / 217

56 五百钱 / 223

57 挖土井 / 226

58 淘红薯 / 230

59 日本蛋 / 234

60 说小故事 / 240

61 锔锅匠 / 248

62 粪猪窝 / 253

63 古寨墙 / 258

64 站不起来的弟弟 / 264

65 小黄狗旺旺 / 268

66 棉油灯下赶活忙 / 272

67 逛古会 / 277

68 端午节 / 282

- 69　收花生 / 286
- 70　两头睡 / 291
- 71　心　伤 / 297
- 72　上苍的恩赐 / 306
- 73　隆冬雪天捉麻雀 / 314
- 74　天然滑冰场 / 319
- 75　腊八粥与腊八蒜 / 324
- 76　祭灶王 / 327
- 77　福到啦 / 333
- 78　辞岁酒、年夜饭 / 337
- 79　起五更，磕头忙 / 340
- 80　大年初二串亲戚 / 345
- 81　玩旱船与"小七姐" / 354
- 82　二月二龙抬头 / 365
- 83　八月十五团圆节 / 371
- 84　花落了，娘和我们失散了 / 375
- 85　遭厄运爹又离世 / 384
- 86　姨的婚姻被迫搁置 / 390

87　恩比天大 / 395

88　银圆的故事 / 398

89　一根纺花锭 / 403

90　过了杠的姨终成婚 / 409

91　诱人的素饺子馅 / 415

92　我跟姨学织布 / 419

93　针线筐里的温暖 / 425

94　菜瓜熬面 / 430

95　轧红薯饸饹 / 434

96　送煤在路上 / 438

97　一袋大麦面的苦涩旅途 / 442

98　姨手中的蒲扇 / 447

99　姨的葬礼 / 449

100　离了姨娘，从此就断了蔓菁根 / 460

后　　记 / 463

01

叶和花

一九二二年七月，河南省长垣县城北二十里外偏僻、闭塞、贫瘠的马盘池村，一连数月干旱无雨，赤日炎炎，大地被烤得滚烫。知了低垂着脑袋，从被毒日晒蔫了的树叶中吮吸着点点甘露来滋润嗓子，好给大地的生灵谱出动听的音符，清脆的叫声从茂密的树杈中向四周缓缓传了开来……

姥姥家低矮的房子里密不透风，屋里屋外的人们热得一个个汗流浃背。这时，一个小小的女婴不惧酷暑，竟迫不及待地呱呱坠地。这就是姨。姨和娘的父亲，也就是我的姥爷，叫于福元，是一个普普通通的老农民。姥姥肖氏勤俭持家，以纺花织布操持一家老小的生计。

一个幼小生命的诞生，再一次给这户贫寒的农家带来了无比的生机与欢乐！一家人经过一番商量，一致同意给姨起乳名叫"伏叶"。"伏叶"上面有个大她三岁的姐姐叫"花妮"，就是我娘。待姊妹俩长大一点儿，"红花配绿叶"，欢快的笑声回荡在农家小院中，一大一小，手牵着手，蹦蹦跳跳，从早到晚嬉闹欢笑，好不乐和！

姥爷姥姥疼爱两个闺女那是出了名的。真是像人们常说的那样：捧在手心怕摔了，含到嘴里怕化了。小姊妹俩常常依偎在姥爷姥姥的身旁，这个给姥姥嘴里塞个吃的，那个给姥爷递杯茶。小闺女把旱烟锅子里塞上烟末，伸出娇嫩的小手抖抖索索划着火柴，凑近姥爷的烟袋锅点燃烟袋。姥爷大口地猛吸，再憋着气，然后慢慢地吐出一个个烟圈。小闺女就忙不迭地追着抓圈圈，乐得姥爷"哼哈、哼哈"一个劲地笑。姥爷笑够了，总会大声问姊妹俩："我和恁娘就指望你们小姊妹俩吃香的喝辣的，你们看中不中啊？"姊妹俩也总是异口同声地回答："中！"

大闺女花妮腼腆地掩嘴一笑说："等我长大了挣钱养活爹娘，还要给我们家买大骡子大马，再买一辆大马车。咱全家几口人坐到马车上去大县城逛逛去！大骡子大马还能犁地、种庄稼，爹娘就不会那么累了！"

三岁的小闺女伏叶刚刚开始裹脚，正瘸着一双小脚，听见姐姐这一番话，早把疼痛忘到九霄云外，左手扯住娘，右手拉着爹，大声喊："等我长大了，我给爹娘织布做衣服，做好吃的饭菜，一日三餐好生侍奉恁二老，决不让恁受半点委屈！"

在封建闭塞的二十世纪二十年代，"不孝有三，无后为大"，大多数人都会认为，女孩终归不能为本家族传宗接代，繁衍子孙。姥爷一家在当地被称为单料绝户头（要是既无儿又无女就是双料绝户头）。尽管起五更打黄昏，拼死累活，面朝黄土背朝天，土里刨食，也仅仅能维持一家人的衣食温饱。姥爷姥姥硬是顶着来自族里长辈和街坊邻里诸多方面的种种压力和闲言碎语，精心哺育着这对"姊妹花"。

姥姥悉心地手把手教姊妹俩针织女红。闲着的时候姥爷就用独轮车一边一个推着俩闺女去地里，因为她们小小年纪就裹上了脚，走起路来左扭右扭，多有不便。

如果是秋收时节，到了地里，大人们出红薯、出花生（"出"是方言，意思是"收"），俩小闺女就你来割秧，我来把带着红薯的秧或者带着花生角的秧归置到畦埂上，方便大人往车上装。

春耕、夏耘、秋收、冬藏，一样也不曾被落下。俩小闺女你争我抢使劲干，一点儿不比有男孩的人家地耕种得差。但凡有人走到姥爷家的田间地头时，无不啧啧称赞："看看这一家！别看只有两个闺女，但个个都比着争气，事事帮着爹娘，不知要省多少心，就冲着这，家道就得旺！"

裹脚和放脚

裹脚是中国古代的一种陋习，即把女子的双脚用至少三尺长的白布条紧紧缠裹起来，使其变成又小又尖的"三寸金莲"。裹脚一度成为古代女子审美的一个重要标准。

姨还在懵懂时就看见姥姥给娘裹脚了。姥姥让娘的身子贴着墙坐到一个小凳子上，将脚稍稍地翘得高一点。姥姥坐到草垫上，身边的笸箩里还特意放着花生、糖果之类的东西。然后姥姥用两条软软的、薄薄的细白棉布轻轻地给娘裹脚。即便姥姥觉得已经很轻柔了，娘还是会哭闹，吵嚷着喊疼。无奈，姥姥就把笸箩里的糖块剥去糖纸，用牙嘎嘣一声咬掉半块，塞到娘的小嘴里哄她。如若再不听话，姥姥就会板着脸，声色俱厉地吓唬她说："我这样做可都是为你好，不叫裹脚长大可咋出门？一个姑娘家，别人在你背后指指点点，不害羞才怪呢！"吓唬完，姥姥又总会心疼地说："别怪娘的心眼狠，实在是不得已啊！我也不想把你这嫩骨头嫩肉的小脚往死里裹啊！你那里'呀'的一声，娘这心里就会揪心得疼一阵。"姥姥一边说着，一边转过身来掉眼泪。

但为了娘的将来打算,姥姥还是痛下决心,不得不继续给娘裹脚。娘有时候会趁着大人不在跟前,偷偷地将裹脚布松一松,好缓解不适。一时躲闪不及,被姥姥看见还得重新将裹脚布紧了又紧。

听姨说,有了娘裹脚的前车之鉴,姨刚满三岁,姥姥悄悄地把她扯到堂屋,让她坐在一个草垫上,伸手从针线筐里拿出一个花花绿绿的小香囊,温柔地拍拍她的肩膀,将那个小巧玲珑的玩意儿挂到她的脖子上。姨高兴得手舞足蹈,正要站起身来跑,被姥姥一把拉到怀里,哄着说:"我闺女听话,娘给你缠好脚,赶明儿就去逛大集给你买花戴。"和煦的阳光映在堂屋内,照到身上暖洋洋的。姨只顾仰着头摆弄香囊玩,姥姥却用她娴熟的裹脚技艺,不大工夫就完成了她的第二个作品。

姥姥无限感慨地对姨说:"我儿真乖,只要你听话,不乱动弹,凑着劲,我的手劲使得也匀称,相对来说你的疼痛就轻点。嗯,就是这个样,娘会尽量不用那么大的力。看这嫩骨头嫩肉的,用不了多久,咱就会把这个小脚裹出成色来啦,这才是娘的好闺女呢!"

逆来顺受的姨,终于裹出了让姥爷姥姥为之骄傲的所谓"三寸金莲"来。和她一起从小玩着长大的小姐妹们看到姥姥的杰作都不约而同地投来羡慕的眼神。在那个以三寸金莲为美的年代里,姨也飘飘然乐在其中。

娘自幼秉性倔强,吃苦耐劳,善解人意,疼老扶小,是姥爷姥姥眼中的乖乖女。娘十来岁时就知道体谅二老居家过日子的艰难,更明白在偏僻的小乡村里,仅靠姥爷一个人的肩膀撑起这个家是何等的不容易。农忙时一天到晚地耕、犁、锄、耙,哪一样不都得下大的气力?好不容易到农闲时候了吧,姥爷还要打红薯粉、下粉条、做豆腐、旋粉皮,拉到集市上换成钱,供这个家日常的花销。

娘每每想到家里明明摆着那一大摊子活计时,就会急得直挠头。她是干起活来不坐慢车的人,眼瞅着年复一年,姥爷姥姥的身体每况愈下,娘有时就会偷偷地流眼泪。别看娘人小,可主意却大着呢!娘经常在背地里偷偷把本来已经缠得足够成型的小脚松了开来……她的脚渐渐就不成型了。姥姥看在眼里,急在心中,终于有一天,姥姥忍不住了,心急火燎地反复追问:"跟我说实话吧,孩子,近些天来我瞅着你的脚越来越不对头。看着你在我跟前时也裹得有模有样,好端端尖溜溜的小脚,究竟咋会突然就长得这么大?你给我说说,同是一个娘为你们姊妹裹得好好的小脚,为啥你的脚看着这么不顺眼?"

在姥姥的一再逼问下,娘不得不说了实话。结果是不但娘挨了姥姥的一顿痛打,姨也受到了牵连。理由是,姨明知道娘在睡觉时或者背地里偷偷放开了脚,而不将实情告诉姥姥。姨和娘挨了一样的狠揍,憋着气,刚要咧开小嘴哭出声时,姥姥大声喝住说:"你挨这顿打不亏呀,闺女,她是你的亲姐姐,你看见她放开脚咋就不跟我说呀?我就是要给你们姊妹俩都提个醒,以示警告,看以后再遇着同类的事情你们还敢不敢互相包庇!"

姥姥边打边痛哭流涕地教训娘说："也不知道是谁给你这么大的胆量，一个小闺女家竟敢偷偷地放开已经裹得好好的小脚。你不怕走到大街上街坊邻居看笑话说闲话，我还害怕别人在背后戳我们做大人的脊梁骨呢！你咋就这样不让人省心啊，以后长大该嫁人的时候，看哪家的后生敢娶你进门！"

娘没想到自己的行为给姥姥带来了如此大的痛苦，她鼻子一酸，也哭出了声："也许是我想错了，或许是没有想周全。心中只是想妹妹还小，爹娘以后年岁大了的时候，如果我脚下有劲而且走路牢稳，地里的庄稼活或许能帮上很多忙。别的我也没有想那么多，至于以后会不会因为我的脚而影响我的终身大事，那就看我自己的造化了。爹娘大可不必为我的一时过错而难过。"

娘的一番话打动了姥爷，从此姥爷不让姥姥在娘的面前总唠叨她偷偷放开脚这事。

03

织卖布、做卖活

光阴荏苒，日月如梭，娘和姨一天天长大了。

农闲时，姥爷有空就出门做帮工，换个闲钱给俩闺女扯上各自心爱的花洋布。回到家里，姥姥又跟俩闺女商量着裁剪出每个人喜欢的款式，让大闺女示范着教小闺女学做针线。遇有姊妹俩弄不明白的"细法活"，姥姥就在她们身边再加以指点。

娘教姨学针线活不但细心，且十分有耐心。姨跟娘一开始学针线活时就与众不同，有模有样而且极其认真，一旦发现有不如意的地方，绝不打马虎眼来凑合。姊妹俩做出的衣物针脚细腻，平整得如熨烫过一般，以至街坊四邻都晓得这姊妹俩做得一手好针线，一时间传遍了十里八乡。一次，有户人家的儿子要娶亲，老大娘大老远跑到姥爷家央求说："都说恁家俩闺女做得一手好活计，俺慕名前来，想求她们姊妹俩帮忙给俺做一阵活，我家也决不会白用人！"姥爷姥姥实在拗不过去，就让姊妹俩拿出以往做的针线活，看能不能被老大娘看上眼。老大娘看过之后很满意，执意要将待做的衣物留下，过一段时间前来取衣物时也十分满意。姥爷姥姥硬是抱着要白帮忙、给孩子们练练手、分文不取的态度，可实在拗不过老大娘诚心诚意的缠磨，老大娘说："皇帝还不白指使人呢，这是孩子们辛苦理应得来的，怹就替孩子们收下吧，权当是给俩闺女的脂粉头饰钱。"话既然都说到这个份上了，姥爷姥姥只得替姊妹俩收下了这一番诚心实意。

  姨不止一次给我说过，她和娘以及姥姥每逢春节前夕，总是会夜以继日地做活儿，好快点赶出手头那些紧活，腾出一些时间给姥爷姥姥和自己做身可心的衣服过年穿。姊妹俩还约定好日子，趁着赶个年前的集呀、会呀，买些扎头绳、发卡或发油，还有头上别的花呀、脚下穿的袜子呀，犒劳犒劳自己这一年来的辛苦。可姊妹俩的爱好和审美观点并不完全一样：娘喜爱颜色明快鲜亮的，姨喜欢颜色素净淡雅的。过年的这份奢侈品，对于平日农忙在地里、闲时在家里做活的姊妹俩来说，是十分难得的，也留下了很多美好的回忆。

04

枣树底下话童年

在姥爷家空闲的南院,有几棵大小不等的枣树,其中有一棵引人注目的老枣树,旁边还有杏树、柿子树、梨树……

一拐进去往姥爷家的南胡同口,最先映入眼帘的就是那棵年代久远,也是在姨童年记忆里留下深刻印象的老枣树。树干有碗口粗细,而且有些倾斜,像一位耄耋老人,将腰弯向靠南墙的一侧。

姨说老枣树半腰高的地方有一条很深的沟痕,不知是何时何因留下的。姨天真地猜想,也许是在若干年前,枣树如同人一样患了大病,为了给它治愈疾病,防治病虫害,开膛破肚实施手术落下的……这只是个猜想,无从考究。树皮龟裂得如同龙鳞一般,好像在告诉人们经历的悠久岁月。

这棵枣树是南院里一道独特的风景线。树干从不到两米高处,就分出两个粗大的枝杈,这个枝杈处,便成为姨和娘童年时期的天堂。春天,细小的枣花开满枝丫,生机勃勃。到了夏天,枣树的枝叶极为繁茂,罩住了半个院子,成为人们消暑纳凉的好去处。姨经常回忆起炎热的夏日里，坐在枣树底下乘凉的那些场景，以至多年后我仍能从她的眼神中看到怀念和眷恋。姨说她和娘当时年龄都还不大，不知天高地厚，也不知道什么是害怕，总想要试着爬上树去摘枣。不是有这样一句："乡下的闺女爬树猴，城里的闺女吃嘴油。"每每看到她们背着大人偷偷学爬树时，姥姥总是板起脸来教训说："哪见过女孩爬树上高的，让人家看到不笑掉大牙才怪呢！"姨说："从一小点我和你娘的脚都裹坏了，就是想学上树的话，这脚底下哪还用得上劲儿啊！"姨和娘为了能闲来无事摘个枣吃，突发奇想，在树下垫两摞砖，抬来一块长木板搁在上面，然后蹬着小脚站上去。因为垫得不结实，姨还摔过几次，好在没有摔伤，更没有引起大人的注意，也免去了一番唠叨。

俗话说："七月十五枣红圈，八月十五枣落杆。"打从这枣儿稍微红了半个圈儿的时候，一家人就会用一根长长的竹竿，时不时地敲打下来几个枣儿。脆生生的鲜枣儿放到嘴里，瞬间就会感到无比的惬意，获得舌尖上的满足。

这样一直到大部分枣子快要成熟的时候，姨和娘就会先把院子打扫一遍，还要铺上席子、草垫等，然后把本家会爬树的男孩叫来摘枣子。因为姥爷家里只有俩女孩，大人不让闺女们爬树上高的，除了怕让外人看见，笑话不雅观，更主要的还是怕摔着俩宝贝闺女。男孩子们一听说有这样的好事，一个个摩拳擦掌，一蹦三跳地纷纷跑来助阵。只见男孩子们将篮子绑上一条长绳系在腰间，很快就爬到了不太高的老枣树上。不大工夫，一篮一篮满满的大红枣接二连三地被放到了地上……

因为事先做好了防护措施，并不担心树上剩余的大红枣儿被摔坏，减少收成。男孩子们一边用长竹竿打，一边摇晃老枣树的枝干，一时间大枣落了一地。

姨和娘欢快地喊着："拾枣啦，快来拾枣吧！看这又大又红又脆又甜的枣多好吃啊！"孩子们把捡到的大枣装进兜兜里，欢快的笑容挂在嫩嫩的脸蛋上，眼睛里透出幸福和满足。孩子们蹦蹦跳跳，吵吵闹闹、嘻嘻哈哈的笑声不绝于耳，此起彼伏，回荡在小巷中。

老枣树结的枣儿不但可以供姥爷家吃上个一年半载，还要送给亲戚和邻居品尝。姨和娘出门找小伙伴玩的时候，兜里总会装一把枣当零食，还要抓些送给小伙伴吃。姥爷姥姥把枣晒干，熬腊八粥、蒸枣馍、炸枣糕，样样都离不开枣，尤其是过年时蒸出一盘一盘的大枣花狗（枣花馍的俗称）做供香。逢村里谁家有闺女出嫁、儿子娶媳妇这样的大喜事，红枣不凑手的时候，姥姥总会毫不吝啬地抓一些送给他们急用。

冬天来了，冷飕飕的北风吹落了满枣树的叶子。虽然没有绿叶的装饰，但仍能让人感觉到它的生机。长大以后，逢年过节回到儿时的家，姨也会特别注意这棵枣树。它依然默默伫立着，只是早已物是人非。多少年来，姨都会在梦里想起这棵枣树。这么多年过去了，这棵老枣树在她的心中仍记忆深刻，犹如那树身上深深的沟痕。

05

自制洗发水和抹头油

在那个物资匮乏、经济吃紧的年代,大的暂且不说,就连平日里经常使用的洗发水,都是姨和娘自己动脑子想方设法制作出来的。

事先准备好一个大玻璃瓶子,将洗去杂质的小米水倒进瓶子里,再加入适量化开的大碱水,用力摇晃均匀即可。听姨说,这种自制的洗发水洗出的头发既干净又光亮,而且还不易起头皮屑呢!

姨和娘还自己制作护理头发的头油。先找个大罐子洗刷干净并晒干,将晾凉的白开水加入少许食盐一并倒入罐子里,再把平时留心收集的带有清香味的刨木花清洗、晾干后加入罐子内,密封后放置一个星期,头油就可以用啦!为了能多用些时候,姨还会在内屋阴凉处的桌子底下,挖个正好能放进罐子的一个土坑,把罐子稳稳当当放进去,露出罐口,然后再用搅拌均匀的胶泥在罐子口的周围抹一圈密封起来。等七天左右,待掀开罐口,刨木花泛出缕缕香味,用一个小竹片轻轻地蘸一蘸,正在发酵的头油倘若刚好可以拉丝才算正当时。捞出刨木花后，头油就算大功告成。因为地底下阴凉，这样罐装的自制头油能用好长时间呢！

06

骡车惊魂

娘小的时候,个头还没有姨高。但每逢出门在外,娘不是背着就是扛着姨,见到的人都说:"看你背着你妹妹就像蚂蚁衔麦粒。"到稍大点的时候,姊妹俩出门时总是手牵着手,肩并着肩。若是家里改善生活做些好吃的,买些好玩的、好看的,娘也会事事谦让着姨。

姨曾经绘声绘色地给我说起过一件事,在我的脑海中留下了深刻的印象。有一次,姨跟着娘到丁栾集上去扯用来扎花或刺绣的丝线。出了村不久,迎面碰上一头受了惊的骡子,炸着蹶子,拉着一辆空车径直朝着小姊妹俩狂奔而来。骡子的主人被远远地甩到了后面,他一边跑一边气喘吁吁地冲着路两旁在农田里干活的人们大喊:"帮我截住它,截住它呀!"

姨和娘哪曾见过这么惊险的阵势,一时间吓得惊慌失措。正在追骡车的主人也看到了姊妹俩,赶紧大喊:"你们俩快躲开,快躲开呀!"说时迟,那时快,只见娘用两手猛地将姨推了一下,俩人顺势倒在了路旁的高粱地里,娘趴在了姨的身上。这时,地里干活的人们也都手持锄头纷纷跑了过来，大家七手八脚总算制服了这头不羁的骡子。

姊妹俩在众人的搀扶下，惊魂未定地从地上爬起来，拍拍满身的泥土，顺手用衣袖擦了擦脸上的汗水，挥手告别了众人。姊妹俩一溜小跑来到了丁栾集上十字街路北口，稍停片刻，定了定神，便进了一家摆有布匹、针线、丝绒线的一家老百货商店。挑选了红、黄、绿、蓝几样丝线，又买了些纽扣之类日常用的小零碎，这才折回身子往家的方向走去……

姨和娘心有余悸，没有走来时的老路，而是改便道往回折返。路上娘千叮咛万嘱咐，姊妹俩统一口径，不能跟姥爷姥姥说路上发生的这件事。姨说，她永远都不会忘记，那一次倘若不是娘手疾眼快、胆大心细地护着自己，说不定真的就要出大事。此后，只要大老远看见牲口拉车，姨都会有意躲开。事情虽然已经过去几十年了，可姨给我讲起这件事的时候，我分明能看得出她的面部仍不轻松，并反复叮嘱我走路时一定要小心，遇到拉车的牲口早些躲开，咱可不跟那些畜生碰运气。

姨这样给我描述："当时我真的是吓掉魂了。要不是你娘一再交代，不让我给你姥爷姥姥说遇到骡车惊了的这回事，就按当时我的年龄，爹娘宠着、姐姐护着、娇滴滴的那股脾气，说真的，我才耐不住性子不跟家里人说呢！要按我当时从高粱地里爬起来时的那心思，一进家门，就得一头扎在你姥姥怀里号啕大哭，再把事情来龙去脉一五一十地讲出来。这样的话，你姥姥肯定会趁着夜深人静的时候,拉一个小竹耙,上边搭上一件小花棉袄,走到我们遇到骡子惊了的路上,再拉着竹耙折回头,路上径直走,不回头,一路喊着我的乳名'伏叶'。回到家里,再将那件小花棉袄趁我熟睡时盖到我的身子上。"说到这里,姨望向远方,仿佛正在穿越时空,回到了遥远的童年时代。"如果让我能找回儿时的魂,也不至于长大后这么小心翼翼、畏首不前。也许我这样想很幼稚,有时又觉得很好笑,但我的内心的确就是有这么一个小小的遗憾。当时要真的给我叫叫魂,说不定也是一件很值得庆幸的事。但是因为我和你娘有个约定,谁都不能够说出来,这就成了我们二人信守的一个小秘密。"

07

记忆中的石榴树

姨说,她刚朦胧记事起,自家院子里靠西南墙的角落处,早年种下的老石榴树就已根深叶茂,稠密的树冠像一把巨伞撑在半个院子中,为庭院遮风挡雨。

春天到来,石榴树便叶芽殷红。五月初,石榴花陆续开放。每当清晨,火红的花蕾上滚动着没有消散的露珠,使得石榴花看上去更加灿烂绚丽,挨到晌午更是争奇斗艳。秋天到来时,枣红色的大石榴挂满了枝头。冬天,光秃秃的树枝宛如虬龙。

每年入冬前和初春时节,是移苗的最佳季节。姥姥总会在树根处压下长得不是太高的树苗,直到来年长粗长壮,不断地育出新树苗,再将树苗送给亲戚和街坊四邻。家里来串门的大闺女、小媳妇、婶子、大娘总是会问:"今年有没有给俺家留一棵?头年没有轮着。"姥姥面带微笑迎接着每个来者,用铁铲砍断老树和小树连接的根须,将挖出来的树苗送到来人的手里,并笑着答道:"早给恁家留着呢!这棵小树粗壮,长势有劲,赶快回家栽上吧!"每每到了这个时节,姥姥就成了村里最有人缘、最幸福的女人。

压枝成活的树苗不一定都是好的，间或也有弱不禁风的。姥姥把容易成活的送给别人，看着不好成活的便在自家院子里种下。挨着大树旁不远的那两棵小的石榴树便是在不经意间移栽过来的，在姥姥的细心照管下也不知不觉地长高长大，这真是"有心栽花花不开，无心插柳柳成荫"。

　　村里的石榴树并不少，品种也有好几种，人们之所以偏爱姥姥家的石榴树苗，可能是因为它结的果子大、籽粒饱满、汁多味甜。

　　当火红的石榴花缀满枝头的时候，半个院子都沉浸在石榴花的芬芳中。花不但好看，而且富有灵性，看那一朵一朵绽放的花瓣，多么像正在翩翩起舞的少女呀！

　　姥姥常常在石榴树下放几个小板凳，一边乘凉，一边指着枝头绽放的石榴花告诉姊妹俩，哪些是可能坐果的雌花，哪些是不能坐果的雄花。雄花看着形态俏丽动人，但过不了多久，朵朵花瓣就会干瘪自然脱落；而能坐果的雌花虽然外表看起来臃肿了点，待花瓣掉落后却能长出甜美的果子。

　　直到二十世纪六十年代初姨出嫁时，这棵石榴树依然枝繁叶茂地生长在马盘池老家的院落里。它历经风雨，见证了百年世事变迁。姨觉得它似乎会无形地穿越田野和乡村，巧妙地进入自己后来居住在相距甚远的官桥营村，不时地闯入脑海，让她沉醉，给她启迪……

08

乐乐呵呵过大年

　　人们忙活了一年,收成好也罢,赖也罢,日子不管是平坦还是坎坷,都照样挺着腰杆一步一步走到了大年根儿。

　　在除夕大年夜,一家人会抛开一切,围坐在一起,端起自制的高粱酒,在烛光交错中碰杯祝福,希望来年事事顺心如意。喝到茶凉酒酣,忘记了时辰,常常和起早赶着拉头把鞭炮的人家又接上了头。

　　年三十晚上,姨和娘会把赶制好的新衣服从柜子里拿出来,盖到被子上;将自己做的新鞋、新袜放到脚蹬板上;头上的饰物一一摆放进梳妆盒子里,搁到床头桌子上一伸手就能拿得着的地方。然后怀着无比兴奋的心情早早钻进被窝酣然睡下,为的就是攒足精气神儿,单等四五更一听街上有鞭炮声响起,便一骨碌坐起来,麻利收拾妥当,跟着姥姥出门到家族中的长辈家里磕头拜大年。

　　大凡有点年纪的长辈,也都会在三四更天起个大早,穿戴周整,坐在晚辈早已烘好的暖烘烘的热土炕头上。在挨着炕头一级又一级的山梯上,点燃一只只明晃晃的大红蜡烛,另一端则摆放的尽是烟呀、花炮呀、糖呀、果呀,一应可供打发男男女女、老老少少的五花八门的零食和礼品,一字排开,足有六七种。待前来叩拜的晚辈们磕头祝福,互贺新年,说些来年如何如何的吉利祝福话,长辈们再把这些小东西散发给来者,以示喜庆。

一遭走过来,兜子里、大四方手巾内的糖果、核桃、枣、荸荠、栗子、菱角之类的小零食装得满满的,哗啦一声倒进篮子里或搁到抽屉里面,真的是丰硕有余,正月里闲着的时候就有零食吃了。转完一遭回到家,天色已见大亮。大人们准备了头顿饺子,一家人围坐在一起,捧着热腾腾的年味饺子,一口咬下去,随后就有人喊出了声:"我吃到钱啦!"这是大人为了图个吉利,讨个彩头,大过年的哄孩子们高兴多吃几个饺子,特意在个别饺子里包的硬币。初一头一天早上要吃两顿饺子,可孩子们和年轻人往往只是走走过场,草草扒拉一两个便玩去了。

紧接着初二后的几天里,迎人待客、走亲访友,熙熙攘攘、络绎不绝,农家小院里欢声笑语,好不热闹!正月过得可真快呀,转眼就到了正月十六。各村头活跃着玩烟火的、抬"老四"(一根粗竹竿上坐着一个人,画着搞笑脸谱,人们称之为"老四")的、踩高跷的、玩旱船的,都穿着五彩缤纷的演出服装,扮演着或娇柔或狂野或逗乐的角色。他们大多会在家境殷实的人家门前多逗留一些时间。主人就会忙不迭地抬出一张桌子,上面放上一些烟酒,以示酬劳。杂耍队伍所经之地,一路锣鼓声咚咚锵锵、咚咚锵锵……眼看着烟火队的人都已经走出村子好远了,村民们还意犹未尽，久久不愿离去。

　　正月十五的晚上，是姑娘家最盼望的时候。村里面的姑娘，各自从家里筹备些过年剩余的礼品，凑在一起玩小七姐的游戏。游戏由七个人组成，本年属相的人被大家抬着，眼睛蒙上一块黑色的布巾，两手去摸下年属相的小姐妹，摸中了才能换下一个人。

　　到了四更天的时候，大家玩累了就吃东西。姑娘们往锅里下饺子，不多不少刚好四十九个，一人七个。吃喝玩乐一通宵后，大家手牵手、肩并肩，迎着冷飕飕的寒风走出屋外，看被天河两隔的牛郎星和织女星。姐妹们仰望星空，小声呓语，唯恐惊动了天上这对有情人。

09

隔着门帘相亲

　　光阴荏苒,年复一年,在姥爷姥姥的精心呵护哺育下,转眼之间,娘由一个羞涩的少女出落成亭亭玉立、漂亮典雅的农村姑娘。那一番心相,那一番脾气,以及人前人后的那一番矜持,都惹得村上知道她的人直翘大拇指,啧啧称赞说:"村东头福元他们家那大闺女,不但人标志,品性更是没得说。谁家要是有幸娶了这闺女做媳妇,那可是修了八辈子的福!"

　　娘的针线活在小小的村子里那也是出了名的精致。就连三里五村的亲戚熟人,只要一提起姥爷的大名,说起他们家的大闺女花妮,都会情不自禁地伸出大拇指连连夸奖:"这闺女不但懂事,还孝顺家里的老人,不管地里、家里的粗细活,那可是家里一个得力的好帮手,既拿得起又能放得下。他们的小家庭能过得如此殷实,与他们家的大闺女能干有密不可分的关系。"娘长到十七八岁时,远近前来说媒的纷至沓来,几乎要将姥姥家的门槛踏破啦。媒婆一个比一个地把男方的家境以及男方的长相、为人说得天花乱坠。

男大当婚，女大当嫁。姥爷姥姥硬是将自己舍不得的宝贝闺女托付给了知底的媒人，希望能给寻觅一个人品好、家境能过得去的女婿，把这个知疼知热孝敬爹娘的大闺女嫁过去，也好了却搁在心头的一桩大事。

一天，本村一个据说是人缘极好的一位长者来到姥爷姥姥家里，说已给娘看好了一门亲事，男方识文断字，又是一个教书的先生，家在长垣县城西北十多里地的寨里宜邱村。家有父母、五个弟弟、两个妹妹，他排行老大。一年前，前妻因月子落下了病根久治不愈，竟撇下个幼小的孩子驾鹤西去了，孩子暂由爷爷奶奶养活着。听了媒人的话，姥爷姥姥思量再三，揣摩着："咱花妮也不识几个字，只会做个针线活，模样也算不上十分的俊俏，论说男方条件，配咱花妮那是绰绰有余。况且那是个人丁兴旺的大家族，众人拾柴火焰高。"就冲着这些，姥爷姥姥便替娘拿了主意，给媒人捎去话说："中！"

于是，在一个阳光明媚的晌午，媒人领来了一个举止稳重、相貌堂堂、斯斯文文的年轻人。只见他中等个子，短分头，四方脸，浓密的眉毛下镶嵌着一双炯炯有神的大眼睛，看起来格外精神！这个人就是我爹。

爹随着长者及家人走进堂屋，待在场的人都坐定后，才拣了个下首坐下说话。只听他娓娓道来，语调抑扬顿挫，令在场者听而不厌。

爹不紧不慢、字斟句酌地说："我家里人口多，地薄房陋，是个十足的贫穷之家。我又刚刚毕业从教，年数甚少，挣的工钱又是以小米来顶数，而且还微乎其微，只不过是贴补家用的零角碎料。这门亲事若是能成的话，可就苦了恁的闺女啦！不过，随着年龄、知识、经验的增长，加上我自己的不断努力，一切都会慢慢好起来的。我向恁二老说明一点，过门之后，我会对花妮好的，不管现在和将来，我对待恁二老就像对我的父母一样，会经常来看望恁二老。请恁二老一定相信我，并且记住今天我对恁二老说过的话。"

姥爷姥姥看爹年纪轻轻，竟如此这般懂得人情世故，讲礼数、知谦让，说起话来又能把握分寸、平和大气，丝毫无做作之嫌，自然满心欢喜。

但那毕竟是娘一辈子的婚姻大事。一个青春妙龄少女，对自己未来的那一半究竟是个啥模样都不知道，未免感到有些欠妥。于是娘就大着个胆瞒着姥爷姥姥，蹑手蹑脚地凑近门帘往屋内偷看。爹是坐着说话的，看不出个子高矮，因隔着一道竹帘子，面颊更是影影绰绰，急得娘差点冲进屋去一看究竟。可是在那个封建的年代，哪有大闺女没过门就看女婿的道理？

娘不肯就此罢休，躲在堂屋对过的南边厨房门口，掩着门等待时机。大约有半个时辰光景，估计该问的该说的也已经告一段落，爹声称家里和学校都有一大堆事情，要抽身离开。家人随之离开桌椅板凳，跟随着爹掀开了门帘……啊！娘心里像揣了个小兔子一般，咚咚直跳。

虽说是倚靠在厨房的门框边，而且还半掩半开着门，但娘却真真切切地从侧面端详到了这个年轻小伙子的身高和长相。娘在心中暗暗叫好，这虽说不能叫一见钟情吧，至少娘觉得，这就是她要找的那一半——也可以说要把自己托付终身的那个人。娘心中的一块悬而未决的石头终于落了地。

随后经媒人把话传递了过去，两家见了个面，亲事就算正式定了下来。

10

送小帖

娘的婚事经大人敲定后,紧接着就是男方来下小帖。据说当时要写这个小帖的时候,爷爷去请村里写小帖的老先生,可那天老先生正巧有事出门在外,尚不知何时才能归家。爷爷急得就像热锅上的蚂蚁在院子里团团转。

时值腊月,临近过年的光景,街坊邻居以及亲朋好友纷纷拿来纸墨恳求爹为他们家写春联门对。当爹摊开笔墨纸砚正要挥毫泼墨的那一刻,爷爷忽然想到,为何放着自己家里的小书生不用,反而要舍近求远!于是爷爷打定主意让爹自己写小帖。爷爷鼓励爹说:"老话不是常说,这一回生,两回熟,三回就可以当师傅!你多熟悉熟悉这小帖里面的头头道道,说不定以后谁家孩子娶亲前换小帖时,还要找你来为他们家来执笔呢!"

爹听了爷爷连鼓励带激将的这番话语,瞬间脸红脖子粗,对爷爷说:"我可不知道小帖是怎么样的一种写法,弄不好再惹出笑话,传出去这可不是闹着玩的。再者,哪有自己给自己写小帖的道理?"爷爷赶忙对爹说:"你不用紧张,村东头恁二叔家的三闺女结婚时,婆家人送的小帖,几天前我还在他们家见过。那上面的样式、规格,啥都写得清清楚楚规矩得很。为了方便村里众乡亲以后用着方便,恁二叔就多了一个心眼,趁着喝茶、推杯换盏斟酒那工夫,特地到东隔壁的私塾里让教书先生照着那张小帖的规格描摹了一个样儿,就在他们家保存着。我这就去他家给你拿过来,你就比猫画虎写一下得了。这又不是上京赶考做文章,多大的事啊?你经常还给人家写书信、对联、土地文书啥的,不是也一样地能掂得动笔吗?"

爷爷心急腿快,急急忙忙跑到爹的二叔家,找到了这封小帖的临摹样,把它放到爹的面前,叮嘱他务必天黑前将小帖写好,第二天就要委托本家的二爷前往马盘池村的准亲家去"换小帖"。

临危受命,爹哪敢还有丝毫的怠慢。有了这现成的小帖式样放在自己的眼前,爹的心里顿时有了底。不过爹给未来的老岳父家书写小帖的时候,心中难免紧张,手心也不由自主地沁出了些许汗珠。爹定了定神,稳定了一下紧张不安的情绪,然后用右手掂起毛笔,工笔正楷,在大红纸张上署上自己的姓名、生辰八字,以及要在何年、何月、何日完婚,诸多事项一气呵成。

和小帖一起放在包袱里的还有我爷爷奶奶亲自为新娘准备好的物品。有条件的人家送凤冠霞帔,条件一般的人家就根据自己的心意送上一些簪子、发卡啦,耳坠、手镯啦什么的。还有让新娘在上轿前套外边的大红色衣服,冬天为棉,夏天为单,寓意红红火火、吉祥如意。爷爷奶奶家就属于那一般的家庭,该装的一样不少全都装进了一个全新的包裹内。尤其爹的那一笔好字,是为自己心上人奉送的那一份真情,就从这一点上来说简直就无人可比。做好这一切,爹两手托着包袱带着满意的神情走进了爷爷奶奶的住屋,诚惶诚恐地向二老交上了一份羞涩但充满诚意的答卷。

后来这份由爹书写的处女作小帖,由本家的二爷郑重其事地当面交给了我姥爷。当然,来而不往非礼也。姥爷家请到了村里德高望重的老先生书写了回帖。小帖上写的是娘的生辰八字、爱好以及个人秉性和娘裹脚的一些情况,其中有句"脚不大好看",意思是娘的脚不是三寸金莲那种特别小的脚。

待茶毕,姥爷姥姥将送帖子的人打发走后,姥姥打开了包袱让娘和姨仔细观看,边看边说,娘出嫁的好日子已经定下来了,掐指算来也不过月把光景,就在年根儿前。娘仨合计着准备嫁衣,按娘的身材、体形,搭配好花色,裁出来赶早做好。早先准备下的嫁妆,其中两个用柳条编的八楞做活筐(做针线活儿的筐),请个油漆工又刷上两遍大漆,再晾干晾透。除去当天穿戴换洗用的,还有其他过门后应用的各种各样的衣物等。姥姥一再交代必须要记住:到时候提前发好面,蒸上两盘可着洋瓷大花洗脸盆一样大的红枣大花狗,寓意娘家婆家一起发!

在"小帖"换过不多天,也就是腊月二十六的下午,爷爷家的大红门对一贴出,就聚集了十七八个身强力壮的年轻人,那是专门为到马盘池村抬嫁妆而来的一群小伙子。爷爷特意买来了一大桶纯高粱酿成的老烧酒,准备好好地招待这些抬回来嫁妆的人。因为路远加上天寒地冻,十几个庄稼后生来回轮换着抬,人人都出透了一身大汗。主家也不会怠慢了这些出苦力的人,让他们趁着办喜事,好好喝一壶,放松放松……这也是村上大多数年轻人喜欢帮忙抬嫁妆的原因。

  小伙子们沿着通往丁栾大路旁的羊肠小道,沐浴着午后的斜阳一路东行,来到了马盘池姥姥家的村庄胡同里。抬嫁妆领杠头的人从麻袋里拿出了五百响的一挂鞭炮,并从布衣兜里取出一盒火柴,将鞭炮点燃,一阵一阵的噼里啪啦声响起……这是给姥姥家提示着:抬嫁妆的人到了!姥姥家帮忙的人迅速打发执事人出来,热情地把诸多人等迎进院子里。烟、酒、茶水敬上,宾客互敬互让,热闹异常。众多帮忙人七手八脚地将嫁妆捆扎得结结实实。抬嫁妆的杠头人大喊了一声:"走咧!"在一阵阵的吆喝声中,小伙子们一个个精神抖擞地将杠头穿到捆绑嫁妆的麻绳套圈中,横平竖直二人各半,同时放到了肩膀上,一路西行奔向宜邱村。

11

一顶小花轿

按照姥姥的交代,娘将喜日子记在心里的那段日子里,除去吃喝拉撒睡,其余的大多数时间都用在了刺绣上。姨和娘拿出了各自的看家本领,十八般武艺轮番上阵。几天后,衣服、扇肩、套裙、鞋袜一应准备齐当,用老式烙铁推过一遍叠好后,按类别规矩地码放在过完油漆晾晒干透的柜橱里。对于这些精心完成的每一件"作品",娘从心底里满意,兴奋之情溢于言表!

出嫁的日子一天天临近,娘的心里简直就是十五只吊桶——七上八下,既希望这一天快些到来,因为这是她人生中大喜的日子,高兴之余又能看得出她是那么的不情愿,不忍心和相伴了这么多年的亲爹娘、好姊妹分开。双重心情无时无刻不在撞击着娘。尚未出阁的这段日子里,娘总是惶惶不可终日,忐忑不安的一颗心时不时地咚咚乱跳。

这一天终于在娘的惶恐不安中到来。一大早前来帮忙的左邻右舍,把房前屋后打扫得干干净净。亲朋好友在堂屋、厨房和头门上都贴上了对联。在院墙内外、胡同两边也分别贴上了大大小小的"囍"字。院子里正中央安放一张八仙桌，上面摆着六个精美的小碟子，里面分别搁着枣、栗子、花生、糖果、点心之类的"吉利果"。还有高脚杯，这是给迎娶一行人准备的。姨和姥爷姥姥也都换上了平时压箱底舍不得露面的干净衣服，热情招呼着前来贺喜和远道而来迎娶的客人。

娘经过一番精心装扮之后更是光彩靓丽。只见她头戴凤冠，凤冠的边缘则点缀着耀眼的黄珠子以及小铃铛，而且还连接着大红色的穗子。上身内套大红，外穿浅粉色黄花小棉袄，绿色缎子经过手工扎花的扇肩，佩戴在了紧身小棉袄的上面。下身穿着由男方家送小帖时带去的薄薄的红棉裤。在别人的帮衬下，又系上自己亲手做的小碎花裙子。脚上穿着一双玲珑秀巧的绿缎子绣花鞋。从头到脚艳丽光鲜，起身走动时婀娜多姿、叮当作响，惹得街坊邻居啧啧称赞："真是闺女大了一枝花，十人见了九人夸。"

娘听到这话，只是掩着小嘴窃窃地笑。姥姥听了忙不迭地随声附和道："花妮是个懂事的孩子，长这么大跟着爹娘可没少遭罪，孝敬长辈，疼爱妹妹，没明没夜，织卖布、做卖活，吃苦受累从没吱过个声，真是难为我这个孩子啦！"

姥姥又接着说："我的大闺女出门，这也是我们家的第一宗大喜事。我和她爹估摸掂量着，不过也就是扯几件布料，况且又都是孩子自己做出来的。不像样儿的几件陪嫁，也是自家房前屋后种的树，砍伐下来请本村的细作木匠给打造出来的。我和她爹思量过，家道就是再怎么艰难，也不能太对不住孩子不是？"短短几句话，说得自家亲戚和在场的人们心里酸酸的不是滋味。

尤其是娘，眼看就要出远门，不能早晚侍奉在姥爷姥姥的床前左右，二老若有个病有个灾的，姨年纪轻轻，平时又很少操心家事。想到这里，娘不由得悲从中来，号啕大哭起来……

亲朋好友凑近跟前一番好言相劝，才勉强劝住了娘。这也正好顺应了我们当地人"哭嫁"的传统民俗。

不多会儿，只听得街里鞭炮齐鸣，迎亲的人已把花轿稳稳当当地停在了姥爷姥姥的家门口前。帅气十足的新郎——我爹——头上戴着一顶黑色礼帽，沿着帽盔的一圈缠绕着红色丝绸带，一身合体的黑色棉衣，身披十字大红，满面春风、喜气洋洋地前来迎接他的新娘。瞧！新郎环顾四周，面带笑容，两手打躬向周围的乡亲一一行礼。在一群年轻后生的簇拥和闹哄声中，迎、娶执事人互致礼仪后，人们涌入姥爷姥姥家的小院子里。

紧接着，二姥姥家的儿媳妇万荣妗子拿出两把上面带有大红"囍"字的枣红木梳，在娘的头上前后梳着，边梳边念叨："前梳七，后拢八，娘家婆家一起发！"上头完毕，将绣着"鸳鸯戏水"的红盖头轻轻地搭在了凤冠上。

这时候，姥爷姥姥对前来接亲的人说着"孩子年轻不知深浅，还望婆家人诸事多担待一二"之类的客套话。迎娶的人也弯腰拱手作揖回答道："婆家都是厚道人，有事不会为难她。"爹挽着娘的手，双双跪倒在姥爷姥姥面前，满

33

怀深情地磕了一个响头。娘在迎亲人等的搀扶下,缓缓地弯腰提裙,轻轻高抬金莲迈上轿头,侧身低头稳坐小轿中。盖头并没有完全拉下,娘还想要看看眼前的男男女女那一张张熟悉的面孔,再仔细聆听一次乡亲们那淳朴动听的乡音。

娘是多么眷恋她曾经生活过的小村庄,舍不得生她养她的父母、朝夕腻歪在一起的同胞妹妹伏叶,还有从小就在一块长大的一个个小闺蜜,以及村里互相照应的老少爷们、大娘、婶婶、嫂子们。

一连串鞭炮声响起,执事人高喊"起轿咧",爹骑马在前面引路,花轿慢慢被抬起。十冬大腊月,道路凸凹不平,崎岖难走,花轿摇摇晃晃地行进着,抬食盒的、吹响器的,一干人等紧跟在后边压轴。

花轿一出村便加快了步伐,姨紧追不舍,只恨三寸金莲的小脚不给力。不大工夫,姨就被花轿远远地甩在了后面,无奈只能眼睁睁地看着小花轿消失在茫茫旷野中。

姨悻悻地回到了家中,姥爷姥姥看着她魂不守舍的样子,叹了口气说:"闺女大了终归要嫁出去,更何况你姐又遇见了疼爱她的人。家门虽然不富裕,可人多不为穷,人口旺就是希望。你应该为你姐高兴才是啊!"听了二老的一番话,姨仔细想想:"也是啊!天下没有不散的筵席,姊妹大了终究是要分开的,看看这世上,哪有永远在一起的道理?"

12

沾亲带故送饺子

在我们那一带,至今仍流传着一个古老的风俗。那就是在女孩子结婚的当天上午,凡是和女方沾点亲带点故的亲朋好友,都会提前包出一整食盒素馅饺子,在新郎新娘典礼之后适时地送过来,以此表示亲情,进一步融洽日后的亲戚关系。

娘结婚那天一大早,姥姥就起床了,拉开门闩到外边看天。只见皓月当空,闪闪发着亮光,繁星在天空一闪一闪亮晶晶。姥姥不由地想,人们常说:恶闺女出嫁,不是刮风就是下雨。俺闺女就是好运气,上苍恩赐让她摊上这么个好天出门,这不但是她自己的福分,也让所有参与她这个婚事的人少遭罪。

娘进了宜邱村爷爷家,一阵一阵仿佛波浪翻滚般的闹腾之后,娘被马盘池村娘家送亲的一帮人紧紧护卫。我家两个姑姑充当急先锋,一马当先拨开熙熙攘攘的人群,连拖带拽地簇拥着娘进了新房。

"哎呀,我的娘哟!"娘连忙脱下典礼时浑身撒满了麸皮、鞭炮皮的罗裙和褡裢,换上一套浅色水红的裙子配着青色的扇肩。稍事休息后,已经大半天水米没打过牙祭、饥肠辘辘的肚子就提出了强烈的抗议,叽里咕噜地直叫唤。好在院外和新房闹哄哄的,要不然娘会感到异常尴尬的。

这时候,只听新房的门被人"咚、咚、咚"地接连敲了几下,屋子里陪同娘的人连忙问:"是谁呀?我们这才刚刚消停了一会儿,你们又杀了一个回马枪!"

这时候,只听门外我奶奶趴在新房的门缝,对着屋里边悄悄地说了声:"是我,和你同是一个村子的远房姐姐来给咱家送汤(饺子也称汤)来啦,想跟你说句体己话。"屋内的人赶紧打开房门,等人进来后,又旋即关上门,唯恐闹新房的人二度闯进屋来闹个天翻地覆。来人抓住娘的两只手嘘寒问暖:"妹子,让你吃苦啦,这里乱得够呛吧?这可真是十里地改规矩呀,咱马盘池娶新媳妇就没有这么闹腾的!"娘一改往日的矜持,只是一个劲儿地给这个娘家前来的亲戚诉说着婚礼上诸多闹哄哄的场面。两个情同手足的小姐妹把手紧紧握在了一起,久久不愿松开,仿佛有永远也说不完的体己话。

这个同村的姐姐是个明白人,也有眼力见,知道今天不是闲拉呱的场合,聊了几句就走了。眼瞅快要接近半晌,亲戚里道趁着好时辰端着饺子盒,络绎不绝地前来送汤。一时间,院子里盛饺子的簸箩摞得里三层外三层,不同的颜色、不同的面粉、不同的菜肴,但有一点是共通的——都是素馅的饺子。

为了赶时间,也为了答谢忙前忙后的众乡邻,趁着帮忙的、陪客的、接亲的人还没有离开，院子里临时盘起两口地锅。锅里开水沸腾后，灶上的师傅端起一个个簸箩呼啦呼啦地将饺子下到锅里，掂起马勺在大锅里轻轻搅动，然后拿起水瓢从高挑瓮里舀出一瓢清水，点到咕嘟咕嘟冒着一股一股水泡的大锅里，两三滚水开，饺子已经熟透。灶上师傅挥动柳条编成的笊篱，给在场的每个人都盛上一碗饺子。这是姥姥家里随着花轿给娘送来的第一顿喜庆大饭，有这么多乡亲作陪，意味着今后的日子定能过得红红火火、蒸蒸日上。在这天寒地冻的日子里，有一碗碗白生生的饺子，再配上这汤汤水水，热热乎乎地下肚，院子里顿时升腾起一股股热浪，人们被冷风吹得通红的面庞上洋溢着满足的笑容……

那天得亏有个晴朗的好天气。抬头仰望蓝天，万里无云，平时不是冷风吹，就是雪花飘，十冬腊月里能遇着这样的晴天实属不易。院子里红毡铺地，太阳当头，娘在我奶奶的引荐下，提裙、跪地，叫着远近长辈们的称呼，一个一个行大礼。

新媳妇头一回和长辈们见面，磕头是不允许受空头的。爷爷奶奶自不必说，特别近门的，如婶子、叔伯、大娘，稍微要多出一点点钱。不过，说多也多不到哪里去，至多也就是块把钱。不出五服的大多是五毛钱，其他远门的长辈一律都是两毛钱。娘这一圈头磕下来，总共不超过二十块钱，可就是这微不足道的二十块钱，在后来的日子里也派上了大用场。

13

闹洞房与听墙根

闹洞房与听墙根的习俗,娘还没过门之前就早有耳闻,常听街坊邻居、亲朋好友说起新娘新郎被闹洞房的"传奇故事",以及由此引发的一系列荒唐事。道听途说毕竟有虚假成分在里面,而娘亲自经历过的那一幕才让她终生难忘,"十里地改规矩",这回可算是真的领教了。

上轿前,街坊邻里把一些蜜蜜果给娘,并一再嘱咐,要保护好这些如铜钱大小的护身法宝。所谓"蜜蜜果",就是在火烧中间用空心麦管蘸些红颜色水,点上一个个红圆圈圈,再把火烧放在饹馍的平底铁锅上炕得两面焦黄酥脆。娘把这些蜜蜜果放在贴身的口袋里,还用喜庆的红线将口袋轻轻地织上一针,预备稍一伸手就能将其拽开。娘家人反复交代,可别小看了这些圆不溜丢的面玩意儿,它可是踏进婆家门槛的第一道敲门砖。下轿后必然会被蜂拥而来的众人拉拉扯扯,在拜天地的时候也会有一场让你感到丈二和尚摸不着头脑的一番闹腾,这时候千万不要慌,也不要忙,一定要冷静下来沉着应对,不要与人正面顶撞或发生不必要的口角冲突。一些哄抬、说笑甚至打打闹闹，在结婚的日子里都是稀松平常的小事情，只要悄悄掀开衣襟，顺手拉开衣服半敞开口袋上松着的那根线绳，就可以毫不费力地掏出一些小蜜蜜果，挥手撒向拥挤的人群。这时候的人们只顾捡地上的蜜蜜果，就可以瞅准脱身的机会，来个金蝉脱壳。

据老辈人说，谁家的大人拣到这蜜蜜果，谁家的孩子就会不生病或者少生病，将来多子多福，甚至可以长命百岁。遇上娶新媳妇这样吉利的大好事，又有谁还不使劲挤扁头，捡这些天上掉下的馅饼？人们只顾得捡地上的蜜蜜果，谁还顾得上再去找新媳妇的麻烦呀！说白了，这些小小的蜜蜜果是保护自己的秘密武器，引开众人，使自己免受推搡撕拉硬拽之苦。

另外，还得在食盒里装两个如同圆形面包大小、里面裹着纯红糖馅的蜜蜜果，这是留给洞房之夜小夫妻享用的，寓意甜甜蜜蜜过生活，白头到老一辈子。

这些传统礼节、当地习俗都一一熟知后，娘带着亲人们的嘱托，胸有成竹地坐进小轿。

可是当娘下轿后，正要掀开衣襟扯断口袋上的丝线绳拿出蜜蜜果抛向人群，没想到，一个眼疾手快的年轻小伙不容分说伸手将整包的蜜蜜果抢到囊中。娘目睹眼前突发的这一幕便傻了眼，心想，秘密武器无端地被人强行掠走，这还得了。娘试图拨开众人追上去对他说一些好话，要一些回来，可那人早已逃之夭夭。无奈，娘只得把另一只手里仅存的少量储备扬手向众人倾撒下去，还好，总算恢复了片刻的安静。后面只能是听天由命、任人摆布了。

娘头上蒙着的大红盖头，本应该到晚上只有爹才能掀开，谁知道因为人群中突然出现了骚乱，盖头提前被人掀开了。娘的庐山真面目过早地暴露在大庭广众面前，接着又被人用满满的一官升麸皮兜头盖下，浑身上下满是麸皮，应验了"福倒头、浑身流"这一美好的祈福，众人都说这是个好兆头。因祸得福，娘也算是个有福之人。虽说娘还不属于那种三寸金莲的小脚女人，但模样还算周正，引得前村东半道街的老老少少凑过来看。这个说"新媳妇长得好——耐看"，那个说"新媳妇针线巧——难找"，还有的说，"别看人家贾允老汉家丁多地少，家底穷，可人家也不知哪辈子祖坟上冒了股青烟，大儿子到底还是如愿以偿地娶个好媳妇。听说这闺女家教好，肯出力，家里家外都是爹娘的好帮手。"。

这话传到我爷爷奶奶耳朵里，老两口乐得合不拢嘴。爷爷向前来看热闹及祝贺的人群拱手作揖道："托老少爷们的福，我这厢有礼啦！看在我们老两口的薄面上，咱们老少爷们、晚辈、后生能否安生会儿？那边南屋里有香烟、糖果和茶水，咱们大家伙都消停片刻吧。"

我们村时兴结婚三天不论大小及辈分，无所畏惧，闹翻天也不为过。从上午日头偏东南，娘被娶进门后的那一刻起一直闹腾到日头偏西，竟没有丝毫要停下来的迹象。

挨到天黑下来的时候，呼啸的西北风吹了起来，还下起了雪。娶新媳妇的头三天，明灯蜡烛要一直亮着，夜晚的雪景在院里院外灯光的映衬下显得格外动人……

娘在洞房里听得院子里人们陆续离开，总算是出了一口长气，心想终于可以好好歇歇了！可过了不大一会儿，晚上闹洞房的一班人马又不厌其烦地接上了茬口。他们三三两两在新房的四周依次排兵布阵，轮流在窗户下边蹲点、望风，屏着气息，支棱一双机灵的耳朵，偷听新房里小夫妻暧昧的说话声以及从新房里边传出的一切小动静。他们这些蹲守者忠于职守、尽职尽责，把一些听到的所谓新闻经过一番添油加醋，倾尽编造之能事，打造成让人们听起来啼笑皆非的一个个笑话。

也许是故意想制造一些浪漫笑资给他们听，爹带着幽默的口气说："我曾记得，送小帖的人带来的帖子上有这么一句，说是你的'脚不大，好看'，我还以为真的是特别的小脚呢。现在咋看着也不像是三寸金莲啊，怎么忽然就长大了些呢？"娘说："我们家没有男丁，我是家里的老大，家里地里我都得替爹娘帮衬点不是，你嫌弃吗？"

爹毕竟是个文化人，一下豁然开朗地哈哈大笑，一语双关地对着娘，更或许是对墙根下蹲着的人说："正中我家二位老人的下怀，俺家人口多，兄弟姊妹们年龄小体质弱，咱俩又同是家里的老大，家里地里都应该拿得起放得下才行。脚大点没关系，不但我中意，我的家人和爹娘更喜欢！"

屋子里的这些悄悄话时不时地传到了蹲在墙角处及窗户下偷听的后生耳朵里，大家笑又不敢大声笑，说又不敢大声说。

待外边寂静无声的时候,娘从床上抽身站起来。因为娘饿得肚子咕咕叫,前心贴后心,几乎有些支持不住,刚挪动几步时,只觉得眼前漆黑一片,踉踉跄跄,险些跌倒,急得爹赶紧走上前顺势一把将娘紧紧地搂在怀里。

天气寒冷,因为是出嫁的头一天,不能穿得过厚显得臃肿,娘冻得清水鼻涕直流,又是当着爹的面擦也不敢擦,吸溜鼻涕的滋味真的不好受。娘在心里抱怨衣服单薄,身上时不时地还想打哆嗦。爹连忙问娘道:"咋啦这是?"娘眨了眨眼,小声说:"不要声张,我一连几天赶活,总是饿一顿饱一顿。而且近几天觉睡得也少,天寒地冻这肚里没食也饿得慌,体力有些不支,真的没啥大不了的。"爹听了就要去喊奶奶给娘做碗热汤面暖暖身子,娘连忙用手捂住了爹的嘴巴,着急地对爹说:"没有那么娇贵,快别多事了,娶到家的新媳妇,头天就让婆婆为我做饭,说出来还不让人笑掉大牙?人家还不知道在外边咋说我矫情呢,我可是吃罪不起呀!"

一向诸事小心矜持的娘挣脱爹的怀抱,走向她从娘家事先带来的食盒前,那里边装有姥姥特地为他们小夫妻准备的两个圆圆大大、吉祥如意的蜜蜜果。

娘心中想着,此时就是再淘气的小伙子想必也该早有睡意,回家钻到热被窝里蒙头大睡了吧。更何况季节不饶人,寒冬腊月,滴水成琉璃,刮着大北风,还不时地飘着雪花,街上早已没了声息。家家户户的鸡想必早已上了架,街上的老黄狗也不再歇斯底里地狂吠。娘天真地认为，此时绝不会再有人肆意偷窥和打扰，便小心地从食盒里将蜜蜜果拿出来，恭恭敬敬地递给爹一个让他先吃，自己才羞涩地准备一点点用手掰着吃。

谁知这蜜蜜果是家人一大早就烙下的，因为天冷冻得又干又硬，用手掰也掰不动，只能用牙使劲咬，只听见"嘎嘣、嘎嘣"的响声。殊不知，这屋子里的小动静，早被那些不惧寒冷听墙根的好事者听了个一清二楚，两人无意之中说出的悄悄话也被他们听得滴水不漏。

此时，猫在墙根下的人们早已憋不住气了。有善于动脑子的精明人，用事先特制的扁平竹签不费吹灰之力便撬开了并不结实的木门栓。只听得呼啦一声响，一帮年轻人冲进洞房来。爹娘不得已将两人正在享用的蜜蜜果暂时放在一边，赶紧给这些人递烟倒茶热情招待。娘把其中的一格食盒里的糖果点心一股脑儿端过来放在他们面前，借此来封住他们的嘴。他们三口两口吃完，闹腾够之后，充满歉意地跟爹娘打了声招呼说："这是我们听墙根得到的最好的奖赏。我们走啦，你们小夫妻也该睡个安稳觉啦！"

这一幕新房里的小闹剧，爹娘并不过多地理会，因为这是农村结婚必不可少的小插曲。爹说，如果没人闹洞房，那才没有趣呢！显得既没人缘，喜主家又觉得冷清了许多，也叫街坊邻居说东道西的看不起。热热闹闹、嘻嘻哈哈、乐乐呵呵，这才像娶新媳妇的样子！

14

送小饭

　　第二天一大早,娘就颠覆了祖上千百年传下来的"新媳妇过门三天不进厨房"的老规矩,提前早起洗漱完毕,趁着大家还都没有起床之前拿起一把扫帚将大院了从里到外打扫干净。之后娘系着自己亲手刺绣的蓝色荷花围裙,开始点燃灶膛里的柴火,来来回回拉动木风箱,只听耳边"呼嗒呼嗒"的一阵一阵声响,娘为这个大家族生火做起第一顿早饭。

　　过了一会儿,只见二姥姥家的大儿子春荣舅——按族规,姥爷膝下无子,他已过继给姥爷门下,家里有个大事小情的都必须由他来出面应酬——驾着一辆小马车来到了我们家。再看那车上,放着两个四四方方的红漆食盒,食盒的上面分别被两个崭新的包袱带子十字袢捆绑着。

　　娘急忙端出一碗红糖水——里面还有两个荷包蛋,恭恭敬敬端到院子里的一张桌子上,嘱咐大舅趁热将这碗鸡蛋水喝下去暖暖身子再吃饭,然后又快步走向我奶奶的屋子里叫了声:"娘,我家兄弟给俺送小饭来了。恁去看看还有什么事,还有其他什么要交代的没有?"奶奶听后马上来到院子里叫声："他大兄弟，恁来得怪早咧！大老远的路，急慢了啊！"

大舅循着声音看了过去，只见奶奶踮着一双小脚快步轻盈地走过来，笔挺的身段看上去很硬朗。长方脸，柳叶眉，墨黑色的丝网把头发梳成了一个圆溜溜的发球，固定在后脑勺的发髻上，别着一根耀眼发亮的银簪子。上身穿蓝色掩襟中式棉袄，下身穿一条黑色棉裤，棉裤腿还被一条黑色缎子捆腿带错落有致地缠着，俨然一副农村朴实主妇打扮。大舅打量完心中暗自感叹：从她的穿戴就能看得出，这是个敞亮人，她家也是个干净利落的好人家，以后待自家妹子肯定错不到哪去。大舅连忙把正在扒荷包蛋的筷子，连同端在手里的老式大黑瓷碗一并放到了桌上，腾出手热情地拉住我奶奶的手问道："大娘，恁二老的身体可硬朗？我们家里的大人让我问候恁二老好！"奶奶也连声地问道："恁家爹娘可安好？恁大爷大娘他们的身板可硬朗？"

一阵寒暄过后，奶奶让爹从车上搬下捆绑着的食盒，解开上面的第一个食盒，里面放着六个盛着三荤三素的小碟子。这就是娘家给新嫁出去的闺女送去的第一顿小饭——"想家饭"。第二个食盒里规规矩矩地码放着市面上时兴的各样点心，这是姥姥给我家爷爷奶奶带来的礼品。奶奶将第一个食盒递到娘的手里说："你们夫妻二人放开肚子尽量多吃，动过筷子吃不完，剩下的才能给大家吃——这就叫以后的日子过得有余有剩。"

然后将另一个食盒里的点心拿出来一半，又在食盒里放上一些手工挂面和糖果及其他精细小食品作为回赠。这时大舅猛抬头看见从大门外进来一个身材魁梧的人,操着洪亮的嗓门喊道:"来啦!他大兄弟!这么早!我刚才还在说趁着天还早,索性先去买几瓶好酒,一来是好好地款待你,二来让你带回家去给你爹和你大伯尝一尝。还没等我回来,这不,你就赶到我的头前来啦!抱歉!正好,咱爷仨就着现成的小菜喝两杯暖暖身子。"大舅心里暗自思量:"这一定就是我家妹子她公公,看模样就是个痛快人,碰上他们一家子的热心肠人,我妹妹真的好有福气啊!"

大舅推辞说,年轻人在家经常不坐桌,也不常喝酒,还是免了吧。可耐不住我爷爷的盛情款待,还是和我爷爷、我爹推杯换盏勉强饮了几杯,之后又在家人的陪同下用了早饭。爷爷掀开食盒盖子,将几瓶正宗的粮食老烧酒码放在食盒里,然后用包袱袋子将食盒扎紧,正儿八经地将食盒放上了车。大舅推说家里事多,想早些赶路回去。常言道"客走主家安",爷爷奶奶也不便过长时间挽留客人。我家老老少少一干人等,将"送小饭"的大舅送到大门外十字路口拐弯处。大舅一欠屁股,坐上了自己赶来的小马车,扬起手中的小皮鞭"嘚喔"一声,那驾车的小马扬起蹄子一溜烟儿向正东方飞奔而去……

15

回　门

　　一转眼,"两头挂橛"(土语,意思是头尾都算上)整整三天,娘回门的日子到啦!

　　吃完早饭后,爹套上一架老式的毛驴车,小毛驴脖子上系着用大红麻绳挽成的一个十分耀眼的红花结,还坠着几个金色的铜铃铛。爹把要带到姥姥家的礼品盒一一搬上车,娘又一次对着梳妆台上的小镜子打理了一番,待确认拾掇齐全,便轻轻跷起了双腿坐上了车。

　　爹稍稍扬起手中的小皮鞭,"喔、喔、驾",那小毛驴就撂开蹄子一溜烟地往前跑,铜铃发出了丁零丁零的响声,格外的清脆悦耳。冬日里的阳光虽然微弱却也异常的清爽,云层中夹带着的朝霞,被分割成一片一片,淡淡的红与白色相间,像极了醉人脸上泛起的点点红晕。

　　人逢喜事精神爽,小毛驴也颇通人情世故似的,扬起四蹄精神抖擞地仰起脖子朝着路上的行人连叫几声,像是要引起路人的高度关注,更像是给一对新人提个醒:今天我可是给你们下了大力气,挣足了面子。不到一个时辰的光景,就来到了姥姥家门前。

正在翘首盼望的家人，忙不迭地迎出门外。姥爷急急忙忙赶上前去要替爹把驴卸下套，爹说："恁老和长辈坐那先说话，这活让我自己干吧！等会儿我把驴牵到院子里拴到那棵椿树上，中吗？"姥爷看爹已将驴牢牢拴好，旋即从牲口棚内端出一筐上等的草料。这小毛驴还真不拿自己当外家的牲口，竟若无其事、津津有味地吃起来。吃到高兴处，还洋洋得意，不时晃动着它那小脑袋，脖子下面系着的铜铃丁零丁零地响着，似要报答主人的盛情款待。

　　姥爷姥姥家前来作陪的人，迅速赶上前去将车上礼盒搬进屋。另有一位年龄小于姥爷的长辈——我的二姥爷，身材魁梧，穿一身地道的中式棉袄棉裤。他老人家一手拉着爹缓步走进堂屋，执意要把爹让到上座，爹急忙拉住姥爷和二姥爷的手慌不迭地说："这可使不得，二位老人家，恁这不是要折煞我了吗？"待二姥爷和姥爷在主位上一一坐定，爹按次序逐一给在座的长辈们躬身施礼并问好："长辈们近来身体可安康？门婿这厢有礼啦！"随后拣了个下首坐下慢慢叙话。

　　姨顾不得繁文缛节，径直扑到娘跟前。娘顺势将姨揽入怀中，久久不愿撒手。娘粉面含羞，一身素雅不失娇柔，那对含情脉脉的大眼睛闪烁着青春的光芒。姨和姥姥挨近娘的身旁坐下，问她嫁到婆家有没有什么难处？娘从头到尾向她的至亲说了这么一件事：宜邱村那边时兴过门的新媳妇额外给婆婆做饭。这个事可真的把娘给难为透啦，因为初来乍到，也不知道婆婆的口味，更不知道如何才能让她老人家称心如意。爹又是这个大家族中的长门长子,人常说:"头三脚难踢。"如果第一炮打不响,那以后咋在这个家站住脚跟啊?

　　娘思量一番,终于有了主意。娘同爹商量说:"咱家不是有两个妹妹吗?谁最能讨母亲大人的欢心?谁最会做饭,并且知道母亲的真实口味?你现在就把她叫过来,说我有礼物要送她。"如此这般,不一会儿,我大姑高高兴兴跑进娘的新房里。娘从陪送的柜橱里拿出一个精致的绣花手帕送给大姑,见她乐得手舞足蹈,欢喜的不得了。娘趁机贴近她的耳旁,还有意用脸蛋触碰了一下大姑平时最喜欢在耳垂上佩戴着的那对精致的银耳坠。这一碰不打紧,耳环分明发出了悦耳动听的声响,看得出大姑格外的兴奋。娘趁势悄悄地问她:"咱娘一天三顿饭最喜欢吃的饭菜是什么,告诉我好吗?"大姑显得很神秘,也轻轻地凑近了娘的耳旁,将我奶奶一天三顿饭最喜欢吃的那一口一一告诉了我的娘。于是,头三天里娘做出的饭菜端到奶奶上房的小四方桌前时,无论是色香味还是荤素搭配几乎都没的说。单就说那一日三餐的汤水吧,当娘端到二老面前时,那温度、那份量也恰到好处,正合二老的意,竟挑不出任何毛病来。一日三餐的饭菜,顿顿盘光碗净!这真应了唐代诗人王建那首诗:"三日入厨下,洗手作羹汤。未谙姑食性,先遣小姑尝。"

　　爹这个新翁婿,第一次陪同娘来马盘池回门,真可谓讲究多多。爹平时本不会喝酒,但盛情难却,还是象征性

49

勉强地喝了一些，结果不胜酒力，面部瞬时便泛起了红晕。爹忙起身向周围陪客的长辈挥了挥手说："恁们先坐着多聊会儿，小婿难得来一趟，咱们光顾着聊啦，也别冷落了厨房我那辛苦做饭的岳母，我这就去陪她们娘仨说会儿话。"

因为饭菜早已经端上桌，姥姥、姨陪同着娘正在内屋闲拉呱。听到爹以陪她们娘仨说话为由要离开宴席时，姥姥便急急忙忙一只手拉着姨，另一只手又将娘的手紧紧摁在她怀里，娘仨手牵手蹑手蹑脚从内屋里闪出了屋外，爹眼明脚快，紧随其后进了对面的南厨房里。

姥姥从盆里拽出发酵好的一大块发面，在案板上用力揉了揉，将揉好的面一分为二，拽成两个大面剂子。娘洗净手正要上去帮忙，被姥姥一把推开，笑着说："今天可不比往常，以后在你婆家那一大家子几十口人，你又是排行老大，今后也不管大事小情的，都得领着头往前奔，可比不得在娘家啊！"娘微微点了点头答应："娘，这我都记下了，恁二老就把心放到肚里去吧！"

姥姥在面案上用擀面杖推擀出两个面饼，让姨拽来一些麦秸烧火，说用它烧锅烙出的发面饼好吃，仔细嚼起来会发现有一股纯正的麦香味，而且还不会糊锅。爹瞅了瞅水缸里只有半缸水，便拎着两只木桶，正要找扁担，姥姥紧紧追上两步把水桶要了回来，冲着爹娘连声说："一生中能有几回这日子，今天可不是你们干活的时候，院子里不是有两个凳子吗？一边坐着去，不耽误咱说话！"

姨见状不由得寻思道："怨不得世人都说丈母娘疼女

婿,普天下都是一样的。真是百闻不如一见,今天算是轮到我们家,真信啦!"待烙饼的锅烧至有六成热的时候,姥姥就把大饼用小擀面杖轻轻挑起来,顺势摊放在锅上。由于麦秸火烧得匀称,发面饼立马鼓起来,像个涨满的气球!紧接着翻个儿、起饼,第二张如此类推也齐活了。这就是农村闺女出嫁三天回门时,娘家要准备的两张发面"烙馍"。

这时,姥爷看到烙馍已经烙成,便放下手中的酒杯下到地窖里抱出一捆大葱来,三下五除二揭掉外面的干皮。待烙馍稍微晾凉了之后,姥姥便把每根足足有二尺长,仿佛小擀面杖般粗细的大葱往烙馍里轻轻松松地一卷,两头各露出葱须和葱尾,再把两头各用红线系上。烙馍大,葱又粗又长,喜盒里如何都装不下这两张大家伙。姥姥只得拿出平时做豆腐用的一大块棉纱布,将两张偌大的发面烙馍包起来,连声催着姥爷帮着把毛驴车套好。陪客的见状立刻从堂屋把盛着礼品的"喜盒"搬到车上,姥姥嘱咐爹赶车快走,并对娘说:"按农村的习俗,头一趟回门走娘家,不能回去晚了,只能赶早不赶晚,日头稍稍偏西一点就要赶回家,倘若回去晚了要瞎婆母娘的双眼,会招婆家人厌烦,要遭骂娘的。以后的日子还长着呢!想看爹娘有的是机会,头一趟咱可不能叫人说闲话呀!至于发面烙馍咋个规矩吃,你婆家都是知道的,回去问就是了。"

一切收拾停当,姥爷姥姥以及诸位作陪的将爹娘送至门外坐上了车。刚下午两点多钟的光景,太阳就已经收起它那淡淡的光芒,似乎也像人们一样害怕寒冷,眨眼间便躲到了像薄雾一样的云层里。两天前的晚上飘落的那场雪,此时仍覆盖在农家一座座屋顶上,因为数九寒天,仍没有显现出化掉的迹象。就连路边的树上盖的都是雪,积雪把树枝压弯了腰。爹示意娘裹紧衣服勒好头巾,以免寒风刺骨冻出个好歹来。娘恋恋不舍地一再向家人招手致意,爹扬起了手中的小毛驴鞭。那小毛驴"踏、踏、踏"地拖着那辆老式的毛驴车,依旧晃动着脖上那一串铜铃铛,一路叮叮当当地去了。

16

走"续"娘家、认"续"闺女

  亡妻另娶，必须要过一道门槛，就是走"续"娘家。
  时光似流水，一晃一个月过去了。通过亲戚给丁栾北街爹的前岳父家捎话，初六这天爹要带着娘，还有他们闺女撇下的小外孙子登门去认亲。对他们来说，这是悲喜交加的一桩大事。悲的是，自己的爱女得了月子病撇下他们撒手人寰，爹这次上门，又会触碰心中伤痛的回忆；喜的是，有了一个知疼知热的干闺女，也不失为一种心理慰藉。
  这天，爹赶早套上毛驴车，带着奶奶预备下的一份厚礼就上路了。爹赶着驴车，一路朝着丁栾集方向飞奔，不多时，在丁栾北街拐弯处的一家门口停了下来。里面早已听到了外面的动静，马上就出来人迎接爹娘和孩子，在院子里寒暄几句便来到屋子里。主人格外热情，从院子的柴火垛上拽了一抱柴火点燃。一时间，屋子里火花四溅，弥漫着柴草燃烧的土腥味道，里面掺杂着麦秸遗留下的麦粒燃烧发出的麦香味，给寒冷的屋子里注入了一股暖流，让人感觉暖洋洋的。
  这家的姥姥慌忙将幼小的孩子从娘的怀中接了过来，

紧紧地搂在怀里,满眼含着泪花,连声说:"我可怜的孩子,这么小就没了娘,我的心肝宝贝,真是遭了大罪呀!"这时娘腾出手来,双手拉住孩子姥姥的衣襟,扑通一声跪在二老的面前叫了声爹娘,哽咽着说:"从今天起,我就是恁的亲闺女,这孩子就是我的亲骨肉,我就是他的亲娘,请恁二老受我一拜。"

两位老人听了娘的一番话,触景生情哭得一塌糊涂。孩子也在一片哭声中被吓得不知所措,张开小嘴哇的一声大哭起来,怎么哄也哄不住。还是亲朋好友凑过来,七嘴八舌地说:"他婶子,今天可是个好日子,'续'闺女来认门,平常你们两口子多敞亮的人,怎么越发地糊涂起来了呢?多好的事情啊,应该高兴才是啊!"一语惊醒了梦中人,二老顿时破涕为笑,连忙拉起娘的手说:"都是我们没出息,这么好的日子让我们这两个老糊涂给搅和了,该罚,该罚呀!"

娘忙从蓝印花包袱里拿出事先给二位老人做好的衣服,是套在棉袄棉裤外边的布衫和裤子,男女各两套。二老当着众人的面,三扯两薅便套在了身上,这儿抻一抻,那儿拽一拽,肥瘦大小都正好!二老连声说:"我的好女婿,你可真的好福气,这闺女疼女婿、爱孩子、敬二老,这也真的难得呀!瞅瞅这衣服的料子,瞧瞧缝衣服的这针脚,就连我那早走的闺女都没有眼下这'续'闺女的手头灵巧哇!我们二老真不知是哪辈子祖上冒青烟修来的福分,能跟着享上这个福,我们活得也值啦!"

说着话的工夫,这家的姥姥拿出来一件扇形的绣花坎肩放到娘的手里,娘满心欢喜地收了起来,弯下腰来一再说谢谢。

礼毕,大家按主次一字排开,落座就餐。陪客的从红泥小火炉上提了一壶烫热的老酒放在当门桌上,一番推杯换盏后,宾客都略有醉意。娘不会喝酒,仰脸看天色不早,低声催促爹说:"吃点饭咱们带着孩子趁早准备回家吧,人常说,客走主家安,日久天长,机会多的是,咱抽时间多来跑跑就行啦!"

的确如此,在之后若干年里,至少在我记事的那些年头里,每每遇到年节,或者有个大事小情,礼物大都是各备好两份。只要是爹娘准备到马盘池那里去串门,第一站必定要先拐到丁栾北街的"续"娘家,看望过二位老人后,才心安理得一路东去,回自己的娘家探望。

17

姨私塾学识字

娘成家后，爹隔三岔五就会带着她回到马盘池看望姥爷姥姥。

有一次回娘家，爹跟姥爷说："她姐这一出门，看着小妹妹也怪无聊的，刚好离咱村不远的张庄村就有一家私塾学堂，一年也就是二三斗粮食交给人家，年龄、男女、婚否均不受限制。我跟她姐商量过，不如送她去识些字，免得也像她姐一样，斗大字不识一升，遇上点事儿，跟盲人骑瞎马一样，就是个睁眼瞎啊！"

爹的这番话，正中姥爷姥姥下怀。俩人忙不迭地说："早都有这心思，又恐怕外人说三道四，说女孩家抛头露面的会招人笑话，而且脚小走起道来又不得劲，这才耽搁到如今。听你一番话也真就是这么个理儿，这事儿就这么定了吧！"

姥爷姥姥把要去学堂识字的事一字一板说给我姨。姨听后顾虑重重："村里还没有听说谁家的女娃娃上学认字的，况且我姐姐又出嫁了，倘若我要再到学堂去识字，二老身边没个人，咋能叫人放得下心呢！"

姥爷安慰她说:"学堂就在离家不远的张庄村,吃罢早起饭,捎去响午一顿饭的馍,爹用独轮车推着把你送过去,顺路我好再到咱家的南地干会儿活。天黑拾掇完地里活计,拐个弯再去把你接回来,这样两不耽搁,你看这还不中吗?"

姥爷接着说:"家里人少,也没多少活,爹娘年纪还不算大,地里的活不愁干不完。我和你娘也没非要再生个男孩子,咱家女孩就当男孩子使啦!你去学几个字,能学多少是多少,以后记账、写信、记个啥事的保不住有用得上的时候。你姐夫也给人家学堂先生交代好啦。再说你也这么大了,有合适的人家咱也得留点意。肚里有点文化就敞亮些,说出来名声也好听。"

姨说,一直到后来她都没弄明白,平日里他们二老总是把"女子无才便是德"的老话经常挂到嘴边,这东南西北风,也不知是哪阵风把他们给吹醒了,咋就豁然开朗,似乎是在一夜之间就改变了原来的看法。不过,看到二老这么上心,姨便不再坚持己见,顺水推舟点头应允:"既然你们都说识字好,情愿赔粮搭工夫叫我去,想必是想让我求个因果成个用度。不过,我还是有点儿担心,如今恁看我都这么大啦,这也算是大闺女上轿头一回。明天我先去一天试一试,看看能否学进去,要是学不会你们可别怪罪我就是。在这里我先给二老保个证,一定跟着先生下劲儿学,真要是没兴趣,我也不去瞎耽误那时光。"

姨说完回到里屋,从柜里拿出一个蓝碎花包袱,抖搂开一看,都是些平时裁剪剩下没舍得扔掉的花花绿绿的边角布料。那个年月有"新三年,旧三年,缝缝补补又三年"的说法。"大的穿新,老二穿旧,老三穿破,老四补丁少,老五、老六补丁多,老七、老八没法说!"那可是一点都不带掺假的。这样的边角布料,只有到那家里孩子少的人家,或是给人家做针线活的家里去寻借。

姨把碎花包袱中的布头划拉过来划拉过去,仔细挑拣,迟迟拿不定主意。正在犹豫不决的时候,冥冥之中好像一个声音告诉她:"另一个经常不开的小箱中是不是也应该寻觅一番呢?"

姨扭回身来,挪到那个箱子前,里面果真有一个包得规规矩矩、四四方方的麻格小包袱。姨从中选出一些宽的、窄的、素雅的、艳色的布块。姨用熨斗推平,仔仔细细地按书本的大小,裁出尺寸相等的长布条用作书包的正反面,然后围着四周量裁出一个长宽布条,当作书包的边沿,最后再加上扁平合体的两个书包带子。经过一番忙碌,两个崭新的手工洋布书包总算做了出来。

姨心中自有她的打算,两个书包,可以替换着用。要是娘回来时能相中,还可以送给她,用来装一些零七八碎的小如意物件。

姨把压箱底的干净衣服也顺便找了出来,穿在身上反复试了又试,再挎上自己亲手缝制的书包,还真别说,就两个字——好看!姨跑出屋外给姥爷姥姥看,二老仔仔细细地端详了好大一会儿,也啧啧称赞道:"瞧这式样,看这针线,这孩子就能让大人放心!"

大家欣赏完毕,姨忙摘掉书包放在床头,跑到厨房里,系上自己亲手做的蓝花围裙帮姥姥做晚饭。说说笑笑,不一会儿饭菜停当,姨到胡同里喊姥爷回家吃饭。三口之家围坐在一起,姨似有别样的一种滋味涌上了心头:"爹娘一把屎、一把尿,把我们姐俩拉扯这么大不容易,姐姐又刚刚嫁出门,临走还一再嘱咐自己好生照顾两位老人。我这一上学,白天家里的事就顾不了了,还咋照顾老人?我拍着胸脯给姐姐打过保票,自己亲口说过的话,亲口承诺的事,这么短的工夫便打了水漂,有啥脸面再见姐姐啊?"

姥爷好像看透了姨的心事,对姨说,"到学堂识字是你姐姐的意思,看你学啥学得快,一家人里头也得有个识文断字的。你就别再胡思乱想的,赶明儿个欢天喜地去就是啦!"听了这话,姨心情豁然开朗了许多。

第二天吃过早饭,姨坐上姥爷的手推独轮车,吱吱呀呀地上了路。一路上她心里格外高兴,暗自思量:"也不知这私塾里有没有女娃?倘若有的话,一定要和她结个好伙伴,遇上点大事小情也好互相有个照应。"

父女俩一路无话,终于来到张庄村北的一个小院子外。门前有两棵仿佛耸入云端的老榆树,枝杈上缀满了嫩绿的榆钱,很诱人。姨真的好想伸手拽住树下边的一枝,捋一把榆钱塞到嘴里吃。怎奈今天非同寻常,便不好如此放肆。姥爷摆手示意让姨从车上下来,姨便一手挽着自做的花书包,书包里还装着两个热乎乎的杂面窝窝头,怯怯地下了车。她弯下腰来用两手拍拍酸胀麻木的双腿,等缓过了劲儿,这才一瘸一拐迈着碎步走进学堂院子里。

这个时候,正好撞见了教书的张老先生。只见他中等个子,头戴圆顶黑色瓜皮帽。上身穿着一件打了补丁却干干净净的藏蓝色长衫。虽然已经是春天了,但乍暖还寒,为了抵御风寒,外面还套了件黑大褂子,纽扣系得端端正正。下身穿着黑色裤子,还用一条黑色短带扎起了裤腿,脚蹬白袜,穿着一双可脚尖头布鞋,看上去是个很讲究仪表的一个人。姨向先生行礼问好,他躬身还礼,领姥爷和姨进屋。互作交代后,为了不耽误先生时间,姥爷抽身告辞。

姨环顾四周,书屋不大,还略显简陋。屋里有四张旧桌子,两个学生合用一桌。姨和另一个看上去十七八岁的女孩一直扯着手站着。姨乍一见这个女孩,就似曾相识的感觉,俩人拉着的手始终都没有松开。这个女孩大名叫"张想荣",虽然定了亲,但还没有出阁。

先生很是善解人意,温和地说:"正好,也就是你们两个女孩,就坐在一起吧。"

然后先生和蔼地问姨的名字,姨小声答道:"伏叶。"先生又问:"没有大名吗?"姨满脸通红,竟一时语塞答不上话来。先生见状,凝思片刻后对姨说:"我给你起个大名,就叫于荣枝吧!"姨点头同意,并说了声"谢谢"。

先生稍稍提高嗓门说:"既然大家有缘来到这里,咱们就得像一家人一样,不管是课上课下遇上个啥事,只要是说出来咱们都好商量。我把你们这些学生当成我家的孩子，你们也把这儿当成自己的家吧！"短短几句贴心的话把大家说得心里酸酸的，眼窝窝里险些滚出泪蛋蛋。

先生给每个学生都发了《三字经》《百家姓》两本书。然后，先生把今天要学的内容高声朗读一遍，再领读一遍，又把每句的重点字、词、句作以分解。

次日上课，先生点名叫学生站到讲台上给大家念书。几乎每个人都要被叫到，所以无论课前课后，还是课上课下，同学们都小心翼翼，稍有不慎，就有被叫上讲台而下不了台的危险。先生吟诵的时候会拖长腔调，读至动情处，还见他眼含热泪。先生出口成章，随时赋诗，对待学生总是倾囊而授。此外，他平等对待每一位前来求学的学子，不管是男是女，是贫是富，从来不计报酬。

先生对女生温文尔雅，但对男生，特别是调皮捣蛋的男孩子总是很严厉，板着脸，偶尔瞪几眼。"吃戒尺板""罚跪"是私塾教师教育学生的法宝，但是据姨说，她从来也没有见过老先生在哪个学生身上用过。在她的记忆中，先生是一个可亲可敬又可爱、宛如自己亲长辈的人，一个难能可贵的好心人！

18

私塾里的收获

在姨的印象中，先生不仅博学，而且生活质朴。姨和同学们有时会去先生家里，请他讲解课堂上没有弄明白的问题或者批改作业。先生家堂屋当门一根横杆的衣架上，搭着那件只有在迎新生时才舍得穿的修长大衫，这件衣服平时只是被当成奢侈品一样被挂着。衣架另一侧一块低矮的木板上，摆放着一双干干净净的尖头千层底布鞋，鞋口用黑色皮条包了整整一圈边，做工不但讲究而且时髦。在当时的偏僻农村，鲜有人穿这种鞋子。先生平时没有特殊事情也不可能会穿到它，只有出门在外或是迎人待客才会破例。

姨很感激先生对她的教育，同时也钦佩他的为人处世。冬天里，先生只要看到哪个学生衣服穿得少了，立马会让人传话去自己家拿来衣物为他的弟子抵御风寒。学生捎到学堂里的馍冻上冰凌茬，或者是饭凉了，他也会从自家拿来锅，用几块碎砖头支起来，生火给大家热饭烘馍。

姨说，能遇见这样一个好老师，她很感恩，也很珍惜这来之不易的学习机会。姨每天下学回到家里，帮助姥爷、姥姥做完家务之后，都要点上昏暗的棉油灯，复习当天课堂上学的内容，预习第二天的功课，学过的章节要能读得朗朗上口又要能解释出字义才算罢休。夜深了，困得不行了，就往眼睛周围涂点清凉油提提神。即便如此，睡意还是一阵一阵袭来，实在是让人懊恼！

　　这时，姨便想起先生前几天才讲到"头悬梁"的小故事。讲的是，汉朝有个叫孙敬的儒学大师，年少好学，博闻强记，而且嗜书如命，读书很是刻苦，常常通宵达旦。读书到深夜，人不由得就打起了瞌睡，醒来时常常懊悔不已。有天晚上，他抬头思索时，目光停留在高高的屋梁上，忽然眼前一亮，就把头发用绳子系在屋梁上，每当自己昏昏欲睡、头垂下来的时候，头发被这么一拽，疼痛就会立即赶走困意。

　　想到这里，姨一下子像是看到了希望。小门小户的，贫困自不必说，又没有兄弟男丁来扛起家庭的重担，自己是个女娃，自家爹娘不怕别人说闲话，顶着多少压力才把自己送到学堂，可不能辜负了大人的殷切希望。

　　自从我娘出嫁以后，姨一夜之间像是变了个人似的，格外体恤父母的艰难不易。姨无论是在家还是在学堂，那是丢了耙便又拿起扫帚，一刻也不肯闲下来，成了大家公认的勤快人。尤其是在学堂里，深受先生喜爱，引得其他学生也纷纷效仿。每到收秋种麦、焦麦炸豆的季节，姨就会提前向先生说明家里的客观情况："二老跟前只有我和姐姐两个闺女，况且姐姐已出嫁，姐夫又是教书匠，就连他们家的活都指望不上他。目前家里也只有我能帮着做一些力所能及的事，所以我得回家帮助二老。"先生是个极其善解人意之人，便点头同意了姨的请求，还主动提出，落下来的课他会抽出时间给补上。

冬闲过后，姨便开始了半耕半读的学习生涯，断断续续的私塾学习持续了不到两年半。但在这段时间里，姨学到了很多做人做事的道理，做人就一定要做个好人、做个对大家有用的人，做事要有诚信，有一说一，不说谎话。姨后来常跟我念叨："诚信是做人做事的本分，一旦养成了说谎的习惯，哪天再说出真话来，也不会有人相信你。"她谨记先生讲过的"狼来了"的故事，说谎是一种不好的行为，既不尊重别人，也会失去别人对你的信任，绝不能通过说谎来达到自己的目的。

姨这一生走过的这么多年头里，在早期家庭言传身教和后来学堂先生的谆谆教诲下，不只是在娘家，而且出嫁后也成了大家公认的大好人。她常说，在自己平凡的一生中，可以毫无愧疚地拍胸脯，既没有跟人说过一句谎话，也没有跟谁翻过脸、扯过舌头，更没有在背地里说过任何人的坏话。身边的亲人、街里街坊以及亲朋好友，只要是和姨有过接触的，她都会把这个做人做事的基本准则告诉他们，还经常给身边的人说："闲谈莫论人是非，静坐常思自己过。"的确，姨是这么说的，更是这么做的。

记得有一年春节，姨家写过这样一副对联，上联是"忍忍忍饶饶饶"，下联是"饶字没有忍字高"，横批是"能忍自安"。姨就是这样一个老实巴交、肯说实话的人，这也许就是她对待人生的感悟以及所谓的"坚守"和"传承"吧！

19

大姐出生

一九四二年春末夏初,是娘怀着我大姐(乳名套竹,大名自珍)的最后几个月的关键节点。按常理说,孕妇临盆正是急需营养的时候,可婆家人口多,再加上天灾人祸,人都躲出去了,田地也无人打理,单靠那点口粮,常常是饥一顿饱一顿,吃了上顿没下顿。

姥爷心疼娘,经常接长不短地把家里舍不得吃的粮食给闺女家送去,娘再配点野菜贴补贴补。不过,那个年头,谁家都没有隔夜粮,眼看就要断炊,光大人还好说,娘怀孕将要临盆,这日子可咋过?爹只好预支了点小米,再加上众乡亲七拼八凑,弄了些米啊面啊,算是解决了产前产后的伙食问题。

好不容熬到大姐出生。爷爷奶奶并没有因为头胎是个女孩而心生嫌弃,更没有因为家里穷,不去给孩子"过九"。当地习俗,婴儿出生第九天,要以酒席招待亲友,俗称"过九"。"九"谐音"久",意味着婴儿过了九朝,便会天长地久,平安成长。

大姐出生时正赶上农历六月,时令蔬菜新鲜又便宜。

于是一家子齐动员，连给本村地主扛长工的二叔三叔，还有正在小菜园村给人打短工的五叔，也在这天给主家告了一天假。大家分头赶早集，买菜的买菜，打酒的打酒。这样一番拼拼借借、三打两算，也不过用了三斗半多一点的粮食，头一回事就这样办了，家里也没有拉下多大的饥荒。

"过九"那天，姥姥和姨把备齐的礼品分层往食盒里装。第一层装的是银器，有长命百岁银锁、银手镯、老虎头帽前后的银器响铃；第二层装的是挂面和红糖；第三、四层是一斗谷、一斗面，还有一百个大鸡蛋！另外还有两床铺盖，加上孩子的小褥、小被、小兜兜、小围嘴之类，姥姥是用大印花包袱合装在一起的。收拾停当，把这个大包袱搁在木轱辘套的小毛驴车上，母女二人坐着姥爷驾的驴车，还有四个人轮流抬着食盒跟在后面，一行人兴高采烈地赶往宜邱。人逢喜事精神爽，十五六里的路程，按时下的钟点来算，也就是一个半小时的光景就到了。

院子里，已经有很多人，亲戚老少、街里街坊，来帮忙的、看热闹的、陪客的，大家都笑逐颜开。六婶娘眉开眼笑地扢着一个大挎篮，篮子里盛满染了红皮的鸡蛋，扯着喉咙大声喊："来呀！我来给大家送喜蛋啦！快伸出手接喜呀！"听到喊声，大家纷纷去篮子里抓象征着喜庆吉祥的红鸡蛋。趁着这股热闹劲儿，喜欢逗乐的人跑到灶台旁，伸出手抓把柴草灰，趁着众多人穿梭来往、猝不及防的当儿，不论喜主家的男女老少、辈分大小、个子高矮，忽地一下猛一把搂住，胡乱抹了个花花脸。

那几年，由于战乱不断，日本鬼子的祸害蹂躏，使乡亲们接连遭受重创，心情一度压抑到了极点。恰好遇到喜事，可不就趁着机会发泄发泄、乐和乐和嘛！这一起头可不打紧，于是，人来疯似的你一把、我一把，满院子里的人没有哪个的脸上是不沾点黑灰、蹭点喜庆的。大人小孩都笑得捂着肚子弯下了腰，眼泪都笑出来了。老太太们你一言我一语地说，这家人好福气，日子都过到这般田地了，还能添人加口的，这也是上辈积下的德呀！

爷爷奶奶也乐得合不拢嘴。爷爷嘴里叼着旱烟袋，高兴地说："我们家上辈，连同这一辈，都是男孩多女孩少，所以我家喜欢女孩。这老大家头胎就给生了个可心的女娃娃，以后，就是拉棍要饭吃，也决不会让这孩子受半点委屈！"

这边闹腾得兴高采烈，欢喜正酣，那边院子的东北角，已经腾出准备待客的地方，前来帮忙的人都蹲在地上折鸡蛋（当地习俗，按礼数看该留下多少鸡蛋，返回去多少鸡蛋）。上点岁数的人坐在凳子上，年轻的干脆席地而坐，由于缺少这方面的经验，一边折鸡蛋，一边还不时地向老辈请教留下多少返回去多少。折鸡蛋是个既操心又承担着些许责任的细心活儿，要有礼数，不按套路乱折一通，会闹笑话，惹亲戚说长道短。

院里院外、屋里屋外欢乐热闹的气氛一直持续到后晌午日头偏斜时分。姥爷和二姥姥家的大舅、二舅、三舅，作为主客，被爷爷和陪客的一直陪着推杯换盏，早已喝得有些微醺。眼看时候不早，该回去了。这边忙着起身要走，那边姥姥和姨，因为上午人多竟没顾得上和娘好好说会儿话，也没有仔细地端详端详刚出生九天的宝贝外甥女，还不想走得那么匆忙。此时此刻，娘更是拉着姥姥的手不愿松开，一时间千言万语涌上心头。无奈姥爷在院子里一再催促着要走，也只好就此作别。临走姥姥轻轻地抚摸着娘的额头说："咱那儿都兴二十六天叫满月，十里地改规矩，一个地方一个样，也不知这边啥规矩？要是能和咱那儿一样的话，到时候早一天我让你爹套车来，把你们娘俩接过去多住上一段日子。"

马盘池的本家以及抬食盒的人也已经在院外门口等待多时。收拾停当，爹及爷爷一再挽留，久久不舍得松手。姥爷不住地口中称道："客走主家安！客走主家安！"躬身施礼拜过后，姥爷扬起手中的皮鞭，在一声声"喔喔——驾——喔"中，毛驴驾着车奔回姥姥家。

姥爷姥姥一家人天天想着、夜夜盼着要去宜邱村叫满月。接娘和他们小外甥女的那一天终于到来了！姨提前好几天就收拾好娘回来住的内寝屋，额外又给自己腾出一张小床放在娘大床对过儿，好同娘面对面多说说知心话，叙一叙姊妹情，也能帮忙照看照看她的亲外甥女。

因为已经入了头伏，姥姥便从柜橱里掂出薄薄的被褥，孩子生在夏天里，也好侍弄。姥爷天不亮就把屋里屋外打扫一遍，又从东墙外的小溪里端来两盆清水洒了院子的里里外外。清晨的一切看起来是那么清新可爱。临溪水两岸的各种树木，经过夜里的露水点缀，青翠欲滴，一片葱绿，好不清爽！

　　这天，比平时拾掇得要早得多。姥爷独自套上毛驴车，头半晌儿就把娘连同我大姐接到了家里。大老远，姨就挪动小脚，用最快步子赶到车旁，抱起姐姐娃。娘弯腰从车里将装满尿布和小垫子，还有换洗衣服的包袱拿了下来，和姨一同进了屋。过完"九"二十来天，娘俩都有些胖了，尤其是孩子那胖嘟嘟的小脸咧嘴朝着他们笑的时候，仿佛一朵刚刚绽开的鲜花，格外讨人喜欢。尽管娘俩的到来，平添了诸多意想不到的麻烦，但是，婴儿的啼哭声带来更多的欣喜和希望，从早到晚家里充满了勃勃生机和爽朗的欢笑声……

　　娘在姥姥家满打满算住了六天，宜邱的家里就托亲戚捎来话，这个礼拜天，趁爹一天不教学的空闲时间，要来马盘池将娘和姐姐接回家去。爹在家排行老大，家里还有五个弟弟、两个妹妹，当老大的，家里地里的活计必须带头往前领着干，娘作为大家庭里的老大媳妇，坐月子也不能在娘家住得太久。

　　姨乍一听到这个消息，一下子懵了，急得直搓手，噘着嘴嘟囔说："找个大家庭，当他们家的大儿媳妇难道就这点好处啊，就连做满月也不能消停地好好歇歇，过个清闲日子，真烦人！"这话刚好被姥姥听了个正着。姥姥靠在大床边坐下，顺势拉着姨坐到她的身边劝慰道："闺女你这是咋说话呢？你姐她是人家家里的老大媳妇，事事走在头里才是正理。可不能遇事先替自个儿考虑，那么一个大家庭，人人都像你想的图清闲，这个家还有个好吗？她们娘俩回到家去，不能干地里的活，难道还不能给在外干活的家里人做三餐饭吗？"姥姥又说："这大家庭的根和须是紧紧连在一起的，无论啥事都是心心相印、一脉相承的。一旦有外姓人加入，那就得有个甘于奉献的干才，延续上辈的好传统，带领着一家人义无反顾地往前奔，尽心尽力做好事情，别落下闲话。"

娘正给姐姐喂奶，将姥姥和姨的一番话听了个一清二楚。待孩子熟睡之后，娘将小被褥掖了又掖，又将自己上衣的扣子系好后，走到姥姥和姨中间坐了下来。娘轻轻扯住姨的手，搁到自己的心口，好言劝说："妹妹呀，别净跟娘说赌气话啦，姐知道你这一切都是为我和你小外甥女好，但你更要为姐能在这个家说得起话、站得住脚考虑呀！这居家过日子，你说容易吗？虽说那个家里人多活累，但现在我怀中还抱着个吃奶的孩子，一会儿一喂奶的，能给家里干多少活呀，只不过是看看家、做碗饭而已，你说这能累死人吗？妹妹，相信我会自己照顾自己的啊，别担心。"

娘仨正说着话的工夫，爹套的毛驴车已经到了院子里。姥爷姥姥将爹让到屋子，姥姥说："咋来得这么早哇，还没有吃早饭吧？我这就给你盛一碗饭来，吃过饭再走吧！"爹说："恁二老不用忙活啦！我家母亲一大早就给我做好饭，已经吃过了。如果她们娘俩东西收拾妥当了，趁早我把她们接回家去，后响儿学校还有事，我还得赶回去处理。"姥姥看爹回去得这么急，不禁有些担心地叮嘱爹说："我闺女大满月还没有过，身子骨虚弱自不必说，她的脾气做娘的最清楚，干起活来不惜力，回到家里让你娘照顾着点她，大满月不过，累着了容易落下伤症。"

爹朝着姥爷姥姥和姨笑笑说："大家尽管都把心放到肚子里去，我向你们保证，她们母女在我家不会受半点儿委屈。等过段时间再来看望恁二老。"

这边说着话，那边娘已把大包小裹放到车上。姨抱着宝贝外甥女，亲吻着她那嫩戳戳的小脸蛋儿，一时竟舍不得撒开手。直到娘上车坐稳后，姨才恋恋不舍地将孩子送到娘的怀里。爹向姥爷姥姥招手致意后，操起手中的皮鞭，照着小毛驴的屁股稍一扬鞭，只见那头小毛驴拖着车子一溜烟朝着正西方向奔去……

20

我家相继添丁加口

过去的长垣县,是个极为偏僻的穷县城。东面紧挨黄河,连年灾荒。尤其是大堤以西,本就是贫瘠、低洼、沙窝、盐碱的土地,加上战乱的原因,使人更无心耕种,大多已经变成了不毛之地。人们当时感叹地说:"冬春看地白茫茫——盐碱,夏秋地里水汪汪——下雨。"黄河泛滥成灾,秋季无收成,一到冬三月青黄不接,心里就发慌。

一九四五年,娘生下我的自选哥。兵荒马乱的年月,大家的日子过得都很艰难困苦。麦季粮食因为土地薄,产量低得可怜,一亩地收成好的也就是七八十斤,也有三四十斤的,打下的粮食不够两三个月食用,连糊口都难,哪儿还顾得给孩子"备九"、过满月?猪汤狗食一样的饭菜都保证不了顿顿都有,更不会有奶水喂他。自选哥一天到晚张开嘴拼命嗷嗷要奶吃,娘只好把干瘪的奶头塞进他的小嘴里,自选哥吮吸不出奶汁,哇哇哭得更厉害了,皮包骨头的眉头上青筋鼓出老高……

一九四五年七八月间,形势开始向好的方向发展,姥爷家的情况也有了好转。乡亲们从地主老财那儿又匀出几亩地，由于天灾人祸，土地搁置几年没有好好耕种，一年半载难得缓过劲来。于是，姥爷先从种红薯、萝卜、花生这些沙地最适合种植的农作物开始，第一个秋季就收获颇丰。收回家的萝卜堆到院子里，成了大大小小的山包堆。用刀齐去头后，在靠南墙处挖个大坑作为冬春储存萝卜的"地窝子"。剩下的萝卜，除了送给左邻右舍，姥爷又装了两布袋搬到独轮车上，推起车就给宜邱的大闺女家送去。

　　回来的时候，姥爷把姐姐也捎了回来。姨见状问："这些天咱正是忙的时候，怎老咋把姐姐给接来啦？"姥爷慢条斯理地说："咱家忙是忙了点，可你是没有看到你姐那个忙劲儿，心里想干点手头的紧要活吧，不是这个拽着哭，就是那个揪着你姐的衣襟叫唤，连口心净饭都吃不到嘴里。看着直叫我心里很不落忍呐！我寻思着，地里头的花生不也快出了嘛，我给你姐也说好了，小孩一接住秋就好养活啦！今年红薯也不赖，红薯花生都养人，况且她们家的年景也不胜咱这里，就让孩子住下来别走了。啥时候她爹叫她上学再送回去也不迟。这样一来既可以减少你姐肩膀上一些载儿（负担），二来咱家也不寂寞啦！"

　　姨听了这番入情入理的话，高兴得直拍巴掌。于是，姐姐就名正言顺地住姥姥家，在马盘池长期安营扎寨了。因为她的到来，小小的农家院子里多了不少欢笑声。

　　姐姐到姥爷姥姥家时，已是立秋时节，看她身上衣服单薄，姨心疼极了。姨搁下手中的所有活计，跑到丁栾集镇上，扯上几块适合小孩子穿着的碎花布，顺便又到衣帽杂货店，买了两顶小帽子，一并带回家。当姨弯下身来给姐比量裤腿时，发现她的鞋袜很是破旧，都快要露出小脚丫子来了。姨当即找来一个纸片垫在她小脚底下，叮嘱她别乱动，告诉她要画出个鞋底样，给她做新鞋穿。三岁多的姐能够听懂话似的，把头连连点了好几下，乖乖地等到画好鞋底样之后，一下子扑进姨的怀里，咯咯咯咯地笑出声来……那甜润的笑声温暖着姨的心田。

  姨把姐紧紧地抱在怀里，小声呢喃："我的孩子，你娘不在你身边确实是因为她太忙，在这儿有姥爷姥姥，还有姨疼着你、爱着你，不会让你受委屈！你好生跟着姥爷姥姥先玩着，姨这几天抓紧给你和你弟做两套可身衣裳。你啥时想娘和弟弟了，咱就让姥爷套上小毛驴车，去看你娘和你的弟弟，中不中啊？"

  姐听了高兴得手舞足蹈，边拍着手边脆生生地说："中啊！"姐猛不防地凑近姨的面颊"啪"一个甜甜的吻，弄得姨还挺不好意思的，嗔怪说："小小的人儿，哪里学得这些洋玩意儿？"

  转眼就到了一九四七年，娘生了我的自静哥。自静哥出生后，娘既要料理家务，又要照顾这个小的，真是顾左顾不了右。姥爷姥姥疼娘和外孙们，提出让孩子们住姥姥家。娘跟爹反复商量了几次，让大姐和自选哥都住到了姥姥家。一九五〇年，娘又生了一个小女孩，给她起名自尊，这就是我，我打小也和哥姐一起经常住姥姥家。

21

农家小院快乐多,小溪更像神水河

　　姥姥家边上有条小溪。这条小溪,自北向南绵延几十里,从东院墙外穿过,一直朝东南方向静静地流淌着。从娘和姨咿呀学语到长大成人,小溪伴随着她们一路走来,给姥姥家带来过太多的祥和、幸福和快乐。

　　小溪清澈见底,各种鱼、虾、泥鳅等应有尽有。姥爷把鱼捕回来后,就坐在一个小木凳子上,手里拿着一把刀小心翼翼地刮去鱼鳞,再去鱼鳃,接着又将鱼肚剥开,取出里面的杂碎放到一个小碗里。待家里的猫睡足了觉,闻到腥味会不由自主地凑到边上来,姥爷再做个顺水人情喂饱这个鬼精灵。鱼尿泡也要特意给孩子们保留下来,晒干后像气球一样吹着玩。这鱼尿泡韧性强,任你鼓着腮帮子使劲地吹,都轻易不会被吹破,因此深受孩子们的青睐。

　　姥姥会将小点儿的鱼蘸面炸着吃,让劳累的姥爷就着喝上二两老烧酒解乏。有时还会将人鱼清蒸,味道鲜美极了。更多的鱼被剖开后晒成鱼干,冬天青黄不接时果腹或有客人造访时作下酒菜。娘出嫁后,姥爷常常把吃不完的鲜鱼或者是晒干的大小鱼片送到我家。爷爷时常赞叹说:

"亲家公，看你家多好，东邻一条小溪，既干净又凉爽，去自家地里薅把青菜，溪里逮条鱼就是一顿美餐呐！"

姨说她总也闻不惯那些鱼儿身上泛出的一股股的鱼腥味儿。但是，她并不讨厌溪水里穿梭游荡的快乐鱼儿，她特别喜欢看它们活蹦乱跳的劲儿，还有姥爷干农活累了的时候，拿鱼儿当下酒菜缓解疲乏后的那股惬意精气神。

这条小溪无论天旱无雨，还是风调雨顺，春夏秋冬，寒来暑往，总是以其倔强的生命力一直汩汩流淌着，枯而不竭，满而不溢。每到夏天入伏雨水多的季节，姥爷就成了名副其实的义务水文监测员，手里拿着一根刻着水位高低印记的竹竿，往深处量、浅处探。

为了维护这条小溪，也方便人们从溪里取水，姥爷煞费苦心，在旱天时特意用砖从河底到岸上砌了多个台阶。台阶坡度并不大，方便人们拾级上下。不仅姥爷一家呵护这条溪水，凡是临近这条小溪的人家都谨遵约定，从不在小溪里洗小孩的尿布，也不会往小溪里随便乱扔垃圾。每逢初一、十五，以及河神节，人们会在溪边的小庙里焚香摆供许愿，祈愿它能长流不息，造福四方百姓。每隔几年，趁冬春水少的时候，当地政府就组织人力将溪水引进地里灌溉农田，再深挖拓宽，清理淤泥，使它在夏秋两季湍流不息……

小溪两岸种着柳树、榆树、槐树，不但可以遮阳，绿化环境，还能抵御风沙狂风的侵扰。三四月间，青黄不接的时候，捋一点柳芽，焯过水后，加点儿香油蒜末，就是一道既能充饥又能去火生津的时令好菜。榆树刚一冒出嫩芽,小小的榆钱儿就捷足先登。把榆钱儿拌上面粉蒸成的菜窝窝,捣一些蒜泥蘸着吃,十分可口。在人们生活水平普遍较低、填不饱肚子的年代,这些应时的树头菜在青黄不接的荏口,着实给饥不择食、饿得前胸贴后背的人们带来无限的希望。

每逢春天麦上面筋时,岸边的洋槐树不等叶子长大,槐花就迫不及待地绽放出一串串白色的花朵,经风一吹,大老远便能闻到一股淡淡的清香味,沁人心脾。附近的大闺女小媳妇和婶子大娘们,将手里并不紧要的活计暂时搁下,有的扛竹篮,有的拎着柳条编的笆斗,还有的掂着篮筐、提溜着口袋,不约而同地来到小溪的两岸摘槐花。槐花能生吃,随手捋一把槐花塞到嘴里,就能品尝到甜甜嫩嫩的原汁原味。还可以拌上一些面粉,放到笼屉上蒸,三五分钟就熟了,捣点蒜泥、淋上香油就是一道美味菜肴。一年一度冬去春来,不管世事如何变迁,家乡的味道永远留在记忆深处……

22

打粉条

以前,每逢冬天交九前后,是姥爷姥姥家最忙的时候。因为这里是沙窝地,红薯是这方圆十多里的主打农作物。要趁着天冷上冻才能打粉条,除了自己一家人吃、送亲戚好友,还要拉到集会上卖掉,换来下一年吃喝用的零碎钱。

这里的土壤松软,透气性好。每年开春,姥爷就忙着春耕备播,要将育出的红薯苗趁着阴天下雨时移栽到地里。这种农作物喜旱不喜涝,旱涝适中特别适合它的生长。开春种下的叫春红薯,七月十五前就能看到秧下的一个个红薯使劲往上拱,似乎在告诉人们:"我们都已经长成大个啦,在地下窝蜷得太难受了,快让我们出来吧!"

姥爷是个老庄稼把式,庄稼活儿样样在行,看到露头的红薯大小,就能估算出今年的收成,眉开眼笑地忙着招呼家人开始出红薯。姨说,她小时候都是和娘抢着干,用镰刀把多余的秧先割掉一些,剩下四五寸高的秧,出红薯的人伸手就能抓得住。姥爷用粪叉小心地撅红薯,只大半晌的工夫,从地下出来的红薯就堆成小山啦。姨和娘把红薯一挂挂提到车上,等到车厢一平,就把闸板立起来继续装，直到装满一大车为止，小毛驴拉着爷仨的胜利果实欢快地往家赶去。

一进家门，姥姥就把香喷喷的饭菜端到堂屋正当门的餐桌上，招呼爷仨说："累坏了吧？快洗手吃饭！"姨不由得"啊"了一声，还真是饿坏了，虽是普普通通的农家饭菜，但劳累过后吃起来格外香。

就这样一连干了五六天，地里的红薯全部出完了。紧接着，姥爷就在靠着西墙根儿不远处，开始挖储存红薯的地窖。地窖冬暖夏凉，保存好的话，能和下一年的新红薯接上头吃。娘仨把拉到家里的红薯分成三大类：大的放一堆，准备下到红薯地窖；中等的放一堆，用作临时吃或送给亲戚们度饥荒；小的、有伤的放一堆，预备打红薯粉、芡粉面和下粉条用。

挑了个天气晴朗的日子，红薯也晾得差不多了。姥爷下到地窖里，把里边仔仔细细打扫一遍。姥爷家挖的这口红薯地窖，足足有五六米深，左右分别设有两个大的长方形大洞，还在另一侧设有三个四方小洞。地窖里可以储藏红薯、萝卜和大白菜等。

姨和娘轮换着将红薯装到一个荆条编织的大篮子里，并在篮子上绑一条长绳，弯下腰来将一篮红薯慢慢地往地窖里送，姥爷在下面接着。把红薯都下到地窖里后，姥爷在地窖上面放上三四根长木棍，再盖上一块透气的草苫或者苇席。说起盖红薯窖，那可大有讲究，缺乏经验的话，红薯就会伤热或受冻，导致功亏一篑。因此，村里初挖红薯窖的人，都会请姥爷前去过过眼，指导一二。姥爷是个热心肠，来者不拒。到了人家的红薯窖前，四处打量完，觉得深浅合适、状况良好，就会弯下腰来，将嘴里叼着的旱烟袋锅拿下来，侧身在鞋底上磕一磕，说一声"妥了"，这红薯地窖就算大功告成了。

　　猪肉炖粉条、大锅熬菜，想必大多数人对这些菜都不陌生，而这些菜中，都少不了红薯粉条。

　　小时候，每到年关前，姥爷都会给我们家送来自己起五更打黄昏漏出的红薯粉条。小时候只记得吃的滋味，却不清楚做粉条的艰难。

　　过年前，大多数人家忙活最多的就是做豆腐、漏粉条这两样。姥爷家手工漏粉条的过程很复杂，需要经历从红薯到红薯粉再到红薯粉条等一系列程序。

　　先把红薯洗净，用粉碎机粉碎后，放进水中浸泡。然后捞出红薯渣，待水中的淀粉沉淀后晾干，就成了红薯粉。准备漏粉条时，把红薯粉用水和得软一点儿。在漏粉条的过程中，掌握好火候是关键，烧火一般都由姥姥出马，软柴火和硬柴火交替使用，火候该大就得大、该小就得小。等大锅里的水温合适时，姥爷把漏瓢挂到锅的上方，将和好的红薯粉倒入漏瓢，用一个木槌夯打漏瓢，让漏出的粉条均匀地落入滚烫的热水锅内。另一边，姨拿着一双长长的竹棍，来回拨拉锅里的粉条，看差不多了就顺着锅沿将粉条捞到一个放着凉水的大盆内。经过几遍的换水，等粉条逐渐冷却后再捞出来，挂到一排排早就支好的木棍架上晾晒。

  传统的纯手工漏粉条，必须得在"交九"之后才能制作。因为这个时候才能上冻，只有上冻才能将粉条定型。刚出锅的粉条如果冻不住的话，长时间湿漉漉地悬挂在木杆上，会因承受不住自身的重量而断落。经过若干天的晾晒，把干透了的粉条捆扎好，装到袋子里储存备用。

  制作红薯粉条虽然工序繁杂，但姥爷家每年都不会落下。打粉条是这个农家小院的一大乐趣，有了红薯粉条，就有了过年时熬大锅菜不可或缺的原材料，那是伴随农家人一生的味道……

23

旋粉皮

在那个年代，农村人家大都会做粉皮，称为"旋粉皮"，制作过程既神奇又漂亮，叫人大开眼界。

姥姥先在容器里倒一些红薯粉，加适量凉水，搅拌成稠糊状。然后用水瓢舀出一些，倒在一个平底大铝盘里，再把大铝盘轻轻搁到大铁锅的沸腾开水中。姨负责掂起大铝盘，微微地摇晃，让里面的红薯粉糊均匀地摊开。过不了一会儿，粉皮定型了，立即将大铝盘放到装满凉水的几个大盆里反复冷却，冷却后的粉皮是软软的，需要摊开晾干。村子里，只要谁家旋粉皮，都会提前找来很多竹子，把软软的粉皮搭到支起的竹竿上来晒，这样干得最快。

姥姥家晾粉皮用的竹子，是早年间自家南院种下的。除了自家用外，一个胡同里的左邻右舍有急用时也会砍几根竹子替换着使。说起来种这片竹子，姥爷也是有自己的主意，就是专为每年旋粉条时晾晒粉皮，既不用向人家借，又不用费事跑到集镇上去买，何乐而不为呢？搭到竹竿棚上的粉皮晒干后，表面会呈现沟壑纹状，近看起来是透明的，仿佛能映出人影来，漂亮极啦！

等粉皮完全晾晒干透了，姥爷就把粉皮收拢到一起，用麻绳将一摞摞粉皮打成捆，分别装到麻袋中，趁着赶集的时候拉去换成现钱，贴补家用。

不过粉皮装车运送时，要特别地小心。干粉皮很薄，容易碎，辛苦一年，还是要格外上心才行。卖粉皮的钱，是姥姥家每年收入的一大部分。剩下一些粉皮，用作逢年过节耗费，还要留出点给亲戚来分享，给薛官桥太姥姥家，还有我们这一大家子。每每收到姥姥家送来的粉条和粉皮，爷爷奶奶都会赞叹："你们姥爷姥姥真勤快！做出的粉条、粉皮既筋道又好吃！"爷爷也总是过意不去，每次都让姥爷带一些豆子或是麦子回家用，这也算是以物易物，皆大欢喜。

皂角树

姥姥家路西的胡同口拐角,显荣舅家院子东南角有一棵高大的老皂角树。据说,这棵皂角树是老辈人种下的,已经见证了六辈人。从我记事起,这棵皂角树就已经有十几米高,树冠如盖,罩住了他家前后边大半的房顶和院子,在院外一仰头就能看到。这棵皂角树像一位饱经风霜的老人,沐浴了风霜雨雪,领略了晨昏交替,承受了红尘的温热冷暖,品味了人间的离合悲欢。

五月里的一天,我在姥姥家院子里玩,突然闻到一缕一缕的花香,顺着香气搜索,目光定格在了那棵老皂角树上。原来,是皂角树开花了。高大的皂角树开满碎黄色的小花,长出嫩绿的叶儿,非常好看。到了夏天,那树枝上吊着的、树叶间藏着的全是形如镰刀的皂角。秋天,绿色的皂角渐渐变成棕红色,树叶也开始发黄,满树便呈现出棕红、深黄两种诱人的色彩,楚楚动人。

印象中,皂角树都是挺拔高大,而且身上长满了又粗又长、又尖又硬的刺,给人一种桀骜不驯的感觉,让人敬而远之。显荣舅家的那棵皂角树,伸向空中的树干也是又粗又扎人，很少有人能够爬上去偷摘皂角。风中轻轻摇摆着的皂角，像是无数个悬挂在树叶间的风铃，又像掩映在大树间无数的繁星，更像是一群小精灵在欢快地荡秋千。

有个别淘气的男孩子，从皂角树开始长出小皂角的时候就跃跃欲试，想偷几个拿在手里把玩。现在看到满树的皂角即将成熟，更是按捺不住痒痒的小手，拿起砖头瓦块往高高的皂角树上使劲投，希望能砸掉些皂角，拿回家换小零食吃。尚未熟透的青皂角连同树叶噼里啪啦地落在屋顶上和地上，院里院外甚至胡同里都是一片狼藉。孩子们忙不迭地捡着地上的皂角，有些砖头瓦片砸到了前边人家的屋顶，淘气包们生怕人家大人出来训斥，像群小麻雀一哄而散了……

每逢大年初二回姥姥家，爹娘都会领着我到姥爷家族服侍的祖宗轴（记载家谱的卷轴）上磕头。祖宗轴是几家轮换着服侍，这一年正好轮到显荣舅家。于是，我们就到他家祭拜。显荣妗是公路西面皮村的闺女，为人热情，早已跑出屋来迎接我们，上来就拉着娘的手打招呼："这大冷的天，快进屋来暖暖身子，我这就抱柴火点一堆火烤烤。"显荣舅连连向我们招手说："怹推开门磕个头就出来，还是到堂屋来暖和暖和身子吧，咱们正好凑到一块多说会儿话。"

院子墙角旮旯处，散落着干透了的皂角，颜色呈栗子色，弯弯的、扁扁的，像梳子的形状，颜色也差不多。我觉得很好玩，便弯腰捡起来，装到新的花兜兜里拍着玩。

祖宗轴就在东屋正当门服侍着，趁爹娘到轴上磕头行大礼的工夫，妗子把我拉到堂屋，从篮子里捧出一大捧圆圆滚滚的大核桃往我兜里装。发现我兜里鼓鼓囊囊的，她笑着说："这兜兜里我还以为装的是啥金贵东西呢！这大年下走姥姥家，正是要核桃的时候，装这些没用的，等回到你家去还不叫人家笑掉大牙，说恁姥姥家人真抠唆，不给好东西偏给这些馊东西来充数咧。快掏出来吧，想要的话，明年我给你家多留出一篮子，让你舅给你送家玩个够！"我见状急得嗷嗷直叫，扛不住妗子非把皂角掏出来，将大核桃塞进了兜兜里。后来，妗子看我实在稀罕这些皂角，又用小手巾包起来还给了我。

　　我们娘几个隔三岔五就回马盘池村姥姥家一趟，那棵老皂角树就成了吸引我并召唤我挪动脚步必去的地方之一。它高大参天，沐浴着和煦的阳光，树枝遒劲弯曲，树冠遮住了将近大半进院子。显荣舅一家好客也爱热闹，因此，这里就成了夏日胡同里几家人纳凉歇息的好场所。男女老少只要有点空闲，就搬个小板凳，拿张草席，抱着孩子，端着"做活筐"陆续来到这里，吃饭、哄孩子睡觉、拉家常、做针线……

　　有一次，我的口袋里装着姥姥给的零食，一溜小跑到显荣舅家，找金云小表妹玩。那时我俩都还很小，都喜欢在衣服上套一件花兜兜。我将姥姥给的那些可口稀罕的小东西装到她的兜兜里，她粉粉嘟嘟的小脸上顿时乐开了花。我们俩手拉着手，每人手里掂一个小板凳，蹦蹦跳跳地来到那棵浓密的皂角树下，肩并肩坐在一起，享受着美味的零食。

坐腻了，我俩就跑到院子旮旯，拿来一根长竹竿，一人两手扶住凳子边沿，另一个人站在凳子上，用手中的竹竿戳树上的皂角当玩具。竹竿碰到将要熟透的皂角，一阵哗啦啦的声响惊动了屋子里正在纺花的大人。显荣妗子踮着小脚慌慌张张地从屋里走出来，用双手护着我从凳子上下来，唯恐吓着我俩，然后又弯下腰，将地上大一点儿的皂角拾起来装到我的花兜兜里。

在老皂角树的庇护下，这里成了大家说笑畅谈的乐园。小孩子们在大树下不甘寂寞，拉几个小伙伴捉迷藏、丢沙包。玩腻了，就找来破损瓦片，砸成四个小小的方块纳子儿玩，疯来跑去地没有停下来的时候。直闹得精疲力竭，在大人们一番天南海北的谈天说地中，孩子们躺在院子里铺的草垫子上，呼呼地进入香甜的梦乡……

对于我来说，皂角树是一种神秘的树，让人又好奇又喜欢。一阵风刮过，摇落满身树叶，皂角成熟了，孩子们拿来玩；人们洗衣服的时候，皂角又化成五彩缤纷的泡沫。我一直觉得我和这种树似乎有着某种密不可分的缘分，几十年后，在孩子们的大学校园里，我又无意间看到了皂角树高大的身影。儿时在树下嬉戏的情景，魂牵梦绕的一幕幕画面，不时地涌入脑海，历历在目。皂角树是我儿时的一个梦，一个永远让人捉摸不透的谜，一个永远让人保持好奇的、打不开的情结。

皂角洗衣与洗头

一天午饭过后，显荣舅家我的小表弟右胳膊上挎着一个大篮子，吸溜着两条长长鼻涕虫，吭哧吭哧地来到了姥姥家的院了里。姥爷赶上前去，一边从他的胳膊上接过沉甸甸的篮子一边说："都熟了吗？一下子给弄这么多！"我出屋一看，篮子里装满了一个个籽粒饱满又长又粗的大皂角。表弟操着浓浓的鼻音对娘说："大姑姑，这是娘让给您家送的皂角，洗衣服先用着，娘说啦，下次您再来的时候家里还多着呢！"

我才明白，原来种皂角就是洗衣服用的呀！怪不得家里年年都有那么多从姥姥家带来晒干了的皂角储存着。我曾背着大人偷偷从袋子里拿出一个又一个，和村子里要好的小伙伴们当玩具把弄着玩，当时只觉得，这摇起来哗啦哗啦直响的小玩意很好玩，还不知它有这么大的妙用呢！

有一天，刚吃过早饭，娘端着一盆衣服，要到村北头坑里洗衣服，叫我和她一起去。她让我抱着一个木头棒槌，并嘱咐我拿上两三个皂角。我跑到里屋，掂起袋子取出几个皂角，跟在娘的后边来到了坑沿。

娘从盆里把衣服拿出来,泡在浅水里,还特意从岸边拿来几块砖头压在衣服上边。然后,把从家里带来的皂角放在水里浸湿,再一个个放到坑沿的石头上,用棒槌"啪嗒啪嗒"地使劲夯打起来……不多时,一个个皂角便成了棒槌下的一团团糊糊状的皂角液。

娘把这些皂角液倒到从家中带来的瓶子里。等坑里的衣服也泡得差不多的时候,先捞出来搓洗一遍,然后从瓶子里倒出一点皂角液抹在衣服的肮脏处,再扬起胳膊,用棒槌"咚咚"地捶呀捶。捶完了,又一件件提溜起来,仔细查看一遍,看看哪里还有不干净的地方,再用手反复地搓呀搓,直到洗净为止。

我也想学着帮大人洗衣服,便从一堆衣服里拣出一件小孩衣服,抹上好多皂角液。我的下意识里认为,皂角液抹得越多,衣物就会洗得越干净。娘看到后,轻声对我说:"孩子,这是别人送的,要省着点用,这么一小点的衣服,抹上一点点就行啦。居家过日子得细水长流,知道节俭才行,懂了吗?"

还有一次,我和娘回姥姥家,看见姨端着一盆衣物正要出门去小溪边洗,我就急忙跟上前去。其实我那时还不会帮着大人干活,更不会洗衣裳,只是想去院墙外的小溪边玩。姨把衣服摊在石头上,正准备搓洗衣服的时候,忽然发现忘了拿皂角,转身冲我说:"小尊,快回去让姥姥拿出几个皂角,给我送过来。"听了她的话,我屁颠屁颠跑回去,跟姥姥说:"俺姨让我回来给她拿皂角,恁快给我找出来，姨还急等着用呢。"姥姥转身到里屋，掂出几个皂角递到我手里，对一边坐着的娘说："你看你妹子伏叶，平时办事情总是滴水不漏，今天不知咋啦，不是忘了拿东，就是忘了掂西。我看呐，分明就是想派这个小孩子的差，支开孩子自己图清静。"

我把皂角拿给姨，她眉开眼笑地说："看来我二外甥女中用了，能帮姨干活了，中午姨做顿好饭，犒劳犒劳恁娘俩。"说着话，姨把皂角用棒槌夯打成碎糊涂，抹在摊开的衣物上，揉一揉，就出现好多五颜六色的泡泡，搓起衣服来可干净啦！几个大姑娘小媳妇在小溪边嘻嘻哈哈地一边洗衣服，一边说着我听不懂的小笑话……

那时，皂角不仅用来洗衣服，人们还把它捣碎挤出汁用来洗头发。用皂角洗出来的头发，不但光滑，还不起头皮屑，因而备受女人们青睐。

夏日的午后，喜爱干净的娘总会在我家当院里，拿捣烂的皂角液给我们几个孩子洗头发。娘不像别人只是把皂角捣碎直接抹在头发上揉搓出沫就行了，她特别呵护我们的头皮和头发，总是先把皂角上边的干皮和两边的粗筋去掉，掏出里面的皂角籽，再把皂角籽放在蒜臼里捣成黏液，最后再抹到头发上。

娘说，这样洗头不但不会伤头皮，还会保护发质。也许是小时候悉心呵护的原因，直到现在，我和姐姐都已是古稀之年，但头发依然乌黑发亮，兄弟们至今还留着小分头，浓密的头发赢得了同龄人艳羡赞许的目光。

时光在飞逝，转眼六十多年过去了，家乡也发生了翻天覆地的变化。现在人们再也用不上皂角来洗衣服了，可对于喜欢怀旧的我来说，儿时用皂角洗衣和洗头的那些小事，还是那么的亲切……

绞脸与盘头

在我小时候,娘总会隔三岔五坐到院子里的一个方凳子上,先从一个小布口袋里捏出一些生石灰粉均匀地抹在脸上,再抽出一根丝线,两只手分别牵住两头,中间用嘴咬住,然后在抹过生石灰粉的脸上夹过来、夹过去。不一会儿,脸上毛茸茸的汗毛就被拔得一干二净,仔细看去,整个面部光滑白净。这是一种古老的美容方式,已经延续了上千年。

每逢过年啦、过节啦,或是走个亲戚、赶个集、逛个会啥的,爱讲究的大婶子小媳妇们都会相约来到我家,找娘给她们绞脸。印象中,路婶、随年婶、六婶,还有长富娘、大狗娘、全科娘等经常来绞脸。娘都是来者不拒,笑脸相迎。她们一个个都打扮得漂漂亮亮的,直到脸庞被绞得滋滋润润、红扑扑的,才满意而去。

娘平时走街串门的时间极少,大多数的时间都是在家里纺花织布,裁剪做手工活,很少有闲下来的时候。但只要是有人来,娘就立马停下手中的活计,和邻居们聊会儿天,说会儿话。我家的小板凳一摞一摞的,生人熟人只要进了我家的门，娘就立马搬出小凳子，让她们坐下来拉呱叙家常。怪不得很多熟悉娘的人都说，她是村里大半街道上的热心人。

娘结婚前，喜欢用红头绳把乌黑发亮的头发梳成一条及腰长的大辫子，再在辫稍系上一个精美的蝴蝶结，十分耐看。她常常前脚刚踏出门，后面就会听到街坊邻居啧啧的称赞："这一头的好头发真是喜人！"当年爹随本家去马盘池送小帖，一眼就瞄见娘那格外撩人的辫子，从那时起，娘那又粗又长的辫子，就深深植入爹的脑海中。

按老规矩，婚后娘把头发挽成圆溜溜的发髻。为了整洁耐看，娘总是在每天一大早，趁着我们还没醒，就从床上爬起来，不厌其烦地重新梳理一遍。这是她赶在家人还都没有起床前必须完成的功课。记得那时我们住的是东屋，大床是靠着北墙东西方向铺着的。靠着娘的那一头放了一张桌子，上边放着一盏棉油灯，每逢夜里有谁要起夜的时候，娘都会在第一时间把带着一根线捻的棉油灯点燃。天刚蒙蒙亮，娘就悄悄地抽身起来。她手里拿着用麦秸编织的草垫子，坐在院子南头的碾盘旁，碾盘上支起一面铜框镶边的圆镜子，旁边放着一把漆黑发亮的木梳。

我偶尔也会早起，就会静静地坐在离娘不远处的土坯上，目不转睛地看着她如何梳头。经过一夜的睡眠，娘的头发虽说看上去有些许零乱，但也并不曾散开。只见她熟练地从头上拔下簪子，再去掉后脑勺上挽着发髻的黑丝线网，顺便解开用红头绳扎起来的发髻。那一把乌黑的头发是娘的骄傲，当她拿起木梳开始梳头的时候，我就直想跑上前去帮着她梳，可又怕她嫌我给她添乱。

娘的头发长，每一次梳头都要掉一些。我抢先将掉下的头发挽在一起，放到一个布包包里。攒得多了，就和小伙伴商量着，把这些头发拿到街上换东西。一听到货郎摇拨浪鼓的声音，小伙伴们就抱着各自从家里搜罗出的破破烂烂跑到货郎那儿，换些针头线脑的东西，或者换一些糖人。这些糖人是手艺人鼓着嘴、涨红脸，憋着好大的劲儿用糖稀吹捏出来的，有小公鸡、小狗、孙悟空、猪八戒、沙和尚等，都栩栩如生。糖人晶莹透亮薄如纸，用牙咬会发出嘎嘣嘎嘣的响声。只要你的东西足够多，不管点什么新鲜花样，转眼间就能吹出让人心满意足的小玩意儿。

我对这些手艺人既羡慕又好奇，也很崇拜他们，哪来的这么多能耐！在我幼小的心灵里甚至幻想着拜他们为师，还曾和小伙伴们轮流扮作收破烂的小货郎，挑着货郎挑子，换针换线，走街串巷吆喝着玩……还用抓阄的方式，扮演拄着拐杖，弯着腰，亦步亦趋前来换个针头线脑的老太太，煞是有趣。

还有一件事，至今深深印在我的脑海里。我特别喜欢看娘往头上举着胳膊，认真盘发髻的样子。娘有一支沉甸甸的银簪子，簪子正面有一个深绿色的翡翠凸凹纹样，仿佛一只正在展翅飞翔着的小蜜蜂。每每在娘身边，看她梳头把簪子取下来搁在一边，我都爱不释手地拿到手里把捏着玩。娘哄着我说："这东西娇贵，掉到地上一摔就碎啦。

孩子，等你长大成人，出嫁的那一天，娘就会把它作为陪嫁送给你！"

  虽然那时我还不知道成人和陪嫁意味着什么，但也知道那是娘和我的一个约定。我等呀等，盼呀盼，哪知道那只不过是娘给我的一张来不及兑现的空头支票。脑海里儿时那一幕幕、一桩桩场景再现时，我那不争气的泪水就会情不自禁涌满眼眶……

27 碎铺衬

一天,我从外边回来,看见娘正准备给我们姊妹几个做过冬的棉袄,我格外高兴。我凑到跟前想看个究竟,却见娘把小板凳放在床边,踮起一双小脚站上去,小心翼翼地从房梁上够一个大包袱。包袱拿下来,打开后里面是一个个花花绿绿的小包袱。打开小包袱,只见里面都是颜色形状各异的破布头。

我不高兴地说:"娘不是说要给我们重新添置新棉袄吗?这些破破烂烂的东西多脏啊!让外人看着多不好看,趁早扔远远的,也省得占地方。"娘回头白了我一眼,说:"一边待着去,你们小孩子懂个啥,真是不当家不知道柴米贵!"

娘告诉我,这可是她多年来积攒下来的百宝囊,这五六件棉袄的里子就指望它们了。从这里面挑出能和衣裳配上颜色的大块布,洗洗涮涮后可以拼拼补补,做成衣裳里子。这都是平时裁剪拆洗衣服剩下来的,可别小看这些不起眼的破烂布头,每逢到换季时的拆拆洗洗、缝缝补补,哪一件不得用到衣裳里子,一家这么多人得用多少布料?居家过日子有谁家能离得开这些碎铺衬?

娘一本正经地对我说:"只要你肯用心,就能从里边找出能用的东西。"娘边说边从几个大一点的包袱里细心地挑出一些破旧的衣服,有黄碎花的、绿色的、天蓝的、紫色的、褐色的、红色的、黑色的。把这些旧衣服先拆开,择干净上边的碎线头,再洗干净后,就可以根据衣裳需要的颜色充分利用了。还可以把同类颜色的布块叠到一起,装到一个一个小包袱里,等需要给衣服打补丁的时候容易找。

我不情愿地嘟囔:"都是要扔的垃圾,还把它当宝贝看!等爹回家了,我得给他说说,让爹多给咱留下点钱,恁再给我们扯些每人都喜欢的布料,做出来多好看哇!恁不是常说家里地里活多顾不上,用这些碎铺衬拼出来的衣裳里儿凹凸不平还不说,等这些衣裳里儿拼出来有多耽误时间,真不知道这衣服何时才能够穿到身上。"娘看了看我,不紧不慢地说:"真是小孩子家家的,可知道,这一家大小老少,全都靠着你爹一个人在外边挣钱养家。费用可不老少哇!平时你不将就着点花销,不细水长流那可不行啊!"

娘把这些拼出来的既有里又有面的衣服放到一个篮子里,挎着篮子去村北头坑边洗涮,我也跟在后面。到了坑边,看到有几个我认识的婶子、大娘和平时并不多见的大闺女小媳妇,都在那里边洗衣服边说说笑笑。我和娘朝着坑西边走,邻家的进年婶笑着跟娘说:"石头嫂,你和孩子就坐在我边上洗吧,眼看我就要洗完了。平日里咱妯娌们别看住那么近,横竖就隔着一条路,可平时各忙各的小家,难得有空凑在一起,聊聊家长里短,说说知心话。"

娘委婉地谢绝了她的一番好意，不好意思地对大家说："我到那边洗去，就不和你们凑这个热闹啦。今天洗的东西都拿不出门，都是一些破烂，是准备给孩子们用来做衣服里子的，省得把大家洗衣裳的这汪水都给搅和脏了！"娘又故意对着我说："孩子多，费用也多，我不能图一时省事，图虚荣好看，要是不讲究节约用度拉下了饥荒，这可是居家过日子的大忌。再说了，大人小孩家用的衣裳里子有啥孬好哇，谁还能把衣裳掀起来，让人家看看你衣服里子的颜色鲜艳还是破旧？只要是干干净净、规规矩矩，人家谁也不会说东道西不是？"

说着，我们娘俩就在坑西边一处能捶衣服的四四方方石头边停下。我脱下鞋光着脚丫跳下水，从芦苇深处摸了几块碎砖，娘用破布将砖块擦干，顺势垫在屁股底下。娘担心碎砖头块硌坏我的小嫩肉屁股，又从倒在地上的一堆破烂里拉出一块厚厚的、软软的料子垫到砖块上，这才开始洗衣裳。

还是小孩子的我，只有三分钟的热乎劲儿，还不知道替大人多干点活。不大一会儿，我就对洗这些杂七杂八的东西产生了厌倦。这时，又从远处传来"嘤嘤"的声响，我快步跑到跟前一瞅，竟是几只蜻蜓正在吃坑边浅水里的小蚊虫。我蹑手蹑脚地凑过去，正要伸手捏住一只蜻蜓的翅膀，一不留神，脚下一滑，一下掉进了水里，顿时吓得哇哇大哭起来。

我的哭声惊动了正在埋头洗衣裳的娘，一愣神的工夫，娘手里的衣物失手掉到了坑里，只能眼睁睁地看着衣物顺水漂走。娘顾不得去捞衣物，三步并作两步，伸手抓住了衣领把我揪上岸来。她顺手把我身上湿漉漉的衣裤拽了下来，让我在太阳底下把身子赶快晾干。娘埋怨我说："我儿在这儿跑跑干干，吃个大鸭蛋，别净瞎耽误娘干活啦。娘得赶快洗衣服，一会儿还得回家给你们做中午饭，回去晚了，你俩哥从学校放学回家，这凉锅冷灶的，不耽误孩子的事嘛！"

看我一边跑着一边还惦记着捉蝴蝶，娘重重地叹了一口气："唉，真是个孩子啊，要饭的牵个猴儿，玩心不退。"我一会儿洗衣服，一会儿捉蜻蜓，一会儿又要捉蝴蝶，结果一件事也没干成，还把自己白白掉进坑里，差一点呛了水，好险啊！

娘语重心长地对我说："虽说你现在还小，可一些话还是得先告诉你。不管以后干什么事，都不能三心二意的。只有把心静下来，专心干好一件事，才能将事情干得出色、干得有成就，否则就一事无成，知道了吗？"我羞愧地点了点头，说："知道了。"

也许是在娘身边深受良好传统和朴素家风的熏陶，我们姊妹自幼就养成了艰苦朴素的好习惯，以至于今天在我们姊妹几个的身上，或多或少都烙下了节衣缩食的印记。无论我在何处工作，条件如何改变，不变的是家里始终保存着碎铺衬百宝囊。它将时时刻刻提醒着我们，将勤俭持家的优良传统一代一代传承下去，并且发扬光大……

补丁衣

俗话说:"新三年,旧三年,缝缝补补又三年。"在我们家,平时只要是不出太远的门,都尽可能穿一些旧的,或者是打着补丁的衣服。艰苦朴素是劳动人民的本色,村里人也不会以貌取人。在这方面,娘更是经常告诫我们姊妹,不能够讲究吃穿,即使将来长大了条件好了,也不能奢侈浪费。

哥哥们天生调皮捣蛋,总爱爬到树上戳鸟窝里的鸟蛋玩。他们用两只胳膊抱住粗大的树干,再用两条腿圈住树干,佝偻着腰,肩膀一耸一耸地往树的最高处爬。老榆树浑身上下长满了疙疙瘩瘩的木头刺,于是,好端端一件新上衣、一条新裤子,胳膊肘处、膝盖处不知何时就会出现大小不等的窟窿来。

娘知道男孩子天性就是淘,也不去过多地责备他们,只是嘱咐以后要尽量小心一点,那么高的树,大人不在身边时,摔坏了怎么办?娘拿出平时积攒下来的碎铺衬卷,从中找出与衣服颜色、窟窿大小差不多的碎布块,不厌其烦地在衣服破烂的地方比画过来比画过去,确认恰到好处时,就坐在炕沿上,用挑出来的碎铺衬给哥哥们补衣服。

补裤子膝盖处的窟窿时,会用一块和裤腿宽窄差不多的木板,或是书本垫在裤腿里,然后顺着布边用手指甲把补丁刮平,使它的边沿有角有棱,看着舒适又顺眼。补胳膊肘处的窟窿时,就从针线筐里拿出一只纳好的新鞋底顶到胳膊肘处,这样,既扎不透里面一层的衣服,又方便缝补。

在补裤子屁股上的窟窿时,娘还另有绝招。她用个大茶盘搁到裤裆后面衬着,乍一看,茶盘正好和屁股蛋一般大、一样圆。娘盘腿坐在床沿边,右手拿着针线,左手按住补丁块,双膝半蜷半伸,低下头聚精会神地飞针走线。不一会儿,原本破烂不堪的裤子经过她的巧手缝补后就焕然一新了,针脚又细又密,平整得与原来一模一样。哥哥们穿在身上时,屁股蛋两边都正好对称,不偏不倚,煞是耐看。

娘时常说,"冻烂的破袄,冻不烂的破小(指男孩子)"。别看男孩子小的时候不讲究样子,可等长到十七大八的时候,就该正儿八经地给拾掇拾掇啦!农村时兴早婚早育,按老规矩,十七八岁就会有三里五村的人登门来说媒提亲,不能太寒碜了不是?

相比我的两个哥哥,爹、姐姐和我穿衣服真的要省不少事,但衣服穿久了也有会烂的时候,比如胳膊肘、膝盖处受力比较大,磨损得厉害,娘在给我们缝补衣服的时候更是煞费苦心。原来的衣服是什么颜色、什么布料,裁衣服时娘都会把剩下的边角碎料特意留下来，待衣服稍有破损，就会把这些如同宝贝一样的东西拿出来打补丁用。

娘打补丁的这门手艺活，也自然而然地传给了姐姐和我。单从姐打补丁的技艺来说，真的是得了娘的真传，否则，一条裤子上那三十几个补丁是怎么补上去的？

姐参加工作后，开始是在方里乡工作，每月只有二十四块五毛钱的工资，除了维持自己简朴的生活外，还要把节省下来的钱给弟弟妹妹们添个这添个那的，然后就所剩无几了。五冬六夏，姐就只有一条可以上身的裤子，所以做裤子时就考虑着要把它做得又肥又大，这样就可以一年四季都能轮换着穿了。裤子脏了，都是利用星期天休息时洗，用一根竹竿从屋里挑到窗户外边去，让它尽快地暴晒干透，才不至于耽误上班时穿。

后来，姐因为工作原因调往县城。为了简化行囊轻装上阵，日常用的东西能送人的就送人，唯有一条旧棉裤，姐将它视为珍宝，在箱底妥善保存着。这条棉裤从里到外一共补了足足有三十二个大小、颜色不同的补丁，不明就里的人从外观看上去，根本判定不清底色究竟是什么颜色。

后来，我们家曾一度跌入万丈悬崖，无人敢来问津，就连姐姐结婚临出门那天穿的那件粉红碎花洋布上衣，还是好说歹说问二姑借来的呢，而且按照事先早就说好的，三天后回门的时候还得完璧归赵还给二姑。

这条宝贝一样的裤子被姐姐一直保留着，一是提醒自己要艰苦朴素不忘本，二是告诫自己一路走来是多么不容易。后来这条裤子不知道什么时候下落不明了,姐姐为它的不翼而飞甚感遗憾,至今还老在心里揣摩着,也许是自己家人不忍心看到她的日子过得这么寒酸,悄悄地给扔掉了吧。

  这打补丁看似是个不起眼的小活,可也不是人人都能缝好的。有些人打在衣服上面的补丁歪歪斜斜,边角不周正不说,看看补丁上面那针线,仿佛一条一条的虫子在衣服上爬着。记得我小时候的一个闺蜜,名唤宽妞,按辈分我应喊她姑姑,可是因为我和她一般大小,除了吃饭睡觉外,其余的时间经常在一起,不分彼此,也就没有按辈分称呼过。宽妞娘是个极有生活乐趣的人,平时除了做些家务活之外,就喜欢和人聊天、说笑话,跟老少爷们逗闷子、取个乐。平时她那不大不小的半篮子脚迈向哪里,哪里就会有一片欢笑声。

  宽妞娘做活手头快,但是很毛糙。有一天,宽妞的衣服烂了,嚷嚷着让她娘给缝上补丁。宽妞娘只好勉强坐下来,拿出十二分的耐心给闺女缝补丁。可是,心有余而力不足,宽妞娘的补丁缝补得皱皱巴巴、歪歪扭扭,宽妞觉得穿在身上别扭得心慌,实在有点穿不出门。因此,宽妞下定决心要自己学着缝补衣服。她把衣服上的补丁小心翼翼地拆下来,连同已经破烂了的衣服拿到我家来,让娘教她打补丁。这姑娘是个有心人,一来二去的,打补丁这个耐心细致的活计就学得有模有样。

打褙子

打褙子,是农村妇女平时给家人做鞋必不可少的步骤。除了要选择一个风和日丽的好天气,还要等到该做饭的时候,特意往大锅里多添上一些水,等锅里的水滚开的时候,再比平时多撒上些米或者玉米糁,小火慢熬,越黏糊越好。娘说,打褙子最好使用小米粥,因为熬出的粥里含有一定的油脂,打出的褙子做的鞋底好进钢针,还省力气。实在没有小米的话就用玉米糁来代替,只不过要在熬好的玉米糊涂里滴上几滴油,同样便于纳鞋底时好进针。这也是农村妇女从长期的生活经验中总结出来的小妙招。

打褙子那天,看到铁锅里熬出这么多的小米粥,我们都感到诧异。我脱口而出:"恁平时总嚷着家里的粮食不够吃,可今天用这么大的铁锅一下子熬出这么多的小米粥,咱们家人能喝得完吗?"娘不慌不忙地说:"你看看今天这么好的天,前几天我把咱家平时攒的那些不能穿的破衣服拆了好多碎铺衬,你们几个都得换一轮新棉鞋,娘得凑着今儿的好天气,多打几张褙子呀!"

自选哥、自静哥听说娘要打褙子做新棉鞋,别提有多高兴了。兄弟俩摩拳擦掌,争先恐后地把屋里的两张桌子和一块门板都抬出来,一一刷洗干净,竖在太阳下晒干。

在和煦的阳光下,娘把吃剩下的小米粥端到当院里。在朝阳的地上放了张桌子,然后双膝跪在垫子上,把碎铺衬一层一层地粘在桌面上。我也搬了个小板凳,坐在娘身边,看到大卷里小一点的碎铺衬,觉得实在没什么用,就悄悄地拣出来,想趁着娘不注意的当儿,悄悄扔到粪坑里去。

谁知,我的行为被娘冷不丁看到了,娘马上停下手里的活计,对我说:"你这个小二妮,你可别把它们都给扔了啊,更别小看了这些碎铺衬!这窟窿有大有小,大的用大铺衬,小的用小铺衬,各有各的用处。"娘告诉我,姥姥曾经说过,三丝布为铺衬。她自己这几十年来走过的路已经充分证明,姥姥的话是千真万确的。

打褙子之前,褙子底下还要铺上些毛头纸,或者旧报纸一类的东西。不光是为了整体美观大方,还便于褙子干了后把它取下来。而且,用一层纸张衬着,褙子硬挺又支棱。褙子多则四五层,少则两三层,在太阳底下晾干,然后剪成鞋样,厚的剪鞋底,薄的剪鞋帮,再薄一点的做鞋垫。整个冬天的晚上,娘在昏暗的棉油灯下就有了做也做不完的活。

我躺在被窝里,看见娘把线的一头先挂到脚尖上,另一个线头则含到嘴角处,两只手并拢在一起,搓动着一根线头,反复搓来搓去,等到搓得上均匀劲了,再把另一根线头合并在一起，就搓成了一根完整的线绳。娘搓了一根又一根的麻绳，缠成一个大绳团，日常用来纳鞋底，将浓浓的母爱和更多的暖意通过那双纤细的手，"哧啦哧啦"一针一线都纳进了鞋底里。

到了年根儿底下，娘就会把这些用大小铺衬打成的褙子刻成一摞一摞大小不等的鞋底，有白毛底的，还有用漂白色布包的千层底的鞋底。鞋帮有平绒骆驼鞍，还有带气眼的三块瓦的黑色条绒棉鞋帮。十冬腊月，娘不分黑天白日地抽空漆鞋帮、纳鞋底，手上磨出了厚厚的老茧。到了大年除夕跟前，一双双崭新的棉鞋整齐地摆放在柜橱里，让人看了是那么的温馨、踏实，对生活充满了希望。

那时村里的女人，很少有不会做鞋的，也很少有不会打补丁的，只有水平孬好之分。每天，缝缝补补的活简直就是家常便饭。我也跟娘养成了勤俭过日子的好习惯，尤其是在成家以后，也实践了姥姥曾经教导过的"三丝为铺衬"的道理。

我不但跟娘学会了用碎铺衬打褙子，也比猫画虎，学着做过自己家人穿的鞋。只是我依偎在娘身边的时间太过短暂，只是学会了一些皮毛而已，做出的鞋没有娘做的鞋好看。好在随着经济飞速发展，市场上无论什么都能买得到，再也不用为没空做鞋、做得不好看而发愁和纠结啦！

30

喝糊涂

打记事起,我就有个嗜好,那就是爱喝糊涂。所谓"糊涂",就是谷物磨碎熬成的粥,糊涂有玉米面的、红薯面的、高粱面的、小麦糁的、黄豆糁的,等等。只要听说家里熬糊涂喝,我就像打了鸡血似的,而且这个爱好一直延续至今。

家里一般早饭和晚饭都做糊涂。娘做熟饭后,刚刚摆上碗筷,我就立马会拣其中一个最大的碗,盛上一碗糊涂,用筷子抄点下饭的菜,"嗵嗵嗵"地迈着碎步子走到大门口。我家大门坐东朝西开,门口有两个石门墩。我通常会坐在南边的门墩上,一边端着碗喝糊涂,一边看着南来北往的人。糊涂是我的最爱,那时的我下意识里认为糊涂是这个世界上最好的美食,一边喝着,一边还故意用筷子挑起黏稠的糊涂向路人炫耀:"看,这是娘给俺熬的糊涂,恁都不知道有多好喝!"

这时也就有那好事一点儿的、爱逗闷子的年轻人或者老小孩,故意挑起话头问:"小尊,这么好喝的糊涂你能喝几碗?"我不假思索地回答:"像这么大的碗,要是娘能让喝个饱,我能喝它三大碗!"这些冒傻气的话正好叫娘听到,她就微微一笑:"俺这个二妮吃饭自幼就'狼虎'(不挑食),对其他啥饭都不挑不拣,唯有一听说是做糊涂饭,就动了老劲了。人常说:富养姑娘穷养儿,可俺家生的闺女就好养活!"

如今人们生活都好啦,糊涂啊,粥啊,都成了人们养生的佳品,而我也会一如既往地喝下去……

开窍晚

家里人都说我开窍晚。

大概是五岁那年盛夏,赤日炎炎,酷热难耐。当时姨在我家住着,伺候娘待产。娘说:"这又燥又闷的天,反正在家也干不成啥活,咱娘仨拉个凉席到柳树底下乘凉吧。"听到这里,我赶忙到屋子里拉出一领凉席。娘还吩咐我从抽屉里找把纸扇,我不解:"你们手里不是都拿着蒲扇吗?干啥还要再拿把纸扇,净拖累人?"娘对我说:"叫你拿你就拿,小孩多嘴多舌管那么多干吗,到地方你就知道了。"

我一手拎着凉席,一手拿着纸扇,因为年纪小个子矮,走起路来耷拉到地下的凉席还不时地绊着我的两脚,跑得稍快点,就会被凉席绊倒,绊倒了就从地上"嚯"地一下爬起来,继续往前跑……

到了寨墙南边的一棵高高大大的柳树下,娘说:"这里怪凉爽的,咱娘仨就在这歇会儿吧。"姨将我手中的凉席拿过来,平平整整地铺在柳树下,扶娘坐下后,自己也坐下,让我坐在她俩中间。我嚷嚷着说:"我看见寨墙东边一棵柳树杈上有知了壳,还听到树梢上有知了叫,给我捉一只玩玩吧！"姨哄着我说："大白天，这小东西一声声叫，是跟人们说，天热了，注意喝水。它也是在吮吸树叶里的汁液呢，谁也休想逮住它，只有等到晚上，知了闭上眼睛要睡觉了，它的觉睡得太死太沉，这时候捉就会易如反掌。"娘在一边附和："等到晚上，你再跟你哥来这里捉一些回家，我把它们用盐、花椒粉腌上半个小时，再放到热油锅中炸着吃，可香啦！"

姨还给我说："会叫的是公知了，不会叫的是母知了。"娘听到这里插话了："我这人真是一天三迷，都四个孩子的娘啦，也没好好动一下脑子想想，咋就忽然忘了小孩不能吃知了这回事啦？按老话说，小孩可不能吃知了这东西，要是不小心吃了，等到上学写字的时候，就会憋不住两只手打哆嗦！"一听晚上捉知了没了指望，我立刻傻了眼，噘起来的小嘴能拴头小毛驴，不住地嘟囔："咱走吧，在这里没有意思！"

娘为了安慰我，把纸扇递给我，我接过扇子，竟不知道用什么巧劲才能将它打开，只是把它朝直的方向来回拉扯，差点儿就把扇子撕碎了。娘和姨见状相视一笑。姨使了个眼色，开始手把手地教我怎么打开扇子，要一只手固定扇子左边底部，右手向反方向偏斜一点儿，轻轻撇开。我一遍遍地试，可就是掌握不住动作的基本要领。娘在一旁不住地笑："这个二妮开窍真晚呢！"

就在这个时候，姨忽然瞄到我手中使劲晃着的纸扇子，扇面上正好有一只展翅欲飞的知了，上边还有唐朝诗人虞世南的《蝉》："垂緌饮清露，流响出疏桐。居高声自远，非是藉秋风。"于是，姨眉头一皱计上心来。为了测试我是否真的就像娘说的那样开窍晚，姨让我跟着她念了三遍，最后又让我自己不出声，在心里默默地读了一遍。姨问我记住没有，我说："全都记住了，不信我背给恁听一听？"

姨点头示意，让我背给她们听。我拖着奶腔，朗朗细语，不费吹灰之力，一口气背了下来。听得一旁的姨和娘高兴得拍手直叫好，忙不迭地夸赞！

等我再大一点儿，有次姨跟我说："我那会儿跟你娘说了，你不是开窍晚，而是可能在动手这方面发育有些慢，咱先别急于给她下开窍晚这个结论，以免挫伤了她的自尊心。"我听了，一股暖流涌上心头，姨对我的呵护，无时无刻不体现在日常的生活中。

小广播与看大戏

我小的时候,娘好像整天都有一大堆干不完的事,根本没有空余的时间出门。而我活泼好动,老是在家待不住,街上有个大事小情什么的,听见动静就跑出去看热闹。于是,久而久之,我就成了家里的小广播。

那时,村里没有啥娱乐活动,也不像现在家家有电视看。别说黄昏天黑了,就是大白天,都会有无所事事的人在那儿蹲大街、侃大山,没话找话打发无聊。大到某省某市出了什么新鲜事,最近区里、乡里、县上有什么重大活动,小到家长里短,谁家的闺女选到什么好日子出嫁,谁家的儿子成婚在哪月哪日,媒人得的什么酬谢,等等,都是闲聊的谈资。

有一天,听到村里的人说,后天,也就是初六,县上的四平调剧团要下乡到俺村来会演,唱五天的大戏。娘平时没有什么爱好,却是一个地地道道的戏迷,不管是在家里纺花织布,还是做针线活,嘴里都会不由自主轻轻地哼着四平调中那些剧目,像《夜审姚达》《铡美案》,或是豫剧里《陈三两爬堂》《大祭桩》《穆桂英挂帅》等剧目的某些唱段。虽然娘唱得不是十分专业,但从她的面庞上,分明能看到她是那样地投入,那样地认真。

我曾有意无意地观察到,娘唱到动情处,还腾出一只手来,轻轻地擦拭着眼里溢出的滴滴泪珠。娘是一个性情中人,此时此景,肯定是已经入戏了。我不敢造次,甚至连在她的身边来回走动都要小心翼翼,更不敢奔跑吵闹,唯恐喧闹扰乱了她的心绪。我知道,娘很少能有自己的空间做自己喜欢的事,实在不忍心去打搅她,自己便知趣地躲到一边玩去啦!

等娘忙完手头里的活,我兴冲冲地把剧团要来的消息告诉了她。怕她不信,我还补充说:"是村上王增祥老支书说的,各家都争相托熟人捎信,或是到四里八乡去接亲戚待客呢!"娘高兴地说:"等晚上你哥放学早一点儿,咱也去把恁姥爷姥姥都接来,在这住上几天,换个地方乐和一阵,消消停停,正儿八经听听戏。"

很少能有闲情逸致的姥爷姥姥,听到闺女家门前唱大戏,也特意放下手头的活计,精心准备了一些炒花生,还有黄焦酥脆的小筋枣、馓子、麻糖圈等孩子们喜欢的小零食,穿上出门才穿的衣服,姥爷套上平板车,拉上姥姥和姨,一起来到我家。这样一来,家里有吃的,又有大戏看,大人们不用再到地里去干活,孩子们也放了假不用上学,因为村上有大戏,学校教室就成了戏班子化妆、住宿,还有存放道具的地方。

到了唱大戏的那天,一向平静的街上、路道口两旁,已经挤得水泄不通。人来人往都要擦着肩膀打招呼："家里来客了吗？""来啦！"顾不得说再多的话，就被涌动的人潮挤出老远。戏台前边坐着一排排男男女女老老少少，一个个仰着头聚精会神地看戏。有懂些门道的，还在下面品评着戏中角色的扮相、唱腔，以及武生们的拳脚，等等。大家时不时还交头接耳，窃窃私语一番，谈论谁的扮相好，谁的唱腔还不如刚才在那出戏里的呢。

日上三竿，人流不断地加大，长度已经达到两里多，从四面八方前来赶会听戏的人仍在纷至沓来。平时人烟稀少的街上，人头攒动，车辆到处乱停乱放，塞满了并不宽敞的大街小巷。因为赶会的人实在太多，会场秩序也难维持得井然有序。要想从人堆里出去，就得缩着身子钻出去，一不小心还会被人踩了脚。

人行道两边，摆满了大大小小各种摊位。路边一位老大爷支着烧饼炉，一边满头大汗地打着芝麻烧饼，一边嘴里喊着："黄焦酥脆的热烧饼夹肉，赶会的人都往家给老人捎一个回去吧，保管叫你吃这回想那回，快来呀！"看得出他人缘不错，特别会招揽生意，案板上一摞一摞的火烧不多时就销售一空。还有一个炸枣糕的中年妇女，脸上淌满了汗水，不仅手头麻利，嘴还甜，不论买不买她的枣糕，她都热情地向身边走过的路人打招呼，一声声"大爷""大娘"叫得可亲了，就连过往身边的小孩，都不忘夸一声："这孩子长得多讨人喜爱，水灵灵的。"所以她的枣糕卖得快，卖得也多。

大街小巷热闹非凡，琳琅满目的商品令人眼花缭乱、目不暇接。此起彼伏的叫卖声不绝于耳，扑鼻而来的各种味道也特别诱人，让你的脚步不由自主地朝一个个摊位挪，直到掏出钱买点尝尝才算罢休。

　　娘也心满意足地过了一回戏瘾。我清清楚楚记得，娘的精神好多了，干活儿的时候，面颊上时常带着丝丝笑意，幸福之情溢于言表……我有了更多到街上和小伙伴们玩耍的机会，也捎带听到一些闻所未闻的新鲜事，回家讲给娘听，这给平静如水的家庭氛围增添一点儿乐趣，给寡淡质朴的生活饭桌上增添一点儿可以回味的谈资！

逛庙会、拴娃娃

　　浚县庙会又称浚县正月古庙会，浚县挨着长垣，浚县大伾山是我国文献记载最早的名山之一，是大禹治水所到之处，堪称人杰地灵。浚县庙会是融民间艺术、宗教娱乐为一体的民俗娱乐活动，将浚县历史文化和自然风光完美地结合在了一起，让人在观赏自然景观的同时也受到历史文化的熏陶。

　　浚县庙会从每年的农历正月初一一直延续到二月二，历时一个月之久，会期之长，规模之大，并不多见，素有"华北第一大古庙会"之称。

　　我刚刚记事儿那年，娘受黑婶之托，选了个正月初六的吉利日子，到浚县山上为她"拴娃娃"。黑婶过门都快两年了，可她的肚子一点动静都没有，家人都替她着急。黑婶自己虽然嘴上不说，其实比谁都心焦，暗地里跟娘说过多次，请她帮忙办妥这宗事。

　　娘是大家眼中那种所谓的全美人，既有闺女又有儿子，而且姓"于"，谐音"余"，很是吉利。由娘亲手从送子观音娘娘庙里拴来的娃娃，必定能带来喜讯。娘爽朗地一口答应黑婶，在当年的浚县庙会时，放下家里那一堆家务事，亲自去浚县送子娘娘庙跪拜，为黑婶家拴个娃娃。

临行前，黑婶特意从家里拿来一大捆香火，以及黑叔从集镇上买来的精品供果，郑重其事地将盛着各种供品的篮子交给了娘。我吵着闹着要跟着娘一起去赶庙会。娘好言好语哄我："浚县离咱这里山高路远的，听人说还时常有狼出没。我去办完事就回来，再从庙会上给你们姊妹几个捎回来点小玩意儿，你看好不好？"于是我就乖乖地待在家里。

到傍晚时分，娘回来了。她把肩上扛着的包袱放到桌上，打开包袱给我们看。眼前一个个小玩意儿栩栩如生，有黄色带把儿的长矛和大刀，用胶泥捏成的鹧鸪鸟，还有灌上水就能当小哨吹的泥鸭子，我们几个都兴奋地叫了起来。

娘让我们先睡觉，有空了再给我们讲赶庙会的见闻，她现在必须到黑婶家去一趟。黑婶家和我家隔着一条东西大道，若是走偏道的话，往北走再往西稍一拐就能到。那条路是我们常去北坑洗衣服和挑水走的路，也是夜间最难走的一条道，坑坑洼洼，到处都是碎砖头瓦块。出于好奇，我提出跟娘一起去黑婶家，送去娘一片虔诚之心和三拜九叩从浚县送子观音娘娘庙里求来的娃娃。

我翻出爹特意为我们晚上起夜才买的手电筒，这可是我家当时唯一的家用电器，在前头拿着手电筒为娘照着亮，娘在后头踮着小脚，一会儿就来到了黑婶家。黑婶家看不到一丝光亮,我疑惑地问:"他们家该不会没有人吧?"娘看了我一眼,说:"小孩子家懂个啥!大晚上的,谁家还能没有人?你黑婶她人平常就仔细,知道细水长流过日子。冬天白天短,人早早睡下,不会亮着灯白耗油。"

娘用手轻轻地敲响黑婶家门。屋里传出了一声:"谁呀?"娘答应了一声:"是我。"只听"吱呀"一声,门开了,黑婶披着一件大棉袄,一手拿着一根点燃的蜡烛,把我们娘俩让进了屋里。黑叔懒洋洋地问了声:"天都这么晚了,嫂子你们这是干啥咧?有啥事还不能等到明天再说?"娘说:"这不是赶着给你们送娃娃来了吗?"说着从衣兜里掏出一个红纸包,里面是一颗还带有娘身体余温的小石头块,顺手塞进了黑叔黑婶热乎乎的被窝里,黑婶把这个宝贝紧紧搂到怀中……娘双手合十,祈祷上苍能给他们家带来好运气,顺利纳子,延续香火。

一连过去了好多天,我仍然心生疑惑:相隔这么远的路程,一块石头咋就能变成小孩子,千里迢迢降生到这一家呢?我很想让娘问问黑婶。娘却说,不用问,用不了一两年,就会听到他们家娃娃呱呱坠地的哭声,等着瞧好吧。

我曾和自己有个约定,有生之年一定要再去浚县山上逛庙会,深刻体会古老而富有神秘色彩的文化,玩一个酣畅淋漓,不留遗憾!于是,2014年春节时,我去了一趟浚县庙会。

庙会上,三层叠起的高跷,太师椅上高空翻滚的舞狮,还有盘鼓、秧歌、旱船等丰富多彩的民间社火表演,让我大饱眼福。为扩大旅游规模，浚县还以"逛正月庙会、拜浚县大佛、过传统大年、赏中原民俗"为主题，举办了民间文艺活动、中原民间工艺精品展、祈福大法会、元宵节吉祥灯会、中原民俗文化研讨会等十多项内容，深受群众欢迎。浚县的这个盛大的古庙会，至今仍吸引着当地人前去烧香拜佛，泥狗、泥鹧鸪等泥捏的玩具，仍会受到孩子们的喜爱，千百年传下来的送子观音"拴娃娃"的老规矩也依然盛行。

34

秤盘里的滋味

儿时的我,喜欢到街上十字口看热闹。这儿经常聚集着一拨又一拨的老人和孩子们,边晒太阳边聊家常,有什么高兴的事说出来,引得大家开怀大笑,遇着不如意的烦心事,也能一吐为快。在这儿,感觉无拘无束无烦恼,可以尽情地唱啊跳啊,没有人会打扰你,更没有人嫌弃你会影响到别人。

这里,常常会看到一位做小买卖的老先生。他一只胳膊挎着一个笆斗篮子,里面放着一杆小号秤,还有一个醒目的、小簸箕一样的黄铜秤盘。要称东西的时候,会在秤杆上提溜一坨铁疙瘩——秤锤来压秤杆星。

这位老先生高高瘦瘦的个子,佝偻着腰,面目慈祥,蓄着花白的胡须。他精神矍铄,说起话来有鼻音,嗓门很是洪亮。头上戴着一顶破毡帽,上身穿一件破棉袄,里面很少穿内衣,而且棉袄上的扣子也几乎全掉光了,用一条包袱带子扎在半腰间。下身穿一条黑棉裤,肥肥大大的,不是很贴身,为了防风,用破布带子把裤腿也扎得紧紧的。脚上穿着白色的棉布袜子,袜子上还打了几处不同颜色的破补丁，为了更结实一点儿，袜子帮上的针脚密密麻麻，再套上老头棉靴，看起来暖和又舒适。据说他是一个无儿无女的外村人，一个人吃饱了全家不饿。

老人一年四季都不会闲着，特别识时务懂季节，总是跟着时令走。这个季节该卖啥，那个季节该卖啥，心里仿佛明镜一样，有底儿着呢！春、夏、秋季节，要卖的东西样儿多，老人往往会推着一个独轮车，上面放满了瓜果、鲜菜，还在车上搁着妇女常用的针头线脑一类的东西。

他心很细，会在车把上挂一个用铁圈箍的小木桶，里面装着一桶清水，那是他专门从深井里打出来的。若有说话时间长，顾不上回家喝水的老人和孩子，只要言语一声，他就会从车上取出一个小水葫芦，从小木桶里灌上一些清澈的水，送到你手里让你喝个够，而且分文不取。他从不贪小便宜，看利还薄，不缺斤短两，童叟无欺。谁家过日子有个缺东少西的事儿，只要给他提前说一声，下次他来时，定会把你需要的东西带来，也是不要报酬。所以，村上的人送他一个绰号——"老憨厚"。

老先生也是我在这条街上最想见到的人。他不仅会揣摩人的心思，还专挑你爱听的话说，而且能一语道破，说到人的心里去。你平时专爱吃哪一口，他都记在心里，也装到了他的小车上。每次他来村里街上，杂货摊一样的小车"吱扭"一声刚刚刹住闸，就有一群人呼啦地围上来。冬天的天气冷，他除了卖篮子里的五香咸花生仁，肩上还会耷拉一个口袋，口袋里搁着一大壶老酒，足足有十来斤重。有条件的人，会找个背风朝阳的地方，打一小碗老酒，再买二两花生仁当下酒菜。一碗烧酒下肚，话也逐渐多起来了，身子上也暖洋洋的，再呼呼地眯上一小觉，那才真是神仙过的日子呀！

三里五村的人都爱到我们村子里来串村闲侃。他们私下里说，我们村的人不欺生，不会给外村的生意人找麻烦。做小生意的人也慕名前来凑个热闹，图个吉利，赚个小钱。

每每看到老人们鼓着腮帮，咂巴着嘴，慢慢咀嚼那五香咸花生仁的时候，我的馋虫就会被勾起。我曾多次吸溜着口水往家跑，想回家向娘要钱，买老先生铜秤盘里的一把花生仁儿，塞到我那馋得发痒的小嘴里，尝一尝究竟是个啥滋味。可是，终究还是没有胆量对娘开这个口。因为，家里根本就没有这个闲钱。你想啊，娘连头上掉下的那寥寥几根头发都舍不得扔掉，还要积攒起来换个针头线脑。家里小鸡下的蛋，她自己从没舍得吃一个，孩子有病的时候，才肯舍得破例做顿可口的饭菜。家里的吃盐点火，大都是靠卖鸡蛋换的。还有一个原因就是，在我幼小的心灵中，一直这么认为，铜秤盘里的味道，只是老爷爷们的专利，还真没有看到过有哪个老太太或者妇女破例享用过这份美食。

二十世纪八十年代中期，人们生活有了翻天覆地的变化，生活水平普遍得到提高。我已经是两个孩子的母亲，每月有固定的工资。不知从哪天起，我发现街上开始有不少外地人，胳膊上挽着一根麻绳，拉着一个简易的板车，上面放着一个硕大的编织袋,袋子里满满当当装着用盐巴浸泡晒干后泛白的咸五香花生仁。这些人是来县城做花生仁生意的,租住在偏僻的巷子里,十几个人一间房子,蜗居在一起。他们走街串巷,大老远就能听到板车摩擦着洋灰地发出咕噜咕噜的声响,还有大声的吆喝:"五香花生仁,六块钱一斤,快来买吧!"

闻到香喷喷的花生仁味,三十几年前铜秤盘的记忆一下子又唤醒了我的味觉,一幕幕老人们咀嚼着五香花生仁的场景瞬间闪现在脑海里。儿时那小小愿望没有实现,是因为爹工资有限,加上我家人口多,用钱的地方大都很吃紧。娘讲究节约度日,不会随便乱花零钱,尤其是那些零食,更是不会轻易买。娘常说:"宁买不值,不买吃食。"尽管买的东西再不称心,毕竟东西还在,能用就行,可要是买吃的东西,吃了就没有了。等我为人妻、为人母之后,才渐渐理解这句话的深刻含义。我感叹,悔不该当初,家里穷得叮当响,只能勉强度日,竟萌发出想买零食吃的念头,真是不当家不知道柴米贵啊!

在儿时记忆的强烈诱惑下,我迫不及待地将自行车停在路边上,凑到摊位跟前,称了一斤心心念念的五香花生仁。回到家后,心里还一直突突地跳个不停!心想,年幼时一直想吃到嘴里的东西,时隔三十几年后的今天,总算是不用前琢磨后思量,不用伸手跟别人要钱,也不用跟生意人讨价还价,不费吹灰之力给买回来了。我忍不住捏了几粒,送到嘴里嚼了又嚼,味道还真不错。是不是和儿时想象的味道一样，已经不太重要了，要紧的是，已满足了自己强烈的愿望和心理需求，这已经足够了。

　　我坐下来定了定神，取出家里珍藏已久的剑南春酒，给自己斟上满满一杯。喝着怀旧的老酒，品尝着咸里透着五香味的花生仁时，三十几年前的情景仿佛又展现在眼前。那时的我年幼无知，家里虽然很穷，但毕竟爹娘还健在，我们幼小的姊妹们能朝夕依偎在娘的身旁，哪怕是生活在那并不富足的家庭，就已经是人间无上的幸福。

搓麸治病

　　自我童年记事起,每到一年一度麦稍泛黄前,身上总会莫名其妙地出现皮肤瘙痒的症状,甚至经风一吹,就会泛起一片一片的风团。

　　一天,我一觉醒来,睁开惺忪的睡眼,发现娘不在我身边。满屋子瞅不见,急急忙忙跑到院里四处找寻,也不见娘的身影,我顿时慌了神,张开大嘴,哇哇大哭起来。这一哭不打紧,哭着哭着就感到浑身上下奇痒难忍,便用两只手胡乱抓挠起来。结果越抓越痒,越痒越抓,直挠得大大小小的红疙瘩遍布全身。

　　我的一阵哭闹,被正在清理茅厕的娘听到了,她慌里慌张跑出来,一看我还光着身子,再一看,哎呀,不好!这是咋啦?怎么这浑身上下竟没有一丝的好地方?我哭着喊着:"痒、痒、痒啊,娘!"娘疼儿心切,一时竟不知道如何是好,赶忙走到院子里的水瓮跟前,用水瓢舀了水倒在洗脸盆里,洗干净手,一把抱住我,慢慢地抚摸着我的头:"不哭啊,孩子,娘这就想办法,让人赶快捎话,把你爹从学校叫来,给我儿看看是咋啦?"

不同寻常的哭声，惊动了一路之隔的邻居二奶奶。她挪动小脚，心焦地来到我家，问娘："平时那么懂事听话的小二妮，今天一大早，我听这哭声不一样，心里只觉着疼得慌，这是咋着啦？"

二奶奶平时在村里颇有人缘，经历的事多，也是个热心人。谁家孩子受了惊吓，只要她的嘴里默默地念叨几声，顺势双手轻轻抚摸一阵，准保孩子会转危为安。再就是，哪家的孩子有个头疼脑热的，她都会很虔诚地奉献个小偏方什么的。也许是她有诸多所谓的经验，一般的街坊邻居都很信任她。看到二奶奶，娘仿佛一下子长了胆，把我拉到二奶奶的身边，指着我身上心急火燎地问："二婶子，看这孩子一大清早这是撞见啥了，发什么魔障了，呼啦一下就起了这么一身的红疙瘩。他爹又不在家，我一个人，由不得就会着急上火，正好恁来了，帮忙给拿个主意呀！"

二奶奶不慌不忙地说："不要着急，我看这孩子身上起的像是麦搔，应该不是什么大病。"二奶奶问家里有没有磨小麦剩下的麸皮，要是没有，可以去她家挖一些回来。娘说家里正好有半瓦罐，不知够不够。二奶奶说够啦，还教我娘，到了晚上，趁临睡前，把这些麸皮加上点盐巴，放到锅里炒得越热越好。等锅中的大盐疙瘩"咔啪咔啪"响，麸皮稍稍变得微黄的时候，就把这些麸皮倒在一个大的洗衣盆里，晾到能进去手为止。然后，趁着那股热气，麻利些使劲往我身上搓，直到把身子搓得热乎乎的，再趁着热乎劲儿，蒙头睡一觉，第二天起来就会见轻，过两天就会好。交代完毕，她就赶回自家做早饭去了。

这一天可真是度日如年，恨不得拖住太阳公公的尾巴使劲儿拽，让它快一些下山。小孩子家，难免有不听话的时候，娘一遍遍跟我说不要用手抓，但每当身上痒得难受的时候，我还是忍不住用小手一阵乱抓乱挠，直到把身上挠出一道道的血印子，快要流出黄水才罢休。娘心疼地冲我嚷嚷："你这个孩子今天咋这么不听话，要是再让我看见你用手来回抓挠，就把小手给你绑上，叫你动弹不得，看你还挠不挠！"

还没等到日落西山，娘就按照二奶奶给出的土方子，取出半瓦罐磨面筛下的麸皮，又从盐缸里挖出一勺大盐疙瘩。娘嘱咐我说："小尊，听话，就是再痒得很，就是再难受，也要忍住，咱可千万要记住不能再挠了啊！一会儿娘就按照二奶奶给咱说的，给你炒些麸皮，好好给俺孩儿搓搓，出出汗，睡一夜也许就会好的。"

麦秸火苗在灶膛里慢慢燃烧着，把娘的面颊染红了大半边。她紧贴眉头边的部分刘海儿也被烤得成了卷儿，一股难闻的焦煳味道飘了出来。可是娘并不在意，随手轻轻地将已经烤成卷的刘海捋在另一边，依然低着头，专心致志用一根火棒拨动着灶膛内的麦秸火苗。娘时不时站起身来，半弓着腰，用锅铲翻动着铁锅里的麸皮和盐巴，锅上、锅下都是她一人不停地在忙活。灶膛里的柴火因为太潮湿冒着浓烟，呛得我一阵一阵咳嗽，小脸蛋都憋红了，娘的两眼也熏出了泪水。娘不时地用手将流出来的眼泪拭去，烟熏火燎中,娘的脸上慢慢地出现了一道道的灰痕。我看到娘的一副狼狈相,既好笑又心疼,踉跄着走到脸盆边,抓了条湿毛巾,给她擦擦那张淌满泪水和汗水的脸。娘的脸上露出了久违的笑容,心满意足地说:"知道疼娘啦,真是娘的好闺女!"

在忽明忽暗的棉油灯光下,娘不断地用锅铲翻动着铁锅里的麸皮和大盐,观察炒制的程度和色泽,把握火候与时间。估摸着到了该出锅的时候,娘把炒好的麸皮迅速用锅铲盛到一个大的洗衣盆里。

等麸皮晾到适合体温的过程,更是让人心焦火燎。娘时不时地将手伸到麸皮里,摸一摸、捻一捻,看是不是能经得住小孩的皮肤。我更是望眼欲穿,焦急地等待着,瞌睡虫还不时地侵扰着。娘看我瞌睡得不行,便想着法儿地说些笑话逗我发笑。不过,困成那样的我,哪里还能笑得出来?娘嫌盆里的麸皮和大盐凉得太慢,不时从盆里抓些到手心,放在自己的身上搓一搓、试一试。那讨人厌的痒疙瘩仿佛不是出在我身上,而是长在了娘的身上,更疼在娘的心里。

等娘觉得温度差不多了,就把我掂到盆里,还从炕头上拿个小垫子垫在盆底,让我站在垫子上。娘一再叮嘱我要站在垫子上,否则烫坏了嫩嫩的脚丫子可就坏事了。娘拉过小板凳坐在盆边,弯下腰来,捧起一把把的热麸皮,在我身上轻轻搓啊搓……

搓着搓着,娘觉得如果再加点力道,效果也许会更好一些。于是,她加大了手劲儿,将更多的麸皮一捧捧捂到我光嘟嘟的身子上。娘小心翼翼地搓着,快了吧,怕麸皮烫了我的细皮嫩肉,慢了又唯恐麸皮变凉了影响效果。娘的一番良苦用心我看在眼里,一股股暖流涌上心头。

不多时,我只感到身上被娘搓得热辣辣的,我咬着牙,忍着身上的一阵阵灼疼,泪水在眼眶中直打转,使劲憋住就是不让它流出来,更不想让痛苦的呻吟在不轻易间迸发出来,只是在喉咙里憋着。细心的娘察觉到了,问我说:"小尊,疼吗?娘知道的,只有这样才会好。麸皮热了凉了你给娘说一声,热了咱再晾一晾,凉了还可以在锅里加热。反正得让它管点用,治好咱的病,娘这心里才会安生啊!"

也许是温热的麸皮和盐巴起了功效,再加上心理作用,我身上一直瘙痒难忍的感觉,仿佛正一点点地减轻乃至慢慢消失。昏暗的棉油灯光下,娘脸上豆大的汗珠,顺着那清瘦的面颊滴答、滴答地掉落在盛满麸皮的盆里,瞬时结成了一粒粒麸皮蛋蛋。我弯腰用手捏起来,拍成一个个小饼,敷在了红扑扑的脸蛋上,抬头让娘看。娘看到这滑稽的一幕,"扑哧"一声笑出声来:"真是个孩子啊,身上起疙瘩都成这个样子了,还有心玩儿。"见娘笑了,我再也抑制不住憋在眼眶里的泪水,任它肆无忌惮地流淌下来,"哇"的一声扑倒在娘怀里,呜呜地哭了起来。

是因为身上的痒,还是身上的疼?也是,也不是,反正我自己心里清楚得很。脑海里,一次次涌现出娘日夜为我们姊妹操劳的身影。这大热的天,别人家都早早地吃过晚饭去外边乘凉,娘还窝在连窗户都没有的燥热的土坯屋里,为我搓麦麸治病。你看她,身上穿着的土布汗衫大片大片地浸透了,脸上淌满了汗水都顾不上擦一把,只顾得弯着腰,不停地搓着。此时,娘心中只有一个念头,那就是尽快把女儿身上的风疹拿掉,不再让孩子遭罪。

记得那天中午家里吃的是汤面条。因为孩子多,打下的粮食不够吃,除了维持一天三顿的汤汤水水外,没有更多的粮食贴补。孩子们小,娘把稠一点的面条一一挑到每个孩子碗里,锅里剩下的面条汤盛到自己的碗里喝了,就算打发了大半晌的饭食。眼看天色黢黢黑了,因为给我搓麸治病,一来二去几经折腾,熬过了晚饭饭点。家里的孩子们都眼巴巴地等着吃晚饭,可我家还是冷锅凉灶没开火。爹不在家,娘就一个人,顾着这头顾不得那头。

看到娘聚精会神为我搓擦身上的那些红疙瘩,自静哥止不住好奇地问:"这东西管用吗?不会治不好病反而再把这身上的疙瘩搓烂吧?"娘知道自静哥其实是饿了,但不知怎么这话一出口,竟惹得娘的火气腾地一下蹿了上来,她腾出一只手猛地把自静哥拽到一边去,急赤白脸地说:"你没看看我正在弄啥咧?就不会说点儿吉利话,什么治不好再搓烂?不会说话就别说,一边待着去,别碍手碍脚的!我先给你妹妹搓这身上的风团,等消得差不多了,再给你们做饭吃,现在都先将就一会儿!"

娘一顿数落,大家都面面相觑,闭上了嘴巴。我紧紧贴在娘身边,分明听见娘肚子里也像开火车一样,叽里咕噜一个劲儿地叫。常言说得好：人是铁饭是钢，一顿不吃就心慌。娘也是个大活人，咋能不知道肚子饿呀？她这是忍着饿也要先把我的事干完，真的是太难为她了！

  长大后，我渐渐明白了自己是过敏体质，但小时候搓麸治病的一幕幕还是会常常涌上心头。有娘的时候，即便生病了也不怕。有时候生病，为了哄我开心，娘还会破例给我买点好吃的，或擀上一碗纯手工酸汤面，安抚我幼小的身体和脆弱的心灵，使我久久不能忘怀……

打着黄昏剥玉米

二十世纪五十年代初,全国广大农村陆续成立了农业合作社和互助组。俺村也纷纷组织起来,每家每户把自己家里仅有的耕牛、农具等,聚集在农业合作社里。成立互助组以后,村民们热情高涨,以组为家,起早贪黑,收成比往年有了不少的增长。

秋风吹过田野,硕大的玉米穗沉甸甸地挂在枝干上,微风吹来时,玉米叶子沙沙作响,人们感受到劳动的甘甜和丰收后的喜悦,被太阳晒得发黑的脸庞露出了久违的笑容。他们流淌了多少汗水,如今丰收在望,能不开心吗?

转眼,收获玉米的季节到了。互助组里的男女老少把地里的玉米棒一个个掰下来,用大车小车运到杨家大院里,干得是热火朝天。秋收过后那段时间,每天晚饭后,各家老老少少相互结伴走出家门,胳膊上挎着提篮、柳条篮、笸斗和簸箕,早早来到杨家大院里,趁着月光剥玉米棒的外壳。娘跟我说,她也要去互助组打黄昏,我胆子小在家里害怕,又不知道她啥时候才能回家,就提出要跟她一起去。娘说:"你跟我去中是中,但到了那里,大家都在干活,你不能老吵闹着要回家。小孩家能干多少是多少,不愿意干的时候就老老实实地在一边玩,可不能耽误大人干活!"我满口答应。于是,娘右肩挎着个大簸箕,左胳膊挽着个大笸斗,笸斗篮里还放着几个帆布口袋,后面跟着我这个跟屁虫,一起往杨家大院走去。

夜色逐渐暗淡下来,浓雾层层弥漫漾开,晕染出一个平静祥和的夜晚。月光下路边的树叶簌簌作响,仿佛在弹奏着一首动听的歌曲,婉约而凄美,那音符仿佛是从朦胧的月色中跳跃出来的,令人陶醉……月儿越发明亮起来,慢慢地从柳叶变成了一把镰刀,接着又变幻成一艘小船,在浩瀚的大海中静静地行驶着。

娘是个不愿落后的人,生怕耽误了时辰,只顾朝前赶路,边走还边催促着我说:"小尊,你快点跑在娘前头,让我跟着你跑,要不然都快晚了。"我看到娘身上拿着那么多的东西,想搭把手,就从娘挎着的篮子里将帆布口袋拽出来搭在身上。虽然我是个女娃,难免也有淘气的时候,不知哪根神经驱使着,一时兴起,把个大帆布口袋一股脑儿从头顶套到自己身上,扮作个无头怪物,引逗自己和路人开心。我头上戴着帆布口袋,摇摇晃晃地跟在娘后头,一不留神,脚下绊住一块碎砖头,扑通一声摔出老远,来了个脚底朝天。

娘吓了一跳,赶忙将身上背的东西放在地上,要拉我起来,却怎么也找不见我的两只手。好不容易把我身上套着的布袋揪下来,看着我的狼狈样,娘数落道:"好黑天赶

133

不上赖白天，不好好走路，净想些歪门邪道的淘气招儿！你好好想一想，你把自己装在布袋里，不绊倒你还绊倒谁啊？"

说完，娘又关切地问我身上磕得疼不疼。我不好意思说疼，就是直摸胳膊肘。娘把我拉在怀里，一个劲地用嘴吹我的胳膊，还来来回回抚摸，忽然叫了起来："怪不得你直摸胳膊肘，这不是磕破出血了呀！你看看，不叫你来，偏要跟着来，净惹麻烦！咱回家包包再去吧！"我说不要紧，只有一点点疼不碍事，娘只好听我的，说到了剥玉米的地方，找块布给我包上。娘拿起簸箕，挎着篮子，还想要再抱着我，我自己知道已经办了错事，哪能再让大人抱着，也忒丢人了吧！于是，知趣地躲过了娘的手，撒开丫子就前头跑。娘在后边，不时地让我慢一点儿。不大工夫，我们就来到了杨家大院门前。

杨家大院是个高门楼，石板阶梯错落有致，我故意跺着脚，发出噔哒噔哒的声响，拾级而上，来到院子里。月亮从云层后羞答答地若隐若现，在云层里缓慢地移动着，偶尔从云隙中投出几缕银白色的月光。

借着时隐时现的月光，看到眼前一堆一堆的玉米棒高高矗立在院子里，仿佛一座座小山包。周围坐满了前来打着黄昏干活的村民，还有年轻妇女，怀里揣着正在吃奶的婴儿，那嫩嫩的、胖嘟嘟的小脸蛋，也被深秋的晚风吹得通红通红的。大家都在埋头剥着玉米，谁也没工夫扯闲话。

那些上了年纪的老人，因为体力原因，腿脚不利索，只能坐着剥玉米。年轻力壮的小伙子、大闺女、小媳妇们，不容分说，担当起了运送任务，你一筐、我一簸箕，将已经剥好的玉米送到院子里一个开阔地儿撂起来。众人拾柴火焰高，玉米堆眼瞅着越堆越大，也越来越高。

娘拿了个玉米棒，二话没说先剥下外皮，取出最后一层薄薄的、软软的内衣，小心翼翼地包住我渗着血的胳膊肘。那薄如蝉纱似的玉米衣缠在刚刚被磕破的地方，凉丝丝的很舒服，干起活来也一点不碍事。别看我是个小孩，我可是自愿跟着娘来的，生怕别人说我是个跟屁虫，拉了娘的后腿，也不甘示弱，学着大人的样子，努力地剥着一个个大大的玉米棒。然后学着年轻后生们，将已经剥好的玉米装到篮子里，憋着一股劲儿，挎着满满一篮子往玉米堆走去。

那时我不过四五岁光景，个子矮矮的，体力又跟不上，胳膊上挽着的篮子几乎要挨着地面，脚下还有一些横七竖八尚未剥好的玉米棒挡着道。就这样，一步一个踉跄，一走一个跟头，绊倒了爬起来，把篮子里掉到地上的玉米再捡回篮子，继续再往前走，好不容易把玉米运到了地儿。

面对硕大的像小山包一样的玉米堆，我又傻了眼。年轻力壮的小伙子可以顺着架在玉米堆旁的坡梯上去，轻轻松松把玉米倒在上面，可我人小力薄，就是再想逞能，也只好望而却步。只好把玉米从篮子里一个个拿出来，仿佛三步投篮一般，拼尽吃奶的力气往玉米堆上扔过去。

可是，我个子小扔得低，刚剥去外壳的玉米又很滑，费了九牛二虎之力扔上去了,骨碌碌又都滚了下来,急得我抓耳挠腮,直掉眼泪。对门邻居一个婶子走到我身旁,弯腰拉住我说:"这么大点小小妞,快回恁娘跟前吧!你瞧瞧这么大的玉米堆,要是塌下来,砸着你可咋办?"

我绷着小嘴不吭声,心中越发地不服气。别人都能顺顺当当把一筐筐的玉米一下倒上去,为啥我就不能?我眼眶中憋着泪蛋蛋,就是不让它流下来,怕大人们瞧不上,下次再不带着我出来。带着不甘和委屈,我悻悻地回到娘身旁,坐在娘身边,老老实实地学着大人们剥玉米。

接近午夜时分,担任互助组组长的伏婶操着清脆的大嗓门喊道:"咱们把这一点儿剥完就停手吧!一口也不能吃成个胖子,赶紧收收摊,打扫一下战场,明天吃过早饭,老少爷们还要出工呢!"

娘拍拍身上的土,把从自家带来的东西收拾一下,扯着我随着人流离开大院。秋风吹来,身上凉飕飕的,直想打寒噤,我缩成一团,藏在娘的衣裳襟下。娘说:"有那么冷吗?这才是秋天,只不过有点小风,就受不了啦?到了十冬大腊月,那才真叫冷呢!往前跑吧,这个时候月亮正亮着呢,看着脚底下的路,别再摔跟头了啊!"

路上,娘感叹地说:"还是人多力量大,这么多的玉米,要是让一家人来剥,得猴年马月才能剥完呢!"

跟娘学割麦

又到了一年麦收时。一天,我跟娘到地里给牲口割青草。出了北寨墙门的豁口,举目远眺,一片片齐刷刷的麦子即将成熟,黄灿灿的,像一条一条金色的带子。一颗颗麦粒像小水珠一样镶嵌在沉甸甸的麦穗上,麦粒上还长着针尖似的麦芒。

我随着娘的脚步走进了麦田。顺手捋下一穗,搁在手心里揉碎,绷着小嘴,"噗噗"地将麦壳吹跑,把饱满结实的麦粒放到嘴里嚼一嚼,满嘴都是清香味。成熟的麦穗,颗粒饱满,粒粒都胀鼓鼓的,仿佛眨眼之间就要爆裂开来似的。娘从我手心里捏了几粒含在口里,又用牙齿嗑了几下,再看看麦粒的成色,生怕还没熟透,然后将干净的麦粒送到我嘴里,让我嚼着吃充饥,剩下的放到自己嘴里,享受着那份清香劲道。

俗话说:早修农具早打算,莫等麦收急转转。爹趁着星期天从学校回来,第一件事就是把各种农具从老屋子里倒腾出来,重新修理一番,有木锨、杈把、扫帚、牛笼嘴、镰刀等,一样不能少。实在没有办法修理的,爹跟娘交代说："镰刀都用了几年了,卷刃了,一点儿也不锋利,再磨也不管用。扫帚早已脱去了毛,光秃秃的,咋能扫净麦糠呢?你可别怕花钱,等到小满会上,再置办两把镰刀和一把扫帚吧。"爹的意思是,趁着农历五月十三赶小满会,将这些都如数购置齐全,单等着响晴天,就开镰割麦。

俗话说:曝晴三日麦稍黄,掐穗在手去麦芒。爹平常在外教学不在家,哥姐们又要去上学,唯有我和娘在家。麦收一晌,蚕熟一时,季节实在不等人。娘那个急呀!娘那年有孕在身,家里又实在腾不出人手来帮忙,即使是孩童的我也成了家里的辅助劳动力。无奈之下,娘腆着个大肚子,扯着我,带着头天磨好的镰刀,一大早太阳还没出来就上地去了。

我揉着惺忪的睡眼,跟在娘的后头。刚从被窝里出来,迎着阵阵凉风,上下牙"咯吱咯吱"直打架,身子一个劲儿地瑟瑟发抖。小孩胆子小,不敢扭头往后边看一眼,怕后面冷不防蹿出一个鬼怪来。我扬起头来望天空,星星不时地对着我眨巴眼睛,好像是在安慰我:"别害怕,有我们给你保驾护航呢,怕什么!"

虽然已到麦收时节,早上也挺凉的,我穿着小薄棉袄。北地离俺家少说也有二三里路程,为了赶时间,娘拉着我一路小跑,不一会儿,我身上有点微微出汗了,就把棉袄脱下来扔给娘。天色逐渐发亮,路上走来三三两两的行人,我的胆子也大了起来,一溜小跑,跑到了娘的前面。沐浴着清晨的微风,娘俩加快了步伐往前赶,眼瞅着就到了田间地头。远远望去,田野里一片片金光闪闪,仿佛无边无际金色的海洋。一阵阵风吹来,金色海洋中漾起一层层金黄色的波浪。

娘脱下棉袄,操起镰刀就到了地里。只见她弯着腰,右手握住镰刀,左手向外抓住一把麦子,将镰刀放在高出地面二三指麦棵的根部,使劲往后一拉,一把麦子就齐刷刷地倒在了手里。娘把割下来的麦子,麦穗对着麦穗打个死结,麦棵对着均匀分成一字型,立马就变成了一根结实而简易的绳子。再割下的麦子,就放在刚刚拧成的绳子上,最后再捆成一个完整结实的麦捆。

因为爹吃的是公家的饭,干的是公家的活,身不由己,尤其是跟一帮孩子打交道,一点儿都不敢怠慢,更不敢有半点儿差池。无形之中,练就了娘独当一面的本事,成了家里家外的一把手。娘虽说是个小脚妇女,干起活来可利索了,砍玉米、割豆子、锄地、播种庄稼样样在行,村里人都说娘是个多面手,一般的男人都不是她的对手。

虽然怀有身孕,娘挥动镰刀割起麦子来的身手,依然干净利落,不减当年。只有半个早上的工夫,眼瞅着一亩麦子全都拜倒在娘的脚下,娘的身后已经均匀排好了一个个麦捆,错落有致,煞是好看。

我看着娘割麦的样子异常羡慕,求她也让我学着割麦,娘点头同意,让我试试看。得到娘的应允,我拿起地上另外一把镰刀跃跃欲试,弓着身子,学着娘的架势,用左手把麦子一并搂到怀里,右手握着镰刀,使劲朝身后猛地一撩，表面上看起来，一招一式还真的蛮像那么回事。

我憋足了劲，弓着小小的腰身，割着眼前的麦子，一点儿一点儿往前赶，心底里还暗暗想着要超过娘。这一着急不打紧，身后脚下到处都是没有割净的麦子。娘扭过头来瞅见了，放下镰刀走到我身边，语重心长地对我说："小尊，回头看看，你割过的麦子就跟那猫盖屎一个样。没听人说过这句话嘛，慢工出好活。小孩子刚开始学活儿的时候可不能急于求成，养成马马虎虎的坏习惯，以后不管干什么事情，想改都改不过来了呀！"娘对我不放心，担心我不小心割着手，也怕我慌里慌张，一次割不净，她还得返工耽误事，就对我说："你小孩子家，没拽着我在家出不来，还能跟我到地里来，就已经不孬了。先不要割麦了，在一边好好看我怎么做吧。"

听了娘的一番话，我一时红了脸，半天说不出话来。从学割麦这件小事之后，在成长的道路上，我都在努力改掉自己身上诸事求快、毛毛糙糙的坏毛病。娘在我年幼时的谆谆教诲，无疑对我的一生都起着激励和鞭策的作用。

娘见我耷拉个脑袋，一副垂头丧气的样子，就吩咐我说："小尊，要不你把这一个个麦捆抱到一起吧，我装车的时候也省得来回跑趟趟。"我照着娘的话，使劲抱起一捆捆的麦子，一个一个归罗到一起。看到掉落在地上的麦穗，还没等娘指使，就弯腰捡起来装到布袋里，颗粒归仓。虽然还小，但我知道，每一粒粮食都饱含娘辛勤劳作的汗水，我要格外珍惜这来之不易的劳动果实，才能不辜负娘的辛苦。

娘看到我这么小就能帮大人干活,打心眼儿里高兴。她从肩头上取下毛巾,边擦拭着满脸的汗水,边不住地夸我说:"真是娘的小帮手,都能给家里干活啦!"听了娘的一番话,我心里美滋滋的。这小小的收获,给我带来了极大的快乐。我盼着家里有个好收成,我更盼着麦收后,娘能腾出空来给我们蒸出一锅发面馍馍吃。想到这些,干起活来就更起劲了!

石碓碓窑里舂米声

　　模糊记得幼时,在我家堂屋西头的厨房里,靠着北墙边上有一个石碓碓窑。经过年复一年、日复一日、一锤又一锤的夯打,老旧的石碓碓窑已经被深深埋在地里。

　　听娘说,这个石碓碓窑原先是奶奶家里用的舂米用具,家里人口多,用的次数也相对频繁,石碓碓窑的凹槽眼看就要被磨平啦!这个几乎就要成为废品的东西,却还在日常生活中扮演着重要角色,是这个大家庭里不可少的物件。爹作为家族中的老大,理所当然就继承了这件传家宝。

　　石碓碓窑是石匠选用青色或红色大石头,用凿子一凿一凿敲打锻造出来的,体积约有一立方米的样子,平面上凿刻一个捣臼坑,里面能容纳下一斗的粮食。捣柞的头部也是用石头制成的,下边的一头大,上边的一头小,顶端有一个窟窿眼,用根圆形硬木穿上它,就可以用来捣米了。

　　捣石碓碓窑大都是由娘一个人来完成。天还没有亮,我们姊妹们还躺在暖和的热被窝里做着香甜的美梦,娘就已经摸着黑披衣下床,蹑手蹑脚地给我们掖好被角,抽身来到厨房的石碓碓窑前。拿起捣柞头,照准石碓碓窑里昨晚已经放上的谷子,一锤接一锤,扑通扑通地捣了起来……

娘边捣着,还要不时地弯下腰来,均匀翻动一下石碓碓窑里的谷粒,使谷粒受力均匀。然后把石臼里的半成品倒在竹筛子里,筛出糠和粉末类的东西,再把这些尚未舂好含有谷壳的半成品倒到石碓碓窑里继续舂,直到每一粒都脱掉谷壳才罢休。捣石碓碓窑的活儿既费工夫又费体力,不多一会儿,娘的汗水就湿透了衣衫。

天蒙蒙亮时,哥姐和我都起来了。看到娘起个大早,辛辛苦苦地舂米,我们几个都赶紧来到石碓碓窑旁。我不容分说,从娘手里夺过石柞头,抱着这个沉甸甸的石头家伙,用尽全身吃奶的力气捣了几下。娘催促哥姐们赶快洗脸吃饭,好去上学。大姐对娘说:"娘,以后,咱家舂米这般重体力活,我们帮着一起做。赶到星期天,写完作业,都有空帮助家里干些活。恁千万不要总是一个人来承受那么大的累啦,中不中?"

娘虽然嘴上答应下来了,但是之后还是我行我素,一大早起来舂米。她有自己的心思,一是怕耽误了哥姐们的学习,二是考虑着我们还小,虽然说能帮点忙,但毕竟还都是孩子,心还不细,毛毛糙糙地也舂不出好米来。万一舂的米里还有壳,做出饭米,不小心剌了孩子们的喉咙,那该怎么办呢?娘总是在想,如果再返一道工,岂不是给自己平添麻烦嘛!凡此种种,都是娘不让我们抢着干活的理由。

多少年来，我家那个老石碓碓窑舂米声不时在我的耳畔响起。前些年我回老家探望哥嫂，不经意间，看到了我家那个破烂不堪的石碓碓窑。它早已被历史淘汰，满目沧桑，像一个饱经风霜的老人，颓废地躺在墙的犄角旮旯处。我下意识地向后退了一步，没来得及多想，就已经泪流满面……

如今，每次端起碗，喝着香喷喷的小米粥，我就会情不自禁地想起娘用石碓碓窑捣米的样子。娘用孱弱的身躯，支撑着我们这个并不富裕的家，她每天辛苦劳作的画面，时时刻刻撞击着我的心灵深处。抚今追昔，浮想联翩，石碓碓窑——旧时农家生命之碓，见证了一代代人的生存史，海枯而碓不烂！

纺花车

我家东屋当门,靠着西墙有一架纺花车,历经岁月打磨,仿佛一位饱经沧桑的老人。据娘说,这部老旧的纺花车,是从我曾祖母起,就作为传家宝传给下一代媳妇们。

在偏远的农村,几乎家家户户都有辆纺花车,区别只是在木质上略有不同。那辆历经三代人用过的纺花车,是曾祖爷爷用自家后院曾结过累累硕果的五月鲜桃树,精心定制而成的。桃木瓷实耐用,经数代人之手,起早贪黑反复抚摸,已经呈现出暗红的古铜色,油光发亮,光滑如镜,走近跟前,纺花车立柱上会映出清晰的人影儿。

纺花车跟随几代人在岁月的长河里转动了几十年,承载着几代人的喜怒哀乐,传递着几代人的浓浓感情。纺花车也成全了几代人的梦想,是家庭财富的源泉,是穿衣吃饭的保障。那些百转千回的往事,高兴的、心酸的、苦难的,都在这辆老旧的纺花车嗡嗡声响中不停地流动着、宣泄着……

我家是个人口众多的大家庭,爷爷奶奶共生养了六个男丁、两个女儿,下面又有孙子、孙女、外孙子、外孙女,一个大家族生活在一起。爹是家庭中的老大,娘也就义不容辞地成了这个大家庭中挑头做活儿的人。娘告诉我们,过去不成年景时,经济落后,物质匮乏,官府苛捐杂税多如牛毛,农民生活贫困交加,勉强能维持糠菜半年粮、温饱不均的苦日子。无论是穿衣戴帽还是鞋袜方面,都是以粗布为主,虽然外表粗糙不美观,但能遮挡风寒,结实又耐穿。当时,家里的男女老少没有一个人穿过一件洋布衣料做的衣服。后来,爹虽已当上了正式的教师,也还穿土布衣服。娘用纺花车里纺得最细的线,在织布机上织成最细的土布,反复浆洗、揉搓、打磨,让布更柔软一些,再裁成款式时兴的衣服,给爹穿在身上,让他大大方方地走上讲台。

  娘喜爱干净,每当坐到纺花车前,总是先用抹布擦拭车上的浮尘,古铜色的车木板油光发亮、一尘不染。然后在安纺花锭子的两个铁钩上擦点儿油,这样是为了起润滑作用,手摇动车子时轻便,不至于太累人。如果身边油不凑手,旁边的纺花筐里搁着现成的花生角,娘就会顺手抓几个,剥开皮塞到嘴里,把花生米嚼成糊糊,再用手指轻轻抹在铁钩子上。

  娘纺花不但姿势优美,而且技术还相当娴熟。只见她先拿出一条长长的花捻儿,轻轻捏在左手拇指和食指中间,在手心里打一个弯,再把花捻儿的尾巴夹在无名指和小手指中间,右手轻摇着车轮把,不停地抽线上线。纺花过程中,从来不曾掉线,更不会一忽儿粗一忽儿细。

那时候物资匮乏，家庭妇女熬夜做活还常常买不到煤油。娘就用泥巴烧成一个瓦灯台，灯台上放一个小碗，碗里添上一些日常生活中使用的棉油作为燃料。为了能省一些灯油，娘搓出一条条细细的线捻，一次一条放在碗里，浸上棉油的线捻点燃后，出现一个黄豆般大的小灯头。随着纺花车带动的微风，灯捻忽明忽暗，摇曳起舞。

娘纺花的速度非常快，手中的线抽得很长很长，纺出的线又细又均匀。她每天晚上给自己规定任务，必须纺成一个大大的穗儿，才肯去上床睡觉。等到第二天，我们还没从香甜的睡梦中醒来，鸡才叫头遍的时候，娘就会摸黑披衣起床，坐到纺花车前。到了天明时分，又一个大大的线穗子躺在纺花筐子里。

我暗暗地算了一下，这一个个夜晚，娘的身子钻到被窝里根本就没有多大一会儿，真的是太劳累了。爹每次从学校回到家，看到娘瘦弱的身子，总是嘱咐她，不要起早贪黑只顾干活。她也只是笑笑，还是照样利用晚上的时间纺花织布。虽然日子过得辛苦了点儿，但看着大人孩子一个个穿戴得整整齐齐，她心中踏实了许多。

从我刚会走路、刚会说话时，就对娘的纺花车有深厚的感情。尤其是冬天的夜晚，夜深人静，万籁俱寂，躺在炕上温暖的被窝里，枕着娘用五颜六色的彩线扎成的老虎纹样的花枕头，似睡非睡之时，听着纺花车转动发出嗡嗡的声响，看着娘不时将右手抬高，抽出一股又一股线缠绕在纺花锭上，锭上的线穗子越来越大的时候，我的脑海中就会浮现出过年穿新衣服,和小伙伴们走街串门磕头要核桃的画面。边看边浮想联翩,不知不觉进入了梦乡。

夏天的晚上,纺车的嗡嗡声,抽线上线的声音,伴着小虫子的唧唧声,汇成美妙动听的交响乐。这个声音,几十年来时不时地回荡在我的耳畔,娘纺花时的身量动作还有神情,依然萦绕在我的心头。

岁月更迭,多年之后,我出于好奇,用纺花车演练一番,方知纺花不是门简简单单的手艺活儿,个中辛苦多多。娘从小到大,无论是在娘家还是在婆家,用纤细的双手辛勤劳作,不仅为家人纺出一抽一线遮体避寒,还给家里换来一些经济收入,使家里的日子殷实了许多,真的是太不容易了!

旧事重提,未免有些不合时宜,年轻人听起来,更是有点像天方夜谭。可在我们的童年时光里,春夏秋冬四季,夏穿单、冬穿棉,夏天热不着,冬天冻不着,都离不开娘在身边精心地操持。后来娘离开我们,姨接替娘对我们百般呵护,虽然粗布裹身,也颇感暖意融融。直到我初中毕业,家里依然延续着纺花织布这种古老的方式过活。姐姐参加工作后,用她仅仅二十四块五毛钱的微薄工资,节衣缩食,给我们扯了块洋布料子,让裁缝做成新衣服。真正穿洋布料子的衣服,还是在我自己也参加了工作以后,从此旧貌换新颜……

40

织布机

除了那架老旧的纺花车,家里还有一台我特别熟悉的老式织布机。我的童年就是在织布机"呱嗒呱嗒"的声音中度过的。即将步入暮年的我,每当想起这台娘曾经用过的织布机,脑海里就会浮现出《木兰辞》中"唧唧复唧唧,木兰当户织"的画面。

听娘说,分家时,只有一台祖上传下来的老掉牙的织布机,娘考虑着家里人口多,妯娌们互相借用不方便,便请来本村的一个细作木匠到家里,砍了院里一棵长了多年的老榆树作原材料,打制一台新的织布机。

家里管师傅一日三餐的饭,外加香烟好酒侍奉着,起五更打黄昏,足足花了四五天的时间,才打制出来一台新的织布机。上够了三遍大漆晾干后,这个笨重的大家伙就稳稳当当地在我家东屋上房当门,靠着东墙落了户。从那时候起,我就再也没有看见它换过地方。

自打有了这台织布机,娘在麦秋两季农忙后,又开始忙活起家里织布的这一摊子事。日积月累纺出的线穗子,用些面糊涂水糨一糨,然后逐个打成络儿。再到几个妯娌家看看，谁家人手有闲的时候，就来帮忙做引线、贯纼等一系列的杂活。这几道工序，要进行得井然有序，需要有人打下手才行，可真不是一个人想干就能干得了的。

有一次，家家都忙得紧，娘几乎找遍了全村都凑不出个闲人。等寻到六叔家，六婶当时刚生了孩子不久，还在坐月子。一听娘说，家里的线已经浆好打成络子了，非要起身来帮娘的忙。农家媳妇都知道，浆过的线不能放太久，隔太久了再往织布机上引线、贯纼，会很容易跑劲儿。

娘急忙上前按住六婶："她婶子，这坐月子可不是件小事情，稍不注意就会落下病根。咱就是活耽误了，不织布，也不能糟践身子啊！"

六婶想想在理，忽然眉头一皱，想起她的女儿凤梅可以给娘帮忙递线头、掏缯线啥的。还真别说，这小姑娘还真有眼力见儿，娘教不大一会儿，就能够派上用场了。她给娘帮了一上午的忙，小手倒腾得还挺麻利。不知不觉到了中午，娘腾出手来，烙了两张葱花大饼，还煮了几个大鸡蛋，让她带回去吃。小姑娘乐得手舞足蹈，拿着热腾腾的大饼和鸡蛋，蹦蹦跳跳地回家了。

几十年后，一次和凤梅小妹闲聊中，我无意中提起这件事，她仍记忆犹新，眼里闪着光："那几个烙饼和鸡蛋可真香啊！"

还有一次，我看见娘将拾掇好的线卷到织布机的卷轴上，又把卷轴稳稳地安在织布机上，这就意味着，前面十几乃至二十几道烦琐复杂的工序，总算告一段落了，可以开始织布了。

夜幕降临,娘坐在了织布机前,正式开始织布。织布机宛若一架老式的钢琴,娘的一招一式又像是在弹钢琴。她就着微弱的灯光,稍稍弓着背,右手高高抬起,拉动牵绳,使梭子来回穿越,把纬线插在经线中。左手把握筐子,梭子穿越到左边时,手一拉,然后用右手再推出,梭子又穿到左边,手再拉回来。这样做的目的,是把纬线扎紧,这样织出的布才会更瓷实。

与此同时,她的两只脚有节奏地上下踏板,使经纬轮回摆动交织。四肢协调的娘,织出的布平整、匀称又结实。她日夜不停地织啊织,小孩子瞌睡大,我常常在娘的织布机声中缓缓睡去。从睡梦中醒来,娘还在织那仿佛永远也织不完的布,"呱嗒、呱嗒"的织布机声响一直在我耳畔萦绕……

我使劲揉揉酸涩的睡眼,对正在聚精会神织布的娘说:"娘,赶明天再织不行吗?都快要瞌睡死人啦!"娘慢慢从织布机上下来,走近床头,弯下腰来拍拍我的肩头,哄着我:"娘再织一小会儿,就来陪你们睡觉,好吗?你先睡吧。"我眯着眼偷瞄娘,她已经疲惫不堪,倦意不时地袭上她的面颊,也不由自主地哈欠连天。她抬手从头顶梁上挂着的篮子里,拿出早就预备好的清凉油抹在眼睑上,然后又坐在织布机前,低下头继续织布。

从十二三岁会做活儿的时候,娘就跟着姥姥学会了纺花织布。除了自己家用外,还把织出的布拿到集市上卖,

151

换些钱来贴补家庭日常吃油、点火等。结婚成了家后，娘更是这个大家庭里的一把做活儿好手，纺花织布又是家庭妇女家务活里的重中之重，娘主动挑起了家庭中这根大梁，继续从事着这传统又繁重的手工艺劳动。

这一干，又是十余年，娘就这么年复一年地纺花织布，手脚都磨出老茧来，看上去很粗糙。但在我看来，那是世界上最温暖最漂亮的一双手。看到我们一个个出得门来暖和又合体的衣着打扮，娘总是抿着嘴会心一笑，显得舒心惬意……

夜晚扫盲班

　　二十世纪五十年代初期,为了响应上级的号召,适应生产生活需要,俺村也掀起了轰轰烈烈学习文化的热潮,先后成立了以每个互助组为单位的夜晚扫盲补习班。扫盲班的成立,使妇女也有了受教育的权利,可以就近入学,获得同男同胞一样受教育的机会。

　　扫盲班的老师,都是村里挑出的有些文化素养的人,经过培训后,分散到每个互助组的夜校里任教。这些被称为老师的人,白天也和大家一样参加集体生产劳动,晚上再加班加点,给那些不识字或者稍微认几个字的妇女授课,辛苦程度可想而知。但他们不以为苦,反以为乐,觉得这是组织对自己的信任,因此也就格外地卖力。

　　自从听说村子里有了夜晚扫盲文化补习班,娘就积极报名参加。可是,这无形之中就加重了娘的负担,不光操持家务,还要参加互助组安排的生产劳动。爹在外教书,哥姐还在上学,也帮不上太多忙,家里的活全都压在了娘一个人的身上。可娘并没有因此有过丝毫的抱怨,而是默默地用她纤弱的双肩,撑起了家里家外的一片天地。

夜幕降临时，娘先把姐姐叫到跟前，嘱咐道："你领着弟弟们在家里做作业，他们要是有不懂的地方，你就给耐心地讲解讲解。作业做完了，该睡觉时就催着他们按时睡觉。"当时我还没上学，担心我在家打搅哥姐们学习，娘去扫盲班上课都是领着我。我跟在娘的后头，拽着她的衣裳角，咯噔咯噔地大步走着，唯恐耽误了娘上课的时间，拖了她的后腿。等我们气喘吁吁地赶到胡同对面那间低矮的教室后，学员们也陆续进来了。

我睁大眼往教室里扫视了一圈，发现坐着的有老也有少，但最大的也超不过六十岁。令人惊讶的是，有些年轻妇女怀里还揣着正在吃奶的孩子，有的孩子边吃奶边吮着自己那嫩嫩的小手指头，不时还发出细微的响声，看来很是享受。

我不禁有些好奇，凑近娘的耳旁说："小娃娃们为什么老拿自己的手指头往嘴里塞，吸得还很得劲儿，手指头那么的脏，也不怕腥气呛人？"娘听了，憋不住呵呵笑出了声："你才有几天不吃奶呀，就嫌弃娃娃们脏啦？没常听人说，小孩的手指头上有四两蜜，越吸越甜。还有人说呀，小孩子要长牙的时候，牙根会痒痒得难受，这是在往外边可劲儿地吸牙齿呢！"

娘又贴近我的耳旁，悄声说："快绷住嘴别说话啦，不要吵闹，不要乱动，实在憋不住想出去，要轻手轻脚，不要扰乱大人听课。要是不听话，就得受罚到院子里去挨冻，下次也不能再跟着来了。"

听了娘的话，我也像其他来学习的学员一样，一本正经地坐在座位上，但一双眼睛还是在不停打量着教室的四周。一块块旧木板放在几层砖上，搭起简陋课桌，板凳是学员们从各自家里带过来的，高矮不一，参差不齐。

不大一会儿，小小的教室里已经坐满了人。一个三十多岁的中年男子，缓步走上用砖头砌成的讲台。仔细一看，这个老师我也认识，他家住在井胡同靠路西，按辈分我该喊他叔叔。今天，他头戴一顶有帽檐的蓝色棉帽，上身穿着黑色棉袄，下身穿着蓝色棉裤，脚上穿着一双鞋口外包黑色皮条的老式千层底棉鞋。虽说年龄不算大，但从举止行动来看，却是老成持重、彬彬有礼。

老师满脸笑意，弯腰向在座的众乡亲深深鞠躬致意，教室里顿时鸦雀无声。老师操着磁性的男中音作了个开场白。他说："现在解放啦，党号召我们每个人都要识文断字，不能像过去一样，还是个睁眼瞎。从今天起，凡是已经报过名的学员，每天晚上都要按时到这里来听课、学文化。村里指派我给大家来讲课，有听不懂或者学不会的地方都可以举手提问。从家里带孩子来的，要管好孩子，不要扰乱课堂秩序，耽误大家听课。这期扫盲班时间紧、任务重、课程多，上级还要定期派人下来，摸底督查学习进度和学习成果，这次学习机会很难得，希望大家加倍珍惜啊！"

老师从手提包里拿出了花名册，对大家说："现在每个人都把自己的大名报上来，我在这上面给你们每个人登个记,以后每天晚上咱都得报到点名。有特别的事情,可以口头或者托人捎信代为请假,不准无故迟到、旷课。这是咱们这个文化扫盲班的纪律,都听清楚了吧?"学员们异口同声地回答:"听清楚了!"老师满意地点了点头,示意大家开始一个个报名字,他认真登记到花名册上。

登记造册完毕,老师从抽屉里拿出一摞本本,有扫除文盲初级识字课本、生字本和算术本等,还有学习用具,按花名册上登记的名字依次发到每个学员的手里。有了课本、纸笔,文化扫盲班的第一节课程就正式开始了。

第一课讲的是七个字:人、口、手、大、小、多、少。老师在黑板上一个字一个字工笔正楷地认真书写着,下边的学员目不转睛地看着,跟着一笔一画学着写。一时间,粉笔划过黑板发出的吱吱声,笔尖写在粗纸上发出的沙沙声,妇女们怀中孩子们熟睡发出的鼻息声,像美妙的三重奏,在这间不同寻常的教室里回响着。

大家的手以往拿惯了锄头扫把,初学写字,提起笔来,手好像不听话似的,竟显得比那些大家伙还沉重。写了几个字,就一个个直喊着胳膊肘酸沉——掂不动笔,甚至产生了畏难情绪。这时老师微笑着对大家说:"不要着急,慢慢来,谁都不是一开始啥都行的。一天不行两天,两天不行咱三天,千年笨还搁不住万年学咧,千千万万可不能怕难不学。俗话说,万事开头难。咱今天就算开了个头,过了这一关很快就会好起来的!"

他让学员们先放下笔,稍稍休息会儿。休息了几分钟,老师领着大家,指着黑板上的字,一个字一个字地大声朗读。之后点了几个学员在黑板上模仿着写,老师在一旁微笑看着,不时伸出手比画,哪笔长了,哪画短了,课堂上的气氛轻松祥和。

此后,村子里从田间地头到各家炕头,随处可见三五成群的互帮互学小组,广大农村妇女在学习中思想觉悟有了大幅度提高。娘就是在这样的学习背景下学到了不少知识,如一般日常生活里常用到的字,一百以内的加减法,还有珠算等不可或缺的知识。尤其是对我家来说,爹经常不在家,哥姐也在学校上学,家里置东买西的,处处都需要一个识文断字的人。娘深知识字算数对于这个家庭来说是多么的重要,所以比一般人要更努力。她学得特别用功,白天除了上地劳动和做家务,一有点空儿,就拿起扫盲课本看,口里念着"人""我是中国人""我爱中国""种好田""吃饱饭""织好布"……学得入迷时,常常一边做饭,一边拿起火棍烧黑的一头,反复在地面上一笔一画写着学过的每一个字,直到地上画满了道道儿。

更巧的是,儿时在扫盲班里曾经见过的那位老师,到后来我上小学一年级的时候,又阴差阳错地成了我的班主任老师……

42

一套蓑衣

自打我懂事的时候起,东屋当门的西墙上就挂着一套蓑衣,上下身都是用高粱秸外皮编织而成,还有一顶酱紫色的油光发亮的斗笠。

据爹说,有一年秋天,他将熟透的高粱收割了运回家后,爷爷吩咐家里的大人小孩,趁着黄昏早晚,把高粱秸上的外皮剥下来,然后将剥下来的高粱秸外皮晾个大半干,捆成把儿堆着。他要趁着农闲的时候,用这些高粱秸外皮编套蓑衣。

编蓑衣是农村传统的老手艺活,会编的多半是年过七旬的老人。爷爷忖度着,这么一大家子人,遇上阴天下雨的坏天气,没有一两套出门轮换着披的蓑衣,会很不方便。爷爷是做庄稼活的行家里手,一向喜欢自己琢磨。无论什么样的手工活,只要是经过他的眼见,无论粗细活计,还真没有他不会做的。村里人都喜欢请教他,也爱让他帮忙给评个家长里短,破解破解家里家外的疑难杂事。爷爷做事执着,不玩虚套,一碗水端平,深受街坊邻里信赖。

爷爷边叼着小小的烟袋锅子,"吧嗒吧嗒"地吸着,边弯下身来，用手扒拉几下堆着的高粱秸衣，看上去成色很不错，干湿正好也能用。他本想先编一件蓑衣凑合用着，但看到有这么多好成色的材料，就想着反正是已经扎开架势啦，又剥了这么多的高粱衣，都已经晾晒半干了，干脆还不如编两套呢，也省得这么多孩子下雨天上下学时轮换不过来。他老人家又琢磨着，要是光编上半身的话，到下大雨的时候，上半身蓑衣上的雨水会往裤子上流，下半身就得遭罪，就决定编两套分体式的蓑衣。这样麻烦是麻烦些，但是就能护住全身上下不被雨淋了。

爷爷让娘找来一些麻经（用上好的麻上劲儿后编织成的绳子），又在院子里找来两根废旧檩条。用铁锹在院子里挖了两个不深不浅的土坑，将两根檩条扎在土坑里，填上土，让哥哥们在埋檩条的周围来回踩结实。再拿一根稍微细点的长木棍，横着固定在两根檩条的上方。最后在木棍上绑上一道道的麻经，用来作编织蓑衣的直径。

万事俱备，只欠东风。娘赶忙把需要的原材料搬到爷爷的身边，蓑衣编织工作就这样有条不紊地正式拉开了序幕。娘提出在一旁帮忙，给爷爷递递东西，省得他来回弯腰。爷爷咧开嘴笑了，露出满嘴的豁牙："孩子他娘，你忙你的去吧，我自己能行，一个人织不多还织不少吗？大长的天，我一个上了岁数的老人反正也没有什么要紧的事做。"娘怕他一个人太费劲，执意要帮忙，爷爷想了想说："你那么多的家务活，占两个大人的手做这个窝囊活计不划算。要不，孩子们要是谁这会儿没事的话，在我跟前就给我帮把手也行。"

自静哥自告奋勇："爷爷，我来帮恁递吧！"爷爷回头看着自静哥说："我孙子懂事，是个好孩子，能帮爷爷做事我很高兴！待会儿街上要是有吹糖人的来了呢，我让他给我孙子吹个小猴子玩！"就这样，爷孙俩一个织，一个递，不到半天工夫，一套能连接着穿的蓑衣就已初步成形。娘在厨房里忙着拾掇饭菜，看看天色已过了晌午头，全家老小也都已经饿坏了。

已过深秋的天气，秋高气爽，碧蓝的天空上万里无云，清风徐徐，掠过人的头顶，显得格外舒适。爷爷说："你们看这么好的天，咱干脆就在院里吃饭吧，也怪敞亮不是？"娘就把饭菜端到当院已经摆好的桌子上，还特地给爷爷热上一壶老酒。娘让爷孙俩停下手，歇一歇再喝酒、吃饭。自选哥两手掂着酒壶，小心翼翼地给爷爷斟了杯酒。爷爷仰脖"咕咚"一声一饮而尽，放下酒盅，捋了捋花白的胡子，喃喃自语道："真的好舒服！但我不能贪杯啊，院子里这粘手的活计还等着我做呢。等哪天把这些个蓑衣编织成了，再好好喝它几杯也不迟。"

果然，一两杯酒下肚，爷爷的双眼微微泛上倦意，额头上也沁出了粒粒汗珠。他老人家从上衣口袋里掏出一块手帕，边擦拭汗珠，边一连打了好几个哈欠。他赶忙从凳子上站起来，在院子里快步溜达了两圈，驱走了睡意。然后又坐下来，端起饭碗，一口气把娘盛的饭狼吞虎咽地扒拉个干干净净。吃饱了饭，精神头儿也一下子就上来了，爷爷继续编蓑衣的工程。

爷爷的手头快，不一会儿，一套不大不小的蓑衣就完成了。看这套蓑衣，上下身像两条裙子，好像连接在一起，其实还是分开的，既方便，又实用，不但瓷实，而且比别人编的美观很多。

他还想趁势接着再编第二套。娘劝他说："您老都这么大岁数了，做起活来也该悠着点啦！先歇歇，明天有的是时间再干。"爷爷想想就先放下了，临走时一再嘱咐娘，千万别让孩子们动这一摊杂七杂八的碎东西，明天他接着做这个活。果然，第二天一大早，爷爷依旧叼着他的旱烟袋来了，坐在小板凳上，继续着他蓑衣编织的活计……

家里除了这套蓑衣和斗笠，还有一把黄色的油布大伞，这些就是我们家里防风遮雨的所有行头。爹从学校回到家，每逢遇着下大雨，都要冒着雨到田间地头走一走、看一看，怕的是自家低洼的地块被水淹了。他常常头戴斗笠，身上穿着这套蓑衣，来来回回察看着地里的秧苗。雨下得大了，还要用铁锹挖排水沟，排水的时候穿上爷爷编的这套蓑衣，既防风避雨又行动自如。庄稼快要成熟了的时候，为了防盗防破坏，家里就得有人睡在地里看着。晚上夜凉如水，睡在地头临时支起的窝棚里，把这套蓑衣当褥子铺到地上，既防潮又暖和。

还有一次下大雨，娘去接哥姐们放学，走的时候身上披着蓑衣，手上拿着黄油布雨伞，胳肢窝里还夹着一个帆布口袋。回家的时候，哥哥姐姐要么是披着蓑衣，要么是拿着雨伞，身上都是干爽爽的，仿佛没有下过雨似的。娘自己则披着那个帆布口袋，已经被瓢泼大雨淋得如同落汤鸡一样，里里外外都湿透了……娘还是微笑着，她觉得只要孩子们不被雨淋着，再大的雨浇到自己身上也值得。

这套原始传统的防雨蓑衣，很符合现代人讲究环保的理念。它是用自家种的庄稼，经过多少道烦琐的工序，又经过爷爷一双粗壮灵巧的手才编织出来的。编织手法细腻，传承了农村古老的工匠技艺，编出来的蓑衣结构精巧，结实耐用，无毒无菌，是纯天然防雨防潮用具。而且，穿在身上劳作也十分方便，是我家务农不可缺的用具之一。

虽然到了二十世纪七十年代，由于化纤制品的出现，这套雨具逐渐终结了自己的历史使命，但是这套蓑衣曾经伴随我走过家庭变迁和人生冷暖，所以还是十分地怀念它……

地锅里的饭菜香

我家厨房西墙脚处,盘着一个大火炕,和火炕连接在一起的北墙根处,垒着我家做饭用的地锅灶。

地锅灶用砖和石灰砌成,和后面火炕的连接处有个圆形通道。火炕的供暖,就是靠灶膛里生火做饭时,通过通道传送预热。别看这土火炕是用生坯垒成的,它的用处可大啦!尤其是到了十冬大腊月,外面滴水成冰,把孩子围在炕头上暖和和的不受冻,老人坐在炕头上取着暖,谈天说地哄着孩子玩。还要把老人孩子的衣物和被窝都烘在炕头上,穿着和睡觉的时候,既温暖又舒服。过大年的时候,家里蒸馍必须在炕上发面醒馍,要不,蒸出的馍就会像砖头一样硬。

对于我这个从小经历过贫困的人来说,童年记忆中最温暖的,就是晚上躺在温暖的炕上,娘一边拍着我睡觉,一边给我讲小故事,然后我就在温暖热乎的气氛中悄然入梦……家里的三尺灶台,不仅贮存着我年少时的酸甜苦辣,也珍藏着娘那伟大无私的爱。

农村人家的地锅灶,形状都是四四方方的,中间有一个圆形的大肚子,是用来添柴火的锅底,一口大锅就稳稳地放在上面。还必须要用白石灰把铁锅和灶膛的连接处加固密封,之后才能使用。否则,灶膛里的火苗就会乘虚而出,烟熏火燎下,锅里的饭菜也会有一股难闻的燎烟味。在灶膛的外侧,靠中间底侧,有个不足拳头大的圆形洞口,那是风箱的连接口,这里安的是给灶膛输送风力的风匣。一家人的锅碗瓢盆,以及各式各样的炊具用品,都要在这个四边形的方阵上粉墨登场、逐一亮相。

把柴火放到灶膛里点燃,拉动风匣,呼嗒、呼嗒,熊熊的火焰燎着锅底,把娘的脸映红了一大半。柴火有些潮湿,里面好像还藏有小虫子,这一烧不打紧,随着一阵一阵噼啪作响的声音,里面的小虫没能逃过这一劫,小小的躯体被灶膛里熊熊的火焰烧成了焦炭。灶膛里窜出一股火苗,娘赶忙把头扭向一边,躲闪着火星,否则崩着眼睛和脸蛋就麻烦了!

倘若遇上了连阴雨的天气,那家里可真要遭大罪啦!屋里的地方小,盛不下那么多可供多天烧火做饭用的干柴火,厨房里也不能放太多干柴火,否则,一旦孩子们淘气,玩火失了手可咋办?那时候的科技也不像现在这么发达,家里没有电视,更没有天气预报,家家几乎都是看天象吃饭过日子。接二连三的连阴雨,把院子里储存的干柴火都浇湿透了,生火做饭没有干柴火,家里人最焦心的那要算是娘啦!

娘只能就地想办法。她先是将灶火旁边的麦秸,还有树叶一类易燃的柴火点燃，放在灶膛最下边。再把刚从院子里子抱来的湿柴火用力甩，甩掉表面的水珠，然后轻轻地把湿柴火架在已经燃烧起来的底火上，慢慢地烘干。再将外墙角处的木板条劈开折断，架在隆起的火堆上，这样才能有更持久强劲的火力来做饭。

那时的娘可真有耐心！一顿饭下来，娘的汗水和被烟熏出来的眼泪就不曾有过干的时候。还要来来回回翻腾灶膛里的湿柴火，满脸的泪水伴着汗水弄湿了娘龟裂的双手，也模糊了她的双眼，不得已只得用沾满黑灰的两手抹来抹去。站在一旁的我，看着娘的脸，满脸的泪痕、满脸的汗水、满脸的黑灰，让人心疼得不忍直视。

起初我也总想帮娘做点什么，又不得要领，便使劲地往灶膛里添柴火、拉风匣，可是火苗就是没有娘烧得旺，有时候还会无缘无故地熄灭掉，我也会被灶膛里冒着浓烟的火苗熏得灰头土脸，眼泪哗哗直流。娘见了，告诉我说："火这玩意，它也有一个致命的弱点，就是最怕勤快人。你不能因为嫌它火头弱小又慢，就不住气儿用火棍来回翻腾它，把正烧着的火苗给拨弄散了，火苗聚不到一起，火生得反而会更慢。"

在我的记忆中，除非娘真的是忙不过来，否则她是不会放心让我们帮她烧火做饭的。一是怕浪费柴火，二是怕我们稍有不慎，火星溅到灶火堆的柴火上，水火无情，一旦酿成祸端，后果不堪设想。

因为要烧柴火，铁锅就特别厚。越是厚重的锅，遇热就越慢,但做出的饭菜,味道也就入味许多,比后来的铝锅、不锈钢锅,乃至于现在的电饭锅、电饭煲做出的饭菜味道都要更地道,更好吃,相对也更环保一些。

  一个初秋的早上,家里偏巧没有馍吃了。那天,爹正好凑着星期天休息回来,一大早就起床下地干活去了。娘一边用地锅熬着玉米粥,一边寻思,平时不干活的时候,离了馍喝点粥能凑合着过去,可今天家里有下地出大力的人,光喝粥哪有力气干重活呢?

  娘眉头一皱,有了点子。等灶膛里的火慢慢变小后,娘就抓了几把细玉米面,用开水烫好,拍成饼,再找来一卷黄色牛皮纸,把玉米饼一个个包裹严实放到灶膛里,埋在尚未燃尽的灰烬中。爹下地回来后,一家人坐在一起等着吃饭。娘用火棍把一个个玉米饼子从锅底掏出来,一股玉米面的香味大老远就往鼻子里钻,饼两面焦黄,咬一口又酥又脆。喝着碗里的玉米粥,就着外酥里嫩的玉面饼子,那真是世界上最好吃的美味……

  还有一个星期天的晌午头,哥姐们都没到学校去上学。娘说:"趁你们姊妹几个都在家,我给你们改改样,换换口味,咱们漏凉粉鱼儿吃吧!"她先把地锅里放上水,灶膛里加柴火烧着水,再抓些绿豆面,放到盆里搅成稠糊糊。等锅里的水烧开后,娘招呼自选哥帮忙烧锅,只见她把漏勺按进面糊盆里,盛上一勺面糊,然后抬起手,晃动手里的漏勺,一个个像小蝌蚪一样的粉鱼儿,从漏勺底部争先恐后地蜂拥而出,滴答、滴答地跳进地锅里。看差不多熟了,娘就将这些粉鱼儿捞到一个凉水盆里过凉,然后把凉粉鱼儿拌上蒜泥,撒上香菜,加上芥末油,最后再淋上小磨香油。

我和哥姐们你一碗我一碗地抢着吃凉粉鱼儿,嚷嚷着真好吃。娘看见我们的馋样子,赶忙说:"孩子们,慢慢地吃啊,那盆里不是还有嘛,没人和你们争!"地锅做的凉粉鱼儿,也是我们家可以算得上号的美食,是娘给我们留在舌尖上的永不消失的味道。

还有一道美食就是娘用地锅熬的大锅杂菜和贴饼子。在锅边贴的杂面饼子,是娘亲手拿甜瓜瓢踩出的曲作酵母发的面。自制的酵母,和现在使用化学方法制成的酵母一样,都是让面发酵的,但味道确实大不相同,相比之下,自家酵母做出的馍有股子甜丝丝、香滋滋的麦香味儿。经过一番忙碌,半锅的熬菜,一圈鼓得仿佛面包似的、带着酥脆饹渣的饼子就可以出锅了。娘把焦黄的杂面饼一个个从铁锅边上铲下来,一家人围坐在一起,嚼着香喷喷、黄澄澄的饼子,扒拉着碗里浓香四溢的杂烩菜,那滋味真的令人回味无穷……

甜瓜熟透踩曲忙

小时候家里房檐下,常年都会吊着一块块砖块大小、用麻叶包裹着的曲母,经历风吹日晒慢慢发酵。房檐下靠着墙,还有个燕子窝,一年又一年,南来北往的小燕子用一口口衔来的柴草和新泥,一丝不苟地筑着自己的巢穴。这样一幅温馨的画面,常常把我给看醉了,久久不愿离开……

听娘说,那些曲母是头年就预备下,准备来年做酵母时拿来当引子。每年都要踩新曲。每到三月初,也就是民间谚语里说的"三月三,种瓜园"的时候,人们等待着能下一场透雨,好拾掇土地播种。一场春雨过后,娘抓紧时机,在大块地中挑出一小片上好的土地,把提前预备好的脆甜瓜和面甜瓜种子埋到施足底肥的土地中。到了五黄六月,脆甜瓜和面甜瓜快要成熟的季节,娘每隔一两天,就会挎着篮子去地里薅草,顺便查看瓜是否已经熟透了。等啊等啊,终于等到瓜熟透了,娘小心翼翼地把一个个青里泛黄的脆甜瓜和面甜瓜摘到篮子里挎着回到家。

刚进门,娘就朝着还在屋里睡觉的我们大声喊:"快来看呢,咱家的脆甜瓜和面甜瓜都熟啦!我给你们摘来一篮瓜,快来尝尝!"听了娘的喊声,我喜出望外地从被窝里爬起来,趿拉着一双旧鞋从屋子里跑出来,抓起一个面甜瓜就往嘴里塞。娘急忙对我说:"快把手里的面甜瓜放下,吃这个脆甜瓜!这已经熟透的面瓜没有甜瓜脆,是给恁爷爷奶奶预备下的,老人牙口不好,是让他们吃的,一会儿你们看谁给送过去?"

我主动请缨,先三下五除二吃完了手里的脆甜瓜,然后提上娘包好的面甜瓜往爷爷奶奶家一路小跑过去。路上只顾往前跑,不留神,脚下被一块砖头绊住了脚,身子来回摇晃了几下,险些摔倒,打了一个趔趄,最后终于还是站住了。

到了爷爷奶奶家,二老看到我一大早就给他们送去的大面甜瓜,喜笑颜开。爷爷嘿嘿笑着说:"这面瓜咋长得这么大?"奶奶在一边插话说:"咱儿媳妇种瓜的时候总喜欢多施肥,尤其是把豆饼、花生饼一类的东西上到地里,你说说,这瓜不大不甜才怪呢!"

爷爷用手将面甜瓜上面的一层薄皮揭掉,边吃边赞叹说:"味道真甜又地道,你娘还真是个有心人!"奶奶接着又问我说:"你家今年还踩曲吗?"我摇摇头说:"不知道,不过这是娘操心办理的事,这不是面甜瓜刚才摘了几个,娘就让给恁送过来啦!"

回家后,我听见娘正对哥哥们说:"你们小孩家,不是都喜欢吃麻棵上结的'麻梭'果子吗?一会儿你们去地里,见到那些粗壮的麻棵,麻叶越大越好,而且最好是没有虫蛀过的,多多地掐些回家,我好用它来踩曲。而且过两天做酱豆也还要用到这些麻叶呢!那些麻棵,等我踩曲的时候会把它当绳子用。你们既过了吃'麻梭'的瘾,也帮娘办了件好事,这不是一举两得吗?"

脆甜瓜眼看着就吃完了,就剩一两个面甜瓜。我问娘:"不是说踩曲要用面甜瓜做引子吗,这两个还够吗?"娘说:"傻孩子,地里正在生长的瓜还多着呢!面甜瓜每隔一两天就能摘一次,但凡有几个就够了,大部分还是给人应季节来吃的。这不,你姐在丁栾上学没吃上,等星期天回来时也给她尝尝,让她再带回去给同学都多少吃一口,这也是一个季节的事,好歹是个稀罕物啊!"

一出南寨门,我和自选哥大老远就望见西南地一片绿油油的麻棵,粗壮高大而且长势良好。这块地和旁边的地比起来,既低洼又盐碱。走近跟前一看,白花花的一片,像是下了层薄薄的雪一样。人们都知道它多年不成庄稼,由此就闲置一边,也被村里的人们称为"鸡叨地",不用跟任何人打招呼就可以各取所需。

我们先挑出大点的麻叶掐了一大篮。自选哥的力量大,他拿着镢头砍了一大捆青麻棵。我们两个一人一头,一前一后抬着沉甸甸的麻捆往家走去。

当我们把这些踩曲所需要的原材料带回家时,娘的脸上浮现出笑容,连连称赞我们说:"孩子们长本事了,能替大人做些力所能及的事情啦!"

有一天，哥哥们去学校上学，正好我和娘在家。她让我拿笤帚帮她把院子扫一扫，就开始忙着准备踩曲需要的东西，有曲斗、面甜瓜、大麦、麸皮、麻叶，以及从青麻棵上剥下的麻皮等，堆在一边。

娘让我把手先洗净，帮她剥面甜瓜上的薄皮，把瓜瓤掏出来，瓜子过滤出来扔掉，再把这些面甜瓜连同瓜瓤一起搦碎备用。只见娘把大麦、麸皮和我搦碎的面甜瓜糊糊一并倒进一个大盆，用一条干净的抹布擦干了手，将自己的袖子使劲地卷到胳膊肘以上，把手伸进那个大盆里来回翻搅。等差不多搅拌均匀了，搁在一边待用。

娘先把曲斗放在事先准备好的三道麻棵上，再把盛着麻叶的篮子挪到身边，弯腰坐在小板凳上，将麻叶像往房顶上垒瓦一般，一层一层密不透风地一连摞了三层才算正好。

然后用一个搪瓷缸，挖起大盆里已经翻搅妥当的踩曲食料，把曲斗装满。在曲斗的上面盖上一个干净的帆布口袋，再站上去使劲地踩呀踩。娘嫌自己是小脚上去使不上多大的劲，故意穿一双尖头新鞋。过了一会儿，她想再抽空干点别的活，就让我和来家找我玩的小伙伴凤梅也脱下鞋，两个人一起光着脚丫上去来来回回踩着玩！娘看着我们玩得好开心，笑着对我俩说："孩子们，有你们俩玩的，这还多着呢，足够你们玩上一天的，过瘾吧！"我们俩听了娘的这番话哈哈大笑，还给娘扮了个鬼脸说："不要紧，这些活我们俩都给恁包下了，可别再让其他的人干啊！"

等踩得差不多了,娘过来查看。用手拍拍、压压,感到确实像砖块一般的瓷实后,才把耷拉在曲斗外边的麻叶分别一层一层仔细地掩在一块,结结实实地包装在一起。又把无底的曲斗小心地提起来,把摊在地上的绳子十字八道系在一起,一个完整仿佛砖块似的长方形曲块,经过多道繁杂的工序,就这样神奇地诞生了!

一个、两个、三个……这天,我们帮娘共踩出十几个像模像样的曲块。事后我问娘,一次就踩这么多的曲块,都用来干什么呀?娘慢悠悠地对我说:"以后日子还长着呢,到时候你就知道啦!"

娘站在一个桌子上,踮着小脚,把这些曲块挂在朝阳的厨房屋檐下,让它们慢慢晾着晒透。等到这些曲块晾干后,就可以用来做酵母的引子,拿它酿醋、发面,或者做米酒。它的作用真可谓数不胜数。

娘还把自己家踩出来的甜瓜曲送给左邻右舍,前半道街的很多人家,都是用娘送的曲来酿醋、发面蒸馍。自己家用传统手工艺踩的曲,虽然并不贵重,却有着在外边买不到的醇香味道,并且充满了浓浓的人情味。记忆中,娘一直是一个肯舍得的人。无论是对家人,还是对邻里,都一样舍得付出。尽管自己平时将一分钱掰成两半花,可一旦村里的左邻右舍谁家摊上难事找到娘借钱时,她二话不说,便把爹留在家里为数不多的钱借出去。

娘甘于奉献、舍得付出,无形中使邻里关系少了些客套,多了些真诚。我经常想起娘曾经说过的话:你平时舍得对人家好,人家才会舍得对你好。这是一个农村人最朴实最本真的信条,对于我,又无疑是一个太过深刻的道理。

踩曲,这个充满神奇色彩的手工艺活计,在我们古老的中原大地上绵延了数千年。娘在我们还都是幼年时因病去世,这个踩曲的纯手艺活就由姨继续下去。一直到姨去世前,我依然使用着姨踩的甜瓜曲拌成的酵母,为全家蒸馍,而且我也跟姨学会了用甜瓜踩曲做酵母的一系列程序。用这样的酵母蒸的馍不但口感好,而且有一股浓浓的麦香味。

在以后的岁月长河中,每两三个月我都会自己做一次酵母。隔的时间不能够过长,日子长短会直接决定着面的发醒快慢程度。至于做酵母的原料,我会在每次去磨坊加工面粉时,尽量让人给我多留出一些麸皮或是细的玉米面。

我要好的同事、同学、朋友、邻居,还有和我同龄的人,一般都不会自己做酵母。为了能继续发扬娘那份肯舍得的精神,也能够让大家充分享受到这种天然酵母菌发面蒸馍的好味道,我也常常把自己做的酵母送给他们,大家都说:"用自尊给俺的酵母蒸出的馍,甜感、筋道,而且还有那一股股纯天然的麦香味道。"每每听到这些,我的心里就会有股不可名状的高兴和欣慰。

光阴荏苒,天下终归没有不散的筵席。现在再没有了老人来给踩甜瓜曲,而且就连姨曾经用过的曲斗也不知去向。沿用传统的面甜瓜踩曲来做酵母的历史,也戛然而止。

45

铡草声声伴人眠

提起"铡草"这两个字眼,霎时激活了我年幼的记忆。如烟的往事顿时浮现在我的心头,对于刚刚懂事的我来说,那是既模糊又熟悉的画面,时而辛酸,时而急于想抓住那瞬间的童年记忆,以至于心泪长流。

爹因在外教学不常在家,只有周末才能够有空回来帮娘的忙。家里没有强壮的男人,干体力活有诸多的不便。我们姊妹都还年纪幼小,娘的身子骨又不是很强壮,因此爹总是趁着周五晚上学生们上完了课,连夜赶回来。他把要批改的作业也带回家,白天下地干活,晚上夜深人静铡完草后,再批改作业。

农村人家一般白天忙于地里的活计,晚饭大都吃到掌灯时分。等娘把锅碗瓢盆刷洗完毕,天已经完全黑了。这时候,爹匆匆忙忙把院子打扫干净,从牲口棚下搬出铡刀,放在麦秸垛的旁边。娘看爹已经准备好,忙折转身子,从厨房里提出马灯,挂在离铡草不远处牲口棚的立柱上。

娘从麦秸垛边上拽了一抱麦秸,垫在屁股底下,双手握住一把麦秸,娴熟地往铡刀下边填。爹站在铡刀前,弓着腰身，运足力气压下铡刀，"咔嚓""咔嚓"声不绝于耳……

铡草是个粗笨的力气活，手握铡刀和往铡刀下填秸秆的人都必须掌握技巧，配合默契，铡起来才能游刃有余。爹自幼上学，师范研习所毕业后一直从事教学工作，体力活本来就干得不多。不到半个时辰的工夫，他便握着铡刀气喘吁吁，浑身汗水直流，上衣紧紧地贴在身上。

我和自选哥在一旁看了好大一会儿，颇为爹的身体担心。趁爹停下喘气的空档，自选哥拿着白色的羊肚手巾赶忙上前，帮他擦去脸上滴落的汗水。我趁势贴在娘的耳朵旁大声地说："你让爹把秸秆铡得长一些，那不是就要快很多了吗？"爹听到了我的小孩之言，笑了笑，语重心长地对我们说道："我也知道，孩子们这是心疼大人，可你们还小，有些事现在还不明白。草铡成寸段，正适合牲口咀嚼消化。虽说牲口不会说话，但它的心里也明镜儿似的，生理结构和人体也大概差不多。要照你们说的方法来铡草，快是挺快的，可牲口囫囵吞枣地吃到肚子里，很容易消化不良，久而久之，会营养不良落下病根。"

看我们几个不住点头，爹又不失时机地嘱咐："平时在家里要听娘的话，勤快点。这牲口跟人一样，不但要吃主食，还要吃辅食和青菜。你们利用闲暇的时候，到地里割些青草回来，再配上已经铡过的秸秆草料，混合贴补着喂牲口。吃了这些优质的草料，它们就会长得膘肥体壮，给咱家干起活来不是更起劲了吗，你们说是不是这个理啊？"

娘担心爹出汗多了衣服贴在身上会感冒,劝他休息一会儿,心疼地对爹说:"反正已经铡的这些草,也足够牲口吃上几天的。实在接不上气的话,我叫孩子们给我打个下手,我们娘几个也能凑合着少铡些给牲口对付着吃。"娘劝爹等下一个礼拜天再干也不迟。爹说:"好不容易熬个礼拜天,帮你干点活,如果停下来就再也不想动了,我看还是趁热打铁吧。我这个差事可真的说不准,天知道下个礼拜天会不会有空。我就是再累,也不能叫你和孩子们干这么苦的力气活。孩子们力气还单薄,你让他们勉强来按铡刀还凑合,但要让他们往铡刀下续秸秆,可是千千万万都使不得啊!这是个很危险的活儿,要的就是一个火候和节奏,他们不得要领,会出事情的,知道吗?"

铡完草后,爹和娘又连夜将草料一筐筐一筐筐端到牲口棚里,放在一个角落储存起来。在昏黄的夜色下,我们在一旁,看着看着都觉得瞌睡极了,嚷嚷着,都深更半夜啦,等明天再往棚里端吧!爹说,秋天露水太大,放在外边的草料会沾上隔夜的露水,牲口吃了也会像人一样会发烧、拉肚子,耽误地里的活计。

娘在一旁打趣道:"你爹把牲口看得跟人一样金贵!"直到把已经铡好的草都弄到牲口棚里去,这一大摊子活才算圆满结束。娘催促着爹回屋睡觉,爹摇了摇头,拖着疲惫的身躯回屋洗了把脸,在桌前坐下,摊开从学校带回来的作业本,聚精会神地批改起学生的作业来,一改就改到深夜。

娘继续干牲口棚里剩下的杂活。她给牲口拌上草料，把它们一个个喂饱，再牵出来分别拴到当院里的两棵大树上，然后把牲口圈里的粪便清理得干干净净。又从当院里的一个角落背来新土，给牲口圈重新铺垫妥当。等一切都拾掇好，再将牲口牵回牲口棚拴好，这才回屋上床睡觉。此时，东方将白，离天明也不远了。那些艰难岁月，爹娘就这样度过了一个又一个不平凡的周末晚上。

现在，每当我眼前掠过旧时爹娘铡草的一幕幕情景时，总也禁不住潸然泪下，在心底发出长长的感叹：我苦难的乡村父老！他们的生活曾经是多么的让人揪心、多么的沉郁、多么的悲怆、多么的苍凉。而爹娘并不悲观，更不绝望，硬是用自己的微小身躯撑起了家园的一片天！

晨暮中那一连串吆喝声

"卖菜咧!"睡梦中,耳旁响起一声声铿锵有力的吆喝声,把我从熟睡的梦中唤醒。我急忙从温暖的被窝中翻身坐起,胡乱穿好衣服,趿拉着鞋,拿着娘塞给我的两毛钱,慌里慌张跑出家门,朝着街上、胡同里循声找寻……

我这个人也许是天生喜欢吃菜,蔬菜对于我来说,是生活中的必需和最爱。自打我懵懂记事以来,每天饭可以少吃一些,青菜却是万万不能没有的。所以,每当游街串巷卖菜的小商贩操着熟悉的腔调,拉长声音喊出一连串的吆喝声:"葛花,小葱,茼蒿,菠菜,小白菜,快来买呀!"晨曦中的我,总是第一个从温暖的被窝里钻出来,气喘吁吁地跑到菜摊前,扯着嫩嫩的奶腔说:"我要买葛花、茼蒿、小葱这三样菜。"说着,便把手中还带着余温的两角钱,递到卖菜商贩那冰凉粗糙的手里。

当我兴冲冲地将家里一天需要的新鲜蔬菜买回来之后,心里立即就会升腾起一种胜利的喜悦和成就感,觉得既满足了自己爱吃菜的欲望,而且又帮助家里的大人干了些许事情,于是就又理直气壮地躺到还没有凉透的被窝里睡个回笼觉。迷迷糊糊中，听到家里那只讨厌的老公鸡，站在墙头上"喔喔喔"一通打鸣声，才从香甜的睡梦中醒来，只见从东边冉冉升起的太阳已经高高挂在了天边。

哥姐们去学校上早自习还没有回来，娘已经把全家人的早饭烧好。她端坐在厨房的门槛上，正在择我早上从街上买回来的这些蔬菜。择完后，用葫芦水瓢从瓮里舀出半盆清水洗净，码在柳条编织的筐子里，等着一家人都到齐再拌凉菜。

娘又用小勺从一个紫红色的瓷罐里轻轻地挖出大半碗酱豆，酱豆碗里还能看见零星的花生米。娘左手掂着香油瓶，右手拿着一根筷子，把筷子头插进香油瓶里蘸了一下，再往酱豆碗里逆时针搅拌一两下，然后把筷子再插到香油瓶里蘸一下，再往另一个盛着葛花拌小葱的碗里逆时针搅拌一两下。接着从筷子笼里拿出另外一只筷子，和手里这根筷子合并在一起，在盛着不同菜的两个碗里轮换着搅来搅去，仿佛这筷子头上蘸了不知道多少香油似的。

等家里的人陆续都来到了饭桌前，娘把早饭和两个蘸了香油的菜碗也端上来，饭桌上立刻飘散出一股水灵灵的青菜香和浓郁酱豆的香味。

大家狼吞虎咽地吃呀！小孩子家一点儿也不知道避讳，大都喜欢从那半碗酱豆里挑拣花生米米吃，而我则和大家的口味略有不同，更看重的是那半碗小葱拌葛花。我不敢放开口大吃，毕竟那是一大家子人吃饭用的小菜呀！我总在心里想，娘为何不把我买来的菜都做了啊，省得大家一个个眼巴巴地不够吃。要放开让吃个够的话，我一个人就能吃一大碗菜，你信不信？

　　菜是我心中的宝，每一顿饭都离不了。即便是在"三年困难时期"，别人家都将地里的野菜吃腻了，可我呢，仍旧是菜量不减，把一切能吃到嘴里的野菜都尽情吃了个遍。大冬天，我趿拉着一双破棉鞋，到地里挖蔓菁疙瘩。开春后，地里的蔓菁叶子刚刚冒出芽，我又开始掐蔓菁叶子。

　　河沿上、野地里的野菜，像水红稞、面条稞、灰灰菜、杏仁稞、马齿菜、猪毛菜、野韭菜、扫帚苗、荠菜，等等，足足有十多种，无不进过我的小嘴里。当时的日子，我并不觉得有多么的苦，而且还觉得，曾经吃过的那些野菜，在我日后成长的道路上留下不可磨灭的记忆。

　　青菜，在我大半生走过的道路上，始终扮演着弥足轻重的角色。无论工作到哪里，脚下倘若有一席之地，我也要设法辟出种菜的宝地来撒下种子，让它生根、发芽、开花、结果。不仅仅是为了吃菜而种植，更重要的是享受从间苗、施肥、浇水、拔草到采摘、收获的整个过程，仿佛我们姊妹几个，从一棵棵小小的幼苗一路从风风雨雨中走过来那样，尽管每一步路都会有艰辛和苦涩，但最终都会收获到点点成就和满满的幸福感。

　　等我自己过起小家之后，生活条件逐渐得到改善。从一九八四年起，我就在院子里特意辟出可以种菜的地方。"三月三，种瓜园"的时候，用铁锹在屋子和院墙角落处挖一个个的小坑，在里边摁下丝瓜、瓠瓜、南瓜等种子。等到了立秋，瓜秧顺着搭起的架子爬满了整个院子，满园都是惹人喜爱的冬瓜、南瓜、丝瓜、瓠瓜，一个个就像倒挂金钟似的……这些瓜，无论炒着吃，还是包包子、包饺子吃，味道都很好。

　　冬天，在种蒜的菜畦里兼种菜，光是生菜就有好多种，还有菠菜等可以越冬的青菜，种下不到二十天，就可以在年前间苗的时候吃，一直到开始种黄瓜的时候，这些菜才算逐一退出应季鲜菜的舞台，完成它的历史使命。等这些时令青菜下去以后，紧接着就开始种黄瓜、豆角一类的蔬菜。一个月后，开始挂果、成熟，又到了收获的季节。每天都有不同的新鲜蔬菜被摘到篮子里，端到饭桌上，看着这些自己亲手种下的无公害蔬菜，心中就会有说不出来的高兴。豆角和黄瓜下去之后，到了头伏又该播种萝卜了，三伏天播种黄叶，也叫大白菜。总之，一年四季都会有吃不完的新鲜蔬菜，自己吃不完，还会送给亲戚朋友和街坊四邻。也许，这正是短暂依偎在娘的身边，从小目睹她的一言一行，我才传承了娘的舍得精神吧！

家常饭与粗布衣

老话常说:"要吃还是家常饭,要穿还是粗布衣。"说起家里的吃穿用度,我忽然意识到,娘是一个普通而伟大的农村妇女。

娘虽是一个地地道道的家庭主妇,却能用最朴实无华的语言和行动,诠释出普通老百姓应该秉承的家风家训,如勤劳、简朴、孝顺、乐于助人、吃亏是福等。其中"简朴"二字镌刻在我脑海的最深处。娘时时刻刻告诫我们,年好过,节好过,平常的日子难过。居家过日子要量力而行,在生活上不要总羡慕其他人,更不要和别的人家攀比。如果说娘对我们是严格要求,她对自己则是近乎苛刻。

别看爹在学校里走上讲台的时候,总是穿戴得妥当又利索,可一旦周末回到家,要下地里干活的时候,则是另外一副模样。爹的劳动强度很大,恨不得将一周没有干的活用一天赶回来。为了祛除疲劳,回到家的第一件事,就是坐在当院一个小板凳上,慢慢地抽上两袋旱烟。抽完烟,磕掉烟灰,再洗洗手,拿起娘刚蒸出的玉米面窝窝头,就着从咸菜瓮里捞出的一块咸菜疙瘩和一碗白开水,吃得有滋有味，从不挑肥拣瘦。

爹的汗衫上总是补丁摞补丁，几乎辨别不出原来是什么颜色。等爹晚上脱下来，娘就洗好晾干收起来，等到下一个周末再穿。娘给爹专门留了一双在家里干活时穿的旧鞋，那是娘凑着微弱的灯光一针一线做成的，在脚后跟上特意钉着厚厚的鞋掌，鞋帮上的针线密密匝匝。

我家姊妹多，而与之相应的——打黄昏做夜活就成了娘的常态。小时候，时常看见娘的做活筐里，头天晚上的鞋帮和鞋底还散开着，没有缝在一起，或者鞋底没有纳好，或者鞋帮没有沿好鞋口，可第二天早上一觉醒来，一双可脚的新鞋就放在了孩子们的脚蹬板上。还有一次，爹给家里捎来口信，让给他拿条薄被子到学校。娘不容分说，就从织布机上卸下正在织的一卷布，又是丈量又是套棉花，赶制了一整夜。第二天一大早，一条崭新的薄被子叠得整整齐齐，又用蓝色的印花包袱裹紧，让自选哥扛着包裹，步行十多里给爹捎到了学校。

娘精心操持着整个家务，每花一分钱都要精打细算，从不会随意丢一粒米、一根线。我们小时候穿的衣裤、鞋袜，都是出自娘那双勤劳灵巧的手，虽稍显粗糙，却充满深深的母爱和温暖。

家里的一日三餐，娘都是最后一个端起饭碗，又是第一个放下碗筷的人。等把家人一个个的饭碗都盛满后，锅里剩下的，有稠就吃稠的，有汤就喝汤，顿顿饭都是锅净碗光。

我们姊妹五个，通常都是老大从身上替换下来的衣裳，经过娘一番修剪，留给老二穿；老二穿过如果还能再用的话，仍然拾掇拾掇打发给我来穿。娘也知道，我一个女孩子家，穿着哥哥们给我的衣服走到街上，怕小姐妹说东道西，就把衣服给我改得贴身些，把姐姐原先穿过的花布破衣衫扩一扩，做成外衣套在上面，倒也颇像那么回事。我虽然心里老大的不高兴，但看到家里日子过得紧巴，却也奈何不得，只能噘嘴而已。

    农村平常的人家过日子，家中能有维持一日三餐的口粮，就极为不错了。早饭通常是用大铁锅熬粥或者小米稀饭，中午的饭，各家有各家的做法。娘一般在大家吃过早饭，洗净锅碗瓢勺后，就开始着手将中午要做什么饭的材料备齐。比如，要吃糊涂面条的话，就要提前和上面，醒醒后好擀面条。然后再泡上点黄豆或者花生米，以及平时晒干的如萝卜干、干豆角之类的食材，放温水里泡发。快要到点儿做饭的时候，在锅里添上水烧至滚开，往锅里撒一些玉米糁，小火慢慢熬出香味后，再用手把泡好的干菜挤出多余的水分，丢到锅里继续熬几分钟。约莫干菜熟得差不多了，先挑出一个，放在嘴里嚼一嚼，如果筋道绵软了，再将擀好的手工面条均匀地散到锅里。等锅里的稀菜汤饭沸腾起来了，撒上盐、香菜，再把干辣椒在锅底边上烘出焦香味，用刀切碎放在碗里，滚点葱花油往辣椒上一泼，立刻便发出一股呛鼻的香味，馋人的味道大老远就能闻到。

到了晚上，上学的哥姐们回来了，一家人围坐在饭桌前。娘把甜汤（用面洗出来面筋后熬的汤）端出来放在桌上。全家都喜欢喝甜汤，汤里常会漂着她精心为家人洗过的一条条面筋，像鱼儿一样在碗里游来游去。一碗甜汤下肚，既满足了口腹之欲，又有助于消化。

相比其他粮食，红薯的产量要稍高一些。一般来说，早上的饭，锅上锅下都是红薯做成的食物。锅里是娘把红薯刮成片晒干后磨的面搅成的红薯面糊涂，笼屉上蒸的是红薯面窝窝头，是作为干粮吃的。只有上午的主食材料用少量的面，擀上一点手工面条，来调剂一下这一天的口味。

我家的主食也和大多数人家一样，一般都以玉米、红薯、高粱、大豆等杂粮为主，磨碎发酵后贴锅饼、蒸窝窝头等。为了能将日子过得细水长流，节约粮食成了重中之重。娘总是开动脑筋，想出各种各样的招数。我曾亲眼见到，有很多时候，娘在发好的面里再掺上一些诸如榆叶、榆钱、槐叶、槐花等时令的树头菜来蒸馍。娘用红薯叶、萝卜缨，还有地里的野菜也能做出柔软可口、热气腾腾的菜馍，大家也都吃得津津有味。

娘心中自有她的小九九，她把这些平时节省下来的细面、白面尽量攒到一起。娘曾不止一次地给我们说过，爹在外教书不容易，费心动脑很辛苦，出门在外不比咱们在家里能迁就。给爹蒸好一点的馍吃到肚子里，娘的心里才踏实！

捎面馍的教书郎

给爹捎细面馍这回事,发生在爹到毛庄筹建学校的时候。二〇一七年五月,我到爹曾经教过学的第一站——距我们村三里来路程的毛庄,找到八九个年过七旬的老人,其中有张君义、韩培先、韩朝一、韩培瑞、韩培理、韩振雨、韩雨廷,他们都是爹教过的学生。

据他们回忆,当时,爹住在毛庄村地主遗留下的一进破烂不堪的院子里。其中有三间堂屋,两间西屋,另有两间南屋小配房。因为年久失修,除了堂屋还勉强能住得了人,其他的都只有墙体没有坍塌,就是标准的"屋壳篓",闲置在空荡荡的院子里。就连爹临时住进去的堂屋,也是三间屋两头漏雨。每当天下大雨的时候,外边的雨已经停止不下了,而屋子里仍然滴滴答答下个不停。

韩培瑞介绍,这个村子既偏僻又很贫穷,没人愿意到这个穷乡僻壤任教,只有爹不顾别人说三道四,毅然决然地来到这里。为了节约时间,尽快让村子里的孩子们入学,他一边给上级请示尽快拨款,一边努力备齐建房所需的物资。

人人都知道这筹建学校可不是件容易的事。从写申请到款项批复，到物资筹备，再到请人盖房等都需要一定的时间。爹看到村里孩子们那一双双渴望读书的眼神，恨不得马上就把孩子们聚拢到学校来读书，可眼下房子怎么办？

于是，爹利用走街串户拉家常的闲暇时间，召集毛庄有名望的贤达人士，由街长出面牵头，你家抬来一根梁，我家扛来一根椽，他家拉来一车砖，再搬来一摞瓦，真是众人拾柴火焰高啊！

接下来，村里又号召大家，会泥瓦匠、木工等手艺的人到村公所，商议何时修缮将要坍塌的危房。村里七八个人放下手头一切活计，自告奋勇地掂着瓦刀，还有大锯、斧头、灰斗、墨线斗、刨子、水平尺、泥抹等，不约而同地来到村公所。

一时间，村子里男女老少听说要在这里临时修缮危房，准备让孩子们提前入学，情绪格外高涨，不容分说地加入了修缮危房的行列。有胆大心细的年轻人爬上房顶，小心翼翼地掀掉旧房顶上的老瓦和已经糟透了的木什梁檩。搭不上手的人，就加入清理工作的队伍，挑出能当柴火烧的棍棒，以及以后重建房能用到的囫囵瓦片，另搁到不碍事的地方去。其他用不上的砖头碎瓦片，统统推到附近低洼的地方去垫路。

一场无硝烟的战斗已经拉开了序幕。接下来，搬砖的搬砖、提泥的提泥、抬梁的抬梁……泥瓦匠师傅正专心致志地揭堂屋危房上的瓦,堂屋是预备给爹办公兼宿舍用的。有了村里热心人的参与和支持,一个曾经被遗弃的旧院落,经过村民们三五天的日夜奋战,重新矗立在街面上。

  屋子还没有晾干,爹就已经趁着一早一晚家家都有人的时候,到各家各户去上门动员。凡是有适龄儿童,或者是愿意求学的大龄少年,爹都逐一动员他们前来报名入学。刚开始,报名上学的孩子不多。不过随着时间的推移,求学的孩子越来越多。对于女孩上学,人们普遍会这么认为,女孩终究是要嫁人的,花钱培养她们是个赔钱的买卖。爹对此深感痛心,同时他觉得还是自己的工作没有做到家。爹始终没有放弃动员有适龄女孩的家长支持自己的孩子上学识字。爹不顾这些家长的反对以及冷嘲热讽,多次深入田间地头,反复劝解这些女孩子的家长。爹对他们说:"封建的旧社会推翻了,一个全新的中国成立了,男女在社会上享有上学、就业的同等权利。"在爹耐心的劝导下,女孩子们开始走出家门,勇敢地到学校报名上学。其中有一个小名叫翠叶的女孩子,就是一个典型的例子。开始家人无论如何都不让她进学校的门,后来禁不住爹多次上门劝说,抱着来试试看的想法,才松了口。当她到校后,耳濡目染,开始觉得学习是一件很有意思的事,之后学习踏实认真,非常刻苦,最终学业有成。

  爹在毛庄一待就是六年。六年里,爹不分白天和黑夜地操劳。这六年是爹最好的青春岁月,他把人生最绚丽的年华都无私奉献给了自己最钟爱的教育事业。从这里走出来的学子们，在不同的工作岗位上都取得了可喜的成绩。

爹一个人要给四个班级上课，包括语文、算术、体育、音乐等多门课程，还兼任校长。座谈会上，韩朝一眯缝着眼睛掐着指头思索了一会儿，对我说："教了六年学的贾老师，从毛庄所在地的区公所供给的小米和粮食来折算，每月大约也只有十多块钱的收入，这些钱对于家里上有老人、下有那么多孩子要吃要喝，还要供几个孩子们上学的普通家庭来说，实在是杯水车薪，入不敷出啊！"

从建起简陋的学校之后，教育局又增派了附近老李庄村一个名叫范成然的年轻老师来任教。不过他一天三顿跑伙吃饭，他离校之后，依然只留下爹独自一人守护着学校。爹生怕离开学校时间长了，影响到孩子们的学习。一日三餐，都是爹在做好本职工作的同时，自己做饭吃。他每天从凌晨就挑灯为四个班级备课、批改作业。这四个班级在爹的心里都有一本明细账，一周内要轮换着给四个班级来上课，给一、二年级的学生布置好作业后，又要给三、四年级的学生讲新课程。

爹工作如此繁忙。毛庄村离我们家仅有三里的路程，可以说是近在眼前，即使这样，爹都抽不出一点空儿，有时甚至半月都不能回家一趟。很多时候，爹都是凑合着过口了，饥一顿，饱一顿，不是没有饭，就是没有馍。一日三餐汤汤水水、熟馍烂菜地过日子，对于整天疲于奔命，集教课及诸多繁杂事务于一身的爹来说，显得太过奢侈。

人心都是肉长的。爹的学生实在看不过去，就央求道:"我们有时间,就让我们帮恁回家拿面、拿馍吧!"爹深知学生是一片真心实意,微微点了点头算是默认了。从那以后,他的学生们便抽时间轮流到宜邱我家,帮爹拿面、拿馍。

也就是从那时起,爹的学生们才知道,我们家的日子过得是多么的拮据。娘平时在家里给我们吃的,大多是杂粮、粗面,里面还掺杂着青菜,只能说是充饥度日。但娘给爹装的干粮则截然不同。通常都把口袋中间用根绳子扎紧,一头是细面,另一头是白面。我家笼屉上蒸的馍,也分几种。娘把用细面、白面蒸的馍放到篮子里,让学生们带给爹吃,剩下的粗面馍,还有揣着菜的窝窝头,则是给自家吃的。

在座谈会上,张君义饱含泪水,发自肺腑地对我说:"当我们几个同学每次轮换着给贾老师拿馍带面,返回的路上,心里时刻都在想着一个令人心酸而又实际的一个问题,那就是,一个普普通通的农村家庭妇女,用她柔弱的身躯独自撑起一贫如洗的家,这是一种什么样的强大力量,能让她长期这么执着,一如既往地支持着她的丈夫,独自战斗在这样恶劣的环境下的呢?甚至就连夜晚躺在床上都在苦思冥想,辗转反侧,夜不能寐,但终究也难以找到更为合适的理由来解释,最后也只有用一句通俗的话来解答,那就是'爱屋及乌'。"

北坑上沿那口老井

宜邱是个大村,下面有四个小的自然村,又叫宜邱寨里,顾名思义,就是因为一圈高高的寨墙把这四个村子紧紧地包围在里面,兵来能将挡,水来能土囤,固若金汤,历史上曾是兵家的必争之地。村子里居住着两千余人口,这个足有丈把高的挑杆水井,担负着寨里宜邱前半道街上千口的人吃马喂。

在我的记忆中,老井就坐落在距我家一百五十米开外的北坑南沿上,南临一条小河,北靠一个四五十亩大小、四四方方的大水坑。这个水坑,说是坑未免有失公道,称它为一个中等的池塘还是比较贴切的。据老辈人说至少也有四五百年的历史了,真正起源于哪个年代还有待慢慢考证。

这个老式的挑杆井,井台北半部分固定着一根电线桩一般粗细、长短的梨木杆。远远望去,仿佛人们心中的灯塔,始终如一地矗立在高高的井台一侧。在梨木杆的顶部,装有一个如同辘轳那样的滚轮,中间环绕着一圈又一圈结结实实的缰绳,绳子下端垂着一个大铁钩,专供村民们钩住水桶打水用。

我家厨房的南门口,靠着南墙角处搁着一个大水缸。将这个水缸挑满的话,大概需要五六挑的井水。因为我们几个孩子都还小,身单力薄,爹不放心我们去挑水。娘的脚又小,挑起一担井水,搁在肩上扭来晃去的,如同踩高跷一般,好不容易将水挑到家里,要往水缸里倒水时,发现水桶里的水已经所剩无几了……因此,家里大部分的吃水,一般都是趁着爹从学校回到家,一次性给挑满水缸。大大小小的一家人,也不能限定着量来用,很多时候还没等爹回来水就用完了,哥姐们就自告奋勇去挑水。

见到还未长成个儿的哥姐担起木桶去挑水,娘慌忙追了出去,踮着小脚紧紧地跟在后面反复地叮嘱着,要将两只胳膊用力坠住挑杆,千万不能在中途轻易松开手。先将挑杆井上的搭钩子紧紧地钩住桶袢,再用桶袢边沿备有的小绳子,把搭钩和桶袢连接处多缠上几遭绑紧,免得水桶脱落摘钩掉到井里去。捞水桶那差事可真是既费工夫又费力气,而且还更耽误事,爹不在家,还得再四处求会捞水桶的人,那可真是做一个活要两个活的工钱,得不偿失。娘还一再说,就是把吃奶的力气都用上,也要抓紧水井的挑杆用力往下按,可不敢轻易撒手,那高高的挑杆反冲力很大,驾驭不好弹到身上,会出大事的。

哥姐们答应一声:"知道啦,恁就把心放到肚子里吧!"说着,用稚嫩的肩膀担着水桶径直朝着北坑边上的挑杆井方向走去。那时我虽然年龄小,但总爱跟在哥姐们后面学他们挑水的样子。路上见到的人都爱和我打趣说:"小跟屁虫,又要跟着去挑水,帮不上忙还碍事!"为了能跟着他们学挑水,我低着头,耷拉着脸,并不跟路人计较。

有天一大早,自选哥就把我从热被窝中唤醒,朝着我神秘地笑着:"妹妹,你到院子里看一看,哥给你一个什么惊喜呀?"听了他的话,我披着衣服就往院外跑,使劲揉揉惺忪的睡眼,定睛一看,原来是两只盛过油漆的小洋铁桶,桶上面还搁着一根擀面杖粗细的木棍。原来,自选哥为了能让我跟着他学挑水,找出家里不知道从哪里来的两个小铁皮油漆桶,耐下性子来刷了一遍又一遍。又找来一根粗细适中的棍子,经过一番打磨,俨然成了一根光滑的小扁担,刚好能不偏不倚穿到两个小油漆桶的中间。自选哥颇有些得意地说:"这叫废物利用,懂吗?"

自选哥挑着水桶走到前面,我像模像样地挑着他给我做的小挑子,紧走慢赶跟在后边,来到了挑杆井前。我好奇地探头想往井里看看,看我站得离井口太近,自选哥把我轻轻拽到一旁,嘴里嘟囔着:"一边待着去,小孩子离井太近,可不是闹着玩的呀!出点啥意外我可没法给爹娘交代呀!"自选哥按娘教的方法,两只胳膊猛然用力,抓住挑杆往下坠,再用挑杆上带的钩子钩紧桶襻,又用一根绳子将连接处缠绕了好几遭,然后将水桶徐徐送到那口深不见底的老井里,还甩动几下水桶。只听"扑通"一声,井里的水桶便翻了个儿,来了个底儿朝天,自选哥顺势将水桶往上一提,满满的一桶井水,随着挑杆井的回旋余力被缓缓地提到了井台上。自选哥忙弯下腰,左手将水桶高高提起,右手抽着桶底,将桶里的水,倒进我的小桶里。

然后,自选哥抓住挑杆井绳的钩子,继续把木桶续到水井里,晃动右手里的挑杆井绳,又连打出来两桶水。自选哥把两桶水搁在井台上,稳了稳神,然后,把担着两个小水桶的扁担轻轻放在我的肩膀上,让我试着挑起来,走几步看看如何。

我躬起腰身来,学着大人担水的样子,开始挪动脚步。一开始有些摇摇晃晃,还直打趔趄,自选哥赶忙走到我身边关切地问:"咋样,中不中?"我把小脑袋晃得拨浪鼓一般,头顶绑着的一根胎毛小辫子也随之颤巍巍地抖动着,仿佛七品芝麻官头顶竖起的小辫子:"没事,好着呢!哥,你就放心挑你的水走吧!"

我心里暗暗对自己说,第一次学挑水,可不能打退堂鼓,更不能半途而废,要不,以后哥就再不会让我跟着他来了。于是我调整好了身姿,迈开脚步,沿着正前方崎岖不平的南北路往家走。为了证明自己不是个窝囊废,还煞有介事地晃动着左手臂,得意扬扬地跟着自选哥把水挑到了家……

这口挑杆井千百年来从未干枯过,因为有独特的地理优势,水井北临大坑,南面临着一条小河,只要是其中一个不干的话,这口水井就永远会清水长流。但是,这口井也有它不尽如人意的地方。从井里打出来的水,总是有股子涩涩的、苦咸的,还带着股浓浓眼药面的味道,我就是喝不惯。

那时候，村里都用井里的水做饭，中午做的那顿咸饭还没让人感到多么难吃，可早上熬出的粥，或者晚饭打的甜汤里，水里的怪味道就压不住了，娘只好往锅里加些红薯、红萝卜或者鸡蛋什么的，或多或少冲淡一点味道。家里来客人的时候，娘生怕客人喝不惯我们这里的井水，都会在给客人端水之前，往碗中放上一些白糖、红糖、藕粉一类的东西，借此遮盖水中的异味。

我一向心直口快，有时候客人说我们这里的水不甜，我就会在一旁咧着嘴，附和着说："是啊！就连我都喝不中我们村这挑杆井里的水！"

就为这几句不疼不痒的闲话，在背地里我也不知道挨过娘多少次的训斥："儿不嫌娘丑，狗不嫌家贫，哪有嫌弃生你养你的家乡的道理？以后可不敢再当着众人的面，说这些不中用的话了，如果再叫我听见你说这些没边没沿的话，非狠狠地打你一顿不可！"娘虽然对井水的情况心知肚明，但是，在我的记忆中，无论是何时何地、何种场合，从未听到过娘谈论一星半句关于我们村里的水不好吃之类的话。

有了娘这番严厉的训诫，此后，我有所收敛，对井水的味道闭口不谈。然而，心里依然默默地期盼着，有朝一日这口老挑杆井能旧貌变新颜，众乡亲都能喝上甘甜清冽的水。

不过，村里人也没有因此否认老挑杆井的贡献。这口井堪称村里百姓的救命井,我们前半道街吃喝拉撒都离不开这口井。俺村总共有三口这样的挑杆井,其他两口分别坐落在南寨口以北的井胡同,还有西寨门口以北的王家空场上。

老辈人常说,遇着大旱年景,其他村子河干井枯,田地裂成指头粗细的大缝,庄稼苗都耷拉着头无精打采,绝收那是常有的事情。俺村其他两口老井也同样难逃一劫,唯独我们前半道街的这口老挑杆井,依然井水潺潺,引来三里五村男男女女、老老少少,提着水桶,端着盆,拿着瓦罐,不远数里地过来汲水。

这口老井,为生活在这片土地上的人们提供了足够宝贵的水资源,使居住在这片土地上的乡村父老没有吃水的后顾之忧,得以世世代代在这里繁衍生息……

枣树与淘气包

我家有一棵粗大的枣树,自我记事以来它就生长在我家院子里。听娘说,这棵枣树是爷爷亲手移栽过来的。

春天,万物复苏,枣树也偷偷地冒出嫩黄的芽儿来。没过几天,黄芽变成了绿色,绿叶便密布枝头,枣树披上了崭新的绿装。初夏,枣树正在茂盛时期,那么多的绿叶一簇堆在另一簇的上面,就像一把绿色的大伞遮住了半醉迷人的芳香,一群又一群的小蜜蜂、蝴蝶在花间飞来飞去。待花儿凋谢后不多时,便结出了一个个水灵灵豆粒似的小青枣。又过了一段时间,枣儿长大了,也透亮多了。

这一切都逃不过自选哥那双锐利的眼睛。一天,自选哥用土坷垃把枣树上还没有长红的枣儿打了一地。

当娘发现掉在地上那一颗颗青青的枣儿时,可惜得又是瞪眼又是跺脚。她拾起来放到嘴里一尝,又酸又涩,问这是谁干的好事?我和自静哥都说不知道,娘气急败坏地四处找自选哥,都不见他的踪影。娘手中拿着一根小棍子,嘴里不住声地嘀咕道:"不用说,这事十有八九就是你自选哥干的,等找着他,看我不把他的皮给剥下来。"这时,娘一抬头,正好看见自选哥已经爬到了墙头上,朝着娘嘻嘻哈哈地笑着说:"我在这呢,恁够不着我!"娘心想:你爹又不在家里,今天我非把你爷爷喊来揍你一顿不可。你这孩子光淘气费力不听话。你就等着瞧好吧,小子!

娘气呼呼地将爷爷找了过来,看样子她的气仍没有消去。只见爷爷嘴里叼着一支旱烟袋锅,边走边劝说:"快别生气了,男孩子哪有不淘气的。你回屋里先歇着去吧,让我来狠狠地数叨数叨这个淘气包一顿,以后不准他这样做!"爷爷在我家的碾盘边一个小板凳上坐了下来,取下手中的旱烟袋锅在碾盘边上重重地磕了又磕,暗示自选哥快下来"认罪伏法"。哪知道自选哥看到爷爷来了,非但没有从墙头上下来,反而又从墙头上跳到了房顶,两条腿向下一耷拉骑到了屋脊上。爷爷心中暗暗揣摩:"这孩子我还真得好好管教管教他不可。你看看这真是三天不打,就想上房揭瓦呀!"

要不人都说,姜还是老的辣。爷爷他老人家硬是强压着一口气,坐在原地一言未发。待他压住了已经钻上来的那一股子火气,脸上仍带微笑,朝着坐在屋脊上的淘气包轻言细语地说:"你下来吧,我的乖孙子,几天不见可又大长本事啦。我这口袋里还有前两天赶张寨村的老会时,特意买的五香焦花生仁,爷爷知道你最喜欢吃这样的小零食,没舍得吃还给你留着呢!"

接着,爷爷还拍了拍自己的口袋让自选哥看:"你慢慢地下来,让爷爷接着。"说着,张开胳膊要接我那淘气的自选哥。自选哥一听有花生仁吃，馋虫差点从嘴巴里跳出来，一眨眼的工夫就从屋顶上翻身跳到了墙头上，然后蹓溜一下就从那么高的土墙头上秃噜下来了。爷爷不敢有丝毫的怠慢，两手伸过来就要抓住自选哥胳膊的一瞬间，头上的青筋冒出老高，脸色也由红变为铁青色。

自选哥下来后，看见爷爷到厨房里去拿绳子，心想："看来这势头不对。我今天闯了大祸，要是被他老人家逮住的话，保不住今天就要被他打个半死。"想到这里，他便趁着爷爷不注意，撒腿就往里屋跑去。

爷爷还以为自选哥朝着坑边那方向跑了呢，紧追慢赶，到坑边的芦苇丛中四处找寻，哪里还能见到自选哥的踪影？正在纳闷之时，忽然看到我娘气喘吁吁地追了过来，边走还边向爷爷招手，示意自选哥远在天边，近在眼前。爷爷怒气未息，悻悻地折回身子。

到了家里，娘给爷爷递了个眼色，爷爷便心领神会地朝着里屋的柜子观望，果然发现了端倪：柜子有些许的晃动，而且柜子盖的缝隙时大时小。爷爷走过去按住了柜子盖。过了一会儿，里面的自选哥可被憋得有点撑不住劲啦！继而柜子里发出了哀告求饶的声音："爷爷您饶了我这一次吧！下次我再也不敢办坏事，惹得俺娘生气了。"

爷爷也生怕自选哥憋闷出个好歹来，赶忙掀开了柜子盖，把他揪了出来。等自选哥出来后，爷爷扒下他的裤子噼里啪啦甩开巴掌一阵好打，嘴里还说着："你爹他轻易不在家，你整天不是爬墙就是上房子的，那棵枣树刚刚挂了不大的小枣儿，你就淘气费力地把它用土坷垃投下来。等到年关、八月十五用大枣的时候你家就只有干瞪眼看着啦！你大睁着两眼瞅一瞅，看谁家有你这般费力的孩子？今天我要不把你打死我就不是你爷爷。豁出去了，不要你这个淘气包的孩子啦，看你改还是不改？"

自选哥看爷爷今天可是动了真格的，扑通一声跪在地上求饶："爷爷，打死我也不敢再犯错了，我向您老人家保证，您和俺娘就看我今后的行动吧！"直到这时，爷爷才消了点儿气，甩了甩酸麻的右手，叹了一口气说："真是个孩子呀！爷爷打了你身上的皮肉，可疼在爷爷的心中，你知不知道哇，我的孙子哟！"

从这以后，自选哥真的是浪子回头金不换，仿佛在一夜之间茅塞顿开，换了一个人似的。街坊邻居都说，这孩子变了，变得都不敢认了，现在就像是个小大人一样。

那棵枣树也越长越大。每当我家的枣喜获丰收后，娘都会给左邻右舍送些尝尝。遇上那些晴朗的好天气，娘还要留一点枣儿晒干，等到腊月初八做腊八粥时往粥里放。娘每年都要把腊八粥熬得又多又稠。粥要是喝不完的话，等到已经放凉透了，再把这些剩下的粥抹到枣树的树杆上，祈愿来年枣儿比今年结得更多更大。

二〇一八年的中秋节过后，我和姐姐及外甥女广娟到宜邱寨里看望自选哥时，意外地发现，在院子的正中央一个深深的大坑上面斜躺着一棵树轱辘，走近一看，啊！竟是我们心中时刻不能忘怀的那棵枣树。我脱口喊道："这棵枣树年代这么久,结的枣又多又好吃,咋就狠心舍得把它连根刨了哇,留着它难道不是咱姊妹们的一个念想吗?"

自选哥感慨地对我们说:"你们看着惋惜,我朝朝暮暮守着它,难道不比你们更怜惜它?"原来,前几年它就病歪歪的,树冠枝条上长出一些疙疙瘩瘩的叫不出名字的怪东西来。为了挽救它,自选哥多次聘请农机站的人来,都说是年数太久啦,营养极度缺乏,如同人体一样,终究也会有生老病死的时候。后来农机站的几位专家还专门到自选哥家给枣树会了一次诊,又让自选哥买来营养液,缓缓地注入年逾百岁的树干内,勉强挽回了它岌岌可危的生命。每当枣树要开花、坐果的时候,自选哥都要格外小心谨慎,并按照农机站专家们的建议,给枣树打不同类型的"坐果灵"。但这棵老枣树毕竟是经历了几代人的春秋,时至二〇一八年的农历六月,终于走到了生命的尽头。

自选哥又向我们说出了他的新打算,等到种植这棵老枣树的土壤休整两三年后,他要在原品种的基础上,把改良后的优良树种仍旧移栽到原址原坑内,让它生根、发芽、开花、结果,以寄托我们对娘的深深哀思……

我不禁悲从中来,记忆的闸门犹如洪水般被打开。我们多么希望,它的生命永远都不要终止,永远都定格在娘仰头伸手拽枣的那一刹那。

馒头篮

我们当地有这么一个约定成俗的说法,村里人谁家要是生了一个女孩,大家就会不约而同地对他说:"恭喜恁生了个馒头篮!"

说女孩是"馒头篮",并不是没有原因的。我们当地有这么一个不成文的规矩,每逢到了农历大年初二,嫁出去的闺女走娘家时,婆家都会给装上一笆斗的馒头,上面再放上两封点心,作为礼物带过去。到了八月十五中秋节时,不但会装上自家蒸的发面锅盔,篮子上面还会搁上二斤细月饼,拿去送给娘家人。就连平时走个亲戚串个门,也会用馒头篮装瓜果、麻糖等东西。

馒头篮就是当地人用柳条编出的笆斗,是当时盛馒头最时兴的用具。每当早上要吃饭的时候,一连串卖蒸馍的吆喝声就会把我吸引过来。卖蒸馍的人总是胳膊上挽着一个大笆斗,笆斗上还有一根尖尖的长筷子,顶端插着一个馒头。

一般情况下,听到喊声出来买馒头的人家,都有这样或那样的原因。或是家里有小孩奶水不够吃,亟须补充营养的;或是家里有头疼脑热吃不下饭的;或是家里有卧床不起的老人,胃口牙口都不好,要买个蒸馍泡水喝的。倒上半碗沸腾的白开水,掰一小块馒头泡到碗里,立刻就成了一碗馍水,既好消化又很养胃,老少皆宜。在特殊年代,蒸馍就是人们最好的营养品。

像我们这些活蹦乱跳的孩子,是不具备条件买蒸馍来吃的。然而,我就是无论如何总也按捺不住馋得发痒的嘴巴,口水直流到嘴角,央求娘说:"咱也买个馒头吃吃吧!"娘就会立刻板着脸,带着半训斥半安慰的口气对我说:"没病没灾的,干吗要买馒头吃啊?等以后要是真的有个头疼发热的时候,再给你买大馒头吃,中不中啊?"听了这话,我感到要想吃个馒头可真难呢!于是就装着一副可怜兮兮的样子,赖着缠着娘点个头。

娘实在禁不住我的死缠硬磨,到屋子里拉开抽屉,翻来覆去地找,最后才拿出一毛钱塞给我,并且狠狠地瞪了我一眼说:"你咋这么吃嘴呀,闺女,长大了看哪个男人能够养得起你!"我接过娘递过来的那皱得不成样子的一毛钱,二话不说咯噔咯噔一路小跑到街上,嘴里喊着:"卖蒸馍的在哪里?卖蒸馍的在哪里?我要买蒸馍吃!"

那卖蒸馍的巴不得有人找呢,急匆匆地循着我喊声的地方凑过来,口中还不住地吆喝着:"卖蒸馍咧,都快来买吧!"我拿着买来的蒸馍,小心翼翼地揭去外边的馍皮,一边往家走,一边拼命往嘴里塞。那大白蒸馍可真是诱人呀!甚至有时候,我也天真地想,要是自己也能发个小热、生个小病啥的,娘就会名正言顺地给我买一兜大蒸馍吧!如果能泡一碗白蒸馍水喝喝,那该有多好啊!

  柳条编的笆斗不仅能当馒头篮,还有很多其他的用途。当时,谁家要是生了小孩,也不管是男是女,到了百岁那天,姥姥家就会扛着小笆斗过来,里面装着圆溜溜的大烧饼,还有一些带着根的黄豆芽、绿豆芽、芹菜、小葱,来给孩子做百岁。主家的长辈们把这些豆芽根和小葱、芹菜的根重新栽到盆里,让它继续生根,寓意让孩子把根扎得更牢固。

  到了孩子周岁时,姥姥家仍旧要去赶集上会,留心买一个比过百岁时稍大点的能盛得下一升粮食的笆斗篮,篮里装的净是小孩子爱吃的一些嘎嘣脆的零食,言外之意是想让小孩子的牙齿长得结实整齐,无论多么硬的吃食都能够嚼得动。除了笆斗篮里装着酥脆的零食外,还会根据孩子的性别放上一些其他的小玩意儿。比如,要是男孩子,会买些个小枪、小刀、陀螺什么的,另加两套冬夏小衣服;要是女孩子,会放上一些头饰、首饰类的东西,还有冬夏两季的花衣服。

  按我们这里的传统习俗,孩子两岁的时候不在姥姥家瞧看的范畴,可到了三周岁,姥姥家会格外再破费一次。这方圆百里的老百姓,还特别重视孩子最后这一次生日贺礼,除了会在笆斗篮里装上圆圆的烧饼外,还会放上精心制作的成套的衣服、鞋袜,以及一些小被小褥子,另外还有略微高档一些的玩具等。讲究一点儿的人家,还会提前把小外孙、小外孙女接到集会上,让孩子亲自挑选自己所喜欢的东西。

用柳条编织笆斗是门手艺活儿。就我所知,柳条编织技艺最精湛的,恐怕就数芦岗乡七古柳村王丙新的老父亲啦!老人不但会编织笆斗,而且还会编很多人们日常生活中不可缺少的其他用具,如柳条鸡篓、柳条草篓、柳条背篓、柳条筐、柳条簸箕等。老人还会用极其细腻的手法技术,编织闺女出嫁时陪送的有八个棱角的柳条针线筐。

老人自幼家境贫穷,祖祖辈辈就生长在这片贫瘠的黄河滩区土地上。背靠黄河,年景好的时候还略有些许的收成,若遇黄河泛滥,便是一片汪洋。也许是上天有意眷顾这一带贫苦的老百姓,长年累月阵阵河风夹带而来的柳絮,在两岸大小堤内外、沟沿两旁,以及整个滩区零零碎碎的地块上落地生根,湿润的土地上滋生出一簇一簇不同品种的毛柳、棉柳、垂杨柳、枣花柳等。这几种柳树的枝条韧劲极强,不易折断,易于编织。这里几乎家家以编织业为生活依靠,子承父业,世代与黄河为邻,在这片黄河滩上繁衍生息。

我曾经和老人的大孙女小菊在苗寨一起工作过。老人家为人厚道,一心向善,得知我自幼失去爹娘,出于对我的关心呵护,托小菊给我带来了两个针线筐。那是他用龟裂的双手起早贪黑编织出来的,那是两个有八个棱角的柳条针线筐,那是只有女孩出嫁时才能够拥有的宝贝。

也许,在老人的心中真把我当成了她的亲孙女来看待,

205

期许我能早一天找到如意郎君,风风光光地出嫁。八十高龄的老人,送给我的这两个针线筐,把隔代人的浓浓怜爱之情、别样的期盼和祝福,一股脑儿全都编织了进去。

拿着这两个饱含爱意的针线筐,一瞬间,我的双眼湿润了,泪水夺眶而出。这两个有着特殊意义的针线筐被我视若珍宝,为了使其结实耐用,我还把它们拿到街上,让挑担吆喝"拴簸箩"的人,用牛筋条又分别重新加固了一遍。还用两种不同颜色的油漆,把一个漆成了内里古铜色、外面黑色,另一个则漆成内里黑色、外面老红色。这两个针线筐历经几十年的沧桑岁月,随着我因工作调动、多次搬家辗转折腾竟毫发无损。时至今日,一个保存在我猫冬居住的单元房子里的橱柜里,另一个则保存在建蒲桥院子二楼东南墙的角柜里。

石磨也有"牙齿"

我小时候,要把粮食加工成面粉,唯一的工具就是石磨,村子里家家户户大都靠人工推石磨来磨面。

石匠们从大山里挑选出结实的石头拉回家,先是用锤子和錾子雕制成两个圆形平面的石磙子,也就是石磨的上下扇。石磨则是靠着逆时针方向转动着的石盘,留有磨眼,便于漏下粮食。再用锻锤在两扇磨的接触面上锻成有规则的沟槽,即磨齿,用以磨碎粮食。最后,再摞到一个圆形的大磨盘上,就成了一盘完整的石磨啦。上扇石磨上还要錾出两个对称的磨棍眼,用于人推或牲口拉磨来固定磨棍。

加工粮食的时候,囫囵粮食从上一扇磨的磨眼流进两扇磨的接触间隙,沿着有规律的磨齿向外推移,粮食在上扇磨转动时被磨碎成粉末。

刚开始推的时候,头两遍囫囵粮食没有被研碎,推起来是轻快的,一般是娘和自选哥、自静哥二个人来推。等到推第三遍,就需要一个人专门负责箩面了。娘撂下磨棍,将筛面的箩放到笸箩里,开始箩面,剩下两个哥哥推那么大的石磨。如果赶上两个哥哥要去上学,就剩我和娘在家,家里偏巧又缺面粉下锅的时候,那可真的就苦了娘一个人啦!等到我能拿动磨棍时,便主动提出要帮忙,娘只好让我试着搭搭磨棍,帮她推磨。

那时成年男子大多都在田间忙活,大部分人家人工推磨的都是妇女和半大不小的孩子。妇女和孩子推磨的时候,用两手推着磨棍,半弯着腰,或在磨棍末端拴上个襻,将磨棍穿到襻眼中,真是磨棍连着磨棍,人跟着人,不断拱着往前推。而我最期盼的,也是我家三个人一起推磨的场景,有呼噜呼噜一个劲儿推的,有不住扭动着腰身磨上磨下忙活箩面的,一幕幕都刻在我的脑海里。

大家有推磨的,也有拉磨的。一开始,嘻嘻哈哈谁也不觉得累,甚至有时推着推着还加快了脚步,忽地跑了起来……此时的我们,竟然把推磨当成了一种乐趣,石磨也发出欢快的轰轰隆隆声,仿佛在回应我们似的。随着推磨时间越来越长,浑身上下就会感到特别累,到了最后,身上竟没有半点多余的气力,甚至想扔下推磨棍,就地躺在磨道里,好好歇一阵。

尤其是当这家那家连着,需要不住地磨啊磨、推呀推的时候,枯燥、乏味、重复、单调的感觉就会一股脑地袭上心头,不自主地产生厌倦情绪,觉得推磨是一件不愿干又不干不行的事情。更为尴尬的事情还在后头,我推磨的时候都是红着脸、弯着腰,一直很努力地干活,一点假都不带掺的,可天知道,无论怎么拼命干,就是累不出一滴汗水来。眼看着姊妹几个在一起推磨,别人都用毛巾不住手地擦呀擦，可我的额头上愣是干干的，不明就里的人看了，就会觉得我是滥竽充数，不肯出力一样。这个问题在小时候一直困扰着我。

有时家里需要推磨，就和邻居家结个伴，今天和这家合伙，明天和那家结伴。我跟每个邻居家的小伙伴都一起推过磨，给我印象最深的就是和我的小闺蜜荣花、凤梅、芬荣等一起推磨。

有时我也和小伙伴们做游戏似的推着石磨玩。记得有一次，我和芬荣推着一盘没有加任何粮食的空石磨转悠得正起劲时，当场被娘抓了个正着。她制止了我们的恶作剧，并且严厉地训斥我们："觉着这样推着空磨转很好玩是吧？可你们不知道，这样一来对石磨的损害相当大，这磨就如同人的牙齿一样，把石磨的牙齿都磨平了，没了牙还怎么能吃食物和粮食？更不会给你吐出雪花一样白的面粉来！"我当时感到不以为然，也很不理解，不由得张大嘴巴喊出声来："石磨难道还会有牙齿？它怎么还会吃粮食？"

娘让我们拿开磨棍，用双手吃力地将上面的磨扇错开半扇，指着石磨上下一道道的齿痕指给我们仔细观看。啊，原来那一道道锯齿般的磨齿真的已经快要磨平了。娘说："这磨已经钝了，不能再磨面吃了。必须尽快找人到吴坡村请锻磨师傅，带着他的家伙什儿一起过来，重新锻出新的磨齿才能用来磨面！"我们瞬间感到脸红脖子粗，一下呆若木鸡，不知道如何是好。

娘转而又安慰我们俩说："也不一定全都怪你们俩，这盘石磨也不是今天一下子就磨平的,空转磨也只是加快磨平的过程而已。用的时间一长,磨粮食的次数多了,照样也会磨成这样,不是吗?"从那儿以后,我才明白石磨也有"牙齿",以后再也不推着石磨空转悠着玩了。

小毛驴拉磨

我家吃面,大部分都是靠人力推磨来研磨粮食,因为那时家里只有一头接近寿终正寝的老叫驴和一头还未成年的小驴驹。新中国成立后,我家从地主家分得的七八亩地还要靠这一老一小来耕种。不到万不得已的时候,娘真的舍不得让它们来干拉磨这种笨重的活。

这头小驴是家里把原来一头体弱多病的叫驴牵到集市上卖掉后换来的。爹娘疼它、爱惜它,俨然把它当成孩子一般对待,平常基本不让它干多重的活计,即便干活也尽量让这个小家伙省下一些力气,还时不时额外给搅拌一些翠绿的青草,和着黑豆磨碎的大料喂它。就连我们姊妹几个,每当想让它替我家干点什么活的时候,一看它长着一身浅灰色的毛,加上纤弱的体格,也总是像娘一样,萌生出怜香惜玉之情。这头小驴仿佛通人性,不像一些脾气暴躁的牲口那样,又踢又跳、尥蹶子撒欢讨人厌,而是朝你忽闪着一双会说话的水汪汪的大眼睛,不时晃动着颈部一撮金黄色的鬃毛,像是在向我们求情:"我的个子矮,还没长成个子,让我少干点活吧!"

等小毛驴逐渐长大，有时就让它来拉磨磨面给大家吃。

用小毛驴拉磨时，娘通常先把小毛驴牵到磨道的旮旯处，顺着毛捋一捋，拍拍它的后脊梁，边哄边用一块专门的黑布，也叫"驴暗眼"，把小毛驴的两只眼睛蒙上。这样做，不但防止小毛驴吞吃粮食和面粉，还能够使小毛驴的身体保持平衡，不至于出现中途晕倒的现象。蒙上眼睛后，小毛驴就会乖乖地一圈一圈朝前走。然后，娘把磨棍插到磨棍眼里，把驴套绳拴到磨棍上，添加上粮食就可以开始拉磨了。

后来，响应上级号召加入了农业合作社、互助组以后，各家各户都没有了自家喂养的牲口，就连我家那快要长成个儿的小毛驴也随着加入了互助组。所以大多数时候，还是需要用人力来推磨。

我家的那盘石磨，不但是我们自家用，众街坊邻里也都前来磨面。他们三三两两，有端着笸箩来碾玉米面吃的，有扛着一大口袋麦子来磨面的，也有提着一袋红薯片磨面吃馍的，还有扛着一大口袋高粱掺着米糠碾碎混合着喂猪的。一时间，笸箩、筛子、簸箕、口袋，各种日常使用的工具摆满了整个院子。大家都遵循着约定俗成的老规矩，有个先来后到，互相谦让，磨坊里秩序井然。乡亲们凑到一起，还有个更为重要的由头，那就是能在一起说说笑笑，拉着家长里短，嬉笑声伴着石磨的嗡嗡声，一起萦绕在我家小小的庭院里。

摘菟丝与烤蚂蚱

听娘说，黄豆棵上长着的菟丝是一种很贵重的药材。菟丝是缠绕在黄豆棵上的一种细如牛毛的小丝丝，这种寄生植物直接影响大豆正常生长。摘掉它，就是解除了黄豆身上的层层枷锁，也是对农作物的一种救赎。摘下的菟丝，还能卖给当地的医药公司，挣到少许的零花钱。

打从我知道菟丝能当药材卖钱之后，到了初秋，就隔三岔五拃一个小篮子跑到寨岗上。站在寨墙的制高点，举目向四周眺望，格外留神地看哪一块地里种着黄豆。一天、两天过去了，我对村子周围的地块了如指掌，对地里的黄豆何时成熟，何时才能采摘菟丝这些情况基本上能做到心中有数。

娘说，黄豆没熟的时候，泛着绿的菟丝也太嫩，嫩菟丝对病没有功效，即使摘下来也变不成钱，医药公司是不会收购的，不能因为心急拔苗助长。而且，豆子在成熟之前，还处于生长期，豆棵没有柔韧性，再加上菟丝又紧紧地将豆棵缠绕其中，摘的时候，手稍不注意就会将豆棵的枝冠、豆尖、豆叶一起捋掉，造成黄豆减产。于是，我心里盼啊盼,盼着黄豆早一天成熟,约几个要好的小伙伴一起去。其实我心里还有一个说不出口的小九九,就是等卖货郎来了,可以用自己辛勤劳动挣来的钱买个糖人儿,如果菟丝能换来多一点儿的钱,还能买一些女孩子用的花头绳、小发卡之类的东西。

等啊等啊,终于等到了我家收割大豆的那一天。天刚蒙蒙亮,烟囱上早已炊烟袅袅,娘还特意在煮饭的锅沿边上贴了一圈玉米面锅饼。掀开锅盖,一股玉米面的香味扑鼻而来。娘用锅铲把锅沿边上的玉米面锅饼铲下来,规规矩矩地摞在柳条筐子内。我定睛一看,每一个玉米面锅饼的背后,都有煎成黄焦酥脆的饹渣,好诱人啊!我馋得直流口水,从筐里抓一个啃了起来,酥脆的黄饹渣咬起来又香又脆,发出"嘎嘣嘎嘣"的响声,真好吃!

娘告诉我,今天爹歇礼拜,要从学校回来帮家里收豆子,为了赶时间,他直接到南地和我们会合。哥姐也都要下地一起收豆子,一家人在一起干活儿。还对我说,要想摘菟丝,就快些吃饭,吃完饭早点下地。

吃过早饭,我们就各自带上工具往地头走去。不远处,隐隐约约看见一个人正弯着腰,手里挥动着镰刀,头也不抬地只顾割我家地里的豆子。我飞快地往前跑,想看看这个割豆子的,是不是我多日不见的爹。娘拉住我说:"别绊倒扎着脸,看着身量就能猜个八九不离十,想必是恁爹趁着天凉快,一早就从学校出来了,已经提前下手割豆子了,我们也过去准备吧!"

天气格外晴朗,在蓝天白云的映衬下,一垄又一垄黄豆棵看起来更加饱满。在小溪畔这片希望的田野上,和许多普普通通的老百姓一样,我们也满怀着对美好生活的无限向往和强烈渴望,播种着希望,憧憬着未来,喜迎一个金黄的收获季节。

来地里收割豆子的人越来越多,大家都干劲十足。看到一家人聚到一起干活,我心中十分高兴。因为年龄小还不会割豆子,我的主要任务就是摘菟丝,这也是我向往已久的。在还没收割的畦岗上,我来来回回,兴奋又紧张地采摘着豆棵上的菟丝。正当我低头只顾摘菟丝的当口,"扑棱"一声,从豆棵里蹦出一只鼓着肚子的大蚂蚱,横冲直撞朝我飞扑来。我小心翼翼侧身,用手指捏住了它的翅膀,掀开蝈蝈笼盖,把这只活蹦乱跳的蚂蚱丢到里边去。不一会儿,又有一只蚂蚱从豆棵里猛地飞出,径直扑向蝈蝈笼的立柱上,还不住地发出"咝咝"的哀鸣。我喜出望外,伸手捏住,把它也放在了蝈蝈笼里。

也许是因为笼中有那只老蚂蚱做"诱头",竟招引来一只又一只蚂蚱,还有一些叫不上名的昆虫,前赴后继地飞过来,在我头顶上飞来飞去。我两只手交叉,来回挥舞,小心捏捕,忙得不亦乐乎。我一边摘菟丝,一边捉蚂蚱,此时此刻,我恨不得也能变成孙悟空一样,拥有七十二变的分身术。大半晌工夫,菟丝摘了不少,几乎装满了一大口袋,蝈蝈笼里也塞满了蚂蚱,可谓喜获丰收。

快到中午,该回家吃午饭了。我怀着收获后喜悦的心情，扛着沉甸甸的一口袋菟丝，提着手中的蝈蝈笼，随着大人往家走。

提前回家做午饭的娘，正在灶火跟前，用做好饭的余火灰烬烘着红薯。我迫不及待地将手中的蝈蝈笼递给了娘，让她把里面的蚂蚱掏出来，穿到竹签上给我们烤着吃。还嘱咐娘，蝈蝈笼的门一定只开个缝，千万不要开大了，要不然，好不容易捉到的一窝俘虏就逃之夭夭了。娘答应一声："知道啦，你这个贪嘴吃的二丫头！娘不傻，煮熟的鸭子，怎么会再让它扎翅膀飞跑了呢！"娘边说着话，边朝灶膛内加了些许柴火，"呼嗒呼嗒"拉起风箱，炉膛里红红的火焰便升腾起来了。

娘把蚂蚱一只只穿在竹签上，在火苗上烤。只听一阵阵"哧啦哧啦"的响声，一股股烧烤的香味直钻鼻孔。尤其是那怀着大肚子的母蚂蚱肉质饱满，被烧得黄焦酥脆，香气扑鼻。我专挑着母蚱蜢吃，那真是人间的美味！厨房内的烟熏火燎模糊了我的双眼，炉灶灰搅拌着稀里哗啦流出的眼泪，涂得满头满脸。我实在支撑不住，接过娘递给我的一根燎得焦黄还透着香味的串串，捂着眼睛跑到院子里。娘对着我的背影喊："这是最后一串，可没有你的了，剩下的一些给你哥哥姐姐们都尝尝，再好吃也不能一股脑儿都装到你一个人肚子里。"

我在院子里享受着这喷香的纯天然烧烤，边吃边手舞足蹈，逗得爹娘哥姐在一旁哈哈大笑……

皮影戏

在我的记忆中,农村文化生活非常单调,特别是晚上,劳作了一天的人们大多是猫在家里。有一回,村里邀请一台皮影戏来演出,大人孩子听说后,个个欢天喜地,高兴得像过年一样。人们早早就给自家的亲戚好友"通风报信",发出邀请,把平时舍不得吃喝花用的东西都准备齐当,单等皮影师傅套着小马车大驾光临。一连数天,乡亲们都在掰着手指头过日子。

盼啊盼,这一天终于在人们的期盼中翩然而至。我们家平时都遵循着约定成俗的老规矩,不到天黑利落不喝汤,可是那天晚上,娘早早将晚饭烧好。平常的日子里,晚饭只喝稀汤,可是那天,娘不但给我们烙了几张大饼,还特意拌上两碟小菜,用刚烙出的大饼夹着小菜,卷好竖着摞在竹筐里。我们看到不同于往日的晚餐时,惊讶得几乎叫出声来,好丰盛的晚餐啊!如果每天都能吃到这样可口的饭菜,那该有多好哇!

平时街上很少见到那么多的人,可这天,随着皮影戏的到来,街上大不一样了,太阳刚刚落山,大街小巷就沸腾起来了。

  小孩子家想早一点到街上看热闹，急忙先把碗里的汤喝掉。娘看我们猴急的样子，一边把烙饼卷菜塞到一个个手上，一边叮嘱："趁热吃，可别让它凉了就不好吃啦！"我答应一声："知道啦！"便把烙饼卷菜顺手装到衣兜里，挎上一个小凳子，跟着自选哥就往外走。当时我心里还想：要是能隔三岔五来一场皮影戏该多好啊，既能高高兴兴地看场戏，还能过着有烙饼卷菜的好生活，岂不是神仙过的日子？

  那天爹和大姐不在家，因为不是星期天，大姐在厂栾上学回不来，爹更是不能因为家里有一场皮影戏就放下学生不管。

  我们大步流星赶到皮影戏演出现场，那里早已经是人山人海。自选哥一只胳膊挎着他和我的两个板凳，另一只手扯着我的手往里面钻，自静哥紧紧地跟在我们后头。到了人群里，寻了个空地儿把板凳放下，等待着娘的到来。哪知道，左等右等就是不见娘的踪影。

  这时，耳旁突然响起了皮影戏演出的声音。我们再也顾不得许多，两只眼睛像是不够用了一样，只顾盯着戏台前的一张白布看。皮影戏开始了，现场除了演出人员高一声低一声的解说外，偶尔还能听到年轻妇女怀里婴儿的吵闹啼哭。为了怕影响大家听戏，孩子的妈妈急急忙忙将奶头塞到孩子口中。有了奶头在嘴里吮吸着，孩子也怪滋润，不一会儿就在妈妈的温暖怀抱中睡着了。

在挤挤攘攘的皮影戏演出现场，也有不少老头叼着个旱烟袋，一边盯着皮影幕布看，一边见缝插针"吧嗒吧嗒"地抽着旱烟，一缕一缕烟雾从口中喷发出来，又袅袅升腾到空中四散开来。为了不耽误观看皮影戏，有时候要低着头连着猛吸几口，一口烟吸得不恰当，就"吭吭咔咔"咳嗽起来。一声声的咳嗽引起连锁效应，一时间，接二连三不断响起咳嗽声。

负责维持秩序的人走到幕布边的一个空闲地方，站在一个大高板凳上，手里掂着个高音喇叭，对着众人喊道："老少爷们儿，咱好不容易盼来一台皮影戏的演出，不容易呀！大家都要自觉维护现场秩序，从现在开始，老少爷们儿都先受点委屈，可别再吸烟啦，免得影响大家看戏啊！"

这一声令下果然有效，场上顿时鸦雀无声，老头们也默默地放下了手里的烟袋锅子，开始聚精会神地看戏。这场皮影戏，演的是"孙悟空三打白骨精"。说来我胆子确实有点小，演到令人毛骨悚然的地方，我就会不由自主地弯下身来，缩着脖子藏到自选哥背后，用手薅起他的衣襟躲起来，等恐怖的一幕过了再往下看。

自选哥用手轻轻地拍拍我的后背，说："这都是假的白骨精，你怕什么？平时看似风风火火怪泼皮的一个小姑娘，今天这是咋啦，几个皮影人就能把你吓成这样子？你想想，平日里姐姐给你讲的女英雄，像穆桂英挂帅、花木兰女扮男装替父从军上战场英勇杀敌的故事，你不是都记到心间了吗？往后也一天天长大了，可得学着胆大些啊！有哥在身边，别怕啊！"

听了自选哥的一番话，我大着胆子从他的衣襟下钻出头来，睁着两只眼睛，盯着皮影戏上闪闪晃动着的张牙舞爪的白骨精，一边看，还一边攥着拳头，暗暗鼓励自己：就像自选哥说的那样，只不过就是一个假的人物形象，怕她做什么？时间一分分过去，我为了赶着看戏，晚饭只匆匆喝了一碗汤，这时不争气的肚子开始咕噜咕噜地叫起来。我一拍脑门，忽然想起了什么，伸手掀开衣裳襟，从口袋里掏出热乎乎的烙饼卷菜，往嘴里一个劲地塞。

随着剧情的逐步深入，我的内心也逐渐起了变化，分辨出了好坏善恶。演到精彩处，我也和周围的观众一起，冲台上报以热烈的掌声。但是，剧情再长也有完结的时候。大约有一个半钟头的光景，皮影戏在一阵一阵拍手叫好声中缓缓落幕。

直到这会儿才想起来，娘还没过来。我们牢记出门时娘的再三叮嘱："三里五村来的人那么多，可别叫拐小孩的把你们给拐了去，听到了没有？"于是，我们哥仨你拉着我，我拽着你，四处搜寻着娘的身影。正在左顾右盼的时候，戏台南边豁口拐角，出现了娘的身影。她举着手中的小凳子，呼喊着："自选，往哪儿看呢？娘就在这里，一直等着你们几个咧！你们身上穿的衣裳凉不凉？娘给你们都带着衣服呢！"

我带着嗔怪的口气问娘："我们都出门啦，听着恁就在后边，要跟着我们来啦，咋就横竖不见踪影呢？"娘一再跟我们解释，原来，我们都出门后，一开始娘也跟在后头，可忽然想到，这皮影戏也不知道能演到啥时散，等到露水下来时，孩子们能不冷吗？怕耽误我们看戏，她就没跟我们说，悄悄返回家，拿上我们的衣裳，急急忙忙回到皮影戏演出现场找我们。可这里人真是多，连个下脚的地方都没有，更别说往里面挤进去啦！娘心里当时那个急呀，真的如热锅上的蚂蚁一般。但转念又一想，自选哥他懂事，知道疼弟弟妹妹们，与其到处来回走动着找我们，倒不如在一个固定的地方老老实实待着，散戏后能第一眼瞅着我们。听完娘的话，我们觉得娘真是疼爱她的孩子们，也真是用心良苦。我们几个扯住娘的手，拽住娘的后衣裳襟，说说笑笑回到了家。

在记忆里，完整的皮影戏我看过不下四五次。在观看皮影戏时，我曾怀着好奇的心情问自选哥："这么精彩的画面，还有这人物造型，都是咋制成的？"自选哥白了我一眼说："什么都想刨根问底，跟你看皮影戏有半毛钱关系吗？"可我并不甘心，也并没有就此罢休。直到长大后，对皮影戏的制作还怀着一种无比好奇和敬畏之心，下决心要将此事闹个明明白白，了却我儿时的一桩心愿。我翻阅查找了大量关于皮影戏制作方面的资料后得知，皮影的制作要经过选皮、制皮、画稿、过稿、镂刻、敷彩、熨平、缀结、合成等工序，是个复杂而奇妙的过程。

过去，在民间乡村城镇，大大小小皮影戏班比比皆是。一个乡镇有二三十个皮影戏班也不足为奇。逢年过节、喜庆丰收、祈福拜神、嫁娶宴客、添丁祝寿，都少不了搭台唱皮影戏，连本戏要通宵达旦或连续演上十天半月。一个庙会上可能会出现几个皮影戏班摆开阵势对台唱，热闹非凡，其盛况可想而知。

新中国成立后，党和国家极为重视民间传统艺术的发展传承。工匠精神得到了传承和发展，皮影戏也重获新生，得到妥善保护。可以想象，在不久的将来，这朵绚丽多彩的艺术之花定会开得更加光彩夺目。

五百钱

我小时候,五百钱相当于现在的五分钱。拿五百钱到街上的烧饼炉前能买一个大大的烧饼吃,这对如今的青年人来说简直就是天方夜谭。

有一次,我夜里不小心蹬了被子,受了些许的风寒,早上醒来觉得身上懒洋洋的,赖在床上不想起来,到吃早饭时一点儿胃口都没有。娘看着不对劲儿,平时那么一个欢蹦乱跳的孩子,今天不但起不来床,还不想吃饭,是不是身上哪儿不舒服?

娘伸出她那温暖的手,在我的额头上摸了摸,"啊"了一声:"小尊,你发烧啦?"娘喂我喝了整整两碗水。结果不一会儿,我就想尿尿。娘说:"我给你把尿盆提来,你就在屋里尿吧,尿完后再睡。"等我自己感觉好了一些,就跟娘说我不想睡啦,想起来找小朋友玩。娘看着我的样子,说:"那你可得注意着点,刚刚好一点儿就要出去疯跑着玩。真是个孩子啊,一点儿都不会做假。"娘说着,左手掀开衣裳襟,右手从小衣襟缝的口袋里掏出五百钱,塞到我的花兜兜口袋里,跟我说,啥时候觉得肚子饿了想吃东西时,就去街上买个热烧饼填填肚子。一听娘要给我钱买烧饼,我的病仿佛完全好了,脸上乐开了花。

伸手接过了那沉甸甸的五百钱,我清楚地知道,这五百钱是娘平时从牙缝里挤出来的,是娘用家里养的老母鸡下的蛋换来的,是吃油点火的积蓄钱,不到万不得已,娘不会轻易挪用。但我毕竟是个孩子,嘴里馋的时候就不会顾及那么多啦!我撒腿跑出家门,往街上一溜小跑,还用手死死按住花兜兜口袋,生怕跑得快了,把钱给跑丢了。

跑到村东头杨家门楼的烧饼炉前,我从口袋里掏出那五百钱,踮起脚尖递给正在打烧饼的师傅:"给您钱,我买抹着糖稀的芝麻烧饼吃!"烧饼摊主弯腰低头朝我看了一眼:"今天太阳从西边出来啦!恁娘咋舍得破费钱让你这个小闺女吃回嘴儿?"他一边说着俏皮话逗我,一边用铲子从烧饼炉里铲出来一个两面焦黄的热烧饼放在面案上,用刷子在烧饼上抹了一层又一层的糖稀,再把烧饼轻轻在装有芝麻的盘子里蘸一层芝麻,最后把烧饼用一张黄色草纸包好递到我的手里。

我赶忙伸出一双小手,把热乎乎的大烧饼牢牢摁在胸口,撒腿就往家里跑。回到家里,我掰开一块热气腾腾、焦黄酥脆带着芝麻糖稀的热烧饼,不容分说往娘嘴里使劲地填。娘紧紧地绷着嘴,连连摇头:"老大一个人,没病没灾的,吃啥还不都一样吗?"

天下没有不疼孩子的娘,有娘的孩子就是个宝啊!虽说那五百钱对于现在的孩子来说微不足道,甚至没有概念,但对于当时的我来说，可是印象深刻的，一想到娘给我的爱，就会有无限感慨涌上心头，为我的成长注入无穷的力量。

挖土井

每逢到了麦子稍稍发黄的时候,如果爹在家,娘就会烙一摞发面大饼,卷上大葱当干粮,再打开瓦罐盖子灌满开水,准备出去挖土井。一家人携儿带女,扛着铁锹、抓钩之类的农具来到北场地,爹看准靠南边的一个斜角处,正好能挖一个大的圆土井,就走到那里,用抓钩深深地划出一个圆圈。

爹甩下衣服,抡开铁锹,开始挖土井坑。娘跳到初显雏形的土井坑里,把爹挖剩下的一些余土,一锹一锹铲到地面上去。这样你来我往,挥汗如雨不停地干。过了半响,我凑近跟前,踏着高如小山的泥土堆探头往下瞅,不由得叫了一声:"好深啊!"爹擦擦脸上淌下的汗水,从瓦罐里倒出半碗水,喝了一口,笑了笑说:"这才哪跟哪啊,我的二闺女,到土井真正挖成还有老鼻子的活儿呢!"

我觉得好玩,跟爹娘嚷嚷着也要下到土井里帮娘装土。耐不住我一个劲儿地恳求,爹抱着我的腰,用绳子紧紧绑了一圈又一圈,然后小心翼翼地慢慢把我送到一人多深的土井底。娘在土井下干得正起劲,看见我也下来了,就仰着脸冲着井口上的爹大声喊:"你这当大人的,啥事净依着小孩子的性子来,这井底能有多大的地方,横竖都是耽误活儿,快些给我把她提溜上去吧!"只听爹在上面喊:"没事儿,让她体验体验在井底下劳动的滋味,也是一件好事!"听爹这么一番话,娘就没有再坚持。

我拿着小铲子,弯着腰学娘的样子铲土。只是井底不足一个碾盘大的地方,两个人想打个转身啥的都不容易。过了一会儿,我就觉得在井内干活远不如我想象的那样好玩,索性将手中的小铲子扔到一边去,鼓着肚子,弯着腰,扒着土井的四壁就要往上爬。娘偷眼瞅着我的样子,撇开嘴笑了:"长能耐了吧,闺女?我就知道你不会在下边待多久,这可是你自己要下来的。"

爹听到井下的动静,猜到我已经待不住了,就趴在土井口对我说:"你坐在篮筐里别动弹,爹这就把你拉上来!"按照爹说的,我稳稳当当地坐在装土的篮筐中,爹拽着绳子往上拉,篮筐摇摇晃晃,仿佛荡秋千一般惬意。等我重新回到了地面上,不由得大张着嘴,长长地吸了一口气说:"好舒服哇,在井底下快憋死我啦!"

稍事休息后,一场更为费力的活计又继续展开了。爹不让娘下到土井内铲土了,而是先把一个篮子扔进土井内,再用一根粗绳子系在自己腰间,让娘把他缓缓续到土井里去。娘站在土井口边上,爹挖满一篮筐土就会晃动绳子,这时候娘再憋着一股老劲,用力将盛满黄土的篮子往地面上拉。

井越挖越深,井底已经逐渐渗出一股股黄色的泥水。挖上来的泥土也越来越沉,井口周围满是被挖上来的又黄又黏的泥水。娘一双小脚站在上面直打趔趄,险些滑倒。这时三叔从李官桥服务社回家,正好路过这里,看到爹娘如此艰难地挖土井,扒着井口冲着爹喊:"挖井这么重的活,你也不提前给我们弟兄几个打声招呼,谁还不能凑个闲空帮你家来干干?非得哥你亲自带着老婆孩子做这么笨重的活?"爹在井里听到是三叔的声音,赶忙搭腔:"马上就好啦!这井里已经见到水啦,挖完这几筐,清清井底我就出来。谁家都有一家子人,平时家里大大小小的活不都是你嫂子一个人带着孩子干吗?我也是凑个空,正好帮家干点活。"三叔急红了脸说:"哥,我拉你快上来喘喘气,剩下的扫尾活我来干!"说完,三叔把爹拉上来,然后脱掉外衣,在腰间系紧绳子,让爹抓住绳子把自己续到井底。

三叔身强力壮,浑身有使不完的劲。不大工夫,井底的土就被他清理完毕。三叔在井下高喊一声:"大哥,把我拉上来吧!"爹用力拽着绳子,把三叔从土井底拉回了地面。三叔连汗都没有顾得上擦,一把接过娘手中的铁锹,把井台周围一圈连土带泥一股脑儿铲到北场边,又用扫帚把土井周围打扫得干干净净。干完这些活儿,他用力抖掉身上的泥土,接过娘递给他的一碗凉白开,仰起脖子"咕咚、咕咚"一口气喝了个精光,然后拿起刚才脱掉的外衣,头也不回地走了。看到三叔远去的背影和爹娘辛勤劳累的样子,再看看眼前刚挖好的深深的土井,我既感受到成功的喜悦，又有一番感慨涌上心头。

在童年的记忆中，土井不仅能用来防范火灾，还能够储存一定的水，在不经意中就能派上用场。

有一次，家里的人都在地里割麦子，忘记了带水。我突然灵机一动，想起前几天刚刚挖好的土井，里面是不是能有储存的水？我一溜小跑，到邻家地里借来一个罐子，到了土井台，弯下腰趴在井边往下看，兴奋地大叫起来。原来，因为前天刚刚下了一场雨，土井里的水上涨不少，一伸胳膊就能够打到清澈的井水。

我忙不迭地在罐子两个鼻孔上，各绑上一根绳子，再轻轻地将罐子续到土井里，不用费多大的劲儿，就提上来满满一大罐凉丝丝的井水。

在赤日炎炎的夏季，这口土井为田间地头劳作的人们提供了甘甜的清水。干渴的喉咙能够得到一口土井里水的滋润，就会感到无比的舒服。想到这里，我不由得加快了脚步，提着罐子大步流星赶到了割麦的地头。看到家里人捧起罐子"咕咚咕咚"一饮喝了个够，就连邻居家的大人小孩也都分享了我们家土井里甘甜的井水，我心中美滋滋的，并为我能给家里做点小事感到欣慰！

淘红薯

如今,走在小城的大街小巷,人群密集的地方,常常会看到卖烤红薯的小摊贩。小贩拉着架子车,或者开着三轮蹦蹦车,车上安装着一个高高的、内壁用黄泥糊得结结实实的铁皮桶,桶里燃烧着红通通的煤炭。小贩手上戴着一双厚厚的帆布手套,手持一把大铁钳,站立在高桶烤炉前不停地忙碌着,空气中弥漫着一股股甜甜的烤红薯的香味。鼻子闻到这股味道的一瞬间,再麻木的味蕾也会迅速苏醒,再没有食欲的人也想品尝一口这诱人的香甜滋味。

我们这边流传着这样的顺口溜:"红薯汤,红薯馍,离了红薯没法活。"由此可以想象,红薯与我们这代人的关系是多么的亲近,又是多么的重要。我对红薯有着刻骨铭心的记忆。小时候,红薯就是我们家的主粮。小麦、大豆、高粱、谷子这一类农作物,收获晒干以后,都要按国家政策上交公粮。而红薯则不然,不论产量多么高,国家都不会加收任何税或公粮。只要储存得当,至少大半年家里都不会饿肚子。所以大家都很看重红薯的种植,也很重视收获时的颗粒归仓。

收过的红薯地里，仍遗留着为数不少没被挖出的红薯，我多次跟着娘学着淘红薯，也积累了不少宝贵的经验，至今脑海中仍不曾磨灭掉那些美好的记忆。记得每到红薯归家入窖以后，娘领着我和自静哥，一人扛着一把抓钩，挎着一个大篮子，篮子里再放上一只口袋，趁着刚刚吃过饭有力气的时候到地里淘红薯。

淘红薯是个出大力气的活，不管天冷或者天热，都得先把外衣脱掉才能够开始干活，否则身上一旦出了大汗，就再也提不起劲儿来了。我顺手将扯下来的外衣扔到地上，在刚刚出过的红薯地里，挨着还没有被别人淘过痕迹的地方安营扎寨。

已经割过的红薯秧下，偶尔还会遗留着一嘟噜一嘟噜的"漏网之鱼"。这也许就是老天赐予人们的礼物吧！我弯下腰来，扬起抓钩，围着红薯谷堆周围，奋力地挖呀挖……不多时，淘出来的红薯便装满了一大篮筐。我把自己淘的满满一篮红薯倒到地头，再返回去，继续搜索着地面每一个出过红薯的窑。

哪知道，到了后来，尽管把眼睛瞪得如铜铃一般大，也见不到刚才那种令人异常兴奋的情景出现了。我有些怅然若失，像泄了气的皮球一般，一屁股坐在地上，心中暗暗想：反正我也淘到这么多的红薯了，与其再费那么大的力气，倒不如坐在地头歇一歇。想到这里，我心安理得地盘腿坐在红薯秧上，突然感到干渴难耐，这股难受劲似乎一直涌到了嗓子眼，就从刚才淘的一堆红薯中找出了一块个头不大、长溜溜、看起来脆生生的红薯,用手擦去表面的土,不管三七二十一,"咔嚓咔嚓"地啃了起来……

娘大老远看见我像没事人一样坐在地上,心里就有些不高兴,远远朝着我喊:"咱才来地多大一会儿啊?闺女,你就不想干啦,哪有这样干活的呀?"我噘着嘴,跟娘说:"你看,我都已经淘了这么多的红薯啦,再怎么使劲地挖,也挖不出来红薯啦!"娘说:"你快过来呀!孩子,我给你说,今年的红薯品种和往年不一样,只要肯下劲,哪个红薯窑里都会有落下的,你过来看看我和你哥怎么挖的。"

我听后半信半疑,走过来看个究竟。只见娘弯下腰,顺着红薯窑,如果能看见一个个小毛絮絮,就撵着这根毛絮絮往前赶。也就是两三指远的距离,就看见一条扁山药形状的大"跑条"(红薯扎在地里的又长又粗的根茎),足足有一根筷子那么长,明明白白地出现在我的眼前。

撵着这根大"跑条"继续往前赶,眼前突然一亮,和"跑条"连接处,有一个不大不小的红薯稳稳当当地沉睡在泥土里。我喜出望外地大喊了一声:"怪不得你们挖得这么起劲,我知道了!"也许这就是娘给我说的那样,今年的红薯品种和往年的不一样,奥秘就在于此吧!

得此秘诀,我力量倍增,找了一个相对比较松软的地方,开始了又一次挖掘。从窑口四处查看,连一个小红薯毛都看不见,可真要扬起手中的抓钩深挖起来,一个好兆头就会不经意间突然出现在我的眼前。我勉强压住突突的心跳,跟着这根红薯的"跑条"往前走,松软的土堆上,一个硕大的红薯赫然出现在我的视线中，我双手用力把它挖出来，无比兴奋地喃喃自语：终于知道你的生长规律啦，原来竟是这样的！啊！红薯，你的根部悄无声息地隐藏着如此大的红薯，想必你这是家旺，子孙不嫌多，我应该加倍地奖赏你！

这一上午我们的收获可真不小，淘的红薯堆在一起，远远望去颇似凸起的小山包，在平坦的大地上格外引人注目。看看天色已经接近了晌午头，娘仨脸上洋溢着胜利的喜悦，连背带扛满载而归。

从娘教我如何攥着"跑条"淘红薯这件看似不起眼的小事中，我悟出了一些浅显的道理，任何事情都不能只看到表面现象，一定要看到它的实质。还有就是，做任何一件事情都要脚踏实地、兢兢业业、一丝不苟，耐下心来认真做，才能取得良好的效果，否则将一事无成。斗转星移，有很多事情或许随着时光的流逝已经被淡忘。唯独这件事，总是深深地镌刻于我的脑海中。无论环境如何变化，都坚如磐石般地不肯消遁其最初的踪迹。

日本蛋

"日本蛋",是我们豫北一带对一种红薯的戏称。这种红薯,外形中间圆、两头尖,不管贮存多长的时间,煮熟了总是干面一兜糁,不小心卡到喉咙里,就能把你噎得翻白眼,这时需要赶快喝口水,慢慢地往下滋润,才能够缓过气来。

不过这种红薯也存在着诸多优点。譬如,产量高,每到红薯快要成熟的季节,隔着浓密的红薯秧,一眼就能瞥见红薯秧下拱出来的一嘟噜一嘟噜大大的"日本蛋"。而且它出的淀粉多,含的水分又少,特别利于存放。搁到红薯窖里,能放到下一年的新红薯收获时还新鲜如初。对那些做红薯生意的小商小贩来说,"日本蛋"的外皮耐磨、不怕磕碰,能够长时间存放,冬天放在露天也不怕冻坏,而且价格不低,因此很受青睐。

除了"日本蛋",我们这边还有一种本地红薯,形状细长,外皮是红色,里面的瓤是白色。这种红薯刚下来的时候,煮熟了面面的。把它放到红薯窖里,等到下过雪红薯"出了汗"以后,再煮熟,或者丢到锅里熬粥,味道就变得很甜，而且不像"日本蛋"那么干。但从抗饿的角度来看，这种本地红薯相比"日本蛋"还是稍逊一筹。从产量和对土壤的要求来讲，本地红薯也远远不能和"日本蛋"相提并论。所以，虽然讨厌它的名字，但大多数人还是选择主要种植"日本蛋"，其他品种的红薯略微种植一些，只是作为点缀，丰富一下口味。

我对红薯既熟悉又亲切，还有一种刻骨铭心的记忆。几十年前饱含酸楚的日子，随着一缕一缕的香味，薄雾一样在脑海里升腾。那个年代粮食产量低，不得不将红薯作为主粮的替代食物，红薯在我们的餐桌上扮演着重要的角色。

但是，一旦吃得日子久了，再好吃的红薯也难免会觉得干涩、坚硬、粗糙，丝丝缕缕的红薯丝，扯肠牵肚刮喉咙，让人难以下咽，吃多了还会有一种火辣辣的烧心之感。一天三顿饭，锅上锅下都离不了红薯，从那个年代走过来，上了一定年纪的人，一提起红薯，就会不由得胃里吐酸水，对红薯可以说"爱恨交加"。

如今时过境迁，平心而论，在那个粮食匮乏的年代，还真得感谢红薯的救命之恩。红薯有旺盛的生命力，无须肥沃的土壤就能结出累累硕果，伴随我们度过单调枯燥、缺衣少食的生活，使得一家人免遭饥饿之苦。它不仅可以当主食，还可以做成多种副食品，如烤红薯等，温暖了我们整个冬天。

红薯的种植一般是在两个时节。一个是在春雨过后，娘从当院辟出一片小小的空地，趁着地里土质湿润，把一块块红薯老母疙瘩深埋在泥土里，用草垫子盖着保温，精心培植红薯秧苗。等到土地开始松动、万物复苏时，赶上阴雨天，娘就会冒着雨，把培育好的红薯苗轻轻摁在地里。抢在雨天种植的红薯苗，一般不需要返青，成活率特别高。春天种植的红薯，也叫春红薯，长得快、成熟得早，一般到六七月份就能收获，深受广大农民喜爱。另一个是在麦子刚刚收割后，此时种植的红薯叫麦茬红薯。这时候土地不需要怎么深耕细作，娘把事先培育好的红薯秧苗，趁土质松软时种植在麦茬地里。待一场大雨过后，秧苗扎下根长势良好的时候，娘用她那柔弱的肩膀背着荆条编的箩头，里面装着灰土粪，一箩头一箩头地倒在地头，还要在秧苗的根部加上灰土粪定点施肥。

  娘总是冒着盛夏酷暑，在一天中最热的晌午拿着锄头赶到地里，一边锄掉红薯地里的杂草，一边把腐烂的麦茬培植在红薯根的周围。红薯的生命力极强，对土地没有太高的要求，也不需施什么特别的肥料，红薯藤就会自然生长，将大地盖得严严实实，绿油油一片。等到几个月后，成熟较早的红薯藤根部会拢起一个个小包，有的还从裂缝中露出紫红色的脑袋，向人们透露成熟的信息。只要用脚轻轻一碰，不费吹灰之力，鼓着大包的红薯堆就会散裂开来。我们会把早熟的红薯挖出来，品尝个新鲜。

  进入初冬，忙碌的红薯收获季节拉开了帷幕。起初是人工用抓钩挖，后来是用牛拉着铁犁翻，效率一下子提高了不少。不过，铁犁翻过的红薯破损的也会多些，土里漏掉的也不少，有的人家就会到地里把这些漏网的红薯淘出来收回家。这些淘出来的红薯，囫囵个儿的不多，大都是破皮的、半截的，放不了太长时间，必须尽快吃完。

到了红薯丰收的季节，家人都纷纷忙碌起来。爹利用业余时间，娘撇开了家务事，我们几个孩子也都加入进来，有的用粪筐挑，有的用袋子背，有的用老牛驮，一定要把劳动的果实全部都弄回家。沐浴着初冬的夕阳，走在乡间的小路上，一路欢声笑语，在萧瑟的田野上描绘出一幅丰收晚归的图画。

收获结束后，家家户户屋里堆满了红薯。为了妥善保存，减缓腐烂进程，我家和别的有经验的人家一样，会对红薯进行分类处理。细小的红薯留下现吃，破损的就让马盘池姥爷家拉走，洗净磨红薯粉打成细粉条，或者旋成粉皮，拉到集市上换成钱贴补家用。还要把一些红薯煮熟后切成片晒干，给孩子们当零食吃。红薯干放到嘴里慢慢咀嚼，味道甘甜，口感还有点儿绵软筋道。也可以等到春天青黄不接的季节，把红薯干磨成面粉食用。

更多的红薯要放在红薯窖中保存，留着慢慢吃。我家的红薯窖在当院西墙南角处，那里地势高而且平坦，下雨大了也不至于存水，非常利于红薯的储存。红薯入窖的时候，我们姊妹几个就会异常兴奋，人人摩拳擦掌、自告奋勇，争先恐后地抢着把绳系在自己腰上。爹不在家，娘就是一家之主，内心自有打算，绝对不会一时头脑发热，任凭孩子们的三分钟热血,随意决定下红薯窖的人选。

娘让自选哥下红薯窖,自有她的道理。别看自选哥平时话不多,可小小年纪心中亮堂得很,做活不但快还细心,又处处知道心疼大人的辛苦。没等我们再想分辩什么,娘说:"这红薯就是咱家的第二个粮食囤,红薯怕磕碰,一个磕坏了,就如同一块臭肉沾得满锅腥。你们还小,也不知道拿轻就重的,不小心弄坏一个就坏菜了!"

同众多的普通农家一样,我家几乎也是红薯一吃半年,千篇一律不曾改变过。早上,家家户户蒸上一大锅红薯作为一家的早餐,大人小孩端着饭碗,坐在屋檐下一字排开,晒着暖暖的冬阳,不紧不慢地吞咽着。因为粮食不足,中午也是红薯多饭少,但比早餐略好一些,就着蔬菜基本还能吃得津津有味。晚饭则是将红薯切成块状投入锅中,放入少量的小米煮成稀饭。其实,与其说是稀饭,还不如说是红薯米汤,红薯和小米泾渭分明,稀汤清澈照人影,吃了肚子里还能听到"咕咚咕咚"的水音儿。

天天吃红薯的日子,梦里也充斥着红薯的干涩和酸楚,但红薯做成副食品就是另外一种印象。红薯熬成的糖稀,甘甜绵长,很有吸引力。街上小贩挑着货郎担吹糖人的时候,小孩子都会吸溜着口水来到货郎担跟前,那垂涎三尺的样子至今回想起来都让人忍俊不禁。

在相当长一段时间内,娘总是想尽一切办法粗粮细作,花样不断地翻新。比如,把红薯切成片晒干,磨成细面轧成饸饹,用各种调料搅拌后就特别地诱人,至今想起来时,还会有一种独特的风味在脑海里萦绕。还有就是用煮熟的红薯，稍稍加一点面粉炸成的红薯糕，也是小孩们求之不得的美味。但在平常的日子里，娘断然不会这么奢侈铺张，只有家里来了稀罕客人，娘才会破例用这样的方式招待客人，家里大人小孩也沾沾客人的光，跟着改改样，犒劳一下很久以来都在受委屈的味蕾。

在那苦涩的岁月中，虽说吃得有些腻味，但红薯还是伴随我们度过了艰难的岁月。即使是对听起来有些怪怪的"日本蛋"，我们仍心怀感激。现在作为一种辅食，人们偶尔食之，更体会到了红薯的妙处和美味甘甜，这是其他食品所不能代替的。红薯的价值日益被人们所认识，即便是物质生活极大丰富的今天，人们仍念念不忘地述说着红薯的诸多好处，讲述着那些和红薯相伴，酸楚而充实的日子。

说小故事

回首往事,泪水和着笔墨倾泻而下。我怀念旧时的光阴,曾经记住过一段情,记住过一段爱,它给我的人生道路上注入了无穷的力量。就像冬日最美的斜阳,娘时刻温暖着我的心窝。

晴天的时候,娘会在家务繁忙的间隙,见缝插针把床上的被子抱到院子里晒。到了晚上,我特别喜欢钻进太阳晒过的被子里,或者依偎在娘温暖的怀抱中,听她用低微、舒缓、轻柔的腔调给我讲那些小故事。

记得其中一个小故事叫"坐井观天"。说的是,某一天,一只小鸟感到口干舌燥,想要找点水喝。它从高高的树枝上飞下来,正好落在井口旁边。躲在深井底下的一只青蛙看到了,惊奇地问这只小鸟说:"你从哪里来呀?我的朋友。"只听这只美丽的小鸟轻声告诉青蛙说:"我从天空上一路飞了一百多里,飞着飞着就感到口渴难耐,于是就停止了继续飞行,想到这口井边找点水喝。"

蹲在井底的那只青蛙怪异地张着个大嘴,哈哈大笑起来,对这只远道飞来的小鸟说:"你快绷住嘴,别再给我吹牛皮啦，一会儿牛皮就会被你这只不知天高地厚的家伙给吹个大窟窿。我整天看、整天看，难道还不知道这天有多大，还用得着你飞那么远吗？就我自己亲眼看到的，其实天也就如井口那么大，真的没有你吹得那么邪乎！"

小鸟听了青蛙这番话，并不觉得十分意外，耐心地跟它解释："你真的弄错了，小青蛙，你头上的蓝天可谓无边无际，真的是大得很呢！"

不管小鸟如何把外边的事讲给它听，青蛙自始至终都不肯改变自己的观点。这只聪明的小鸟，并不为青蛙的执拗感到丝毫的懊恼和气馁，而是从青蛙长期所在的环境来考虑：眼界狭小也实在不能全怪它呀！

于是，小鸟就换了另一个角度，进一步启发这只可怜无知的小青蛙："既然你能认我做朋友，就说明你信任我。你在这井里蹲的时间太长了，根本就不知道外边的世界真的很精彩。我现在对你只有一个要求，不相信的话，就请你跳出这个小小的井口来，看看这个世界有多么的大，好吗？"

娘给我讲这个故事的时候，从她的眼神中分明就能看到其中的深意。娘无非是想让我不要局限在一个狭小的个人生活圈子中，不要做一个眼界狭小、知识浅薄的人，要融入更为广阔的生活空间，积累生活经验，增长才干，做一个有用的人。

还有另外一个小故事，叫"贪得无厌的后婆娘"。说的是，有一个心地善良的小姑娘，名字叫朵儿。朵儿一家住在海边，爹外出打鱼经常不在家。在她三岁多的时候，一次台风刮倒了她们家的草房，亲娘被砸到草房底下，和他们父女永远分开了。

后来，父亲又给朵儿找了个后娘。那是一个脾气暴躁、心狠手辣、贪得无厌的懒婆娘，整天好吃好喝不干活，把这个刚刚学会干活，而非自己亲生的小姑娘支使得团团转，而且还不让她穿新衣服，也不让她吃饱肚子。更为可气的是，竟不允许这个可怜的小女孩和她的父亲见面，唯恐她说漏嘴，把受虐待的实情不经意间给抖搂出来。

有一天，朵儿受了风寒，早晨和中午一直水米不曾打牙，迷迷糊糊在床上躺着。后娘认为朵儿是故意装病赖在床上躲避干活，恶声恶气地喊："快给老娘起来，你那个浪荡的爹到这个时辰还没有回来，家里一条小鱼渣也没得吃，你快给老娘去捞鱼下锅。"朵儿勉强挣扎着，从床上爬起来，一边流着心酸的眼泪，一边拿着个破渔网，晕晕乎乎朝着大海边走去……

朵儿拖着疲惫不堪的病体，好不容易来到了大海边，把带来的渔网使尽全身的力气朝着大海撒去。忽然，她觉得有什么东西猛地向下一拽，等她回过神来，用力拉起渔网的一刹那，看到眼前的渔网中躺着一个似人非人、浑身闪着亮光的金鱼姑娘。

小金鱼跃起身子向上一跳，正好蹦到朵儿的手掌心中。眼泪汪汪地向朵儿哀求说："我是龙王的小女儿，趁着天气晴朗，海面上风平浪静，和同伴们一起来到海面上玩耍，正想跟他们一道返回龙宫，不巧被你撒下的渔网给兜住了。求求你发发慈悲把我放回去吧！等我回去之后，禀报给父王，以后无论你家缺少什么，或者有什么为难的事情，只要朝着大海东面的方向喊一声，我定让父王满足你的要求，决不食言！"

朵儿闻听此言，将托在手掌心上的金鱼姑娘慢慢地放进水里，轻轻地松开手放它走。小金鱼扭过头来，朝着朵儿摆摆黄里透红的尾巴，然后就游到深水底，不见了踪影。

朵儿在海边又撒了几网，别说是一条小鱼，就连一个小虾米也没有捕着。她想：自己在外边一下午，什么都没有捕着，该怎样向后娘交差呢？思来想去正不知道如何是好，突然一个人影出现在面前，定睛一看，这不正是自己日思夜想的父亲嘛！朵儿看见父亲悲喜交加，一下子扑到了父亲的怀里。

漆黑的夜晚，父女俩推开家里草房的柴门，后娘早已吃饱喝足，鼾声如雷，睡得正香呢！屋子里杯盘狼藉，不堪入目。父亲把自己打来的鱼儿简单拾掇一下，给虚弱的女儿煮了一碗鲜鱼汤，让朵儿喝下发发汗、暖暖身子。

恶婆娘一觉醒来，看见他们父女俩亲亲热热的样子，气不打一处来，一骨碌翻身坐起来，质问朵儿："我让你给家里打的鱼呢？别仗着你父亲眼下在家给你撑着腰，我就不能把你怎么着，咱们骑驴看唱本，走着瞧！有你的好看！"

朵儿只好把在海边遇到的奇怪事情，一五一十地告诉了父亲和后娘。第二天，天还没有大亮，朵儿的父亲照常出海去了，家里就剩下她们这对母女俩。恶后娘把朵儿叫到她的面前，假惺惺地对朵儿说："我这就给你下厨房煮碗热汤面来，吃过饭后，咱娘俩好好说说知心话。"

说话的工夫，后娘端着一碗热气腾腾的酸汤面叶，上面竟极其醒目地趴着个白里透黄的荷包蛋。后娘满脸堆着笑说："你快趁热把这碗鸡蛋面叶吃了吧！眼看着你也一天天地长大了，也该给你扯一件花布衫穿穿，好好打扮打扮。吃完，你就到海边去叫来那条金鱼，把咱家的情况说给她听，让她给咱家多送一些金银财宝来，填填咱家这个穷窟窿眼！"

朵儿从没有吃过如此鲜美的饭食，更没有一次像今天吃得这样饱过。朵儿真的以为，后娘从此会把自己当成亲生女儿一样来看待，因此对后娘感激涕零，不敢有丝毫怠慢。朵儿匆匆忙忙跑向大海，对着昨天的方向轻声地喊道："小金鱼，我后娘想让你给我家送些金银财宝，翻盖一下旧的茅草房子，再买一匹高头大马和一辆马车，让我父亲做贩卖鲜鱼的生意，请你一定答应帮助我。"

只见海面上波纹闪闪，金鱼姑娘摇晃着身子浮出水面，对朵儿笑着说："你先回去吧，到了天黑的时候，你要的东西就会准时送到。"

果不其然，等晚上朵儿回家的时候，后娘竟真的坐在一辆崭新的马车上，一头枣红色的高头大马拴在门口的槐树上，正大口大口咀嚼着新鲜的草料。原来的茅草房变成了明三暗五、明光瓦亮的大瓦房,还有一对石狮子,瞪着一双圆溜溜的大眼珠子蹲卧在大门的两侧。

好日子没过多久,后娘就觉得这样的生活还不是她想要的,就对朵儿说:"你去给小金鱼说,你娘我想穿绫罗绸缎,住宫殿一样的大房子,还有,我年纪大了,总得有丫鬟、仆人侍奉我呀!"

朵儿尽管觉得后娘提出的要求很过分,但是反抗不过,她硬着头皮又一次来到了大海边。朵儿眼含热泪,对着一望无垠的大海喊道:"小金鱼姑娘,我后娘硬是逼着我对你说,她想住金銮殿一样的高楼大厦,又想穿好衣服,还要有丫鬟鞍前马后地侍奉她。她说,如果要不来就不让我进门啦,呜呜呜……"

金鱼姑娘安慰朵儿说:"朵儿姐姐,不要难过,我早就说过,要是有过不去的事就来找我,我一定不辜负你的搭救之恩。你先回去,家里一切都会有的。"

朵儿怀着万般无奈的愧疚之情往家走,到了家门口,简直不敢相信眼前就是自己的家!金碧辉煌的拱形大铁门,一对硕大的、张牙舞爪的雄狮子端坐在大门口两旁,让人看了望而生畏。宽敞的大院子里,矗立着一幢金碧辉煌的高楼大厦。屋子里各种各样的奇珍异宝摆设得错落有致,后娘正盘腿坐在一个朱红大漆的太师椅上,周围穿梭着美丽的丫鬟,众星捧月一般服侍着后娘。

朵儿心想,这样一来,后娘不会再有别的想法了吧?殊不知,过了不久,后娘又对朵儿说:"朵儿,我的心肝

245

肉。你还得再去海边一次,告诉金鱼姑娘,让她说服自己的父王。我不想再当渔夫的妻子,让她把龙宫里的法宝秘诀送给咱家,以后我缺什么就会自己取,不让你再来回跑趟趟啦!"

朵儿简直不敢相信自己的耳朵,后娘也太贪得无厌了吧!看到朵儿迟迟不肯再往海边挪动一步,后娘瞪着向外凸鼓着的死鱼一般的圆眼珠子,恶狠狠地说道:"你这回如果不按老娘说的办,我就下令,让家里的打手把你扔到大海里去喂鱼,你信不信?"

听了这话,朵儿对后娘彻底寒心了。她哭着对后娘说:"求你捎个口信,让我爹回来看看我吧,就是死我也得死个明白。"后娘不理会朵儿那一套,让仆人押着朵儿再一次来到海边,并一再威胁朵儿,如果不如实地将她的话传达给金鱼姑娘,回来就拔掉朵儿的舌头。

到了海边,朵儿"扑通"一声跪下,朝着金鱼沉入海底的方向,声嘶力竭地发出了最后的呐喊:"金鱼姑娘,求求你,让我和父亲见最后一面吧!后娘不想当渔夫的妻子了,她想要龙王唯一的宝贝,她想要得到世界上所有最宝贵的东西,我实在是没有办法了!"说完连连磕了几个响头,纵身跃起扑到了波涛汹涌的大海中。

此时,海面上波浪翻滚,一浪高过一浪,说时迟、那时快,仆人们还没有来得及回家给恶婆娘报信,她家就被大海吞没了。贪得无厌的恶婆娘淹死在汹涌澎湃的洪水中,顺水漂流,死无葬身之地。据说,朵儿没有死,有好心的渔夫将她搭救上岸,乘船远走他乡,后来又找到了父亲,一起过上了无忧无虑的生活。

听娘讲完这个故事,我的心中久久不能平静下来。这个小故事充分说明一个道理,人不能有非分之想,更不能贪心太重,否则,迟早会受到应有的惩罚。这么多年来,娘讲的小故事我始终谨记在心中,时间虽说久远,她却把岁月的真谛永远地留给了我们,用心良苦,耐人寻味。

锔锅匠

很多年前,经常能看见锔锅匠挑着日常使用的一应家伙什儿,走街串巷,一边走一边吆喝着:"谁家锔盆、锔碗、锔瓮缸咧!"

我们这一代的庄稼人,平常过日子习惯了节省,锅碗破了也不舍得扔,总要想办法修补。家里孩子不慎摔烂一个碗,或是做饭的家庭主妇只顾锅上锅下而不小心打烂了一个盆,或是在滴水成冰的大冬天,屋里的温度降至零下十多度,水瓮里结了将近两指厚的冰凌块,厚厚的瓮也耐受不住一层摞一层冰的侵蚀,被冻烂了也是家常便饭。这些破损的锅碗盆要找工匠拼补,也就是"锔"。

古往今来就有这么一句俗语:"没有那金刚钻,就别揽瓷器活。"经常在我们村老街转悠的吴师傅,就是吃这碗饭的行家里手。他不但手艺活做得细,而且人缘极好。十里八村的人,大都是等到他的出现,才会将自己家的破盆烂锅一股脑拿出来给他做。和同行们比较起来,他收的价钱相当低廉,而且还包你满意。

锔锅匠做的是小本生意,靠的是力气吃饭,生活很是艰辛，走村串乡碰到路远、活忙、活多的时候，总是顾不上回家吃饭。如果被锔锅锔碗的人家硬是请到家吃饭的话，就磨不开面子再收钱啦。

于是，锔锅匠往往采取的方法是，快到吃饭的点儿了，就挑着货郎挑换一个地方躲一躲。等到大多数人家都吃过饭了，再回到有活的地方，依旧干手里的活，人们问起来，就会爽朗地回答："在那边刚刚吃过啦！"不过，这么天长日久地饿着肚子干活，难免不饿出一身的毛病来。

后来一传十，十传百，大家都知道吴师傅有"躲饭顿"的习惯。于是，到了饭点儿，不等他挑着挑子离开，就有细心的人你家一碗面条、他家一个馍，陆续送到摊子跟前，还劝他吃饱喝足再干活。我就曾经见过，有几次娘把家里刚刚蒸出来的热气腾腾的馍捧在手里，送到吴师傅面前。他多次感恩地说："大家都是我的衣食父母，我更离不开大家。在哪里都是干，我何必舍近求远呢？"

有一次，天都快要黑下来了，听到街上吴师傅还在吆喝："快要收摊啦！咱们村谁家还有锔盆锔碗的活要做，麻利些拿来吧！"娘才猛然想起，马上快要过年了，院子里墙角旮旯处还堆着几样该锔该补的盆盆罐罐，这个时候再不拾掇，等到来年开春农活忙了，人家师傅指不定猴年马月才能再转悠到我们这里来呢！于是，娘打发自选哥和自静哥用箩筐把这些要锔的东西装好先抬到街上，再把窝窝蒸到锅里，又从抽屉里拿了零钱，扯着我赶到了锔锅摊跟前。

虽说已经是十冬大腊月数九寒天，娘迈着小脚，拉着我一路小跑,汗水竟止不住从前额径直流到了嘴角,来到吴师傅面前,娘边擦汗边说:"吴师傅,都是俺家好懒散,硬是拖到了腊月就要急着用的份上才来,就像大闺女头一回坐轿,临上轿才忽然想起要裹脚一样。要不是明天要发面蒸年关馍用到大盆,说不定到现在也想不起来呀,今天来给恁添麻烦啦!"吴师傅抬起头,冲着娘笑笑说:"谁家还没有个大事小情的,十个手指头还不一般齐呢,只要不是除夕和大年初一,啥时候都不为过。我就是做的这生意,还能分时候?"

娘和吴师傅来来回回几句话,说得在场的几个老少爷们儿哈哈大笑,寒冷的街上也一下温暖了许多。我在一旁暗暗想,也许这就是吴师傅做生意的诀窍,也是他能招揽更多生意的原因吧!

吴师傅轻轻地把箩筐里的东西一件件拿出来,放到锔锅挑子前,从补锅担上拿个小马扎坐下,又从破烂不堪、已经脱完大漆的小木箱里翻出一块厚厚的黑油布水裙,蒙在两个膝盖上,开始锔碗。他先用抹布把碗破损的地方抹干净,然后从抽屉里面取出一根带钩的线绳,将破裂的碗拼好、绑紧,夹在双腿之间,再找出他那无坚不摧的钻头。钻头是用金刚石铸成的,所以称之为"金刚钻"。

锔碗之前得先钻眼儿,吴师傅使用金刚钻时仿佛是在拉二胡,弦线上绕着一根长线,下面装有金刚钻头的细圆轴承,来回拉动弦弓,钻头"刺棱刺棱"不停地旋转着,溢出细细的瓷器末儿,发出"咕呲咕呲"的声音。很快,裂缝边钻出了两排细细的小圆孔,吴师傅从抽屉里面取出订书钉一样的铜锔角,两头套进小孔,轻轻用小锤子"叮叮当当"把铜锔铆紧。两排明晃晃的铜锔钉,把裂开缝的破碗紧紧地连在了一起,外面再稍稍抹点儿油灰,真可以称得上滴水不漏。从里面看,也几乎天衣无缝,像极了在碗面点缀了两排金黄色的花纹。

作为旁观者,我亲眼见证了这一神奇的过程。吴师傅用一把二胡似的弓弦,把我家的两个瓷盆、三个瓷碗、一把漏水的旧茶壶,还有一个平时装玉米糁和一个盛细面的两个瓦罐,一个准备过年盛食物用的高挑瓮,都修补得几乎完美无瑕。

临走前,娘让吴师傅合计一下,锔这些个盆盆罐罐一共要多少钱?吴师傅皱了皱眉头,和颜悦色地对娘说:"咱们都是老熟人、老雇主,这样吧,您就掏个两块两毛钱,以后家里有这类活给我留着,就是帮大忙了。"

娘从心里感觉有些过意不去,大过年的,吴师傅要的钱太少,还不够喝碗茶。于是,娘让自选哥跑回家把爹搁家里舍不得抽的香烟拿来,放在吴师傅货郎挑的抽屉里,让他过年招待稀罕客人用。吴师傅千恩万谢,连声感谢:"庄稼人,能有口旱烟吸吸,解解闷就不错啦,谁还能有口福摊上这洋烟抽?今天我算是摊上了好雇主,弄 盒洋烟开开荤,值啦!"

锔锅锔碗这项手艺活,从历史的长河中渐行渐近地向我们走来,又默默地从我们的身边渐行渐远地离去。目前

251

尚在的工匠大多年事已高，锔锅的历史充满着锔锅、锔碗手艺人的辛酸，更闪耀着匠人们无穷的智慧和高超的技术。

今天，真正能够掌握这项工艺的手艺人可以说寥寥无几，愿意学习这项技术的年轻人也少之又少。随着经济的发达，更为漂亮考究的碗碟、益于养生的高压锅等，一应俱全，碗碟还没等到烂的时候，就会被新的取代。至于盛水的大瓮、盛面的瓦罐，都已逐渐淡出人们的视线。但我依然怀念那时走街串巷的手艺人和老百姓亲如一家的和谐氛围，锔锅匠那挑担串巷的吆喝声，仿佛仍旧在耳畔不时回荡着……

粪猪窝

小的时候,我经常跟着哥姐一同去地里帮娘干活。只要是有田地的地方,就会有田鼠,一年到头,辛辛苦苦种的粮食,一不留神就会被它们拉了去。田鼠个个都是建筑高手,就像挖掘机一样,走到哪儿挖到哪儿。它们最喜欢在豆子地和花生地,以及地势高、通风好的地方做窝,我们这里也把田鼠洞叫"粪猪窝"。

有天晚上,娘对自选哥说:"咱背地里的豆子眼看就要黄了,这些天的天气也怪争气,一直艳阳高照,凑明天礼拜天,你一早去把你爹叫回来,咱一家大大小小齐动手把那块豆子割了吧,趁着好天打一打,归了仓就心静啦!"

第二天清晨,天才蒙蒙亮,自选哥就把在三里之外教学的爹叫回来了,一家人早早吃了饭。除了姐姐上学没有回来外,其余的一个不差,一起下地里割豆子。爹娘在前边收割,我们几个紧跟在后边,低着头拾捡落在地上的豆子。

娘忽然大声喊起来:"你们看,这一片本来饱满的豆角咋就裂开来呢,里边的黄豆粒也没有啦!"爹摸了摸脑门说:"有可能是狂手的人,看到咱家今年黄豆长得好,想提前品尝一下新鲜豆子的滋味吧,别大惊小怪啦!"娘白了爹一眼,嗔怪地说:"不是你说的那样吧?很有可能是一帮地老鼠干的!太可恶了,让我逮住一定没有它们的好看!"

自选哥默不作声,暗暗攥紧了小小的拳头。他瞪着一双机灵警觉的大眼睛,低头顺着田埂上、小河沿朝阳处溜达过来溜达过去。突然,他蹲下身来,像是发现了新大陆一样叫了起来。还没等我们跑过去,他一转身跑到邻居家菜地,借了一把挖垄沟用的铁锹,小心翼翼地在一块高出地平面的地方挖了起来。自选哥的举动,引得我和自静哥再也没有心思拾豆子了,纷纷挤到跟前想看个究竟。结果,自选哥才挖了几下,眼前就出现了一个大大的田鼠洞。

往洞里面看去,这个田鼠洞布局十分合理,洞与洞紧密相连,功能齐全。更让人意想不到的是,田鼠在建筑房屋的同时,还考虑到了自己的"卧室"。"卧室"里面铺满了软软的柴草,旁边有一个小小的洞穴——专门留出作为拉撒的厕所,还有一条斜长的通向地面的通风要道。其中最吸引我们目光的,是一个好像储备东西的库房,由三个大小不等的分洞组成,从我家和邻居家偷来的粮食就分门别类存放在不同的库房里,库房装满后就把洞口彻底堵上。

看着田鼠洞,我眼前浮现出这样一幅画面。临近秋收,庄稼地里的农作物都成熟了,洞里的田鼠们看见一派丰收景象,激动又亢奋。于是,它们紧急集合,组成一个个偷盗小分队,分头到不同的地块偷粮食,不分昼夜地为即将到来的漫长冬天作储备。我的心中一直有个疑惑，田鼠的嘴那么小，还尖尖的，肚子也并不大，偷了粮食怎么带回洞穴，难道是先吞到肚子里，等回洞后再吐出来不成？问自选哥，他摇摇头，说不清楚。我又去问娘。娘看我跑过来，忙问道："你哥不是挖到一个大的粪猪窝吗？怎么不在那儿帮着他把粮食从洞里掏出来，跑到我这儿干啥呀？"我对娘说想问她个事儿，娘笑了，说："这个二闺女呀，我真的拿你没办法，有啥要问的你说吧，今天你爹正好也在身边，不怕回答不上来你那些个稀奇古怪问题。"

我就问："为什么叫田鼠？田鼠洞为什么就叫粪猪窝？田鼠的嘴和肚子那么小，是咋把粮食剥得干干净净的，又是咋运回到洞里的呢？"娘微笑不语，冲着不远处的爹招手，把我的问题一股脑儿地甩给了爹。爹走过来，把镰刀放到割好的豆子堆上，坐下来，先仰着脖子"咕咚咕咚"喝了几口凉白开水，又抹了抹嘴，说："刚才大老远都听到你们娘俩的谈话啦，挺简单的问题，只是你一个小孩子没有这方面的知识罢了。"于是，爹开始一个个解答我的问题。之所以叫田鼠，是因为生长在田地，顾名思义就叫田鼠。之所以把田鼠洞叫作"粪猪窝"，是因为人们觉得田鼠总是糟蹋地里各种农作物，田鼠洞也是肮脏龌龊，所以就把它比作家里的猪圈，称它为粪猪窝。至于田鼠怎么运粮食，其实，能盛多少粮食，跟它们的肚子大小没有关系，奥妙在它们的嘴那儿。从一生下来，田鼠的嘴边就长着一个临时储备粮食的肉袋子。它们先用尖尖的牙齿把谷物的外皮嗑掉，再把饱满健硕的谷物籽装进两腮边上的粮食袋子里。两个腮帮子经常被撑得鼓鼓囊囊的，但它们依然乐此不疲，累并快乐地做着小偷。而农民一年辛辛苦苦种出来的粮食，还没等到收割的时候，一部分就先成了它们的战利品。

听了爹的一番详细解释，我顿时气不打一处来。自选哥还在那边挖田鼠洞里的粮食，我三步并作两步赶过去，想帮他把粪猪窝一举捣毁。到了跟前，看见窝里的一个个粮食仓库已经全部暴露在光天化日之下。自选哥怕洞里的土混到粮食里，就把铁锹扔在一边，用两只手一捧一捧地正往外捧粮食。我对趴在洞口的自选哥说："这也太难了吧，干脆用笟头筐往外抬吧！"自静哥搭茬说："那样动静太大，容易惊动田鼠回来骚扰。"说着，扭头对着干得正欢的自选哥说："反正天也不是多冷啦，我看咱哥俩还不如把上衣和裤子都脱下来当口袋，把所有的袖口、裤腿都扎起来，你尽管往里面装，我负责扛到车子上。"弟兄俩配合默契，整整忙活了一上午，才把粪猪窝里田鼠偷走的粮食全部清理出来。

爹娘也走到跟前，想看看田鼠偷走的都是啥粮食。一看不打紧，原来不光是我家地里的豆子，还有邻居家地里的玉米呢！爹粗略估算了一下，一个粪猪窝里藏着的粮食竟足足有六七十斤。别看田鼠个头不大，可每年给农民造成的损失却这么大，真的可恨又可气。娘告诉我们，粪猪窝分公母两种。公的粪猪窝，在外边设有多处天窗，里面基本上不藏粮食，是不必挖的。而母的粪猪窝，只有一个通风口，还特别隐蔽。土堆越大，就代表着里边储存的粮食也就越多，掌握住这一点，就可以挖到更多的粮食。

　　我大睁着两只眼睛听着，一个小小的粪猪窝，竟然隐藏着如此深奥的秘密。自选哥、自静哥把粪猪窝清理完毕后还不罢休，不顾爹催促着回家吃饭，异口同声地说："你们先回去，我们要再往下挖一挖，直到把这一窝偷盗粮食的贼田鼠一个一个都捉住，才能解我们的心头恨！"我也很好奇，就守在一旁看。过了一会儿，一个大田鼠悄悄地往外探出头来打探消息，被自选哥抡起铁锹狠狠切断了喉咙，呜呼哀哉了！再往深处挖，一窝半大不小的田鼠正在叽叽咕咕、吵吵闹闹地四处乱挤乱钻，伺机逃窜，结果被自静哥一阵霹雳啪嚓地乱砸，给一窝端了。兄妹三人解了心头恨，心里别提多痛快啦！

　　回到家里，爹一再嘱咐娘："从田鼠嘴里掏出的粮食有病菌，一定得好好清洗，再经过太阳暴晒，才能让孩子们吃。"娘答应一声："放心吧，我会按照你的话做的。"娘是个极其讲究卫生的人，她把这些从粪猪窝里倒腾出来的粮食洗净晒干后，把豆子放到锅里加上油和盐，炒炒给我们当零食吃；玉米则留到青黄不接的时候，放在铁锅里，加上沙土，翻炒崩出玉米花，给我们在饿肚子的时候垫补。

　　得到了这些甜头的我们，又掌握了挖粪猪窝的诀窍，于是便一发不可收拾了。哥哥们总是抓住麦季、秋收后的有利时机，去地里挖更多的粪猪窝，收获颇丰。

古寨墙

我们村的四周矗立着一圈围墙,守护着村里的百姓。据老辈人说,这圈老寨墙建于清朝末年,当时为了防阻洪水倒灌,村民们自发建起这一圈高高的寨墙。

宜邱是个瓦盆状的村落,地势低洼,夏天连续降大雨,或者一旦黄河水泛滥,就会成灾,村民就会遭殃。寨墙的修筑颇为讲究,屡毁屡建,日益坚固。虽不像西安的城墙那么雄伟高大,但至少也有两层楼高,宽度接近于高度的一半。为了使寨墙牢不可破,当时是采用黏性的胶泥夯筑,在一圈寨墙的东西南北四个寨门处,还分别设置小型青砖墙体红顶塔楼,以便观察寨墙外的水势,或是敌人的风吹草动。

听老辈人讲,历史上几次发大水,周边多个村庄都被洪水淹没了,那些村里的人只好携儿带女,背井离乡,靠讨饭、卖儿卖女为生。我们村因为有高高的古寨墙,才多次幸免于难。

更令村里人自豪的是,古寨墙还是抵御倭寇的功臣。当年,日本侵略者入侵中原,分别在寨外的宜邱寺、小集建立了轰炸和扫荡据点，公然对俺村实行多次围攻。在地下党的周密部署下，得益于有利地形和古寨墙这个天然屏障，村民们奋起还击，实施了强有力的反"扫荡"行动，多次将日寇打得仓皇逃窜，再不敢轻易发动进攻和骚扰，使村民免受更大的伤亡和财产损失。

小的时候，一到夏天，我和小伙伴们就经常结伴到古寨墙上玩耍。那时的城墙，四个城门的塔楼已经丧失它原来的基本功能，加上年久失修，砖体结构损坏，再重新修建也已经没有实质性的意义。

我们脱掉衣服垫在身底下，仰望着头顶的天空，沐浴着夕阳的余晖，看着南来北往"嘎嘎"叫着飞过的大雁，摸着身下古老的寨墙，虽然破旧、荒凉，但岁月的风尘却难以掩饰古老寨墙那股浓浓的乡土气息。

我喜欢登上古寨墙，呼吸那独特的新鲜空气。清风由四面八方扑面而来，有一丝丝凉爽，又有一股股清香的花粉味儿，还有仿佛哨子吹过的声音，那是一种令人沉醉的声音，能将人轻易带回历史的长河中，动人心魄。寨墙外边，是环绕寨墙一圈的古河道。这条古河道，既有利于防火，又有利于泄洪，充分体现了先民的先见之明和集体智慧。这条古河道，见证了这古老土寨墙曾经的荣辱、辉煌与衰败。

站在高高的古寨墙上俯瞰，寨墙根下，是一片片炊烟袅袅的低矮民房。临寨墙而居的世代村民们，他们的房屋也大同小异，里生外熟的土坯房，青黑色的屋檐，屋顶瓦片上积聚了厚厚的尘土和青苔,上面还长满了瓦青草。过去女人们就用这种瓦青草配上小桃红和白矾染红手指甲,是纯天然、无刺激、不可多得的原料。儿时的我,也曾让娘用这种材料给我染过指甲。

夕阳下的天空,泛着明亮的晚霞色泽,我躺在厚厚宽敞的古老寨墙上,感到温馨恬静,更感到此时的老寨墙沧桑了几许,不由得浮想联翩,在这一圈高高的土寨墙下,农家的日子该是什么样的一种滋味呢?当时,不管房子高低大小,大家的生活都差不多。家庭条件好点的,早饭是玉米糁糊涂,中午能吃顿面条就已经很难得,到了晚上,一家人围坐在一起,能喝一碗照出人影的稀咸菜汤,就是极为不错的了。条件一般的人家,早上喝的都是高粱面糊涂,中午人口多的就熬一大锅青菜,主妇们为了犒劳家人,更为家人出门在外能说得起冠冕堂皇的话,就破例和上一块鸡蛋大小的杂面团,擀点儿手工面条下到锅里,称之为"熬面"。不过吃的时候,几乎是在菜里扒拉一大会儿,才能捞到根杂面条。在很长时间里,大家都只吃两顿饭。

我家胡同里头住着一户人家,家里有两个儿子。老大已经娶妻生子,分门另过,老二都三十四五了仍然光棍儿一人,跟老母亲一块过日子。弟兄俩都喜欢说大话,在村里有"吹牛大王"的名号。只要是他们弟兄俩在场的地方,老少爷们儿总喜欢逗老大:"恁家今天上午吃的啥饭?"老大磕了磕手里的旱烟袋子,咧着嘴憨笑说:"俺家吃的是捞面。"还有多事的老头打趣逗乐,扭回头又问老二:"那你和恁娘中午都吃的啥饭呢?"老二更有意思,从兜里慢慢掏出平时自己都不舍得抽一口的洋烟卷,冲着老少爷们儿绕一圈,假意谦让一下,说:"俺家吃捞面都吃腻歪啦!今天改改样,换换口味,俺娘蒸的窝窝熬的菜,吃多了撑得慌!"围在一旁的老少爷们儿听得哄堂大笑。

  站在寨墙下回眸的刹那间,百年的风雨沧桑仿佛映入眼帘,土寨墙用它那略显疲惫的身躯,演绎着昔日的繁华和绚丽多彩的身姿。每一次走过这道老寨墙,我的心里都会受到无比强烈的震撼,澎湃的思绪在脑海中奔涌,似乎从它的身上能找到自己的根一样。

  夏天的时候,娘常常带着我,拉着一块草席到老寨墙上纳凉。夕阳西下,草木葱茏,蚊子也特别多。娘手中拿着一把小蒲扇,"啪嗒啪嗒"一个劲儿地给我赶蚊子。我不过意,轻轻从娘的手中夺过扇子给娘扇凉,娘抿着嘴笑笑说:"我二闺女真的长大了,知道疼娘啦,我这些心血也算没有白费。"每每到这个时候,我都会缠着娘给我讲古寨墙那些不为人知的老故事。

  后来,赶上不成年景的时候,人们肚子饿,等不到庄稼成熟,就先下手为强,跑到临近村子的地里,不论大人小孩,也不管是男是女,抢下上衣往地上一铺,搂上一大捧麦穗,把麦穗的籽粒揉到衣服上。到了真正开镰割麦的时候,家家户户收成甚微。老年人看到此景,无比唏嘘长叹。这个现象在三里五村不足为奇。既然已经形成了习惯,赶到秋收的时候,秩序也是一片混乱。尽管各村都采取了不同程度、花样百出的措施，依然收效不佳。豆子在地里长着长着就先开了瓢，豆籽已经不翼而飞，提前进了人们饥肠辘辘的肚子。玉米棵看似威风凛凛地杵在那里，可玉米棒早就在能煮着吃、燎着吃的时候就被人掰了去。长此以往，好了部分人，遭殃的是大家。如此恶性循环，村民们无不深恶痛绝。

可俺村却是另一番模样。主要就是这一圈古寨墙，还有村子东南西北四个老寨门，保护着各个生产队的集体财产。四个村寨口由各个生产队派人轮流日夜把守，发现有偷盗者，立即没收粮食和工具，罚两个劳动日的工分，并在生产队全体会上作深刻检查。值班人员手持一个小本子，逐人登记造册，各尽其责。失职者除了罚本人一天的劳动日外，还要在全村村民大会上作检查。不是常说这样的一句话嘛，"人活一张脸，树活一张皮"，就是肚子再饿，也不能拿这张老脸往枪口上碰啊！所以，俺村在那段非常时期能够确保集体财产不受损失，一方面得益于俺村那一圈古寨墙的严防死守，另一方面也说明村民的道德意识很强，而这是难能可贵的。

古寨墙已经俨然成为我们当地一个独特的地标。因为周围有好几个村都叫宜邱，娘刚嫁过来的时候，常有人问起："恁家是哪个宜邱的？"娘就会郑重其事地告诉人家："俺家是有寨墙的那个宜邱。"别人就知道是这个大村子。大姐后来出门上学一直到工作，只要有人问到家是哪儿的，她都会自豪地说："俺家住在有古寨墙的那个宜邱村。"自静哥当兵服役到部队，填的籍贯仍然是长垣县满村乡寨里宜邱大队。从我上学到工作，一直到结婚，只要有人问到籍贯，我都会毫不迟疑地答道："我家是有寨墙那个宜邱。"兄弟姐妹无一例外，因为这就是俺的窝，是俺终生的根。

在夕阳的余晖中，在绿水如茵的护村河环绕中，在树冠遮天的老柳树、古槐树、老榆树掩映下，古朴的宜邱村和绵延数里的老寨墙，经历了百年的沧桑岁月，激荡着铿锵有力的回响，展现着顽强不屈的个性，让人痴迷，让人沉醉。

随着时代变迁和社会发展，众多的城市古迹被一栋栋高楼大厦淹没，俺村那一圈古寨墙也未能幸免，难逃消亡的厄运。二十世纪七十年代末，几乎是在一夜之间，古寨墙就被夷为平地，用于村民们盖房拉土，以及大队平整土地、为新增村民划拨院地，古寨墙从此销声匿迹。望着那昔日古寨墙遗址上一幢幢拔地而起的楼房院落，我不禁怅然若失，不禁为之呐喊：宜邱村的古寨墙——我心中永远的根！

站不起来的弟弟

一九五二年,娘为我生下了一个弟弟,叫"自田",名字是爷爷老早就起好了的。新中国成立后,他老人家昼思夜想,希望打倒土豪劣绅后,政府能多分些土地给我们,我家能拥有足够的田地自己耕种,憧憬着有一个不饿肚子的美好未来。

弟弟分外聪慧,未满周岁就开始咿呀学语,举手投足憨态可掬,很讨人喜欢!可天不遂人愿,让人着急的是,弟弟就要两岁了还站不起来。拎着他到外边玩,身子是软软的,等玩够后回到家,把他往草垫子上一搁,就软成了一堆,头还耷拉着,一点骨头架都没有。

不过,别看弟弟年纪小,身子骨绵软,他很懂事,会帮着大人干活。天晴太阳好的时候,娘在院子里晒一些粮食啥的,让他看着,以防鸟啄鸡叨,他就特别地尽心尽力。娘把他放到麦草编的垫子上,还特意在他的身边放上一根长长的竹竿。那些饥不择食的鸟啊、鸡啊、狗啊、猫啊、小兔子啊,有时故意跑来凑热闹,好像生怕他一个人坐在院子里寂寞似的,捉迷藏一样逗着我那不会挪步的弟弟玩。弟弟不停地"啊唔啊唔"撵着这些小动物。只是这个格外伶俐乖巧的孩子，不能像其他兄弟姊妹们那样早早地学会走路，为此常常急得哇哇直哭，问娘："我咋就站不起来啊？"

其实早在弟弟一岁多点还不会走的时候，家里的人就已经着急了，从村子里找来一个无论是生肖、八字还是姓氏都四面光、八面净、德高望重的婶子过来，给弟弟两条腿上拴上一条白麻绳，娘扯着弟弟的手，把他慢慢扶起来往前走，婶子手里拿着一把快刀，干净利落地一刀剁开弟弟腿上的绳子，这叫斩断"绊脚绳"。言外之意，斩断了绊脚绳，我的弟弟就会走路了。这个习俗，至今仍在我们当地方圆百里的农村延续着。然而，眼看着都剁了几次的"绊脚绳"，弟弟还是站不住脚跟，这可急坏了家里所有人。尤其是我爹和娘，一有空便抱着可怜的弟弟，跑遍整个县城的大小医院。后来经过医院确诊，弟弟得的是软瘫病，也就是小儿麻痹症。

为了治好弟弟的病，娘寻遍了各个角落的民间偏方，走遍了附近的乡村庙宇，烧香许愿更是不计其数！但是，由于当时医疗条件差，缺医少药，终归没有能够治好弟弟，只有眼睁睁地看着这个可爱聪慧的弟弟整天坐在一个草垫子上，眼泪汪汪地看着我们跑来跑去。

弟弟性格温顺，一张嫩戳戳的小脸上总是带着天真的微笑，见到我们就会张开小手喊着："哥、姐，抱抱！"那一副讨人爱、惹人怜的乖乖娃模样，不由得就想抱他出来遛几圈。弟弟和我很亲,无论啥时候,我跟小伙伴们玩得屁颠屁颠跑进家门,大老远总能听到他脆生生的腔调喊"二姐"。弟弟挥动着两只小手,艰难地移动软塌塌的身子往我怀里扑,连声喊着:"姐姐抱我,姐姐快抱抱我!"每到这时,我就觉得自己好像一个小大人,蹲下身来抱起他,两手用力一掐他的胳肢窝,也许是触动了痒神经,弟弟"咯咯咯咯"地笑起来。看到他这般高兴的模样,我没有理由不去抱他,就趁大人不备携起他就跑,心急腿快,脚下不听使唤,"扑通"一声,一大一小两个孩子同时摔了个狗啃泥。

还有一回,我趁着娘在屋里忙活,让弟弟趴到我的后背上,心里还想着,要是再磕着绊着,那也只能是先摔着我,只要我不撒手,决不会再摔着我那娇嫩的弟弟了。我背着弟弟,撒开两腿跑得正欢的时候,娘正好忙完事从屋里走出来,一眼不见了垫子上的瘫儿子,"哎呀"一声,扭着小脚就撵了出来。出门看见我俩,娘气得火冒三丈,大声地嚷嚷着,把我和弟弟都吓哭了。我眼泪汪汪,眼前模糊不清,一脚踩空,又重重地摔了个大跤!

娘弯腰把我扶起来,抱着弟弟悻悻地回到了家。娘脸上余怒未息,丝毫没有原谅我的意思,扒开我的裤子,甩开巴掌狠狠地揍了我一顿!嘴里不住地数落着:"你也不好好看看自己是多大点的孩子?你抱着自田弟弟像不像蚂蚁衔麦,摔坏了咋办?你爹不在家,再看到你们哪个孩子出点啥事,我可咋向他交代?你今天就给我说说,以后还敢不敢再抱他出来啦?"

我当时特别不能理解,眼泪哗哗直流,觉得很委屈。但是,为了不再惹娘大动肝火,违心地答应娘说,以后不会再偷偷抱着弟弟去门外玩了,只在家里抱抱、逗逗他玩。娘看我一脸可怜兮兮的样子,叹了口气,摸了摸我的头,安慰我不要哭了。

这件事过去几天后,姨就从马盘池到我们家暂住,帮娘推磨、做饭、带孩子,一天到晚像陀螺一样,丢了耙拿扫帚,很大程度上缓解了娘的辛苦。说起娘不让我抱弟弟这件事,姨说:"你娘不是不让你抱他,这是当娘的一片苦心。确切地说,她很想在你弟弟最后不多的时间里多抱抱他。你想啊,你家姊妹无论哪个,是大是小,只要说是住姥姥家,你娘从来没说过半个不字,可唯独你这个弟弟,她就是不让离开自己半步。你娘是在弥补这个可怜的孩子呀!"

后来,考虑到姥姥家里又没个壮劳力,娘心疼两位老人,以给我们姊妹做衣裳为由,催促姨回到马盘池的家去。没有了姨在身边帮忙,无论干啥活,娘都把弟弟背到她身后。弟弟当时还正在生着病,娘时不时地还要抽出时间给他寻医问药,家里家外把娘累得直不起腰。

姨从我家走后的那段时间,总是对娘放心不下,忧心忡忡,隔个两三天就趁晚上来我家一次,一再嘱咐我说:"也难怪你呀,小尊,你比弟弟还大不了三岁,个头又矮又小,抱着个不会凑劲的弟弟,万一再有点差池,你娘她不更后悔莫及吗?"

小黄狗旺旺

我家养了一只棕黄色的小狗,不大的院子里,一个并不引人注目的犄角旮旯处,垒着一个小窝棚,那就是我家小狗的安乐窝。

一天上午,我抱着自田弟弟正在和小伙伴玩。突然天空乌云密布,紧接着雷鸣电闪。我抱着弟弟气喘吁吁地跑回家,刚进门,一眼就瞥见我家门后的篮筐里,软软和和的小垫子上趴着一只正在熟睡的小狗,一身茸茸的黄毛,特别讨人喜欢。

我高兴得不知道说什么好,急忙将弟弟放在小床上,蹲下身来就要抚摸这个正在熟睡中的小家伙。娘一把将我拽住:"别动它,这是邻居二奶刚刚给咱家抱来的,才出生没几天,每天除了吃喝拉撒,其他时间几乎都是在睡觉。"我迫不及待地问娘:"那它什么时候才能和我们一起玩呢?"娘说:"小狗长得快,用不了一个月就能到处蹦蹦跳跳撒着欢跟你们疯玩啦!"看到小狗憨憨的样子,自选哥给它起了个名字——"旺旺"。

旺旺一天天在长大,浑身的黄绒毛熠熠发着亮光。用手顺着它软乎乎的绒毛摸上去，仿佛缎子一般光滑，一双透着灵气的圆眼睛四处观察，两只半圆的小耳朵，时常无端地竖起来，更显得精神抖擞。走起路来一扭一扭的小屁股，让人忍俊不禁。

小家伙很淘气，总是出其不意地给家里制造一些麻烦，闹出不少的笑话。它大白天不会老老实实地待着，到了夜里也不消停，总爱钻到我们的被窝里瞎闹腾，还爱叼东西，眨眼间，不是我们这个的鞋不见了，就是那个的帽子没有了，四处寻找才发现，竟然在它的狗窝里藏着呢！

我们几个孩子都很喜爱旺旺，怕它饿着，每次吃饭的时候，都偷偷地把自己碗里好一点的东西挑出来，放到它的饭盆内。娘常常在自田弟弟的碗里放上一勺白糖，哄着他多吃些饭，希望他早一天和正常的孩子一样站起来，学会走路。这是娘对站不起来的弟弟一种特殊的关照。弟弟虽说不会走路，但天资聪颖，心地善良。弟弟平时能喝上一碗加白糖的稀饭，有了小狗旺旺后，每次喝到半碗，就说自己吃饱了，任娘怎么哄着让他多吃点，他就是不肯再张嘴。有一次，为了让他多吃点，娘抡起巴掌吓唬他，再不喝就要挨打。

不得已，弟弟才向娘道出实情："剩下加糖的那半碗饭，我要留着喂旺旺。它现在还太小，没有牙齿，又远离了妈妈的怀抱，没有奶吃咋能行？它吃了长得快，长大了也好和我做个伴儿。"闻听弟弟这番话，我不由得鼻子一酸，"啪嗒啪嗒"地掉泪蛋蛋。

弟弟性格温顺，每当有人抱他的时候，总是趴在人的脸上，好像亲不够似的。我私下里曾问过娘："怎么突然之间给家里弄来只小狗娃，恁不是说过，家里有小孩不能养狗吗？"娘摊开两手，无可奈何地说："你这个弟弟命苦，摊上这个死不了也站不起来的病，真是让娘伤心透了！这个孩子又那么懂事，我实在不忍心看他一个人呆呆坐着，可我总有做不完的活计，就想着抱条好玩的小狗来陪他，说不定他一高兴，身子会好得快些。"

就像娘说的那样，等到小狗旺旺长大了点，就真的成了弟弟贴心的好帮手、好伙伴。往往弟弟一个眼神、一个动作，旺旺就能判断出弟弟的意图，准确无误地给弟弟衔来他所需要的东西，如赶鸡的柳条、棍子，或是落在屋子里的鞋呀、袜子呀、帽子呀。旺旺为弟弟所做的一切，提供的所有实实在在的帮助，弟弟也都深深记在了心里。爹娘常破例给弟弟一些小零食，哪怕是一块微不足道的水果糖，弟弟都会先用牙磕掉一半，放在旺旺的嘴里，剩下的那半块才送到自己口里慢慢地化掉。

在朝朝暮暮的相处中，弟弟与小狗旺旺建立了牢不可破的友谊，也培养出了旺旺机智应变的能力。有一次，娘出门去北坑边上洗衣裳，家里只有弟弟和旺旺看家。弟弟也许是早饭没吃好，突然感到肚子一阵一阵"咕噜咕噜"响，疼得在草垫子上"哎哟哎哟"直打滚，紧接着就是上吐下泻，倒地不起。看到自己的小主人平时总是笑吟吟的脸蛋上，现在竟是一副如此痛苦的模样，旺旺急得"汪汪直叫。弟弟勉强伸出手臂,抓住旺旺的一条前腿,用力朝着北坑的方向指了又指。旺旺一下子全明白了似的,出了门撒腿就往北坑跑去。

北坑边上,娘正在用棒槌在一块大青石头上夯打着衣服,旺旺跑到跟前,扯开嗓子,一声高似一声地"汪汪"。娘一开始没明白啥意思,对着旺旺扬扬手说:"你不在家里陪着自田,干吗独自跑这儿撒欢来了?"旺旺又拼命拽着娘的衣裳袖,始终不肯松嘴。娘突然意识到,家里是不是出了什么事?娘连正在洗的衣服也没顾得上端回家去,一直跟在旺旺身后,一溜一个跟头地跑到家。刚进家门,就听见弟弟"哎哟哎哟"的呻吟声。娘紧跑几步抢上前去,抱起我那瘦小孱弱、极度痛苦的弟弟,二话没说就到张三寨村表舅开的私人诊所去了。

经过两三天的救治,弟弟终于化险为夷。因为这件事,我们一家人都很感激小狗旺旺。旺旺不单是只跟自田弟弟一个人亲近,家里每一个人从外边回来的时候,它都晃动着那动人的小尾巴,用两条后腿支撑整个身子竖立起来,两只前爪并在一起,做出欢迎的姿势,煞是可爱。

棉油灯下赶活忙

娘在棉油灯下穿针引线的一幕幕，时常会撞击着我的心灵深处，想要搜寻的目光一直钻进童年的胡同里。

记忆的深巷里，一盏如黄豆般大小的灯火，紧紧地锁住了我幼小的心，这就是娘曾经熬过半夜用的那盏小小的棉油灯。她一边做着手中的活计，一边用手一会儿一拨动火苗下那忽明忽暗的灯芯。

结束了一天的喧嚣忙碌，除了一声声鸡叫和狗吠声，再也没有能让已经入夜的村子有其他的动静。一座座错落简易的房舍里，跳动最欢的就是一盏盏明暗不同的小小棉油灯。棉油灯上那小小的灯芯，不住地抖动着纤弱的火苗，原本已经静止的夜一下子又鲜活起来……

说起来，制作棉油灯也特别简单。拿一个打烂角的小瓷碗，碗里放一根长度适中的线捻——也叫灯芯，再往碗里倒满棉油，一个简单实用的棉油灯就做成了。常常在吃过晚饭后，娘就拿出自来火（火柴），"哧啦"一下点燃棉油灯，再用做针线活的钢针挑拨一下灯芯，小小的棉油灯便瞬间发出微弱昏黄的灯光来，简陋狭窄的屋子里便依稀可见了。

那时我虽然年幼,但有一件事记得特别清楚。有一年,眼看着就到大年二十五六的光景啦,家里家外琐碎事多如牛毛,娘从早忙到晚,盘饺子馅、蒸馍、煮肉,没有半点空,腾不出手来做针线活。虽然娘一再告诉我说不会耽误事,可眼看离大年根不到三五天了,我和自田弟弟过年的新衣裳还没有一点影儿,我暗暗想,看来今年我和弟弟的新衣裳是要泡汤了,心里就有些闷闷不乐,打不起一点精神头来。

到了大年三十晚上,一家人坐下来喝辞岁酒、嗑瓜子、聊家常,哥姐们给爹娘汇报一年来的学习情况。我因为和小伙伴们有个约定,正月初一看谁起的五更早,出门要的核桃多,就想早点睡。睡之前,从柜子里拿出往年曾经穿过一次的大花兜兜,放在大床头显眼的地方,没有新衣裳,心情不免有点失落。弟弟白天穿着厚厚的棉衣棉裤,坐一天也累了,还没有吃完辞岁饭,也吵闹着要脱光肚肚睡觉。

不知什么时候,大街小巷里一阵一阵"噼里啪啦"的鞭炮声把我从睡梦中惊醒。我一骨碌从被窝中爬起来,掀开被子正要穿衣服时,却发现昨晚盖在被子上的旧衣裳不翼而飞,取而代之的是一套崭新的蓝花棉袄和紫红花棉裤,我一下子愣住了。娘看到我吃惊的样子,微微抿嘴一笑:"过年啦,不耽误事吧,孩子?"我不知说什么才好,眼眶一下子湿润了,娘看了又说:"大过节的,咱可不许掉眼泪啊!"我用力点了点头,抓起衣服,三下五除二穿在了身上,柔软温和的感觉在全身上下徜徉,就连袜子也是一双新的洋袜子。穿好了要下床的时候,低头瞅见一双带着气眼的瓦蓝色灯草绒棉鞋规规矩矩地放在床前的脚蹬板上,我难抑心中的兴奋,"啊"的一声叫了起来。从上到下穿戴一新后,扭头一看,娘正在给自田弟弟穿衣裳,也是一身新。原来是我误会娘了,孩子们在娘的心里占有天一般高的位置,有娘的孩子就是一块宝,幸福真的享不了。

我清楚地记得,我们姊妹几个的衣服鞋袜大多是娘打夜做。有时候,我都睡醒一觉,或者打鸣鸡已经叫过两遍了,蒙眬中还会瞅见娘在昏暗的棉油灯下飞针走线。那一针一线,分明都在刺痛着我的心田……

娘和大多数农村妇女一样,艰辛的生活,苦难的磨砺,造就了她吃苦耐劳的优秀品质,也培养了她善良朴实、温良贤淑和外柔内刚的性格。我永远不会忘记,在茫茫的黑夜里,娘把我们姊妹几个打发睡下以后,把她那宝贝针线筐端出来,盘腿坐在炕头上,在忽明忽暗的棉油灯下,开始为全家做针线。睡在娘白天给我们晒好的热乎乎的被窝里,睡梦中耳畔还时而响起娘压低的咳嗽声,怕吵醒我们,她还腾出一只手捂住自己的嘴,脸憋得通红,甚至眼睛里的泪水都流出来了。

尤其是到了冬天,天寒地冻,屋檐下结了一串串冰凌,娘还要到北坑里打破冰窟窿,趁着孩子们睡觉的时候为全家人洗衣裳。洗完衣裳回到家,还要烧火做饭。长时间湿一把干一把的,娘的手被冻得裂了一道道深深的口子,有的伤口还渗出鲜红的血迹来,我每每看到了,身上都会止不住地起鸡皮疙瘩。在棉油灯下准备做活的时候,娘怕手上的伤口破裂流出血沾到衣物上不雅观,就把烧得炙热的油灯捻使劲填塞到龟裂粗糙的伤口上堵着。

一针一线中,娘一会儿纳鞋底做鞋,一会儿又把手中正在做的鞋先放下,从一摞摞鞋底下翻出一件衣裳,开始缝补丁,钉纽扣。还把搭在衣物架上的衣裳检查一遍又一遍,生怕因为自己的一时疏漏,自己家调皮捣蛋的男孩子就得穿着爬高上低剐破的裤子出门丢丑。衣裳剐破了不及时缝补,会导致破口处越扯越大。娘唯恐耽误了第二天孩子们穿衣,必须趁着孩子们睡下后缝补整齐,才能放心地睡下。

每逢星期日,也是娘最忙碌的时候。除了打理家务外,还要趁着家里有人帮着带孩子,把全家人攒了一星期的脏衣物全部洗干净。娘时常嘱咐我们说:"在穿戴和日用上不要和人攀比,干干净净有换洗的就行啦。要比就在学习和懂礼貌上争个上下,在家当一个听话的孩子,在邻里老少中懂礼貌,在学校做个好学生。"这就是娘一贯给我们灌输的家风家训,在我的心灵深处深深地扎下了根。

酸涩简朴的童年时光里,小小的棉油灯常常吸引着我的目光。趁娘正做针线活的当儿,我蹑手蹑脚小心翼翼地靠近油灯,学着娘用小手去掐灯捻,想让它更亮一些。没想到,却把正在忽忽闪闪的灯苗给掐灭了,屋子里一片漆黑,伸手不见五指。我躲在一旁不敢吭声,娘摸索着把我拉到她的怀里,"让我看看,是不是烧着俺闺女的手了?娘知道,你心里是想给娘办个好事,可是好心办坏事,还吓了一大跳。别害怕,灯灭了咱再点着就是了,不要紧的。让娘用嘴给你吹吹,一会儿就不疼了。"

童年里那一盏小小的棉油灯,还有夜幕中娘伏在棉油灯下辛勤做活儿的瘦弱身影,曾经给小小的我难以忘怀的温馨、甜蜜和快乐……

逛古会

每年的农历十月十五,是附近的丁栾乡盛大的老古会。每年古会从十月十五起会开始,到十月十九结束。这个古会已经持续了一二百年,是长垣县目前除了一年一度的二月十九古会之外另一个重要的古会,吸引着成千上万的人前来赶会。

从进入十月开始,家家的大人们就准备趁着古会给家里置办一些紧缺的东西,孩子们盼望着能到古会上看个稀罕,买点好吃的、好玩的。劳累了大半年,如今正是农闲期间,人们都想来凑个热闹。娘的心里合计着,要是爹趁星期天休息一天,赶着小马车,拉上合家老小到会上转悠转悠,岂不是一件美事。

清楚地记得,那是在我四岁那年的十月十六。一大早娘就催着我们快点吃早饭,还特别嘱咐刚从学校回来的爹:"今天赶会的人可能要比昨天正会少些,等煞戏之后,北街戏台前人少的时候,无论如何都得去学校看看大闺女啦!她都快一星期没有回家拿干粮了,趁这个大会也给孩子带去几个花卷、咸鸡蛋啥的,也不枉一年盼个大会。"

爹牵出小毛驴,套好了车,一家大小兴高采烈地换上了干净的衣服。娘用张大点的屉布,包上头天蒸好的十多个白面葱花卷子,外加一兜水煮咸鸡蛋,抱上弟弟自田,领着我和两个哥哥坐上车,爹赶着车,向着丁栾古会出发。

一路上人群熙熙攘攘、摩肩接踵,熟人之间还不时地打着招呼:"赶会啊,叔叔、婶子!"小毛驴吃饱草料,也很想给主人卖卖力,一路小跑起来表现表现,怎奈赶会人太多,路上压根儿就是撒不出欢来,显得有点憋屈,耷拉着小脑袋,慢腾腾地朝前走。好在它脖子上还挂着一圈小串铃,能不时地摇晃着脑袋,发出"丁零丁零"的声响,借此显示一下自己些许的小威风。

越走人越多,眼看着到了会场附近。十里八乡的人们从四面八方蜂拥而至,每条道路上都挤满了人,真可谓人山人海,场面十分壮观。道路两旁的商铺林立,摊位一个挨着一个,商品丰富多样,实在让人目不暇接。

这样大的老古会,当然也少不了鲜艳夺目的花戏台。光是丁栾东西南北四个街道上就请来了四台大戏,有河南豫剧、长垣县的四平调、滑县的大平调,还有外省特地赶来的曲剧。每个戏台前都围满了成百上千前来听戏的老头老太太。中青年人很少在戏台前驻足,大多是走走转转,买买东西。孩子们则一个劲地朝着马戏团、跑马上竿、旋转木马和玩把戏的地方簇拥,游乐设施精彩纷呈,轮番上演,引得大大小小的孩子不停发出欢呼声。

娘和爹轮换抱着弟弟,扯着我和两个哥哥,朝着马戏团方向慢慢挤过去,人多的地方,几乎都能把人挤得四脚离地。好不容易到了马戏团跟前,正好一场精彩纷呈的演出就要开始了。爹挤到买票的地方,从上衣兜里掏出钱,踮着脚把钱递到高台子上。每张票五毛钱,我和弟弟年龄小、个子矮,免收票价,爹娘连同两个哥哥四张票,一共是两块钱,在当时真不算少啊!

走到马戏团演出会场门口,爹娘唯恐人多把我和弟弟给挤丢了,就分别抱着我俩,领着哥哥们,从一个狭窄的仅能够容纳一个人的入口进去,找个能坐下我们一家人的地方。娘拎着从家里给姐姐捎的花卷和咸鸡蛋坐在一块木板上,我和哥哥们坐在两侧,爹抱着弟弟坐在我们身后。精彩纷呈的马戏演出开始了,一幕幕惊险刺激的场景,引得现场观众不时报以雷鸣般的掌声,演出进入高潮之时,场子里的尖叫声和口哨声此起彼伏。

也许我是个女孩子,胆子出奇的小。那些演出的小小孩童,一个个头上戴着千奇百怪的玩偶帽子,用闪电般的速度,"呲溜呲溜"顺着竹竿爬到了高空,再来个一百八十度后仰,头朝下,两只脚倒挂在竹竿顶上,惊心动魄的场面,我都不敢正眼看。一场惊险又刺激的演出,半个小时就结束了,哥哥们嫌不过瘾,一直嗷嗷喊着还要再看下一场。娘对他们俩说:"时候可不早啦,咱们还要去学校看你姐姐呢!"

不得已,哥哥们只好悻悻地跟随在大人的后边赶往学校。路过戏台前的时候,正好散了戏,也到了该吃中午饭的时候，会场明显少了许多人。也许是为了继续观看下午的好戏，戏台前仍有一些腿脚不利索的老头老太太，像姜子牙钓鱼一样，屁股纹丝不动，稳坐在戏台前。他们有的手里拿着热乎乎的肉盒，还有的端着碗饺子，更有那牙口好的老人，手里拿个火烧夹牛肉慢慢地嚼着。不停有人来来往往穿梭着，给家里看戏的老人送个软乎乎的白馒头，端碗热乎乎的肉杂菜，让他们趁热吃着。有些牙口好的老人，嘴里还嗑着瓜子，剥着炒焦的花生。

我们走过了北街的大戏台，没费多大劲就在学校门口见到了姐姐。娘将包里装着的花卷和咸鸡蛋递给姐姐，对她说："好不容易熬来个大会，正好今天你爹也休息，咱们一家人好不容易凑到一起，实在难得，干脆让你爹领着咱找个地方，每人喝一碗丸子汤热乎热乎，暖暖身子多好哇！"

此言既出，正合我意。我总觉得会上小贩卖的丸子汤，比起自己家里做的丸子汤，味道似乎要好上许多，酸酸的、辣辣的，吃一次能想好多天。也许是调料放得多有滋味吧，反正自己家做不出会上卖的那种味道。不过，真的能喝上一碗的次数少之又少，我时常想，哪怕是不买，就是到会上闻闻那股丸子汤的味道，也蛮不错啦。今天总算梦想成真，可以一饱口福了！

心满意足地喝过丸子汤，再要转悠的时候，人已经有些乏了。我更是一步都不想再往前走了，一个劲儿地嚷嚷着累得慌，老想让大人抱着走。爹说："大人也累了，自己跑吧,等到了前头,再给你们每个人买一串糖葫芦吃,谁要是不听话,买糖葫芦就没有他的份儿。"娘则用嗔怪的口气吓唬我:"赶会可不能怕跑道,要是嫌累,明年你就在家看门吧!"我心中暗暗地盘算着:"为少跑那几步路,就失去了一次难得的吃糖葫芦的好机会,这可是赔本买卖,很不合算啊。"想到这里,我不知从哪里涌上来的一股力气,不再吵闹着让大人抱,而是逞强般跑到大人的前边去了。

大街两旁,各式各样的当地美食小吃琳琅满目,甘蔗、糖葫芦、落花生、炸油条、炸枣糕、火烧夹肉、煎肉盒、炒凉粉、饺子、馄饨,应有尽有。古会上的美食不但味道正宗,而且分量足,价格也还实惠。但我们几个已经填饱了肚皮,撑得肚子鼓鼓的,就是吃蜜也不会感到甜啦!

时至今日,生活条件大大改善,文化生活日益丰富,古会对我已经不再有那么大的吸引力了。哪怕是每年的二月十九,那么大的盛会就在我家门口前,我一不买,二不卖,也不再像小时候那样,掰着指头数日月,盼着古会来临。但儿时一家人逛古会、看马戏、买丸子汤的情景依然记忆犹新,永远不能忘怀!

端午节

端午节头一天,娘到自家院子外墙后头割上一把艾蒿,捧回来放到墙角旮旯。到了深更大黄昏,把一锅加着红糖、放着红枣、下着黏米的各种食材,一股脑儿倒进沸腾的滚水锅里,小火慢熬,熬到将近四五更天时分,一锅黄里带红、香喷喷的黄米粥就熬好了。冷却后,凝成圆圆皱皱、固体果冻般的黄米糕,味道香甜、醇厚。

端午节这天,趁着天还没有大亮,我们几个孩子们还没有起床,娘把艾蒿插到院子大门、堂屋门楣上,据说是为了辟邪,祈求大人小孩都平平安安,没病没灾地过日子。

等太阳刚刚露出头,我们从被窝里钻出来,一个个洗漱完毕,跑到院子里,准备迎接一种用红线绳"系铜钱"的仪式。娘坐在当院里,迎着红彤彤的朝阳,开始给我们这几个未成年的孩子挂铜锁。长大一岁,就多串上一个铜钱,年复一年,积少成多,不断往上续,孩子们就能平平安安地长大,直到成人结婚后,才会停止这种仪式。

娘又拿出一个红底蓝花绣着"五毒"(蜈蚣、毒蛇、蝎子、壁虎和蟾蜍)图案的裹肚,郑重地给我穿上。随后又把另一个蓝底红花带"五毒"图案的小裹肚给自田弟弟穿上。人们认为，五月端午日午时"五毒"开始滋生，于是就有这种"避五毒"的习俗。

娘忙完这一切后，领着我们几个孩子进了厨房。她用铲子把锅里的黄米糕铲出来放在案板上，拿起一把明晃晃闪着亮光的小尖刀，把黄米糕切成一块一块。一缕缕米糕的香味直往鼻孔里钻，我们争先恐后伸出小手，你一块，我一块，拿在手里三口两口、狼吞虎咽地吃起来。娘还一个劲儿提醒我们："慢慢吃，别慌张，够你们吃个滚饱肚圆的。可别光顾着吃，不小心囫囵吞枣再把牙给硌掉了。"我们才稍稍放慢了吃米糕的速度。谁让它这样香甜可口呢？一年里才有这么一个端午节，也只有在这一天，家里的大人才会花这么大的本钱，肯下这么大的功夫，做出如此不一样的吃食。我边大口嚼着滑溜溜、甜丝丝的黄米糕，边好奇地问娘："为啥每逢到了端午节，大家都会在自家的门上插艾蒿，还做黄米糕？"娘停下手里的活计，坐下来向我们娓娓道来。

娘告诉我们，古代有一位大诗人叫屈原，遭贵族排挤诽谤，被流放。楚国郢都被秦军攻破后，屈原处于绝望、悲愤之中，在端午节这天怀抱一块大石头投入汨罗江自尽，含冤殉国。屈原死后，人们划着船去打捞他的尸体，生怕江河里的鱼类糟蹋屈原的尸体，还纷纷从自己家里拿来米撒到江中来吸引鱼虾。后人为了寄托哀思，到了端午节这天，就用赛龙舟和包粽子祭奠屈原，后来就形成了我国的端午节习俗。我们这边是平原地带,缺少大江大湖,不具备赛龙舟的条件,也没有包粽子的叶子,就熬黄米粥做成米糕,切成块代替粽子投进河里。

　　我边听边吃,心里有一种别样的感慨。吃过黄米糕,我急匆匆用草纸包好了一块就要出门。娘轻声问我:"到哪里去呀?"我说:"我想到俺三婶家找芬荣去玩!"娘听了,扭身到厨房又切了一大块黄米糕,用草纸包得严严实实,递给我说:"去三婶家,难免还会碰到你六婶家里的凤梅小妹妹,干脆一家一块,让她们尝尝娘的手艺。"我"嗯"了一声,拿着两包米糕出了门,先到六婶家搁下一包米糕,对六婶说:"娘说恁家孩子多,叫给恁一大块,让恁和孩子们都尝一尝俺家黄米糕的味道。"

　　六婶不好意思地朝着我笑笑,说:"侄女啊,这里也没有外人,也不怕你笑话,俺家真没做这个。这一大家子老的老,小的小,能把饭吃到嘴里就已经很不错了,哪还能腾出工夫做这些?真是太谢谢啦!"说着,六婶忙从做活筐里掭出一个上面画着五颜六色有五毒图案的裹肚递到我手中:"拿着吧,这是婶娘的一点点心意,和你娘亲手用丝线绣的没法比,你就拿着吧!"我掀开衣襟,给六婶看娘给我戴上的裹肚,她点了点头说:"原来你这么早就已经戴上了啊!我们家都是等到太阳出来老高,才给孩子们戴上的。恁娘无论干啥都是抢到前头,这样好,不会耽误事啊!"

　　我挽着堂妹凤梅的手,蹦蹦跳跳来到了三婶家,把米糕往她家八仙桌上一放,问道:"三婶,芬荣这会儿哪去啦？我们想和她一起出去玩呢。"三婶说："芬荣正好去北坑给弟弟洗几块尿布,马上就会回来的。"

话音刚落,就看到芬荣端着一个木盆,一脚门里一脚门外。看见我俩来了,芬荣风风火火地跑过来,扯着我和凤梅的手,三个人嘻嘻哈哈笑了起来。芬荣又跑到屋子里,抓出半竹篮又大又甜的巴旦麦黄杏(这种杏子的杏核嚼起来不苦,反而还很香)给我们吃。三个人一人从篮子里抓了几个装到兜里,去杨家场上的一片空地玩丢手绢的游戏。有吃的,有玩的,这一天不知不觉就过去了。

端午节这天晌午头上,娘还会挎着一篮供香,到离我们村不远的寺庙去许愿祈福,祈祷各路神仙显显灵验,保佑我们免遭三灾六难,不生病或者少生病。临了回家时,还要向庙里的尼姑求几个五色丝线拧成的小手链,装在黄色纸袋里拿回家,给我们戴在手腕上。

更有意思的是,娘从寺庙里还请来了尼姑们用红纸剪出的"五毒"小贴符。到了第二天五更时分,娘打着灯笼,看准门槛比较醒目又不容易被人踩踏的地方,把贴符粘上去。还准备了足足有一尺多长的黄、蓝两种颜色的纸条,上面分别用朱笔画着看起来莫名其妙的道道儿,贴在门楣上方。据说这样能驱邪避难,护佑一家大小平安吉祥。

儿时清甜的黄米糕,门楣上的艾蒿,还有身上的铜锁、肚兜和手链,成为我童年的端午节记忆,在我的脑海中深深植下了根,直到今天,我仍眷恋着这种传统氛围。

收花生

我十分怀念小时候跟着娘回姥姥家的场景,那是我童年感到最幸福的时光。

古往今来,在我国幅员辽阔的大地上,盛产一种深受广大人民群众所喜欢的农作物——花生。可是我家并不种花生这类农作物,不是不想种,而是因为宜邱那一带尽是淤地,黏性大,极不适宜这种农作物的生长。不过,虽然家里不种花生,但在童年的记忆里,家里一直没断过吃它,这一切都要感谢姥姥家。

姥姥家住在的马盘池村,距我们村至少得有个十五六里的路程。那里除了种植一些主要的粮食作物外,还种植红薯和花生。家里有几亩花生种着,榨出的油能供全家一年食用。有花生在家里搁着,全家老少都会不缺零嘴吃,尤其是有小孩的家庭,刚刚下来的花生新鲜可口,家家的孩子一个个被养得白白胖胖。农闲的时候,把多余的花生拉到集市上卖,还有了吃喝花用的活钱。正因为花生有如此多的好处,姥姥家每年都会在春天撇出一块好地专门播点花生。

初春的一场喜雨，正像杜甫所写的："好雨知时节，当春乃发生。随风潜入夜，润物细无声。"姥姥家就会趁着湿润的土壤，提前从去年收获的花生里挑拣饱满的花生角，一家人围坐在昏暗的棉油灯下，剥出一粒粒的花生籽。第二天，再把花生籽拎到地里，大家一齐动手把花生播种到地里。一个星期后，一棵棵粗粗壮壮的花生嫩苗，头顶着原来包裹着的一层红衣，争先恐后地从松散的泥土中钻出来。

经过四个多月泥土里的蛰伏滋润和风雨洗礼，农历七月十五的时候，花生就基本成熟了。姥姥家很沉得住气，并不着急出花生。因为，花生虽已基本成熟，但还没长到籽粒紧实、充盈、老成的程度，籽粒中贮存的油质还有待进一步加强，需要再长一些时间。另外，根据实际情况，秋季农活太过集中，家里还没有足够的时间来干这个细作活。只有娘趁着哥哥姐姐们放秋假，带着我们回姥姥家的时候，姥爷才会舍得破例提前拔出几株花生棵，摘下来嫩嫩的花生米，填饱我们馋得发狂的小嘴巴。

等到家里的农活基本告一段落了，地里的花生棵经过一阵阵风吹霜冻，显得有些发蔫了，这是大自然在发出信息，该放下手头的活计全力以赴地收获地里的花生了。

我家离姥姥家说远不远，说近不近，亲戚里道来来往往的熟人隔三岔五总也不会断头，姥爷就会托人捎信给娘说："马盘池地里的花生该出了，安排好家里的一切事，赶紧走娘家帮着收花生。"

娘得到口信，安排好家里，带着我和自田弟弟一同赶到姥姥家，投入到以收获花生为主要任务的劳动中去。平时弟弟在俺家，一般都由娘和我看着，到了姥姥家，因为娘要去地里出花生，我在地里也能顺便搭把手捡捡花生什么的，因此，看护弟弟的责任，就暂时落在姥姥身上。姥姥在家肩负双重任务，既要照顾我那生活不会自理的弟弟，还要给在地里劳作的家人做饭。

平时，花生经常吃，花生加工成的各种各样小食品也偶尔能品尝到，还有一日三餐也离不开的花生油，但真正参加收获花生的劳动，我心里既紧张又期待。

姥爷担心出花生这样繁重的体力劳动会让娘的身子吃不消，就对她说："你在前边割花生秧吧，闺女，我用粪叉在后边出花生。"娘答应了一声："爹，恁都是拣轻活让给我做，自己那么大岁数了，就一点也不知道心疼力！"

于是，娘拿起镰刀，一边弯着腰在前头割花生秧，一边扭回头喊着，让我紧紧地跟在她身后头，把割掉的花生秧和连带的花生角摘下来，放到随身带来的篮子里。就这样，我跟在娘身后，和她保持两三步远的距离，按照娘说的，把花生棵连带起来的花生角一个不剩仔仔细细地摘下来扔到篮子里。不大一会儿，我的篮子已经被大大小小的花生角堆满了，里边几乎都是籽粒饱满的花生，有的里面还是三个籽或四个籽，我们这里叫"三木杆"和"四木杆"。我把这些奇形怪状的花生角拣出来，揣到我的衣服口袋里，想着带回宜邱让小伙伴们一饱眼福和口福。

收花生

姥爷跟在我们后边，弯着腰，用粪叉轻轻一撅，顺手提起花生棵，稍稍一抖根上的泥土，散发着清新泥土气息的花生就出来了。姥爷把花生堆在畦岗的背垄两边，像一个小山包似的，这样便于装车。

地里潮湿的泥土，把我的两只小手糊得几乎辨认不出皮肤原本的模样，可是，眼巴巴地看着新鲜的花生，我又忍不住像小松鼠偷吃坚果一样，用小小的泥巴手剥出一个又一个白胖胖的嫩花生送到嘴里，结果弄得满嘴都是泥。娘见状，既心疼又好笑地说："闺女呀，几辈子没有吃过花生啊，瞅瞅你那个没出息的小样儿！"这时的我，才不管样子孬好呢，只管忙里偷闲瞅个小空，低着头剥花生吃。我一边咧着沾满黄泥的上下嘴唇，"吧唧吧唧"地吃着，一边"嘿嘿"地冲着娘乐："娘，恁快来尝尝吧，这花生就像恁教我的谜语里说的那样：麻屋子，红帐子，里面睡着一个白胖子！"说着，还从兜里掏出我视为宝贝的"三木杆""四木杆"给娘看。娘看到我这副窘相，直乐得捧腹大笑。

姥爷看到我们娘俩有说有笑的，一时也被感染了，撅着山羊胡子乐开了花，他那布满皱纹和汗珠的脸上，写满了难以抑制的兴奋和欢乐。"小小孩子家，管她啥样子咧！孩子只要是不闹腾人，还多多少少能帮着家里干点活，这就是少见的好孩子，别不知足啦，闺女！"

紧张繁重的劳动，充满着收获的喜悦。不知不觉太阳已经偏西，我们的肚子也都"咕噜咕噜"叫起来了。姥爷

289

说:"光顾了干活,也没有看看天到了啥时候啦,恁姥姥早就做好饭,一定等着急了吧。我把车头调过来,咱们一齐都下手装车。装好后,我拉着,闺女你领着孩子先回家!"

回到家,姥姥把花生三把并做两把拽下来,放在清水中"哗啦哗啦"冲洗了两遍,扔到锅里。只是一袋烟的工夫,锅里就冒出气来,"咕嘟咕嘟"直往外冒泡。姥姥急忙熄掉灶膛中的火苗,掀开锅盖,盛出一小盆鲜嫩的煮花生端到我们面前。我伸手抓了一把,用牙磕着吃里面的花生仁,又香又软,口感好极啦!看着我这副贪吃的模样,大家又一次笑了起来。

两头睡

从刚刚记事的时候起,我就跟着娘两头睡。据我知道和亲眼见到的大部分农村家庭,孩子也都是和大人分头睡。

按老话讲:"有钱不盖东南房,冬不暖来夏不凉。"可我家的屋子是坐东向西的。为什么放着明明能盖得下堂屋的地方,偏偏选择这样的一个方位来建筑?我始终都百思不得其解。

隆冬的腊月天,大半晌才能瞥见姗姗来迟的缕缕阳光从西边的窗户缝透进屋里来。屋外房檐下的冰凌已经提溜了足足一尺多长。小孩子们出不得屋门,只好凑在微弱的阳光下,又是搓手,又是跺脚,给自己的身体增加热量,借此来暖暖弱小的身子。到了下午,太阳仿佛像害了羞的大姑娘一般,早早地躲进云彩里,再也不肯露头。屋里一般都零下十多度,冻得大人和孩子直打哆嗦。

可到了夏天,太阳似乎有意和人们作对一样,有时候还没等全家人吃过早饭,那一轮火辣辣的太阳就迫不及待地捷足先登。尤其是到了下午,西照日头更是让人难以忍

291

受。而且夏天昼长夜短,大人和孩子都容易犯困,吃过中午饭,想要在屋子里睡会儿觉吧,怎奈燥热难耐,坐卧不宁。为了防止刮风下雨和蚊虫入侵,屋墙上仅有的两个小窗户,常年用棉纸糊着,一丝风都别想刮到屋里来。我实在困得要命时,勉强睡一会儿,等到一觉醒来,恍若钻进了桑拿房,蒸了个桑拿浴,浑身上下都是汗,水淋淋地浸湿了衣裳和身下铺的苇席,时间一长,身上就发起大大小小的脓包和痱子,就连眉头上、脖子里都比比皆是。

我曾试着问过娘:"咱家现在住的东屋一点好处都没有,能不能够把它拆掉,改成坐北朝南的堂屋呢?"要是能住在宽敞的堂屋里,冬天暖来夏天凉,那该有多好呀!可是娘的一番回答让我丈二和尚摸不着头脑,她斩钉截铁地对我说:"这是早在盖房前就让人家风水仙看过的,咱家这块地方就应该以东屋为上房。你一个小黄毛丫头,操的哪门子心啊!"

靠着北间的主卧室是爹娘住的。不过,因为爹常年教学在外,我和弟弟又年幼,所以一直跟着娘睡在北间靠着背山墙的一张东西放置的大床上。娘搂着弟弟睡在大床西头,我始终睡在大床东头。自选哥、自静哥两个半大小子,则睡在南间靠着南山墙的一张小床上。从我记事的时候起,姐姐就在丁栾上学,很少回家,偶尔回来,就睡在东山墙边铺着的一张小床上。

爹休假回到家,会睡在娘和弟弟那一头。总是在我们还没有进入梦乡时,娘和爹轮流给我们讲小故事,用忽高忽低的语调、忽快忽慢的语速,将那些引人入胜的、令人深思的小故事向我们娓娓道来。直到听见我们呼吸均匀睡得香甜了,娘再悄悄披衣起床,在棉油灯下做针线活。而爹则从他的布口袋里取出一摞一摞的教案和学生作业,陪在娘的身边,开始备课、批改作业。

夫妻俩挑灯各做各的事,一直熬到很晚仍不肯休息。我们几个不管是谁,只要在床上稍稍动弹一下,娘都会蹑手蹑脚走到我们床前,给弟弟把把尿,或是轻轻地唤醒我。娘怕我冬天受凉咳嗽,有时竟将尿盆递到被窝里让我撒尿。那一刻,我感到爹娘就是我的靠山,家是那么的温馨,如同春天缕缕阳光沐浴着大地般幸福美满。

每逢秋麦忙的季节,或者是年关家里要忙着赶活儿做衣裳的时候,一到晚上,娘就先哄着自田弟弟睡觉。等弟弟睡着了,娘过来拍拍我的肩膀,让我给弟弟腾出床里边一块地方,再把他抱过来让我陪着睡觉。这样,就能腾出娘的手,给我们这一大家子人赶针线活。

有一次睡觉前,弟弟因为没吃晚饭,躺到被窝里一个劲儿地嚷嚷着肚子饿,要吃东西。娘就在大床下的脚蹬板跟前拢起一堆柴火,驱赶屋里的寒气,又把一个用荆条编成的煻罩盖在柴火堆上面,一边把半小簸箕花生角埋在煻罩下面的灰烬里闷着,一边烘烤着我们小孩白天踏泥的几双湿棉鞋。我躺在被窝中,看到娘一整套行云流水般的动作,真是佩服得五体投地。娘做事一向一环紧扣一环,从来不会凭一时的冲动，单打一做一件不值得的小事。

闻着火堆里焦香的花生味，我似乎也感到肚子饿得前心贴后心。不知从哪里涌起了一股莫名其妙的冲动，恨不得光着身子爬起来走到火堆旁边，用小棍棒扒拉出一些半生不熟的花生，填一填饥肠辘辘的肚子。这个念头在我的脑海中翻腾着，我一直大睁着两只眼睛，躺在床上辗转反侧，翻来覆去睡不着觉。正在翻腾的时候，被子上盖的衣裳一股脑儿全秃噜到了地上。

娘正低着头纳鞋底，突然听到声响，她慌忙回过头来，一走神的刹那，手里正在拿着的钢针一下刺进了她的指甲里，鲜血流了出来。

娘用手边的碎布把流血的手指包住后，走到我睡的大床边，弯腰从地下拾起我翻下来的衣服，重新给我盖在被子上，凑到我耳边说："这都啥时辰啦？孩子，你咋还大睁着两只眼睛不睡觉，等着啥咧？睡觉咋那么不老实啊，好歹没有把睡在你身边的弟弟给踢腾到床下。"

小孩子不会说假话，我望着娘疲惫的眼神，就把自己做梦都想吃火堆里花生的想法说给娘听。娘这才猛地打了一个激灵，一转身急急忙忙朝着火堆旁走过去，把烜罩连着烘在上边的棉鞋拿开来，两只手轻轻地来回拨动着还没有燃尽熄灭的柴草灰，扒出里面烘着的花生角，再顺手用小簸箕把灰扑灭。娘嘴里叨叨着："真是昏了头，光顾着做活，都忘了孩子肚子饿那回事了，要不是俺二闺女提醒我，我还想不起来呢！"

娘一边说着,一边剥了一把已经焖熟的花生米,抱起弟弟,轻轻把他唤醒。弟弟睁开眼,闻到烤花生的香味,一把抓过娘手里的花生米,狼吞虎咽地吃了起来。娘又从小簸箕里抓了一把烤得黑里透黄的花生角,塞到我的手里说:"吃吧,孩子,想必你也饿了,要不到这个时候咋还不睡觉呢?还真是个小馋嘴猫!"我忙从娘的手中接过花生角,趴在被窝里吃着香喷喷的焦花生,心中还暗暗想:"这一晚上真没白等,总算是吃上啦!"

还有一次,娘把我和弟弟早早地打发到被窝里睡觉,端着一盏忽明忽暗的小棉油灯,盘腿坐在纺花车前,右手不停地转动嗡嗡响的纺花车,随着纺车有节奏的转动,发出了"吱扭吱扭"的抽线声。我躺在温暖的被窝里,听着纺车的声响,仿佛是一支舒缓的催眠曲,不多会儿就迷迷糊糊地睡着了。一觉醒来,我下意识两腿一蹬,发现娘和弟弟睡的那一头空空如也,而且那半截被窝都是冰凉冰凉的。我当时就被吓蒙了,顾不得穿衣服,顺手拽起一个小褥子披上,哭着跑到两个哥哥睡觉的屋里。自选哥问我说:"妹妹,你做噩梦了,是不是?不要怕,有哥呢!"我连哭带喊:"咱娘和弟弟自田也不知道去哪儿啦,就剩我自己在凉冰冰的被窝里,我害怕,哥。"

自静哥也不知道是没有睡醒还是咋的,迷迷糊糊地对自选哥说:"小尊可能是睡迷糊了,发癔症了吧?这三更半夜,黑灯瞎火的,咱娘还能去哪儿?快点,钻到俺被窝里睡,别再折腾人啦!"我一头钻到哥哥们那热乎乎的被窝里，好暖和啊！后来才知道，自田弟弟半夜哭闹，一时半会儿睡不着觉，娘怕影响我，就抱着弟弟到胡同里去了。

71

心 伤

不会走的自田弟弟，经常会莫名其妙地生病，频繁地头疼脑热，而且弟弟胆子还特别小，小伙伴们若是来俺家找哥哥们玩耍，兴头上来了，出其不意搞个恶作剧，或者扮个鬼脸，甚至一声尖叫，稍一吓唬，就能把弟弟给吓出病来。感冒发烧总是如影随形，吃药打针更是家常便饭。尤其弟弟在夜里犯病的时候居多，不是发烧就是闹肚子。

娘常对我们说："你弟弟身子弱，经不住折腾。所以我就要分外地多呵护他一点儿。你们都是娘的心头肉，十指连着心，咬着哪根手指头娘都会疼得慌。就因为他的体格弱，娘才对他疼爱有加，你们都莫要和他攀比争高低呀！"

一天晚上，弟弟又发高烧了，躺在娘的怀里，耷拉着个小脑袋，有气无力地直喘粗气。这时候娘忽然想起，白天她带着弟弟到庄稼地里去掰玉米棒，走到半路正好遇着邻家的牲口惊了，拉着个空车在地里横冲直撞，弟弟当时就被吓得脸色煞白，两只手捂着眼睛不敢睁开。娘觉得弟弟肯定是被白天那个发了疯的畜生吓跑了魂儿，就决定等到夜半没人的时候，给弟弟叫叫魂。

出于好奇,我假装着要睡觉的样子,但眼睛还留了一条缝,并没有完全闭上。只见娘拿着弟弟的小夹袄搭在竹耙上,手中掂着一张供奉神灵的黄表纸,右手指头不断地从水瓢里蘸起一滴滴清水,滴落到黄表纸上,嘴里喃喃自语:"神灵保佑,让我那心肝宝贝的魂回家吧,快回家吧!"娘虔诚地反复念叨着。一直到了后半夜,弟弟的烧才慢慢退去。娘惊喜万分地连连说:"我儿好啦,我儿好啦!"娘仔细询问弟弟,是不是白天被那匹马给吓着了,弟弟虚弱地点点头。从此以后,娘嘱咐我们都不许再带着弟弟去地里,生怕再出意外。

娘又喂弟弟喝下半碗姜糖水,用被子捂着弟弟的头,让他发发汗再睡一会儿。弟弟躺在娘的温暖怀抱中甜甜地睡去。等到窗外石榴树上那几只小麻雀叽叽喳喳的欢叫声把他吵醒,已快中午了。弟弟醒来后,跟娘嚷嚷要吃的东西。娘赶忙给他做了一大碗酸汤面叶,弟弟狼吞虎咽吃完后,顿时恢复了精神头。

天有不测风云,人有旦夕祸福。好像是天公有意和我那弱不禁风、苦命的弟弟作对似的,一个这么聪明可爱、讨人喜欢的孩子,为啥就得不到上苍的眷恋呢?对此,我百思不得其解。

恍惚记得,那是秋末的一天夜里。秋老虎威力不减,屋里依然像夏天那样燥热难耐,又闷又燥的气息无时不在折磨着睡在屋子里的每一个人,大有张着嘴喘不过气来的那种感觉。我醒来的时候,脚那头好像没有人,伸直腿也觉得那头空空的。正一个人害怕的时候,突然听到自选哥和自静哥拉着一块高粱篾编的凉席,要到东寨墙上纳凉睡觉。我随手抱起个棉被单跟在哥哥们身后,大气也不敢出,生怕他们发现我在后头跟着,觉得我是个累赘,再设法甩掉我。

当我小心翼翼地爬上高高的土寨墙时,自静哥还是发现了我,他惊诧地"啊"了一声:"我的小妹妹,你咋不声不响地跟我们来了,咱娘知道吗?"正在寨墙上观察风向、找平整地方的自选哥听见了动静,来到我的身旁,抚摸着我的额头,轻声对我说:"哥不是不想让你来,光看着这会儿热得要命,说不定夜里起一阵风,下点小雨啥的都是保不住的。我们男孩子风里雨里都习惯啦,你一个弱不禁风的女娃娃,咋能经得住夜里的风雨?怕咱娘不放心,才没有喊你一起来。既然来了,这黑灯瞎火的,又不能让你一个人回去。这样吧,你就先和我们留在这里吧。"

也不知过了多久,我被一声一声"咔嚓咔嚓"的响雷惊醒。自选哥着急忙慌地背上我,撒开腿就跑,自静哥拉着凉席、抱着单子和衣服跟在后头,一路狂奔赶回家。到了家门口,看见大门开着,闪电伴随着惊雷,照得屋子里时明时暗。我们异口同声地大喊:"娘啊,天像是要下暴雨啦,恁咋还不把门关上啊?"连喊几声,屋子里竟一点回声也没有。我的心"咯噔"一下,不由得紧张起来,就连平时胆大心细的自选哥,此时也感到事情有些蹊跷。

这时,娘怀里抱着自田弟弟,跟跟跄跄地出现在家门口。娘一进门就抑制不住啜泣起来，在大雨瓢泼、惊雷闪电的夜里，这样的哭声让人听了不寒而栗。自选哥忙问娘到底是咋啦，娘指着怀里软面条一样的弟弟，呜咽着一时说不出话。自选哥拉着娘的手，劝慰道："娘，先别哭，说不定弟弟还有救，多少次他不都从死亡线上活过来了吗？这次他也一定能熬过去。"

娘缓过来劲，哭着讲了原委。原来，她刚睡下不久，就觉得弟弟头上烫得很，而且出气一阵一阵的，粗细不均，小脸被憋得青一阵紫一阵。娘看着不对劲，黑天半夜的，怕惊动我们几个，就悄悄抱着他直奔丁栾的医院。她一个妇道人家，大黑天冒着雨一个劲地砰砰敲各个科室的门。有一个值班医生看她一个农村妇女，顶着大雨跑了这么远的路，怀中抱着生病的孩子，很是同情。医生立刻拿出一件白大褂给弟弟盖在身上，将灯芯拨亮，反复认真查看，初步诊断为"白喉病"。当时医疗条件有限，一旦得上这个病，基本上就没得治。但好心的大夫并没有因此而放弃，给弟弟用了大半宿的针剂，但是弟弟的病情还是没有丝毫好转。无奈之下，医生只得劝娘把孩子快点转到医疗条件相对好点的大医院治疗，或者抱回家等待奇迹出现。娘只好抱着弟弟先回家。

眼瞅着自田弟弟一阵一阵昏迷不醒，娘抬起已经哭肿了的眼睛，对哥哥说："我看这孩子十有八九是抢救不过来了，人家医生都不给治了，你们快去把你爹叫回来吧！"听了娘的一番话，我们愣在那里，半天说不出一句话来。自选哥体谅娘心疼弟弟的一番苦心,不敢怠慢,连忙从墙上摘下那套蓑衣冲出家门,消失在茫茫的雨夜中。

娘强忍住泪水,吩咐我和自静哥睡下,自己则抱着弟弟斜靠在床西头冰冷的墙上,一只手不断抚摸着弟弟那滚烫的额头。我们小孩子家因为白天疯玩,半夜又因刮风下雨来回折腾,躺到被窝里沾着枕头就睡着了……

我一觉睡到了大天亮,仍觉得头昏脑涨,迷迷糊糊还没有完全醒过来。蒙眬之中,隐隐约约听到娘的抽泣声,不由自主打了个寒战,猛地从床上坐起来一看,自选哥已经将爹从学校叫回了家里。爹用低沉沙哑的声音对我们几个说:"你们弟弟自田因病去了很远很远的地方,永远也不会再回到这个家里来啦!"

原来,当自选哥将爹从十里开外的吕村学校接回家时,弟弟早已气息奄奄。娘用一双温暖的手拽着弟弟的耳垂呼喊着:"自田、自田,你爹马上就回来啦,你可要等着他呀,我的儿!"只见自田弟弟用尽所有的精神头,费力地睁开眼睛。娘把他幼小的身体斜靠在臂膀上,让他能看到更多的地方。弟弟看了看屋里,又看了看屋外,接着看了看左右,似乎在拼尽最后的力量找寻他的哥哥姐姐们。渐渐地,弟弟的气息耗尽了,眼睛一闭,永远离开了人世。

这时,娘拿出出嫁时穿的一件心爱的小红花缎子棉袄,这件缎子棉袄是姥姥亲手做的。姥爷在棉花地里一蕊一蕊摘选的白云般上好的棉花朵,姥姥再用姥爷反复琢磨研制出来的弹花弓,弹出一团团棉花卷,姥姥再细心地一层一层套出来,就连衣裳的边边角角都不轻易放过。不是有那句话嘛,"亲娘套边,后娘套肩",这件棉袄平整如镜面,不仅温暖而且出奇的柔软,缎子面颜色如六月的石榴红,花团锦簇,红似烟火,预示着来到婆家后的日子红红火火。

就是这样一件嫁衣,听娘说她只在出嫁那天和回门时穿过两次,从此就再不舍得穿,压在娘家陪送来的朱红大漆柜子的底层珍藏起来。就连自己还是新媳妇的头两年,每逢过年、走亲戚、串门时都不曾舍得用这件心爱的服饰来打扮打扮自己,只是在每年的春天,太阳柔和的时候才拿出来晾一晾,以免受潮损坏。对于这件心爱的衣服,娘心中自有她的一个小九九——等到姐姐出嫁时,把它送给姐姐。这也算是做娘的一番心意吧!

可如今,自己心肝宝贝一样的小儿子突然去了,在肝肠寸断之下,娘竟毫不犹豫地从箱底把珍藏已久的嫁衣翻了出来。娘举着这件棉袄,趁着晨曦一缕微弱的阳光晒一晒,然后饱含热泪,反复搓手后,怀着万般柔情给弟弟还留余温的身体穿上。娘用温暖的手轻轻地托起弟弟的头,一次又一次拉展脖领,唯恐双层的棉袄领硌了弟弟柔嫩的皮肤。娘又把手伸到弟弟的后脊梁处,拉一拉、抻一抻,检查棉袄的后面是否平整,之后再次摩挲弟弟细嫩的小胳膊小腿儿,这里捋一捋,那里搓一搓。尤其是捋着弟弟麻竿一样细长的双腿时,娘更是痛不欲生地大哭起来。

如果自田有双健康的腿,也会像同龄孩子到处活蹦乱跳,想到此处,娘的眼泪倾泻而下,打湿了衣襟。娘一再呼喊着："自田、自田，我的娇儿，娘给你捋展腿的各关节，日后你可托生一户好人家，成为一个全美美的人儿再回来投胎，为娘的也就放宽心了！"娘的千声呼、万声唤，仿佛要把弟弟从黄泉路上强行拽回来似的……

娘边哭边给弟弟穿衣服。下身是娘用姥爷送来的最好的棉花卷，套在里表全新夹层里做出的蓝色小棉裤。娘还从裁缝师傅那儿新学来最流行的西式裁剪手法，裤子左右对称有两个口袋，屁股后面对称也留有两个小口袋。娘说，这样做，是让弟弟到阴间出门见到可口的东西，舍得给自己买一点装到兜里，饿的时候方便拿出来垫补垫补。娘还把自己平时舍不得花的零用钱塞进弟弟的口袋里。衣服打理整齐后，娘又掀开柜盖，从柜子里把给弟弟买的准备过年的新帽子，还有她打黄昏在昏暗的棉油灯下做的新鞋，和爹平时回来捎的洋袜，统统拿到柔和的阳光下晾了一晾，再给弟弟穿戴一新。

娘站起身来，步履踉跄地挪到当门桌子前，伸出颤抖的右手，握紧手里的竹篓暖水瓶，水瓶里的水已经所剩无几，滴答滴答半天，才倒出少半碗温白开水。娘又转身轻轻地拉开了抽屉，从里边揪出一团漂白棉花，泡在白开水中。端着那碗生离死别的净面水，娘表情凝重地回到里间屋子，此时的她，双腿酸沉，灌了铅似的不听使唤，抬不起来。她将一双小脚放在脚蹬板上，也许是一夜未曾睡觉的缘故，脚面明显瘀肿高出了许多，她却全然不顾。

此时的娘，把一腔的爱、满腔的情，全都倾注到这个

303

游离于天地人间的幼子的身上。娘开始给爱子净面，尽管眼眶中的泪珠左右直打转，娘硬是以超人的毅力憋住，不让它肆意流出来，唯恐眼泪滴落到爱子娇嫩的小脸蛋上。在我们这儿，泪水落在死者脸上被视为一个大忌，如果这样，夭折的孩子再无托生之日，娘不能让幼小的儿子没了托生的希望。

三叔过来帮忙办事，他按娘的心思，将弟弟用箩筐背出来掩埋在了荒郊野外。娘平时就是个识大体、顾大局、胸堂敞亮的人。没等爹怎么劝慰，她自己就含泪先行离开现场，直到三叔将弟弟的后事处理完毕，娘才踉踉跄跄地回到屋里号啕大哭，眼泪如决堤的洪水倾泻而出。

我也跟着声嘶力竭地哭喊着："我要弟弟，我要自田！"我请求爹娘把弟弟的尸体找回来，埋在一个我能够看得到的地方，不想让他小小年纪，就像我经常在野地里看到的那么多死孩子被扔到河沟里、丢弃到荒郊野外，被野狗连吃带拽，撕扯得七零八碎，惨不忍睹！每每见到这场景，我都会不由自主地背过脸去。

我哭喊着跑到三叔家，苦苦地哀求："让我看看弟弟最后一眼，我也就死心了！"三叔心软了，领着我找到扔掉弟弟自田的地方。一条小河沟旁的半坡下，我的自田弟弟掩埋在一层薄薄的碎土下，浑身裹着谷草，隐约露出娘的那件红花缎子棉袄。我一下扑倒在地，用小手迅速将覆盖在弟弟身上的一层碎土扒拉开，在三叔的帮助下，把弟弟抱起来放在小推车上，推到东南寨墙的一个豁口朝阳处，爹已经站在那里等着了。在我的一再央求下,爹同意把弟弟埋在寨岗下。

让我感到欣慰的是,弟弟埋葬的这圈古寨墙是我终身向往的地方。这里是我和小伙伴们出去玩耍,或是跟着大人去地里干活来回的必经之路。不过我和爹有个约定,不告诉娘弟弟具体埋在哪里,唯恐她每次看到自己宝贝儿子长眠的地方会伤心……

儿是娘的连心肉,牵着骨头带着筋,这句话说得一点都不过分。没有养育过儿女的人,断然不会理解其中的含义所在。不过,我这个当二姐的,和自田弟弟本是同根生,平时就对他疼爱有加。我曾发誓,时刻陪伴并保护着我那生来羸弱的弟弟,时常担心弟弟受到委屈和伤害。而这一切的一切,随着弟弟的离去烟消云散,再见只能在梦中。

上苍的恩赐

自田弟弟夭折的那年冬天,娘莫名其妙地挑剔起自己亲手做出的饭食来。比如,她做出来一锅我们特别喜欢吃的香喷喷的面条,我们边吃边一个劲儿地喊着味道好极了,可她却是一口也吃不下,闻到饭菜味道的那一刻,还会背着我们,绷着嘴强憋一口气,好像只想一吐为快。有时候竟躲在一边,随手拿起一块冻得硬硬的冰凌碴窝头,偷偷啃几口了事。我们看到后特别纳闷,放着热热乎乎的饭菜不吃,竟然拿生冷的窝窝头来对付,身体怎能吃得消?

不仅如此,平时刚强好胜、勤快得一刻也闲不住的娘,近来却看上去整天懒洋洋的。而且,娘还越发地消瘦了,不住地吐酸水。

我把娘的事情告诉了六婶。六婶听了,抿着嘴笑出了声:"你家快有好事情降临啦,你马上又要当姐姐了!"我惊得好半天说不出一句话,高兴得屁颠屁颠跑回家,看到娘正在打扫院子,眼看天晴了,她想把已经淘洗过的麦子弄到当院里晒干,家里还等着用面。我二话不说,一把夺过她手中的扫把,说:"娘,您别弯腰累着了,我用小簸箕把小麦端到院子晒!"我端着小簸箩来回穿梭,没几趟就把屋里的麦子全都搬运到了院子里。

我又跑到屋里,拉开抽屉,把平时买菜剩下的钱,一个子儿也不留全装到上衣口袋里,撒腿就往外跑。跑到烧饼铺子前,我揉揉冻得发麻、又红又紫的小手,从口袋里哆哆嗦嗦掏出钱,递给打烧饼的师傅:"我就这么一些钱全都给您,能不能赏个人情,打两个小一点的烧饼,娘多天都不好好吃饭了,我想买回去给她多吃两顿,您看行吗?"师傅看我小小的年纪,竟也如此孝顺,很是感动,笑呵呵地对我说:"闺女,别说你还给了我些钱,就是分文不拿,就冲着你小小年纪,竟能说出这般孝敬大人的一番话,我也白送你两个大烧饼,糖稀芝麻照样还是多多的!"

烧饼炉前,师傅精心小火慢烤,不一会儿,两个热乎乎的大烧饼就出锅了,又抹了一层比平时还要多的糖稀,还在案板上轻轻沾了些芝麻,最后用草纸裹了两层,递到了我手中。师傅咧嘴笑着对我说:"趁热给你娘拿回家去,别烫着。"

历经数月,春天姗姗来迟,地上厚厚的冰雪开始融化,正在返青的麦田里争相露出嫩绿的野菜芽。娘吩咐我提上竹篮,拿把小铲子,出外挖些野菜回家,她要给我们蒸菜窝窝蘸着蒜泥吃。我不由得问娘:"您也想吃菜窝窝吗?"娘笑着说:"当然啦!"听到娘说她也好这一口,我高兴得一蹦三尺高,挎着篮子,带上娘递给我的小铁铲,兴高采烈地出了门。

娘虽然穿着肥大宽绰的衣服,但已经难以遮住隆起的腹部,干起活来也越发地吃力和迟缓。我心想,一定要多挖几种野菜,让娘开开胃口,补补这一段时间逐渐消瘦的身体。爹和姐姐远离家门,哥哥们也还要去上学,只有我年龄尚小守候在娘的身边,帮娘做一些力所能及的事情,还是能办得到的。

我不由得加快了脚步,几乎就要跑了起来,心里只想着快点让娘吃到我挖回来的新鲜野菜。谁承想,稍不留神,脚下被一块半截砖头绊住,只听扑通一声,摔了个四仰八叉。我爬起来,头蒙蒙的,两眼直冒金星,胳膊肘还正巧被砖头硌了一下,生疼生疼的。好在我还穿着棉袄棉裤,否则,这一个跟头就要摔得鲜血直流,不但菜剜不成,还得让娘再照看我,那就太不划算啦!

我拍拍身上的泥土,踏着细碎的脚步,在老寨墙四周、河两岸的湿润地带寻找着肥嫩鲜美、水灵灵的野菜,尽可能多地挖到我的篮子里。接近响午头时,篮子已经被叶肥梗粗的野菜塞得满满当当。为了能让娘多吃几天可口的饭菜,我脱下身上的棉袄,用头巾把两只袖子扎起来,好像一个大兜子。接着又剜了好多野菜,装进棉袄做的兜子里,直到装满才罢休。我用力扛着按得结结实实的大篮子,肩膀上背着一棉袄的野菜,洋洋得意地走在蜿蜒的乡间小道上,沿途的人看见了,都交口称赞:"这个小妞干活不惜力,真豁本呢!"

转眼快到了秋天,娘腹中孕育着的又一个小生命即将

308

到来。这个时候，姐姐也放秋假在家，一边做作业一边帮着大人做家务。爹也时不时地请假，准备随时照看待产的娘。我和哥哥们则全天候在家陪伴着娘，做到紧急情况时不缺少人手。每当夜幕降临，星星铺满天的时候，一家人都会抬头仰望星空，合掌为娘祈福，许下一个美好的愿望：希望娘能给我家生一个聪明伶俐、活泼健康的孩子，同时希望娘也能有一个硬朗的好身板。

  一天夜里，全家人早早吃过晚饭，正在院子里陪娘溜达。突然间，狂风大作，天空乌云密布。爹对我们说："看来暴风雨要来了，快扶着你娘回屋子里去！"说时迟，那时快，榆钱大小的雨点噼里啪啦地掉下来，顷刻间暴雨瓢泼泄下。大风席卷着雨水，砸在地上、屋顶上。一道道闪电在天空中划过，惊天动地的雷声接连不断地从天边传来。

  过了好大一会儿，暴风雨终于渐渐地小了，雷声似乎也越来越远。雨开始停一阵下一阵，淅淅沥沥的雨滴从屋檐滴到地上。不过，"滴滴答答"的响声并不都是美妙的乐章。我家的房子年久失修，屋脊上有多处破漏，房檐上也有多处缝隙。外面下大雨，屋子里下小雨。外面雨停了，屋子里还在滴水。所以，在屋子里四处临时放着好多个喂猪、喂鸡的石头或木制水槽，就连床上也得放上水盆，接着从屋顶上滴落下来的雨水。

  爹不时地跑到院子里，仰起头看天，觉得风雨比先前小多了，不会再有大事情了，就对娘说："你跟孩子们就先睡下，我在跟前守着你们。一旦有动静就及时告诉我。"爹知道娘的性格，凡事喜欢撑着，不愿意给别人添麻烦，哪怕是家里人，也轻易不愿意惊动。但十月怀胎瓜熟蒂落是自然规律，何况生孩子这一等一的大事，可大意不得。

时刻担心房子漏雨的娘，这时候眼看再也支撑不下去了，就对爹说："我实在困得慌，就先睡下了，你啥也别干了，早点上床睡觉吧，有事我叫你。"而我们几个小孩，更是啥事都不会放在心上，只要是自个儿头上不被房顶上漏下的雨淋着，就不耽误睡觉。

这世上的事呀，还真的是"无巧不成书"。半夜里，我被家里频繁走动的脚步声惊醒。睁眼一看，娘两手捧着肚子，痛得头上直冒冷汗。爹急得正要出门去请接生婆来，却被娘一把拉住。娘说阵痛还不是很频繁，说明还要等上一些时间才能生。再说了，这深更半夜的，天气又不好，稀泥大碴路也不好走。人家来得早了，等得时间长了，坐站都不是。自己这么大岁数，又生了好几个了，不想搞得跟多大事儿似的，让一家人都在这里黑灯瞎火地耗着啦！

爹实在拗不过娘的意思，只得和衣躺下。不知过了多久，娘从床上忽地坐起，接着又倒在床上打滚，额头上汗水直流。这时，娘觉得再也支撑不下去了，是时候叫醒睡在东墙边小床上的爹了，就拿起床头桌子上一个小木碗，那是娘平时给我们夜里喝水时特意准备下的，在桌子上"咚咚咚咚"接连敲了数下，才把爹从睡梦中叫醒。爹一下从小床上跳下来，愧疚地对娘说："你看我睡得蒙头蒙脑，这么大动静都没能及时醒过来，真没用！"娘勉强对着爹笑笑，说："这些天来你从早到晚在家可没少操心费力，夜里下大雨又折腾到深更半夜，就是铁打的机器也得有个上油的时候，何况人呢？快别自责啦，我肚子疼得厉害，而且阵痛一次更比一次频繁，你快些去把接生婆请来吧！"

爹不敢怠慢，随便拉了件外衣穿在身上，到门口穿上木屐，又从门口的西墙上摘下那件防雨蓑衣披在身上，消失在茫茫的夜色中。

不多时间，爹搀扶着村里一个德高望重的接生婆回到家。此时，大姐早已按照娘交代的话，提前烧开了一锅水，等着接生婆的到来。一向刚强的娘，咬紧牙关硬撑着，尽管脸上冷汗直流，前面的衣襟全都湿透了，但我们并没有听到娘的呻吟和叫喊声。娘和中国千千万万的传统女性一样善于忍耐，去年刚刚夭折的爱子，是她心头永远的痛。她想再生一个健康活泼的孩子，以此来弥补一家人的心灵创伤，所以心甘情愿地忍受着这样的剧痛。

第二天清晨，我迷迷糊糊睁开眼睛一看，天放晴了，一缕晨曦的阳光透过窗户缝照射进来，刺得我两只眼睛又不自主地闭上，赖在床上很想再睡个回笼觉。忽然，昨天夜里一个个紧张忙乱的镜头闯进我的脑海中，恍惚中觉得半夜有外人来过我家。难不成，娘又为我生了一个小弟弟或是小妹妹？

我翻身爬起来，看到大姐的那一刹，一切都不问自明了。陪在娘身边熬了一夜的大姐，两眼通红，布满了血丝，大张着嘴直打哈欠。大姐看到我，精神头儿重新焕发出来，拉起我的小手往娘的屋子跑。到了屋里,大姐用手一指大床:"快去看看,娘又给咱家添了一个白白净净的小娃娃。"大床上,娘抱着个裹着小花被子的婴儿正在休息,嘴角还有一丝甜甜的微笑。

姐姐见状,把手指放在嘴上"嘘"了一下,拉着我走出了屋子。姐姐拉着我的手走到厨房里,对我说:"妹妹,你可不知道,当时娘生产的过程有多么惊险,可真把我给吓坏了!"

原来,爹陪着接生婆刚跨进家门,娘突然感到肚子"咯噔"一沉,似乎和平时不大一样,就拖着笨重的身子翻身下床蹲到尿盆上,只听到"哗啦"一声,羊水已经破了。接生婆看到了,赶忙对爹和大姐说,娘这胎属于"淋浆生",可能是在产前最后的时间里干活不注意,导致羊水早破。生孩子的时候,随着一汪又一汪的羊水,再加上大人的努力憋劲,顺流直下才容易生。可如今羊水早破,留下一个活生生的孩子在腹中,单凭产妇憋劲生产,是存在相当难度的。接生婆让爹早做准备,看看是不是转到大地方的医院接生,家里实在条件有限。

听了接生婆这番话,爹和大姐感到异常震惊,可此时此刻又束手无策。这时候,娘却很平静地安慰大家说:"家里就中,我自己能行,哪儿也不去!"无奈之下,接生婆赶忙示意大姐扶娘上床,随后打开一个简易的小布包,取出一条白布单子和一把生了锈的剪刀。接生婆让大姐从厨房端来一盆开水,再把盐罐子端过来,从盐罐中抓了一把大盐撒在水盆里,把双手和剪子同时在盐水里泡了泡,就算是消了毒。

娘闭上眼睛稍事休息了一会儿,随着一阵又一阵紧锣密鼓的阵痛,咬着牙、忍着痛、屏着气、憋着劲,经过一次次的艰苦努力,最后凭着她超人的毅力,用尽了最后一股劲儿,一个红彤彤的新生婴儿终于呱呱坠了地——是个健康的男孩儿。

在惊喜与慌乱之中,接生婆拿起从盐水盆中捞出的剪刀,在棉油灯头上燎了一遍,把小弟连接在娘身上的脐带断开,又吩咐大姐翻开她带来的简陋产包,想找块纱布包扎脐带。可大姐仔细地把产包翻了个底儿朝天,也找不出来产婆要的纱布,急得脸颊通红。

一听找不到纱布,情急无奈之下,接生婆做出了一个超乎寻常的举动。她让大姐把搭在里屋绳上的一件漂白背心撕扯下来一条,在盐水中泡一泡,拧干后递到她的手中,用布条把小弟的脐带结扎完好。

看到娘和刚刚出生的小弟平安无事,爹长出了一口气,悬在半空的一颗心总算平安落了地。因为小弟生在秋天,爹脱口而出,给他起名为"自秋"。

娘很爱我们这个家,更感激上苍的恩赐、怜悯和眷顾,心疼这个历经种种磨难才出生的小弟。除了忙于操劳家务,娘更多地将自己的精力和爱倾注到了这个孩子身上,仿佛要把对已经夭折的自田弟弟身上亏欠的爱,加倍偿还到这个爱子的身上。

313

隆冬雪天捉麻雀

记忆里的冬天总是出奇寒冷,下雪次数也多,几乎是这场雪还没有融化,那场雪又不期而至。凛冽的寒风,夹杂着鹅毛般的大雪铺天盖地而来,在人们进入熟睡梦乡的时候,雪花纷纷扬扬飘落,静悄悄地洒满农家的房顶和大地。

第二天早上,就会看到一个银装素裹的世界,地上白了,树梢白了,屋顶也白了,似乎整个天地之间都连成了一片,一望无垠,晃得人睁不开眼睛。

娘早早就披衣起床,准备打扫一下院子里的积雪,铲出通往厨房和厕所的必由之路,生火给家人做饭。哪承想,当她两手拉开门枒,想要打开屋门的时候,手一滑,身子往后一趔趄,险些摔个屁股蹲儿。她不由自主地倒退了几步,这是怎么回事,屋门咋打不开了?娘拿起墙角的斧头,冲着门底部"砰砰砰"猛砸了几下,屋门终于被砸开了。原来,夜里的雪下得很大,天气又出奇寒冷,把门和门前的雪紧紧地冻在了一起。娘搓搓冻得发麻发僵的双手,在通红的面颊上来来回回摩挲着,嘴里喃喃自语:"昨晚的雪可真没少下呀，对明年麦季收成真是一个好兆头，今冬麦盖三层被，明年枕着馒头睡。"

那个年代，农村生活一般都比较拮据，屋子里没有取暖设备，身上也没有足够暖和的衣服。娘心疼孩子们，一再嘱咐还蜷在被窝里的哥哥们，天太冷了，又赶上星期天，也不用去学校上学，就都别那么早起床，别下地四处乱走。

娘走到院子里，抬起腿，想要从雪岗中间迈过去，可是怎奈步子实在太小，根本无法逾越这个足有三尺高的雪岗。娘的两条腿深深埋在雪堆里，想要拔出来可是有相当大的难度。她费了九牛二虎之力拔出腿，从雪岗上爬了过去，到茅房拿了把铁锹，开始铲除积雪，开辟道路。我们隔着虚掩着的门缝往外看，只见娘正弯下腰来，抬起两只胳膊把铁锹高高举起来，使出浑身的力气，一锹又一锹铲着门前的雪岗。

明知道娘不愿意让我们起来受冷，可是哥哥们还是不忍心看着小脚的娘在冰天雪地里干如此繁重的体力活，便不声不响地从被窝里爬起来，三下两下把衣服穿好，走出了房门。两人不容分说，从娘手中接过铁锹，说："娘，您去厨房做饭吧，这些铲雪的活就交给我们弟兄两个干吧，反正今天正好是周日。吃过饭咱也没有啥事，干脆就支个筛子捉麻雀，行吗？"娘一边答应着，一边到厨房做饭去了。我在被窝里也躺不住了，起床穿好衣服，深一脚浅一脚地走到厨房。娘看到我惊讶地说："不是让你在被窝里待着吗，怎么这样不听话呀！"

娘掀开锅盖，想从瓮里舀水做早饭，结果看见水缸里的水冻得结了厚厚的冰凌。娘拿起石头捣蒜杵，"咚咚咚咚"将冰捣开了一个盆口样的大窟窿，看样子也有一指多厚，里面所剩的水已经不多了，用水瓢怎么舀也舀不出来。我见状问娘："这可咋办呀？"心里还想，这路上积雪深不可测，水井和大坑已经连成了白茫茫一片，根本分不清哪儿是北坑，哪儿是水井，去井边挑水也不可能了，看来今天的早饭是要泡汤了。娘瞅了我一眼，又看了看门外小山包一样的雪堆，"那还不好办嘛，外面有的是雪，都是干净的，正好可以化开了做饭。"一语点醒梦中人。于是，我端起一个瓷盆来到门口拐角处，把面盆摁到厚厚的雪堆上一扣，再翻过盆口来，不费吹灰之力，满满一盆白砂糖般的雪就端在了手上。如此这般，一连端了好几盆雪，一盆盆倒进地锅里。娘忙着把柴火塞进灶膛里，再点着火柴往灶膛里一丢，灶膛内的火苗顿时"呼"的一声燃起，燃烧的柴火吱吱作响，地锅里的白雪一点点融化成了清澈的水。随着一股股炊烟袅袅升起，厨房里也逐渐温暖了。

等饭做好后，我们一个个手里捧着热饭碗，一边暖着两只手，一边"呼噜呼噜"地喝着热气腾腾的玉米糁糊涂，还跺着脚来回走动，以此来增加身上的热量。两碗热糊涂喝下肚，我顿时感到身上暖洋洋的，额头上还微微沁出了汗。

吃过早饭，大家一齐动手，帮娘刷锅洗碗。娘开始帮哥哥们准备捉麻雀用的各种工具，包括平时给牲口筛草料用的竹筛子,约有一根擀面杖长的细棍子,娘还拿出她纳鞋底用的细麻绳,用剪子剪出足够长的一大截。

看见娘已经把东西备齐了,自选哥就跑到院子里,用铁锹铲出一大片空地,又抓起扫帚扫得干干净净。娘从屋子里端出她已经掺好的谷子、芝麻、玉米糁之类麻雀喜欢吃的粮食。自选哥接过来,把粮食撒在地上,再用棍子撑着盖口的筛子,在棍子的底端系上足够长的能一直拉到屋里的细麻绳。准备工作就绪,自选哥就牵着绳子的一头,藏在不易被麻雀发现的角落,仔细窥视着周围的风吹草动。

因为大雪已经挨了几天饿的麻雀,忽然看到地上有如此丰富的美餐,于是不管三七二十一,蜂拥而上抢食吃。说时迟,那时快,自选哥立即拉动手里的绳子,只听"哗"的一声,在筛子底下觅食的麻雀们全被罩在了下面,一只只成了俘虏。

这时,我在炕上再也坐不住了,趿拉着棉鞋下了炕,一边往院子里跑,一边喊:"逮着啦!逮着啦!"我问自选哥,筛子底下盖住了多少只麻雀,自选哥大声回答:"我估计至少有七八只已经飞进去啦,一个也没有出来呀!"自选哥让我帮着拉绳子,他准备从筛子下捉麻雀。

自选哥回屋跟娘要了一块比筛子还要大的黑布,让自静哥轻轻地将筛子掀开一个很小的缝隙,再把这块黑布用两根长棍挑着,仔仔细细地把它送进筛子里,一个不漏地覆盖在这些麻雀身上。我和自静哥见状,急忙趴在地上,分别用两只手摁住那块黑布的两个角。我们哥仨配合默契,抓紧这块黑布往中间一兜,筛子下的麻雀们就全部被"缉拿归案"。

至此,一场逮麻雀的小战役胜利告捷。自选哥把麻雀分给自静哥几只,剩下的几只,则用一根纳鞋底的绳子分别绑住它们的脚,提溜在房檐下供弟弟妹妹们观赏。

娘从屋里出来,看到这一幕后大惊失色:"你们这弟兄俩,可真会想馊主意!麻雀的性子急,你们这样折腾它们,不一会儿工夫就会全部死掉!你们千辛万苦才将它们逮住了,这不可惜了嘛!听娘一句话,你们不是想玩吗?倒不如把它们放在原先养兔子的铁笼内,铁笼里分别放上两个木盒子,一个装粮食,一个倒上清水,这样的话,也许你们几个能够多玩上几天。"

自选哥平时就听娘的话,于是马上小心翼翼地解开一只只麻雀腿上绑着的绳子。小俘虏们得救了,被放在清理干净的笼子里,还因祸得福,有了足够的吃食和水,比平时四处寻找食物的状态强了许多,于是就暂时安静下来。

直到有一天,爹从学校回到家,看见铁笼里竟养了这么多的麻雀,就告诉我们,麻雀是"四害"之一。爹对自选哥说:"咱们一起去把你们抓到的这些麻雀上交了,咱大队就有专管消灭'四害'工作的人,你们还会得到表扬的。"

直到现在,每当我仰望蓝天,看到三三两两的麻雀从头顶飞过,或是在公园里遛弯儿,偶尔瞥见几只麻雀叽叽喳喳抢着觅食的时候,就会想起儿时的我曾经参与的逮麻雀的场景,那是我记忆中童年的乐趣啊!

74

天然滑冰场

一进入隆冬腊月,尤其是过了冬至这天,就意味着彻底进入了寒冷的季节。小孩子们天天盼望着河里的冰凌冻得足够结实,那样就可以在冰面上溜冰玩耍了。

到了腊八这天,天近五更时分,屋子里还是一片黑咕隆咚,离天亮还早,我就在床上翻来覆去睡不着了,因为昨天就已经和自静哥商定好,要跟着他到北坑去滑冰。自选哥因为有作业要做,而且还要在家帮娘做一些力所能及的家务活,这次只有自静哥陪我去北坑滑冰。

心中有事,难免只恨夜长,这也是孩子们的通病。怕弄出大的动静,惊动了家人睡觉,我轻轻掀开压风被子,抱着自己的棉袄棉裤,蹑手蹑脚地走到自静哥睡觉的小床头,趴在他耳朵旁边轻声细语道:"你不是说要带我去北坑里滑冰吗?快起来吧,我在外边等着你,可别让咱娘知道了。"我心里明白,娘要知道了我跟在哥哥后头去滑冰,肯定又要吵我,不让我去,要是这样,我心心念念的滑冰计划不就竹篮打水一场空了嘛。

睡梦中的自静哥听到我在喊他,一个鲤鱼打挺,翻身从小床上跳下来,顺手抓起棉裤,两条腿急急忙忙往棉裤腿里蹬。黑灯瞎火的,他又睡得迷迷糊糊的,看也不看就把翻着的棉袄穿在了身上。一大早冰天雪地的,自静哥竟半敞着怀,连扣子都没有扣好,就扯着我的手,撒开腿往坑边跑去。

突然间,我想起了什么,一下子刹住了脚步。自静哥见状停下来,上气不接下气地问我:"正跑得快的时候,你咋突然撒开手不跑啦?"这时候我想起来的是前些日子和荣花、凤梅这两个小伙伴的约定,我们约好了,等到坑里的冰凌冻得厚的时候,要一起去滑冰。如果我一声不吭把她们俩给抛下,自个儿和自静哥去滑冰,也太对不住我的小伙伴了。

听了我的想法,自静哥恍然大悟,对我说:"也是啊!看来你这个小姑娘还真守信用,我支持你!我就在这里等着,你快点去把她们俩叫来,我带你们一起去,有我在身边陪着,正好给你们小女孩子长一长胆。"

得到自静哥的许可,我掉转头一溜烟跑到荣花家的门口,"咚咚咚"敲响了她家的大门。这个时候,从屋里传来一个女人的声音:"谁呀?天还没亮,有啥事吗?"从拖着尾音的腔调能够判断出是荣花她娘。我说要找荣花,自静哥今天要陪着我们到北坑去滑冰。屋里暂时没了动静,为了节约时间,我没有一直在她家门前等,而是顺路径直朝着凤梅家走去。

我想起来,凤梅就睡在她家堂屋靠东面那间,何不隔着窗户喊她更省事,也免得惊动她的家人,况且她娘要是听到了,还会啰啰嗦嗦地问这问那,多一事还不如少一事。于是,我踮着脚趴在窗户上,冲着屋里小声说:"凤梅,快起来,我自静哥今天专门陪咱们到北坑滑冰去!"

凤梅听到我的喊声,一骨碌爬起来,窸窸窣窣地穿衣服下床,拉开门闩走到屋外,扯住了我的手。我俩一起来到胡同口,远远看见荣花也小跑着过来,三个小姐妹胜利会师,你扯着我的一只手,我拽着她的后衣襟,嘻嘻哈哈地去找自静哥。等到了刚才和自静哥分开的地方,他还在那里站着,因为天气太冷,只见他缩着脖子,抄着袖子,来来回回地走着,边走还边跺脚。看见我们,自静哥的精神头又一下子来了,大老远就冲我们招手。

四个人的队伍一起朝北坑进发。越来越接近大北坑,极目远眺前方的坑面,曾几何时还是碧波荡漾,波光粼粼,而此时的坑面,除了冻得厚厚的冰凌,还有一层薄薄的积雪覆盖在镜子般的冰面上。这无疑给我们滑冰增添了一定的难度。

快步小跑赶到坑前,我心里还想,就这种冰面,还能滑吗?真是天不遂人愿!可是,来都来了,不能再扭头回去呀。于是,我们三个小姑娘一起拉着手往冰面上走。这时,自静哥喊住了我们:"你们这是慌啥咧?这坑面上还有残存的积雪,滑不好的话,你们几个一起都会摔倒的!"自静哥让我们三个谁也别扯谁的手,弯着腰慢慢地滑,他会在我们中间前后左右来回穿插着滑,真要是不小心滑倒了,也不要害怕,他会第一时间拉起我们。自静哥还叮嘱我们,不要往里滑得那么远,万一有啥事的话不好往外跑。

  按照自静哥说的,我们小心翼翼上了冰面。刚开始的时候,我还谨慎地慢慢滑。滑着滑着,我就有点不老实了,到坑边雪厚的地方抓起一把雪,攒成一个雪蛋蛋,冲着凤梅扔了过去。凤梅一下没躲过去,雪球一下子打到她的肚子上,"啪"的一声碎了,棉袄棉裤上一片白。凤梅也开始反击,抓起一把雪投了过来。小姐妹们一时兴致上来了,你投我一下,我投你一下,在冰面上打起了雪仗,自静哥嘱咐我们的话全当成了耳旁风,什么安全不安全的,全都不管了。

  自静哥见三个小姑娘玩得有些忘乎所以,就滑过来提醒我们:"不要光顾着投雪蛋,忘了脚下的冰面,不然一会儿就会摔个仰八叉!"话音未落,刚投出一个雪球的我脚下就失去了平衡,往前猛的一个大闪腰,重重地摔了个狗啃泥。在两个小姐妹的帮助下,我龇牙咧嘴爬起来,脸上身上全是雪。自静哥瞅了我一眼,并没有过多地责备我,只是告诉我说:"这也算给你一个小小的教训,看你这小姐还长不长记性?"小姐妹们问我摔得疼不疼,我说不要紧,咱们继续滑吧,别再打雪仗啦,要不上下两头顾不过来,净摔跤。

  又滑了一会儿,自静哥看看太阳说:"时候不早啦,咱也该回家喝腊八粥啦!"于是,我们几个小心翼翼地溜到了坑边。坑边种的老槐树,被前几天下的一场大雪压弯了枝头，美丽的树挂在阳光的照耀下透着一种圣洁的美。一不留神，我的头碰到了一根缀着白雪的斜斜垂下来的树枝，"哗啦"一下，满头、满脸、满身都是雪。落下来的雪，散发着丝丝凉意，还夹杂着槐树上残留着的干槐花，经过雪的滋润，散发着一股沁人肺腑的淡淡幽香。我不由得深吸了一口气，啊，好舒服！我顾不得抖落脖子里的雪，只顾着用舌头舔凉冰冰、甜丝丝的雪粒，小姐妹们也学着我的样子尝起了雪。

  一旁的自静哥又开始催了，眼见太阳已经升得老高了，不能再耽误时间了。在自静哥的带领下，滑冰小分队收兵回营，一边走，自静哥的嘴里一边叨念："一九二九不出手，三九四九冰上走。"

腊八粥与腊八蒜

那年的腊八节真是难忘,跟着自静哥在北坑天然滑冰场玩过后,我们更盼望赶紧回家喝那香香甜甜的腊八粥。

拐过十字街口,进了胡同里,还没到家门口,就看见我家烟囱冒出的袅袅炊烟,一股腊八粥的诱人香味飘了过来。这个时候,肚子也开始"叽里咕噜"抗议起来,我三步并作两步进门,跑到厨房里,来不及洗手洗脸,径直往锅边蹭了过去。娘揭开锅盖,一大锅冒着热气的腊八粥出现在眼前。

娘让我们准备好饭碗,一个个盛满腊八粥,端到当门的桌子上。一家人围坐在桌子旁开始吃饭,小小的厨屋里顿时响起一阵一阵"吸溜吸溜"的喝粥声。一贯喜欢刨根问底的我,一边端着满满一碗粥喝着,一边问娘:"为何今天早上这饭叫腊八粥?"娘放下手里的碗,看着我说:"因为是在腊八这天,把八种经过一夜泡发的粮食一起丢到锅里,经过小火熬煮,所以叫腊八粥。"我又追着娘问:"那这么好吃的饭,为什么平常不做?"看我穷追不舍,娘不耐烦地说:"这个小二妮,你看哥姐都没有那么多的事,就你的话多,吃饭都堵不住你的嘴!"

这时候,听到我和娘讨论腊八粥的问题,平素严肃有余、活泼不足的爹开了腔,说"腊八"古代称"腊日",早在先秦时期,人们就在"腊八"这一天祭祀祖先和神灵,祈求丰收,祈祷吉祥,各地都有喝腊八粥的习俗。咦!一顿腊八粥竟然有如此神奇的来历,想不肃然起敬都难啊!

爹迈着四方步,在饭桌周围踱来踱去,慢条斯理地微笑着对娘说:"孩子有问题要问,这说明她对事物有独立思考的精神,这是个好事啊!对这种善于思考、敢于提问的好习惯,我们做大人的应该予以鼓励和支持啊!"

娘做的腊八粥,一直是我的一个念想,也是每年腊八这天的重头戏。每年到了数九寒天,我都会默默期待着腊八节这天的到来。熬腊八粥的时候,娘总是特意多熬出一些,吃完剩下的晾凉后,抹在结果的树枝上,寓意是祈求来年果子结得又多又大又可口。腊八粥是我心里永远珍藏的一种情愫,时至今日仍然如此,不知道到底是味觉记忆使然,还是说生活原本就是一个圆,圆周的起点其实也是终点?

思来想去,我豁然开朗。生命其实就是一个过程,即便走到了那个终点,人生也应该像江河那样激扬奔流,绝对不能冻结为冰山,上面刻上孤独、冷寂、漠然等字样。更何况,漫漫长路上总会有诸多关注的目光、温暖的双手和亲切的关怀,引导我们一直前行。镌刻在心底深处的亲情、友情,早已被谱成明媚的乐曲,那是一首无字的咏叹调，只需在心底低吟浅唱。

腊八节这天，我们除了要熬上一锅腊八粥外，腊八蒜也是和这天有关的传统美食。据老辈人讲，腊八蒜的"蒜"字，和"算"字同音，这是做买卖的人要在腊八这天来拢账，把这一年的收支算出来，可以看出盈亏，外欠和外债都要在这天算清楚，"腊八算"就是这么回事。腊八这天要债的债主，会到欠他钱的人家送信儿，该准备还钱啦！

腊八这天上午，娘从房檐下的阴凉处取出一小簸箕大蒜来，让我们从其中挑拣出大瓣的紫皮蒜，把蒜皮剥净。又从醋缸里舀出一小盆醋，把剥好的蒜瓣浸入米醋中，装入一个小瓦罐内，盖上盖子密封好，一直到除夕才能启封。等到除夕那天，掀开盖子，蒜瓣翠绿如翡翠，酸、辣、香几种味道融合在一起扑鼻而来。腊八蒜是过年吃饺子的最佳配料。最有意思的是，老一代人都说，不是在腊八泡的蒜，即使配料都一个样，温度也一样，但就因为不是在腊八这一天腌的，蒜就不会绿。对这个似乎带着点神秘色彩的说法，后来我也验证过几次，其实并不是这么回事。

进入腊八，一晃就快要到农历新年了。不是有这样几句顺口溜嘛："腊八、祭灶，年关来到。小妮要花，小子要炮，老头打饥荒，老婆要衣裳。"腊八就是进入年关的敲门砖。

祭灶王

农历年的脚步声正向我们走来,而且越走越近,过罢腊八节,祭灶节就要来到了。

祭灶,俗称送灶神,在不同的地方日期有所不同,我们中原一带,一般都在农历腊月二十三这一天。这时,学校已经期末考试完毕,在吕村寺学校教学的爹,还有在丁栾上学的大姐都已经卷起行囊回到了家准备过年。

祭灶节也被称为小年,被我们当地视为过年的开端。据说到了每年的年底,灶君、太岁神和民间诸神都要回天庭向玉皇大帝述职,尤其是灶君,会向玉帝禀告人间善恶是非,作为对人类奖惩报应的依据。故此,人们大多在这一天供奉家中诸神与灶君。

司命灶王府君专门负责管理各家的灶火,被当作一家的保护神而受到格外的崇拜。我家也和其他人家一样,将灶王神龛设在灶房的北面或东面,中间供上灶王爷的神像,女神则被称为"灶王奶奶",这大概是模仿人间夫妇的制度。灶王爷像上大多印有下一年的日历,上书"东厨司命主""人间监察神""一家之主"等字样,表明灶王的地位。

两旁贴上"上天言好事，下界保平安"的对联，希望灶王保佑全家老小的平安。

在这天的上午，娘给大人小孩都进行了分工。大家把厨房里平时使用的各种炊具，如面板、擀面杖、炊帚、刀具、筷子、筷子笼、笊篱、锅盖、笼屉、瓮盖、馍筐、馍篮，以及盆盆碗碗等一应家伙什儿通通搬到当院，烧上一大锅滚烫的开水倒到一个大盆里，又从屋内拿出一瓶食用碱面，在开水盆里倒上一些，再加上点白醋，盆内顿时"呼"的一声，泛起一股股白色的泡沫。这时娘蹲下身来，把小板凳塞到大姐的屁股底下，让她把一件件炊具全部泡到盆里刷洗一遍，再从瓮里舀出清水冲洗第二遍，洗净后在太阳下晒干。

家里人多力量大，这时候，屋里已经基本腾空清洗完毕。爹换上了在家里干活穿的衣服和帽子，开始清理打扫锅灶。用石灰和泥土混合砌得封闭完好的锅炉灶，经过一年的烟熏火燎，加上捅火棍一年三百六十五天的戳戳捣捣，已经是千疮百孔，这样既浪费柴火又不利于土炕头保温，如此一来，年关里揉搓成的面就没有合适的地方和合适的温度来发酵，蒸出的年味馍就不喧腾。这对于一年辛苦劳作的农家人来说，可不是个好兆头，因为他们很希望一年的日子能过得像家里发好的面、蒸出的馍那样喧腾。

爹仔仔细细地打扫了炉灶，清理了炕头和灶膛连接处洞里的灰土，换掉了土炕铺着的草垫苇席，哥哥们则把厨房里清理出的成堆的灰土等垃圾用箩头筐抬到粪坑内积肥。

祭灶王

娘一遍遍地叮嘱大姐，把刷洗厨具的脏水通通端到粪坑里倒掉，这样沤出的农家肥，上到田地里才会更有劲儿，有利于庄稼苗的茁壮成长。

娘交给我一个跑腿的任务，让我到合作社的小卖部里买一包芝麻祭灶糖，说是等到晚上送灶神时要用。我欣然接受，拿着钱一口气跑到村西头合作社设的日杂小卖部。隔着红漆斑驳的高高的柜台，我伸手把钱递到里面，柜台里坐着一位戴着老式眼镜的老先生，据说还是从外村调过来的。他用颤抖着的手接过我手里的钱，从柜台里最下层拎出一大包祭灶糖。他把那包祭灶糖递到我手里，还叮嘱说："小闺女，这糖可是晚上送灶神用的，回家路上可不敢拆封啊！要是馋嘴动了它，灶神就会怪罪你家大人，这一年都不会交上好运气的。"我连连点头，对他老人家点头保证，让他放心，我绝不会偷吃的。

冬天上午的时间好像特别短，家里活儿又多，一家人各忙各的，谁手头都有干不完的脏活累活，大人小孩几乎连喘气的工夫都没有。等到全家大大小小忙活整理完毕，早就过了午饭的饭点了。大家一个个饿得前心贴后心，肚子里一阵一阵"咕咕噜噜"响，一点劲儿都没有了。可是，为了晚餐那顿饭吃得更早、更为丰盛，只能凑合着弄点稀饭，略微填填肚子了事。

到了下午，爹和我们几个孩子都累得几乎要趴下了，只有娘还在灶堂上来回忙活，炸麻花、洗黄叶（大白菜）、择香菜、切葱丝、搅面糊。把盐巴、黄叶、香菜、葱姜丝、

329

海带丝、粉条一并下到汤里,还特意磕了两个鸡蛋打成泡状,倒到快要做好的祭灶汤里。最后从筷子笼里抽出一根筷子,朝着香油瓶里轻轻这么一蘸,拿出来筷子头朝下狠狠地往一大锅祭灶汤里甩了又甩。

烧好了祭灶汤,娘又从抽屉里翻出两卷纸,一卷金色,一卷银色,开始蹲在门前叠元宝。爹从院子里的秫秸垛上挑了一些粗细长短差不多的高粱秸,准备做祭灶马。做祭灶马是娘交给爹的一个重要任务,爹每次都像教书上课一样,一丝不苟、认认真真地完成。

爹先用牙齿劈掉秫秸上的篾儿,把秫秸的芯截成长短不等的段,再用刚才劈掉的秫秸篾做马的面部,用黑笔勾勒出眼睛、鼻孔、眉毛以及脖颈上的一缕马鬃。尤其是做眼睛的时候,先用黑笔勾画出两只眼的轮廓,然后用两颗黑豆子作眼珠,紧紧镶嵌在两只眼的中间,做出的眼睛栩栩如生。爹把马的脖子、头部和身子的各部分逐一连接起来之后,又问娘要了一绺咖啡色的线,用剪子铰了一段作为马的尾巴,剪子尖在秫秸芯做的马屁股中间扎一个小窟窿,将线做的马尾巴塞进去。不用半个时辰,一匹活灵活现的小马驹就做好了。

这时候,娘的金银元宝也叠好了。爹把自己的杰作和娘的元宝放在一起。娘在洗脸盆里净了净手,仔细擦干后,毕恭毕敬地把供奉在墙上的老灶王爷请下来,放在做好的祭灶马上。然后把全家人都喊到灶王爷周围,摆上祭灶糖、祭灶汤,还有麻花和三个盛着荤素盘子的供品。

娘顺手从炕上揭下一块秫秸篾编的席子，横着铺在灶王爷面前的地上，扑通一声双膝跪倒，一边口中叨咕着，一边向设在灶壁神龛中的灶王爷敬香，供上用饴糖和面做成的糖瓜，用芝麻祭灶糖供奉灶王爷，让他老人家甜甜嘴。还把糖涂抹在灶王爷的嘴四周，边涂边说："好话多说，坏话没讲。"这是用糖塞住灶王爷的嘴，让他不说坏话，只拣好听的说给玉皇大帝听，来年为人间普降甘露，并祈求灶王爷和灶王奶奶保佑我们一家平安吉祥，事事称心如意。

祭祀完，爹点燃了精心用秫秸和秫秸篾做的纸马，还有金灿灿、银亮亮的元宝，寓意是龙驹驮着灶王爷和灶王奶奶升天，照亮他们一路前行的辉煌大道。我们也一个个按着娘交代的话，虔诚地跪拜在神龛前，跟着娘祷告："今年又到二十三，敬送灶君上西天。有壮马，有草料，一路顺风平安到。供的糖瓜甜又甜，请对玉皇进好言。"

就在一家人忙着繁重的清扫、刷洗、揭瓦锅灶工作的时候，村上自发组织起来的由各家出钱或者出粮食成立的年关馍会，也开始按各家出钱粮的多少分年关的蒸馍啦。爹拿着布口袋到街里的馍会，扛回来一袋大白蒸馍。解开馍布袋口的那一瞬间，一股香喷喷、甜丝丝的麦香味直冲着鼻孔。"这年味馍可真好闻！"我吸溜了一下口水，又使劲咽到肚子里去。娘接过那一口袋年味蒸馍，唯恐我们尝到香甜可口的蒸馍味道后把持不住，就没拿出来让我们尝，而是拎到一个深深埋在地下只露出瓮口的大缸边上，将装着馍的布袋口朝下，一个个又白又大的蒸馍被倒进了缸里。

埋在地下的大缸，盖上盖子后，保鲜效果可以和现在的冰箱、冰柜媲美，这样，年味蒸馍能撑得时间更长一些。

除了大年三十上午熬肉杂菜时吃蒸馍，还有大年初一也要吃。初一起五更，外面天还是漆黑一片，寒冬腊月刺骨的寒风吹得人直打寒噤。娘把蒸馍事先放在笼屉上热好，下好头顿饺子后，用洗干净的手拿着蒸馍，让全家人每人掰一块，在吃饺子前吃下去，寓意是吃口馒头争口气，提前垫补垫补，不至于日子过得紧紧张张拉饥荒。到初二这天串亲戚的时候，要给姥姥家装上一篮子蒸馍，篮子口上面放两封点心作为礼品带过去。初三、初四家里来客人，待客的时候还要吃蒸馍。

此外，祭灶那天，家里一般都会再蒸出两坨枣花狗，专门用来在初一起五更、正月十六和二月二"龙抬头"那天作为供品，摆在灶王爷、财神爷神龛前和祖宗牌位左右。此外，到"破五"就不能再吃好馍了，所以还要提前蒸出一些玉米面窝窝，还有用高粱、大豆、谷子三样混合一起的杂面包子，混搭着吃。等到正月十六、二月二的时候，再破例吃两次白馍。

在我幼年的记忆中，年味馍和平时蒸的馍就不是一样的味道，你说怪不怪？那个时候冬天冷得出奇，年味蒸馍能放到二月二都不会坏，用牙咬一口冻得硬邦邦的年味蒸馍，馍渣渣直往下掉，这是经久不衰的老味道。

福到啦

"二十八,贴年画",是一项重要的春节传统习俗,是辞旧迎新的重要标志。家家户户都要贴"花花",既寄托了对幸福生活的向往,也寓意着对未来的美好祝愿。

到了年根的腊月二十八这天,娘先从面缸中挖出一些面粉,在马瓢里搅成面糊涂,点着火打成糨糊,搁在院子里晾凉,再把爹从学校回家顺路赶集买回来的年画拿出来,刷上糨糊贴门画。我们这时候也不能闲着,按照娘的要求,拿一块湿的破布或者破毛巾,把屋里屋外、院里院外,房檐下、水缸上、手推车上、风箱上等地方全部擦一遍。娘告诉我们,一年了,风吹日晒,尘土飞扬,这些物体上难免会落不少的灰尘,要在过年前清洗干净。

我们一个个掂着大小水盆和抹布,站在娘给我们每人划分的区域,擦擦抹抹一刻不停,认认真真地做着自己应该做的事情。我的年龄小,个子矮,娘就让我负责低矮地方的清洁。寒冬腊月里,一双小手蘸在冰冷的水盆中,顿时感到刺骨的冰凉。但是,为了能过一个卫生、祥和的春节,我也顾不得许多,豁出去了。

过了一会儿，只听一阵"咚踏咚踏"有节奏的脚步声，回头一看，原来是爹回来了。我们看到爹都很高兴，一个个边干着各自手里的活计，边嬉皮笑脸地和爹搭讪："爹，恁可算是按时回来一趟家，不容易呀！"娘扭过头来，嗔怪我们说："看你们这几个孩子，咋跟你爹说话呢？你爹他不是端着公家的饭碗，官差不自由嘛！"

爹跛着步子，四处查看一番，呵呵一笑，冲着我们说："孩子们懂事了，都能替大人分担家务活啦，很不错嘛！今天我要特别奖励你们每一个人！"说着，就从挎着的黑色公文包里取出给家人买的东西，有火鞭、炮仗，还有擦炮和摔炮。爹还给我和大姐买了两条不同材质、颜色各异的花围脖，用手掂起来仔细看的时候，能看见上面闪动着丝丝缕缕金色的丝线，甚是光彩夺目。我乐得手舞足蹈，一蹦大高。

之后，爹又从包里拿出最后一件宝贝，是买给娘的一件黑色灯芯绒套袄布衫，看上去厚厚墩墩、暖暖和和的。爹让娘穿身上试一试，让我们大家都看看怎么样。娘似乎有些生气地说："你说过年就过年呗，过年是孩子们的节日，你说好端端的一个大人家，花这冤枉钱叫谁看？大人家只要拆拆洗洗，干干净净把年过去就得了！"

爹并不为娘的这番话所动，从他那略带歉意的脸上不难看出，他对长年累月勤俭持家、任劳任怨的娘抱有愧意。面对娘，爹总是感到无以回报，只能是在过年时略表心意，更何况，娘身上的衣服虽然干干净净，但是已经破旧不堪，上面还打了不少大大小小的补丁。过年了,以崭新的面貌出现在人们面前也是应该的。

说来说去,其实,从心底里,娘对爹的礼物还是很高兴的。于是,娘提高了嗓门大声喊道:"啥也别说了,时候不早啦,你们爷几个赶快贴门画吧!还有这院里、院外以及各种家具上,大大小小的贴画都得贴上,这可都需要工夫啊!"

在娘的指挥下,爹领着我们几个开始贴门画。先从贴门对开始,几乎每一道门上都要贴春联,而且还要贴上相应的内容。每一幅门画,爹都要拿起来左右上下反复比画,还让大姐站在后面把关,直到每个边边角角都周周整整,才抹上糨糊,四个角压紧贴上去,再用一把新的笤帚在门画上来回扫一下,一点褶皱都没有了,才算大功告成。门神是贴在门芯上的,分文武两种,文门神多为"天官赐福",武门神多为秦琼、尉迟恭两位大唐名将。一般在院子门口贴的是武门神,进入院子后,外屋门上贴的就是文门神。

到了屋子里面,贴的年画题材就更加广泛了,有"福寿双全""四季平安""五路进财""聚宝盆""财神还家"等,反映了人们渴望过上富裕生活的美好愿望。当时我家屋里年画的首选是财神爷。财神也分文、武,文财神是传说中商朝的忠臣比干,武财神是封神演义里的赵公明,也有以关羽为武财神的。

爹吩咐自静哥和我拿着一叠小长条形或菱形画块,

335

在我家的鸡舍、猪圈、羊圈、粮囤上分别贴上"金鸡报晓""猪满圈""羊成群""五谷丰登"之类的,手推车、水缸、风箱和墙上分别又贴上"满院春光""出门见喜""清水满缸""风声呼呼""栋梁之材"等。当时令我百般疑惑又感到有趣的是,爹特意交代我俩,把他写的"福"字倒过来贴到大大小小的箱子、柜子上。我不解地问:"为啥要倒着贴?"爹翘起嘴角,微笑着说:"这个嘛,就意味着福'到'了!"

  门上的年画以及各种物件上的"花花"贴好后,家里顿时显得红红火火,一下子有了年味和喜庆吉祥的气氛。过年时屋里院外、各个角落贴得花花绿绿的,既烘托了节日的气氛,又表达我们全家人的美好心愿。不管世事如何变迁,我家仍然愿意坚守着老一辈传下来的年味文化,祈盼在新的一年里,家庭和和美美、顺顺利利。

辞岁酒、年夜饭

孩子们总是不会忘记掰着手指头数呀数，盼望着过年这一天的到来。说起来，就数我们小孩子家最盼望过年啦！能穿新的衣服不说，还比平时吃得好，而且还不用帮着看孩子和做那些杂七杂八的家务活，能和一帮小伙伴聚在一起心无旁骛地做游戏。

到了除夕这一天，晚饭前要先摆上丰盛的果品供奉祖先，然后"噼里啪啦"燃起一阵又一阵鞭炮，眼前喜庆的对联、耀眼的大红灯笼，还有响亮的鞭炮声告诉我们，春节真的已经来到了我们身边。

爹作为一家之主，井井有条地安排着晚上的年夜饭。娘做的一桌色香味俱全的美味佳肴令我垂涎三尺，不仅菜色丰富，而且还都赋予不同的含义。略带一点苦味的芥菜，又称长寿菜，虽然我们小孩子家都不喜欢那种苦涩的味道，但娘说它有苦尽甘来的意思，所以过年的时候一定要多多少少尝一点儿。还有红烧的大鲤鱼，平时不怎么买，也舍不得吃，可过年的时候必定得做上一道，这叫"穷日子富年根"，在一定程度上象征着年年有余。

为了来年大人和孩子们能在事业、学业的道路上有一个大的提升,娘还会特意做炸糕给大家吃,这叫"步步高升"。另外,还会从合作社里称二斤圆圆的鸡蛋糕作为祭拜供品,供香过后,再分给每个人吃两块,意思是团团圆圆、吉祥如意。还有很多平时见不到的、既神奇又美味的吃食,像菱角、马蹄之类,都让我馋得口水直流。

在鞭炮声中,一个小型以家庭为主题的喝辞岁酒、吃年夜饭的活动拉开了帷幕。爹轻轻掸一掸身上的衣服,在圆桌主位上坐了下来。爹把两圈蓝红相间的螺丝糖递到我们每一个孩子手里,我舍不得用牙嚼着吃,就含到嘴里,吸溜着让它慢慢化掉。爹看到后,笑着说:"吃吧,孩子,过年啦,有的是糖给你们吃!"爹小心翼翼地解开一捆光溜溜的崭新筷子,规规矩矩地放到我们每人面前一双,又从桌子上挪过来一壶低度的老烧酒,右手掂着酒壶,左手拿起一只小酒杯,缓缓斟上满满的一杯酒,招呼娘说:"孩子他娘,你快来坐下吧,都辛辛苦苦一年啦,我代表孩子们,给你倒杯酒,犒劳犒劳你!"

娘挨着爹身旁的空位子坐了下来,说:"趁热都快吃吧,都是自家人,哪还有那么多的礼节可讲究的,只要是孩子们都活蹦乱跳的,大人身体都健健康康的,争口气把这日子往好上奔,比什么都强!"转而又朝着我们说:"一会儿恁爹还要出门到爷爷奶奶那里去,跟爷爷叔叔喝辞岁酒呢!"在一阵欢声笑语中,一家人吃得津津有味,屋内一片和谐的气氛,不时还能闻到酒杯里烧酒散发出的一缕缕浓郁的酒香味，一家人的心似乎都要醉了……

爹为了能早点到爷爷奶奶家，早早地就把我家的大红灯笼高高地挂在了头门上。喝完辞岁酒，我们几个跟着爹去爷爷奶奶家拜年。儿孙们没有一个是空着手去的，有的掂只黄焖鸡，有的提着两条鱼，有的给爷爷拎去两瓶老酒，还有的手里拿着条比平时要好一点的洋烟孝敬爷爷。一时间，爷爷家先后来了这么多的子孙，他老人家布满皱纹的脸庞绽开了久违的笑容。

堂屋的正当门摆着一张大大的八仙桌子，爷爷准备要大摆家庭宴席，招待他的众儿孙们。二婶和六婶帮着奶奶，张罗着往桌子上端各种各样丰盛的美味佳肴。饭菜摆好，爷爷在正当中一个位子上款款落座，儿孙们按辈分依次就座。骨肉团聚，儿孙绕膝，灯红酒绿，共话团圆。

吃团圆饭这个习俗由来已久，但由于家家户户生活都不富裕，平常的日子里都是吃糠咽菜，只能是到了过年时才能改善一下。因此，大家对年夜饭的质量要求较高，也希望饭菜尽可能丰富一些。毕竟是过年，这种充实感也预示着来年的丰衣足食。年夜饭桌上，老老少少彼此祝福，说些吉祥话，节日气氛和谐融洽，暖意洋洋。

爹在爷爷奶奶家喝辞岁酒，一直喝到了二更天。酒酣耳热之际，还要到六叔家东屋服侍的祖宗灵位上磕头供奉。这一夜，"噼里啪啦"的鞭炮声彻夜不停，守岁的人们和初一一早起来拉头把鞭的人接上了头，在那个热闹非凡的除夕之夜，几乎是无人入眠。

起五更，磕头忙

春节，标志着农历旧的一年结束，新的一年开始。大年初一头一天，要五更时分起床，把新灶王爷重新请到厨房原来的位子上，享受新的一年里家人的虔诚祭拜。

说到起五更，家里人要数娘起得最早。虽然平常夜里娘也要在棉油灯下为家人缝缝补补，但不管多晚，毕竟还可以熄灯睡上一会儿。可是从除夕晚上到初一早晨，娘不知道要悄悄起来多少回，每隔半个小时就得起来洗手、更换香火蜡烛，因为大年初一这天，所有人家都不兴黑灯瞎火，几乎家家明灯蜡烛，香火不断。娘还要为家人包好第一顿要吃的饺子，同时准备好到爷爷奶奶家磕头拜大年的礼品。做一个称职的家庭主妇，需要付出太多的心血，而这一切的一切，要耗费娘几乎一晚上的精力。

我们几个孩子盼着初一起五更磕头要核桃，哥哥们还想从爷爷那儿要到更多的鞭炮好在小伙伴面前显摆，于是，一个个早早地就把娘提前给我们赶制出来的新棉袄新棉裤放在压风被子底下，省得第二天早上起床时慌乱，如果闹出大的动静来，惊扰得神鬼都不得安生，这可是过年的一个大忌。

年跟儿前几天，娘就反复叮嘱我们几个孩子，起五更的时候不要大声说话，咳嗽都得顾忌一些。清早起来不倒尿盆、不拉抽屉，就连爹娘给我们姊妹的一点压岁钱，也是要在除夕晚上从抽屉里提前拿出来放在枕头下边。还不兴扫地，即使太阳升起得老高，也不能像往常那样，掂起笤帚或扫帚直接往外扫，而是要反其道而行之，把一些鞭炮皮之类的垃圾，从屋外往屋里或者从院子外往院子里倒着扫，这叫"聚财"，否则就是"破财"啦！

豫北农村盛行有初一起五更大拜年的古老习俗。起五更的时候，天还是黑黢黢的，爹从爷爷奶奶家喝完辞岁酒回来，和娘一起准备头顿饺子。

等我们几个起床洗漱完毕，家庭内部的拜年仪式开始了。爹和娘站在一个垫子前面，我们兄弟姐妹几个轮流跪下，给爹娘磕响头，嘴里还说着祝身体安康、万事如意之类的吉祥话，爹娘高兴地合不拢嘴。磕完头，接着就是等娘下饺子，给各尊神龛点燃蜡烛摆供香。饺子下好了，供香也摆好了，爹手里掂着五百头的火鞭点燃了朝着院子里一扔，一挂鞭炮响过之后，全家人开始喜气洋洋地吃饺子。

头顿饺子里，娘都会包两个铜钱，谁要是第一个吃着，就是这个家里最有福气、以后能挣大钱的人。为了抢到头彩，在吃饺子的时候，我们小孩子都会争先恐后、狼吞虎咽。娘看到了，不住地提醒我们："小心里边有铜钱，别把牙齿硌掉了！"虽然说年关有的是好吃的，但是，只为能吃到饺子里一枚小小的铜钱而战斗,也是值得的,宁愿撑破肚皮、冒一回傻气。

肚里饱饱的,出门串街磕头的时候身上也有劲儿啦!爹把我们出去磕头时手里提着照明的小灯笼准备好了,还分别插上了蜡烛。他点燃一个个手提灯笼里的蜡烛,怕我们点火不慎烧着了衣服,反复叮嘱,一定要把挑灯的竹竿离身子远一点儿。看到那一盏一盏闪动着亮光的小红灯笼时,我们几个孩子心中别提有多高兴啦!一直举着、晃着,爱不释手。

娘领着我们,迎着凛冽刺骨的寒风和天上不时飘着的零星雪花出门磕头,首先来到爷爷奶奶家。到了门口,看到爷爷已经提前在堂屋当门铺上了垫子。老人家怕前来磕头的晚辈人跪疼了膝盖、弄脏了衣服,心可真挺细的!

我们娘儿几个正要双膝跪倒,给爷爷奶奶磕头的时候,二老用眼神示意,要我们先去东屋祖宗的灵位面前磕头。随后,爷爷奶奶也跟了过去。给祖宗磕完头后,转过身面对爷爷奶奶,娘抢先说了一句:"爹、娘,儿媳领着您的孙子孙女,在这里给恁老人家磕头啦!"爷爷奶奶赶紧上前一步,架起娘的胳膊,不让再跪下,一再说:"你抱着个孩子也不方便,别磕啦,有那个孝敬心意,比啥都强!"娘说啥也不肯,护住怀里的弟弟,双膝弯曲,手心紧紧地挨着地面,头部的前半部分触着地面,恭恭敬敬地磕了两个响头。我们几个也双膝跪倒,冲着爷爷奶奶磕起头来,嘴里还念叨着:"爷爷奶奶,孙子孙女在这里给恁二老磕头啦!"这一磕,晚辈尽了孝道,长辈也体味到了子孝媳贤,说不完、道不尽的骨肉亲情皆包含在这一磕之中。

爷爷奶奶"受头"完毕,爷爷折转身子,从里屋拿出一串鞭炮,拣几个大的炮仗薅下来,塞到哥哥们手里,又掂出一根甘蔗,从中间一分为二断开,递给我们。奶奶从筐里抓了几个年前买的大核桃,还拿了一把水果糖,抓着我的手就往我花兜兜里塞。大姐很懂事,从奶奶手里拿了一个核桃,又捏了一块水果糖含在嘴里说:"够了奶奶,一会儿来给恁二老磕头的多,留着给别人吧!"娘扯着我,抱着弟弟,哥姐们跟在后面,一路往西沿途磕了过去。每到一处,吉利话、欢笑声、祝福声不绝于耳。

我家辈分高,全村人几乎都要到爷爷奶奶家里拜年。前一拨刚走,紧跟着后一拨就又到了,一拨接一拨,熙熙攘攘,应接不暇。就连白发苍苍的耄耋老人,也颤巍巍地进得门来,给我爷爷、奶奶磕头。

最难能可贵的是,我们这里大拜年还有一个最重要的内容——互拜。大年初一,需要互拜的双方都会争先恐后地到对方家中去,如一方先拜上门去,另一方则定要回拜。不管是本家本院还是街坊邻居,不管是隔辈还是平辈,只要是上年有过龃龉的,通过大年初一的互拜,便可以取得彼此的宽容谅解,一切不和就统统烟消云散了,心里的疙瘩也自然而然地解开了。

我们几乎跑遍了全村,到村子里的亲朋好友、街坊邻居家磕头拜年。爹则在家等着迎候一拨又一拨来磕头拜年的亲戚邻居。等我们拜完年回来,天已经是大亮了,来家里拜年的人也走了。忙了一大早,肚子又饿了,因此家里会再补上一顿饺子。而这时的孩子们,已经不像吃头顿饺子时那样饿狼扑食一般,只是在大人的一番哄劝之下草草吃几个了事。一般情况下,初一早上家家都会剩下一些煮熟的饺子,这叫"有余有剩",预示着来年的日子红红火火、丰盛有余。

那个时候的我,真的好想隔三岔五就能过个年。我曾趴在娘耳旁偷偷地把这个幼稚的想法跟她说了,娘抿着嘴笑了,说:"我的傻闺女呀,一年三百六十五天的日月星辰,可是开天辟地历来就有的老皇历,一天也不能多也不会少哇!为了能在过年时吃上点好吃的,就异想天开,这哪里能成?也只有不懂事的孩子才会有如此荒唐的想法啊!"

娘还给我讲了一个流传已久的小故事。说过去有一个皇帝,觉得过年的时候普天同庆,热闹非凡,这天吃喝玩乐自不必说,还会得到文武百官们的隆重朝贺,觉得很有乐趣。于是下令,普天下一个月就要过一次年。哪承想,本来算命先生给这个皇帝算出能够坐十二年的皇位,因为他太痴迷于过年,一个月过一次,日月轮回,来去匆匆,结果只当了一年的皇帝就一命呜呼!听了这个小故事,我心里触动很大。从那以后,无论觉得过年再好,都不会再有不切实际的想法了,害怕因为贪吃好玩折了自己的寿限,那样实在是得不偿失,太不划算啦!

大年初二串亲戚

春节期间,几乎家家户户都在串亲戚,尽享春节的乐趣和一家团聚的快乐。穿新衣服和串亲戚,是烙在我记忆里的关于儿时过年的最深印记。

在我们这一带方圆几百里,直到现在仍然延续着一个亘古不变的老规矩,就是正月初一同族以及街坊邻居之间拜过大年后,初二就要串亲戚,尤其是走姥姥家。相较于其他七大姑八大姨的亲戚,姥姥家是最最重要的一家。其他亲戚家也是要分别走动的,一旦相互之间长时间不走动、不串门,就意味着亲情要断了。所以村子里的人都很在意这个事情。

那时候的农村,家里有代步工具的极少,至多也就是个笨重的老太平车而已,亲戚家离得近的,就手里提着东西一家人步行串亲戚。然而,我们家离姥姥家有二十里路,况且一到年关,老天爷好像偏偏喜欢和我家作对似的,老爱下大雪。在我的记忆里,每逢到了初二串亲戚的时候,就不曾遇到过一回好的天气。路上本来就崎岖不平,再遇上冰天雪地的恶劣天气,那就更是雪上加霜、难上加难。

迫不得已,只好硬着头皮,求亲戚告邻居,好说歹说才能借一辆老式的太平车走姥姥家。也难怪,初二走亲戚,这是人所共知的老规矩,家家户户都要串亲戚,赶到这个时候交通工具能不难借嘛!可要是过了初二这一天,说不定学校又会有什么事把爹召唤回去,串亲戚这回事说不定就会泡汤了。因此,有车的人家理解和体谅我家的难处,会赏个脸面借一天车给我家。

爹把借来的太平车停放好,娘装上一篮子馒头,馒头上面搁上两封点心,上面蒙上一条手巾,这是孝敬姥姥、姥爷的大礼。娘唯恐到半路上手巾被大风吹开,又将四个手巾角分别勒在竹篮系上。我们四个孩子和娘一起坐在露天的敞车上,一家人冒着狂风暴雪串亲戚。

爹赶着车出了村,刚拐过寨外,路上就开始出现一道道沟沟坎坎,还有一道道深深浅浅的冰辙子,老太平车轱辘在冰沟沟里吱扭吱扭地直打滑。出了丁栾北街的东寨门口,再继续往东走,一股一股凛冽刺骨的寒风夹杂着暴风雪,不时地扑打着仿佛耄耋老人似的老太平车,像是就要把它掀翻。

车在颠簸不平的土路上艰难地前行,好不容易快走到通往姥姥家所在马盘池村的路上了,谁承想,往前一看更让人胆战心惊。从丁栾拐向马盘池的斜路上,南北横跨一道又一道的沙岗,在沙岗的顶端和周围,布满了厚厚的积雪,俨然一堵高高的雪沙岗。可能是因为夜里风刮得太大了,在大风的助推作用下,加上南高北低的地势,沙土伴随着暴雪被风旋成了这个样子。这个时候,别说是车,就是牲口站在那里,都像是蒙了圈一般,两条腿直打哆嗦,一直在雪地上蹬踏着蹄子踟蹰不前。

车子想要从雪岗上边跨过去,似乎不太可能,怎么办?爹喊声"吁!"停下了车,抬起脚,"一跐溜两滑"地走到丁栾集北街,到熟人家借来一把铁锨,用来铲除沙土和积雪旋成的风雪沙岗。

等爹的时候,我环顾四周突然发现,曾几何时,倔强地生长在丁栾集沙窝窝土地上的一排排桑杈,如今在暴风雪的侵袭下,低下了曾经高昂的头颅。这些桑杈树,年年都要为方圆百余里的农户人家产出数以千计的桑杈,供夏秋两季农忙使用。当时,看到如此茂盛的桑杈,我还有些吃惊和不解,这种植物是怎么长成这般模样的呢?是它天生就是这样的?要三个叉,都是三个叉,要四个叉,又都是四个叉,真是精巧无比。这一切是自然形成,还是后天人为形成的呢?有一次,坐在去姥姥家的车上,我忍不住问娘。娘对我说,桑杈树本来就是这么样的树种,生长到一定程度的时候,自然而然就会形成这个样子。

娘还说,桑杈树的叶子能养蚕宝宝,小小的蚕茧缫丝后还能织出精美的绫罗绸缎,穿在身上很舒服,蚕蛹烹炸以后还能当小菜下酒。听娘这么一说,我不禁对这片桑杈树肃然起敬。可是如今,曾经高傲的桑杈树,树干上堆积着沉重的积雪,在暴风雪的进攻下甘拜下风,一副悲悲切切的样子,顿时让我心生怜悯。

爹借来铁锨后,弯下腰,一铲又一铲地铲着挡路的雪沙岗,不断把积雪和沙土铲到路的两边,眼前的道路终于显露出它的本来面目。然而,牲口好像还没有从可怕的阴影中走出来似的,依然站在原地一动也不动,直到爹扬起手中的皮鞭,喊了一声"驾!"才如梦初醒一般,扬起四蹄,开始"踏踏踏踏"往前奔。

坐在太平车上,那个冷、那个窝蜷劲儿,如果不是亲身体验的话,就不会知道有多么难受。娘用两条破棉被子盖在我们身上,也难以抵挡住狂风的肆虐,车上一张张稚嫩的小脸几乎全都缩进了棉袄领子里,头发被拱得如同小刺猬竖在身上的一根根硬邦邦的尖刺一般。我身子紧紧地贴着冰冷的车帮,冻得瑟瑟发抖,两只裸露出来的小手,被冰刀似的寒风吹得像红萝卜一样红。小孩子的皮肤本来就嫩,经不住冻,腿和脚也都冻得麻了,一点知觉都没有。再加上一路的颠簸,坐得腰酸背疼,我就跟娘说腰疼,想要站起身来活动活动。娘白了我一眼,说:"小孩子家哪来的腰啊?别那么金贵,要是再多事的话,明年你就在家看门,别再吵闹着走姥姥家啦!"娘一句不经意的话,我信以为真,以为小孩子真的是没有腰的,也断然不能再在大人面前矫情,于是默默地闭上嘴巴,不敢再出声了。最主要的,还是怕娘下次不让我跟着走姥姥家了。

每年到了大年初二,我们家里的这些孩子们都会因为走姥姥家起争执。

姥爷姥姥只有娘和姨两个闺女,二老特别钟爱两个闺女,对我们这些外孙、外孙女也是格外疼爱。有什么稀罕一点的食物,二老都舍不得自己吃,而是放到桌子上搁着的小箱子里头,等着初二我们这些孩子一到,磕过头之后,姥姥就会赶紧用左手捏住那个小箱子的黄铜箱袢,掀起箱盖,从里边拿出特意准备的食物放在我们面前,有些东西别说吃,就连听也没听过。

这些稀罕食物大多是姥爷托我万荣舅捎回来的。万荣舅是我们当地给人治病的先生,经常需要去附近不太远的城市采购一些药物。年前的时候,姥爷就会特意破费一次,托他从城市里捎来几根香蕉,或是栗子、菱角之类平常吃不到的吃物备着,过年孩子们来了好一饱口福。为此,过年走姥姥家,对我们这些馋猫儿一样的孩子来说是个不小的诱惑,一个个都是盼着、争着。

然而,家里也有一大摊子事,猪、羊要喂,狗、猫、鸡、鸭、鹅、兔子也要吃喝,时刻离不开人,因此,大年初二谁来看家,就成了一个令爹娘头疼纠结的问题。如何确定看家的人选?不能用写纸条、抓阄的方式,只能是轮着来,对留下来的孩子还要好言抚慰,并允诺从姥姥家一定给他捎来好吃的、好玩的。大姐因为年龄稍长些,格外体贴大人的难处,会想着分担爹娘的忧愁,都是主动提出留下来看门。可是,也不能每年都让大姐在家守着啊!况且,大姐又是家里的老大,姥爷姥姥看不见心肝宝贝一样的大外孙女,会怪娘偏心,说:"孩子好不容易熬个过年,都是让她在家看门,那个家咋恁金贵呀!"每到这时,娘总是无奈地笑着说:"他们小姊妹几个都慌着走姥姥家,叫谁在家都撅着个小嘴闹情绪,没有一个愿意留在家做那些鸡零狗碎的家务活,你叫我咋安置呀?我的亲娘,烦恁老给闺女掰扯掰扯吧!"

好不容易到了姥姥家,姥爷大老远听到动静就迎出门来,搀扶着我们走下车。进到门里,姥姥赶紧从院子里抱过来一大捆干柴,在灶膛里拢起一堆火,红彤彤的火苗吱吱作响,屋子里一下子就暖和多了。姥姥招呼我们过来烤烤火暖暖身子。这时候,爹娘"扑通"一声给姥爷姥姥跪下,口中喊着:"爹、娘,好不容易熬了一年啦,这里我们给恁二老磕头啦!"姥爷姥姥赶忙用两只胳膊挡住,推让一番:"闺女、女婿呀,都是亲骨头亲肉的自家人,犯不上跪在凉地下行这番大礼。我们俩如今这身子骨都还结实,时不时地来家看望看望,不比啥都强,你们说是不是?"但是,爹娘还是强行跪下行了礼。紧接着,我们兄妹几个也一起跪在姥爷姥姥面前磕了头,口中嚷嚷着:"姥爷、姥姥,外孙、外孙女在这里给恁二老磕头啦!"两位老人高兴得合不拢嘴,从上衣口袋里摸出压岁钱,塞到我们每一个人的衣兜里,亲切地对我们说:"又长一岁,懂事啦!姥爷、姥姥真的没有白疼你们呀!"说句话的工夫,姥姥拿出核桃、花生和一大堆吃的。过年要核桃是孩子们的重要事情,于是,我们兴高采烈地将姥姥手中的核桃塞到了兜兜里。

我们围坐在灶台旁,因为我离火最近,火苗时不时就烤到了辫子梢，然后是一番手忙脚乱。等到火焰快灭的时候，姥姥捧过来花生角扔到火堆里，花生遇到火，噼里啪啦地响了起来，花生的香味，混合着烧焦头发的气味，也是我儿时印象最深的味道。

正当意犹未尽的时侯，爹娘从凳子上站起身来，看时候也不早了，也得带着孩子们到祖宗轴上，还有其他的几个近门姥姥家分别走动走动，问候问候，磕磕头啥的。于是，爹娘带着我们几个，手里提着三个四四方方的对折手巾，其中一个里面装着馒头和一两封点心，是送给二姥姥的，还有两个送给另外两位姥姥家的。娘作为已经嫁出去的闺女，处处总要讲个礼数。大正月里，在亲戚面前，不能光是磕个空头问声好走走过场。更何况，初二走亲戚也不同往常，吃过午饭以后，几位姥姥们会把我们带去的礼品象征性地拿出去一点，再放进手巾兜里一些自家比较好的东西，作为回敬的礼品让我们带回去。一来一往，显得双方都很注重往来。"礼尚往来"，这也许就是我国自古以来的道德礼仪内涵所在，两家皆大欢喜，何乐而不为呢？

大家都知道这个约定成俗的老规矩。所以，不管去哪位姥姥家，大老远一进门，屋里的人就赶紧跑出来，一边整理着自己的衣服，一边喜笑颜开地迎接我们。有的姥姥家还养着狗，听到生人说话声就会汪汪叫个不停，走到院子里还一直围绕在我们身边。我吓得四处躲闪，这家姥姥就会拿起一根小木棍照着狗身上抽过去，嘴里还说着："这是咱家远道而来的客人，是自己家人，知道不知道？给我滚到一边去!"有的姥姥家还让年轻人拿条绳子把看家狗临时拴起来,这下,刚才还狂吠的狗顿时杀了威风,耷拉着脑袋,干瞪着一双圆圆的眼睛望着我们。

有绳子拴住这些狗,我的心总算落到了肚子里。这家姥姥领着我们走到堂屋,一眼看到屋里当门铺着一个草席,这是给磕头预备的。"不过初六不撤席",这也是农村里的一个老规矩。爹娘按老理趴在地上恭恭敬敬地给长辈们磕头问好。我们也一边嘴里喊着"姥姥""舅舅"一边磕头,远房舅舅们一看乐得合不拢嘴,立刻掂来核桃兜子,还有半挂鞭炮,一个劲地往我们兜兜里装,嘴里还直夸我们懂礼仪、识规矩。这家的姥爷姥姥和舅舅们过意不去,非要我们在他们家里吃饭。爹娘拱拱手说:"今天就算了,我们还要到别的人家去转一转,咱们有的是时间在一块聚。"再到下一家,也是如此这般,一圈下来,我们一个个都饥肠辘辘。

回到姥姥家,正好也赶上吃中午饭的时辰了。姥姥把熬好的一锅热气腾腾的肉杂菜端上了桌。肉的醇香和辣椒的辣味混合在一起,给味蕾带来了丰富的体验,吃几口便浑身都是力量,趁着那股热乎劲儿,我们一个个吃得头顶直冒汗,一直吃到滚瓜肚圆。等姥姥又从厨房给我们盛出一碗碗的饺子时,我一点胃口也没有了。爹娘和姥姥好说歹说,我才做做样子,拿起姥爷精心制作的竹饺子插,轻描淡写地插了一个饺子,送到嘴里嚼几下,再喝一口汤,好歹算是咽到肚子里。

吃完饭,我们几个孩子直奔屋里桌子上的小箱子,姥姥从里面拿出一挂香蕉,分给我们每人一根。第一次见到这样的洋玩意,不知道如何下口,竟把一根香蕉连皮带肉咬了下去,啊呀,又涩又苦!赶忙"呸呸"地吐出来,嘴里还不住声地嘟囔着:"什么好东西呀?还没有娘放到灶膛底下烘出的红薯好吃呢!"姥爷在一旁看着,抿着嘴直乐。

天下没有不散的筵席,人们常说:"外孙是姥姥家的狗,吃饱了抬起腿就走。"姥姥家再好,终究还是要离开的。亲朋好友一年到头难得碰上一次面,男人们坐在一起,彼此聊着地里的收成;女人们聚在一起,嘻嘻哈哈拉着家常。大家趁着过年互相走动串亲戚,是亲人之间的一种交流,更是延续亲情的一种重要形式。

玩旱船与"小七姐"

老家的春节,从腊月二十三,也就是小年开始,一直到过了正月十六才算告一段落,而真正到年关结束,还要延续到二月二龙抬头,甚至还有人说,不过二月十九古会,都不算是真正过完年。哪种说法正确无从考究,无非是辛苦了一年的人们想趁着过年多休息几天、吃点好东西,大家聚到一起多乐和乐和。

正月十六这天,随着一阵"咚咚咚、锵锵锵"的声响,锣鼓队来到了我们村。一听见动静,娘急忙扔下手头所有的活计,抱着弟弟、扯着我走到十字路口,站在了地势较高的地方。正月十六街上各种玩杂耍的都在这几天登台献艺,爹已经提前去学校准备开学前的工作了,娘一个人领着几个孩子在家,唯恐孩子们光顾看热闹忽视了人身安全,娘得看紧我们。

看着杂耍队伍走马灯似地来来往往,我还觉得不过瘾,挣脱了娘的手,嚷着叫着要和两个哥哥一起去村公所的舞台那儿,欣赏精彩的节目演出。娘无奈同意了,一再叮嘱哥哥们说:"咱这是个大村子,玩杂耍的团队就喜欢在正月十六这天到这里,周围三里五村的群众都要在这几天来咱村看玩意儿,这人山人海的,你们哥俩可别光顾着仰头看热闹,让拾小孩的人贩子把你妹妹给拐跑了啊!"自选哥一个劲儿给娘保证说:"放心吧娘,要想把俺的小妹妹给拐跑,那得看他能比我们哥俩多长几个心眼儿啦!"

小的时候我总像个假小子般黏着两个哥哥,仿佛跟屁虫似的尾随在他们的身后。两个哥哥也总是竭尽所能地宠着我,非但不嫌弃我是他们的小累赘,还乐此不疲地带着我四处玩耍。他们对我说的每一句话,甚至可以说一个手势、一个眼神,我都欣然接受。我尤为欣赏自选哥在他们那帮大孩子中的好人缘。每当自选哥放学回到家,或是趁着星期天,只要走到街上,一群半大小子就会"呼啦"一下围拢上来。在自选哥的创意下,一个个精彩刺激的游戏引得街上围观的人不住地喝彩!也许,在自选哥的心目中,他给小伙伴们所说的每句话都被当成号令来实施,也是他儿时非凡成就的一种体现吧。

自选哥领着我,拨开众人往前挤,边挤边找制高点,生怕我看得不清楚。怕我被人群挤着,哥哥们甚至还达成默契,轮换着把我举到头顶。每到此时,我就觉得自己是那么幸运,能在此生遇到如此疼我的两位哥哥,我就是世界上最幸福的小女孩!

这时候,由二十几个穿戴各异的中年人组成的锣鼓队走来了。每一个锣鼓手分别涂成不同面容的大花脸,有的戴着草帽,还有的戴着鸭舌帽或是高高的圆筒帽,不同种类看似很夸张的帽子特别引人注目。还有他们身上穿的五颜六色、款式各异的服装,仿佛一下子能让人看到原始先民某些特殊的印记。

锣鼓手们手里拿着小鼓、铜锣和短笛,边走边敲打吹奏。其中有一个人物特别的活跃,手拿一根小棍,时而前进,时而后退,还不断地扭转身体,欢快的步子像扭秧歌,又像现在的探戈舞步。这个人就是锣鼓队的总指挥手,手里拿的就是指挥棒,鼓手们要根据指挥棒示意的节拍来演奏,"恰——恰——恰,咚咚,咚咚,锵锵,嚓嚓嚓,咣咣咣"……随着队伍的行进速度,锣鼓的节拍也不断变化着。锣鼓手们使出全身力气,卖力地敲打着锣鼓,震天动地,畅快淋漓。每当锣鼓声"咚嚓、咚嚓"响起的时候,我们小孩都会急忙缩起脖子,捂着耳朵,生怕耳膜给震破了。

队伍最后压轴的,是一辆裱糊得鲜艳夺目的彩车,由一头膘肥体壮的骡子拉着,上边放着一面硕大的鼓,打鼓的人膀大腰圆,双臂娴熟地挥动系着红绸彩缎的大鼓锤,威风凛凛,鼓声如雷,撼人心魄。

当时村里一个小孩被锣鼓队选中了,我心中那个羡慕真是无以言表,内心暗暗发誓,等自己长大了也要参加这种锣鼓队表演。不过,我也明白,锣鼓队不是谁都能够加入的,必须胆大心细、镇定自若,没有恐高症,不论遇到什么情况都不会哭鼻子。而且,我只是看到了他们打鼓时那股神气的派头,觉得煞是风光。其实,他们走街串巷一场下来,加上出发前的准备时间,得有四五个小时,个中的辛苦实在难以言说。

锣鼓队边走边表演，到了一些地方比如村公所、大场地，或是大户人家的家门口，还会专门停下来表演。这些人家也最是讲究乡邻体面，提前都会在门前摆出一张桌子，上面摆放着几瓶上等的醇香名酒、几条好烟和一些高级水果糖，来迎接这些表演队伍和看热闹的众乡亲。

每一台表演都是一个故事，有的是戏曲中的一个场景。按照故事情节，三五个面目各异的人穿着全身的戏装，装扮成不同的角色，摆出多种逗人开心的姿势，或站或坐，或打斗或嬉闹，或高兴或愤怒。最有趣的要数走在锣鼓队后的老年队。老年队由一些擅长于打乐逗趣、爱好戏谑笑闹的农村老太太组成，她们身着宽衣大袖，涂脂抹粉，以丑为美，有的用两个火红的长辣椒戴在耳朵上，当作漂亮的耳坠；有的鼻子中间点一圈白，扮成个丑角老爷，稳坐在独杆花轿上；还有的装扮成西游记里的猪八戒，扛着一把钉耙，后脊梁上背着个花媳妇。

穿着怪异华丽的老太太们是队伍里的一个亮点。这群老太太伴着节拍，舞动手中的彩色手绢，表演时那一招一式、举手投足着实搞笑。还有的故意噘着嘴角或是歪着嘴，嘴角和耳根处几乎能连接起来，还不时打着呼哨，引逗得圈围观的人群时不时爆发出一阵又一阵笑声。这些爱逗乐的老太太听到有人为她们喝彩助威，更是欢喜异常，更加卖力，甚至不按既定套路表演，故意做出各种搞笑的姿势，或者有意给围观的人群中抛媚眼求关注，观众们也很配合，鼓掌声、叫好声不绝于耳，响彻村里的大街小巷。此时，锣鼓队的表演已经达到了高潮。

此外，还有玩大头、玩旱船等节目，其中我最喜欢看的要属玩旱船了。玩旱船的主角是一个老艄公，头戴一顶露着大窟窿的烂草帽，后边的帽檐翻卷微微翘起，蓄着花白的胡子，身上反穿皮马褂，手中掂一把破烂的芭蕉扇，站在无水无底用彩色布精心点缀扎成的旱船里，前后有两个人牵拉，游刃有余地划着。手持篙杆滑动旱船时，老艄公会把破烂的芭蕉扇插在腰间，或是别在脖子后边。配合着锣鼓的节奏，把旱船扭来扭去，如同行驶在波浪翻滚的大江大海里。也有的是老艄公站在旱船一边划水撑船，旱船里站一个女人，哼唱着乡间小调："小小鲤鱼红红的腮，上江游到下江来。上江要吃灵芝草，下江要吃青蒲苔……"唱词大同小异，幽默诙谐，且多是即兴发挥，为节日的街头增添了一道道别有乐趣的风景。

高跷队伍里，一帮男女老少高低不等，穿着五颜六色的服装，头上戴着样式各异的帽子，脸上分别画着小姐、公子、忠臣、奸臣、丑角等不同角色的扮相。小姐头戴凤冠，脸上略施粉黛，柳叶眉，杏核眼，身穿点缀着朵朵祥云的绫罗绸缎，脚上蹬着一双红色缎子绣花鞋，鞋头上点缀着一撮蓝色绒线穗穗，鲜艳夺目。站在高跷上，含羞带笑，扭扭捏捏，一副婀娜多姿的样子，煞是耐看。青年公子则满面春风，英姿焕发，头戴一顶官帽，身上穿着蔚蓝色官袍，踏着鼓点昂首阔步，一派春风得意的神情。

忠臣由憨厚朴实、五官端正的老汉扮演。通常都是头戴官帽，身穿蟒袍，腰间挂着一圈白玉带，脚踏一双高底高筒靴，踏着锣鼓点，踩着高跷走着四四方方的步子，举手投足沉稳大方。开口唱腔或是道白时，声音洪亮圆润、掷地有声，一开嗓便赢得围观者的阵阵喝彩。

可丑角就大不一样了。无论扮相还是举手投足，都给人留下了既搞笑，又令人憎恨甚至作呕的种种怪态。譬如女丑，脸上虽也施有粉黛，但涂了一层又一层，就差掉渣渣啦！嘴上涂得像刚刚喝过鸡血一般。嘴歪眼斜，靠鼻子的地方还抹着一片白，显得心眼也跟着长到了后脊梁上。有的还掂着一根长长的水烟袋，吐着烟圈逗闷子，走起路来头点屁股撅，站没个站相，坐没个坐相，一点正形都没有。

男奸臣更是给人一种可憎可恨的形象。虽然也带着官帽，但那顶官帽像是斜盖在一颗并不匹配的头上似的，身上穿的官袍也是歪歪扭扭、皱皱巴巴。再往脸上看，画的颜色白的多、黑的少，就是没有丝毫红色的痕迹。无论道白还是唱腔，都操着一副恶声怪调，踩起高跷来一股装腔作势、盛气凌人的样子。

为了使队伍大致整齐有序，根据人的个头大小，高跷有不同的踩法。高个了的，腿固定在木棍中间部分一个绑着脚踏板的地方，为了远近路途中不至于崴脚或者硌腿，还用绷带紧紧地绷了一道又一道。队伍里还有一些半大不小的孩子和青年女子，个子相对比较矮，就把脚踏板安在木棍子的顶端，仍旧按照上述方法，用绷带反复把两只脚和踏板缠了一遭又一遭，直到松不开、绊不倒为止。这些孩子们的扮相生动有趣，一举一动生龙活虎，一会儿往前跑，一会儿又往后退，一会儿摇旗呐喊，一会儿又说唱逗趣，是这个队列中的活跃分子。

我记忆深刻的还有玩"小七姐"，即七个还未出阁的女孩子玩的游戏。正月十五晚上，刚吃过元宵，荣花就来到俺家，对我说："今天夜里咱们玩小七姐的游戏吧！"娘问荣花："你们这七个女孩子都有谁，在哪一家坐夜玩呢？我提前给你们包些饺子准备着。"荣花顿了顿回答说："有凤梅、芬荣、虚穗、宽妞、胜利他妹妹香黎，还有我和恁小尊，一共就这么几个平时在一起玩得好的小姐妹，打算在凤梅家的东屋里，她家挺暖和的，恁就把心放到肚子里去吧！"

娘看我着急出门，就从柜橱里翻出来一对叠得四四方方，压得板板正正，墨黑墨黑还没有上过腿的捆腿带子装到我的衣兜里，又小心翼翼地从包好的饺子里挑出周正的十六个花边水饺，还有一封点心，一并放到小竹篮子里。

我左手拐着竹篮，兴高采烈地来到六婶家院子门口，右手抬起，"砰砰"地敲响了她们家的大门。只听得一阵踢踢踏踏的脚步声，大门吱扭一声开了，六婶拖着"半篮脚"（就是那种裹得既不太大又不太小的脚），从里面探出头："谁呀？"一眼看到是我，六婶格外兴奋地说："原来是俺侄女小尊，多天不见啦，恁娘他在家干啥咧？"我说：

"娘年前黑天白日光顾着给我们姊妹几个赶做过年的新衣服啦,也没能抽出空来这和恁说说话,聊聊家常,也挺想念恁的。"

六婶是个性格活泼、开朗,做事不拘小节的开明人,当我把今天夜里想在她们家过夜玩"小七姐"这件事告诉她后,她满面春风地说:"那感情好哇,一帮小姐妹趁着过大年在一块乐和乐和,比啥都强!"我和六婶一边说着话,一边往凤梅住的东屋走去。

到了屋里,只见屋子正中间摆着一个大圆桌子,周围放了一圈凳子,场地已经收拾出来了。我赶紧把篮子里的点心拿出来,踮脚搁到屋顶上提溜着的一个大笆斗里,用手扒拉着"哗啦哗啦"响,里面应该都是小姊妹们带来守夜吃的好东西。我又把饺子拿出来,和大家带来的饺子一起放在簸箩里晾起来。

玩"小七姐"时从家里拿来的饺子,是大人们在十五晚上提前包好的,准备在正月十六起五更"游百命"(我们这一带的习俗,也叫"游百病",即正月十六一大早吃完饭,人们要走出家门四处转转,以期有个好身体)之前吃的早饭,一般来说必须背着家人悄悄拿走。据说这样一来,家人会认为是老鼠拉走了饺子,由此更加深了对老鼠的厌恶情绪和消灭它们的决心。

我坐在靠里边的位子上。一路上的折腾,手都被冻得有些发僵发麻,可我已经顾不得这些,一心只想着快点学会玩"小七姐"的游戏。我哆哆嗦嗦把娘准备过年过节、赶集上会，或是走娘家串亲戚时才能换上的捆腿带子跟大家的混在一起，此时已经接近一更天。芬荣先跟我们大家讲解玩"小七姐"的一些注意事项和要求。

　　游戏规则是，七个小姐妹闭上眼睛，把这一对一对的捆腿带子挽成一个个疙瘩，再把系在一起的疙瘩带子使劲地向上抛撒，连续扔十六次算一局，如果疙瘩大多数都结结实实，没有松开以及散落的话，来年地里的麦子就会获得一个较好的收成。倘若捆腿带子有多数散开或者松动，就说明麦子收成不会太好。如果系成的疙瘩松散结实各占一半，来年秋麦两季收成就不好也不坏。

　　清楚规则之后，一个带着良好祝愿和美好期盼的游戏就正式拉开了序幕。大家先将七对捆腿带子分别一一伸展开来，然后喊"一、二、三"一起闭上眼睛。谁若是在中间违规睁开眼睛看，就会被剥夺守夜期间吃零食的权利，甚至被取消下一年参加这个游戏的资格。所以，大家谨遵这项约定俗成的规矩，一个个将双眼闭紧。

　　接着，一个人从一堆捆腿带中找出其中两个带子的头，摸索着将两个头系成一个疙瘩，然后再换另一个人接着摸瞎系，以此类推。大家一丝不苟地慢慢地系着，谁也不说一句废话，更不敢在大过年的说那些不三不四的狂话。这下，可就憋坏了平时喜欢说个俏皮话、逗趣话、玩笑话的宽妞啦！大过节的，不能说像是坐监狱吧，至少蒙着双眼虔诚地坐在位子上，不能来回走动不说，还不能像平常一样随便逗个乐啥的，就像是有人拿把铜锁一下子给嘴巴上了锁一般。为了大家能欢欢乐乐过个快活年,姐妹们心往一处想,劲儿往一处使,通过一个简单有趣的游戏给乡亲们祈求来一个好的收成,也是很难得的。

大家一边玩着,一边伸手往头顶挂着的笆斗篮里摸零食吃。虽然看样子不是很在意胜负,其实每个人心里都压着一块沉甸甸的大石头,谁都怕自己系的疙瘩不瓷实,一扔就被撂开,为此暗暗捏了一把汗。不过,自己做的活自己最清楚,用不着别人说,自己心里明镜儿似的,只是谁都不愿意说出来罢了。

就这样一直玩到大约四更天光景,几个小姐妹还强撑着精神头,有人一直张嘴打哈欠,实在是玩不下去了。这时候,东屋的门"吱呀"一声开了,六婶提着一个纸糊的大红灯笼蹑手蹑脚地走进屋,端起盛着饺子的簸箩到了厨房。

不一会儿,六婶又端着一盆煮熟的水饺进来了,她把饺子放到桌子中间,凤梅又飞快地跑到厨房端来一摞花瓷碗,还有七双筷子摆好放到我们面前。一看到饺子,我们感到肚子一阵阵"咕噜咕噜"响了起来,玩了一夜,真的是饿极啦!于是,一个个端起碗来狼吞虎咽。六婶心疼地说:"这都快熬了一个通夜啦,慢点吃,吃完也该各自回家睡一会儿了。待会儿趁着天还没有明朗的时候,还得起来游百命呢!"

一年就熬这么个好时候,谁不希望有个好身体,长成高个子?于是,我们几个小姊妹约好一个地方集合,开始游百命。先围着一口老井转三圈,边转边念叨着:"转转井,我腰不疼",摸着棵椿树,嘴中也默默地念着:"椿树王,椿树王,你发粗来我发长,你发粗了做梁檩,我发长了撑衣裳。"见到有长老草的地方,就随地蹲下身来喃喃自语:"拔、拔、拔老草,银子钱回家跑。"转着转着一回头,发现有块去年春天种过黄豆的地里仍然还有豆茬,就弯下腰来口中叨念着:"薅、薅、薅豆茬,银子钱回家爬。"

正月十六玩旱船、踩高跷、玩"小七姐",这些是我们这里曾经广为流传的为民间所喜闻乐见的活动,到如今已经过去六十多年啦!可每当一年一度的正月十六来临时,依然还会情不自禁地联想起当年的热闹场面,也许这就是永远留存在记忆中的年味,或者是对家乡与生俱来的特殊感觉。

二月二龙抬头

农历二月二是民间所说的"龙抬头"之日,是中国人的传统节日。"二月二龙抬头,大囤满小囤流。""二月二龙抬头,大家小户使耕牛。""龙不抬头,天不下雨。"这一天有诸多有趣活动,剃龙头则是其中的重中之重。

我们这一带传得更是有鼻子有眼。说是正月里某某家的二小子平时就喜好干净,三五天就要洗一次头,十天半月就要理一次发,也不管什么该什么不该的。有一年,正巧赶在大正月里,觉得头发有些长,就不管三七二十一跑到理发店剃了头。哪承想,刚剃完头不久,他的舅舅竟突发急病,抢救无效去世了。每每听到老人讲这个故事,我就特别想要问一句,为啥就不能再忍上几天,等到二月二取个吉利再剃头呀?

还有一种说法,说二月二这天不让做活。不管你家里有多么紧要的衣服鞋袜需要缝缝连连,都必须遵循这条祖祖辈辈千百年来传承的老规矩,停止一切针线活,据说是忌讳钢针、剪子,怕刺扎了"龙眼"。

娘不止一次地给我们提起过,曾经有这么一件事,让一向干事不愿拖拉的娘坐卧不宁，还纠结了整整一天。有一年二月二，大姐那天在学校当值日生，当天身上穿的还是过年时做的新棉袄。在上下凳子的时候，碰巧桌子上有颗露出头的铁钉子，大姐没看见，不偏不倚正好挂住了棉袄胳肢窝处，只听"刺啦"一声，袖子被拉开了一条长长的缝，里面套的棉花都漏出来了。

　　这一下，大姐急得直哭，只得跑回寝室借她一个同学的旧棉袄穿，接着，把破了的棉袄叠好装到一个布包里，匆匆忙忙向老师请了一节课的假跑回了家。一进门，还没顾上吃娘做的煎饼和年糕，就赶紧把棉袄从布包中拿出来，双手递给娘说："娘，是我不小心，让桌子上的钉子剐破了衣服。恁快给我缝缝吧，我下午还有课急等着要走呢！"娘一听这话愣住了，对大姐说："孩子，咋这么不巧哇！早不剐破，晚不剐破，偏偏在这个时候把它给剐破了呀！"

　　大姐从小就文雅恬静，知道心疼爹娘，在旁人眼里就不是个淘气的孩子，这娘是知道的呀！平时娘可是最喜欢大姐的，可今天说出的话，真的是让大姐丈二和尚摸不着头脑。看大姐委屈得直掉眼泪，娘耐心地跟她解释，这个小事要搁到平时的任何一天，就是几条针线的活，一碗饭吃不完娘就给缝好了，哪用得着孩子这么急赤白脸地说这么多的话？可今天是二月二龙抬头的日子，普天下的人都知道，二月初一到二月二这两天不兴拿针和剪子做针线活，否则就意味着刺扎龙的眼睛，这可是要遭天打五雷轰的。

大姐一听恍然大悟，原来今天正好是二月二，自己不知道这天不兴做针线活，差一点儿误会了娘。娘走到里屋，掀开柜子盖，又拿出一件酱紫色碎花棉袄递给大姐。原来，娘想着大姐常年在外上学不沾家，生怕哪会儿替换不过来，就多了个心眼，一下子做了两件。娘让大姐把破了的棉袄先放到家里，说等过了今天，就是趁着晚会儿吃饭的工夫也就给缝上了。通过这件微不足道的小事，可以看出，过去各种陈规陋俗往往束缚了人们的手脚，就连最基本正常的小事都不能按照自己的意愿干。

二月初一的晚上，我们这里时兴摊煎饼、煎年糕、煎"蝎子肚"等，以表达对美好生活的期盼。这天晚上，娘会提前准备一些绿豆面倒在瓷盆里，加上清水、盐、葱花，搅上半盆稀面糊涂。往平底锅里倒上一些油，用平时吃饭的勺子挖一勺面糊涂，往平底锅里旋一圈，再用炝锅铲旋圈扒拉几下，只需片刻，一张薄薄的煎饼就出锅了。

按老规矩，一家之主会拿几块刚煎好的煎饼，掰成小碎块，和着沙土、草木灰一起，往粮食囤的四周逆时针撒一圈又一圈。如果这一年收成不好，家里没有粮食囤，就把院子打扫得干干净净的，用锅底灰搀着沙土，在院子里的空地上先划个大圆圈，里边再套一个小圆圈，当作粮食囤。

娘手里托着一张刚刚烙好的煎饼，递给作为家里男丁老大的自选哥，让他暂时代替因工作忙还没有赶回来的爹，铺这个大的粮食囤底。为了希望来年能够获得一个更大的丰收,还特意让自选哥在一个个粮食囤上画上高高的梯子,寓意是粮食囤越堆越高。

这天晚上,我正在门口和小伙伴们用四方瓦块玩着"走方城"的游戏,忽然听到娘喊我,要我到厨房一趟。我心里想,十有八九是娘让我帮她拉风箱或者烧火,再不然就是让我帮着看弟弟。结果,当我走到厨房门口时,只见案板上有煎好的年糕,还有娘精心捏制、油炸的面蝎子。年糕自不必说,象征着日子越过越好,大人事业有成、步步高升,孩子们学业有成、天天向上,就连面蝎子,那也是有一定讲究的。

蝎子是对大人小孩造成身体伤害的"五毒"之一。尤其是当家里长久不揭瓦锅灶的时候,无形之中就给这些蝎子营造了临时的安乐窝。一旦触动了它们的巢穴,这些"亡命之徒"就会乘人不备,一窝蜂似地朝着你涌来,鼓着蝎肚,翘动着最毒辣的后尾巴尖展开偷袭。稍不留意,就会被蜇得嗷嗷哭爹喊娘,被蜇过的地方很快就会肿得老高老高。有经验的人家,大多会马上用指甲紧紧掐住蜇过的地方,使劲地把毒液挤出来。如果不及时地把毒液挤出来,后果将不堪设想,轻则好几天又疼又痒,重则会溃烂流脓。

过去农村使用的是土炕,还有土坯垒成的锅灶,蜈蚣、蝎子又特别喜欢在这样的地方生存繁殖。俺家的炉灶大都是在年关学校放假后,趁着爹在家的时候亲自动手修缮一次土炕头和破炉灶。每每这个时候,爹就会事先在炉灶周围和通风口处喷洒一些农药水，提前给蝎子一些震慑力，让它们吃点苦头，长点记性，不要再出来伤人。

不过，防范得再得当，也有蝎子冒着风险出来觅食。娘担心孩子们因为挤到锅灶旁看稀罕，被蝎子蜇了或是被虫子咬了，在爹掀开旧锅灶之前，娘就会找个合适的借口把我们小孩支出去。娘说，蝎子的嗅觉极其灵敏，一有点风吹草动便倾巢而出，露出凶神恶煞般的面目，张牙舞爪的凶相让人不寒而栗！在爹娘的齐心协力下，这些蝎子倒霉的日子终于来临，不得不甘拜下风，束手就擒。

吃面蝎子，也是寄希望于人们平平安安，避免受到蝎子的侵袭。

此外，更让人永远怀念的，还是娘用黏面蒸成的黏窝窝。二月初一这天，太阳刚刚落山，我家院里院外、屋里屋外、房前屋后的门旮旯和拐角处都摆上了娘蒸的黏窝窝。娘手里拿着一捆红红的小蜡烛，插到一个个黏窝窝上作灯盏。还让我们其中一个拿一根燃烧的蜡烛，去点那还没有点燃的黏窝窝。谁都想点黏窝窝灯盏，尤其是我，跃跃欲试，想上前凑个热闹。娘把蜡烛递到我的手里的时候，还一再叮嘱："可得离衣服远一点，好不容易做件新衣服，等过了二月二还得脱下来，放回立柜里，等明年再拿出来穿。"我连连点头，只要娘能让我点蜡烛玩，说什么我都答应。我学着大人的样子，拿着跳动着小火苗的蜡烛，蹦蹦跳跳走到黏窝窝跟前，弯着腰，撅着屁股，把黏面窝窝小灯盏点燃起来。

不一会儿,屋里屋外、院里院外都点亮了这些若明若暗的小灯盏,一片一片微弱的亮光忽闪忽闪。这个时候,我像是有了很大的成就似地一蹦大高!

八月十五团圆节

俗话说:"八月十五月正圆,中秋的月饼香又甜。"农历的八月十五,是我国传统的中秋佳节,在我们这个地方,也是仅次于春节的第二大节日。

据说这天晚上月球距地球最近,月亮最大最圆,从古至今都有设宴赏月的习俗。"每逢佳节倍思亲",仰望天空上圆圆的如玉盘一般的明月,远在他乡的游子自然会期盼和家人团聚,也会借此寄托自己对故乡和亲人的思念之情。

在八月十五头一天,也就是八月十四这天,娘总是会发上一盆白面,再从柜橱里找出一个用红纸包裹着的、只有一年一度八月十五团圆节才用一次的锅盔模,用清水刷洗干净在太阳下晒干备用。等到面发到两倍大的时候,娘会拿出一个小咚咚碗,倒上一点温水,再掰一块食用大碱,放到温水里化开后,倒到面团里揉面。这样揉出的面,既筋道,又不会发酸,而且香味扑鼻。

说到这大碱,是从走街串巷的做小买卖的人那里买来的。村子里的街上,隔三岔五就会来个做小生意的,手推一辆木质独轮车,中间有一堵长方形竖梁,左右两边一边放一个包袱或者是一个长布袋,另一边放一个大木盆,盆中放着已经翻过口来的圆陀螺大碱。刚一进村子,就会拖着长腔一声接一声地喊:"卖大碱咧!"村子里的人听到后,就会拿着鸡蛋或者零碎钱过来,以货易货或是用零钱购买一块大碱。

用碱水揉面的时候,要用力揉面团,使其发松透气。发好的面团还要再加一次碱水,进行二次垫面,这样会使发出的面更硬,蒸出的锅盔更有韧劲、更有嚼头。把二次揉过发松的面块,搓成一个长条,拽出一个个剂子,团成圆蛋压扁,再擀成圆圆的面皮。在面皮上加些红糖包好,往锅盔模里撒上些面,防止面皮粘在上面。把包着红糖的面团放到锅盔模里,稍稍用一点劲压一下,再把锅盔模倒过来磕一下,一个圆圆的锅盔就制作完成了。把一个个成形的锅盔放在案板上,二次醒发一会儿,然后放到大锅里蒸三十分钟,白面锅盔就大功告成了。

每逢八月十五前,娘要蒸出好多白面锅盔,除了留着八月十五晚上自家赏月的时候作供品外,还要备出一些作为串亲戚的礼物。到了八月十五这天晚上,娘会提前让大家吃晚饭。饭后将院子打扫干净,让两个哥哥把平时摆在屋当门的一张八仙桌抬出来,放在我们家院子的正中间。娘把洗得干干净净的瓜果,从自家院里刚刚摘下的两个特大的咧着嘴的大红铁皮石榴,以及爹从学校回来路过集上买来的五仁馅青红丝的月饼,还有娘精心蒸出的白面锅盔——摆在八仙桌子上。

平日里，每逢在初一、十五，娘都会跪在我家供奉的神龛面前烧些香烛、元宝，虔诚地许愿，希望神明保佑一家大小平安吉祥。八月十五这天，一切都摆放就绪后，娘仿佛想起有什么重要的事没有办完似的，踮着小脚，"蹬蹬蹬蹬"跑到爹养的一盆盛开的木槿花树旁，随手掐下一朵，折转身子回到桌子旁。娘轻轻把手里的花朵一瓣瓣揪下来，分散到每个盘子的正中间。

娘说，这就是她在神龛面前许下的愿，只要神灵能保佑全家大大小小平安健康，她年年都会在八月十五中秋节的时候摆"花花大供"拜谢神灵。现在是到了该还愿的时候啦！娘为了家人的身体健康可谓用心良苦，难得一家人凑在一起赏月聊天畅谈，品味丰收后的甘甜，真可谓其乐融融。

我们几个孩子眼巴巴地等着分享这一桌的美味佳肴，这个时候开始有些不耐烦了，猴急猴急地直搓手。一个个心中只想着巴不得快一些剥开那咧着大嘴的红石榴，再掰开娘蒸的白面锅盔，吸溜里面的红糖稀，还有那如同孩子面庞一样粉嘟嘟的大桃子，和青皮青瓤、脆里透着甜丝丝味道的牛角蜜甜瓜。对于所谓的仰望星空、迎寒祭月，还有爹用手指给我们的星空里的天河、勺头星、行星、扫帚星，以及月亮中拿着捣药锤的小兔子等，我们则觉得索然无味。

如今的中秋节，远不如过去那么多讲究了。在城市里，一些繁缛礼节和旧风俗几乎已经消失殆尽，祭月和拜月活动也已经淡化。古往今来，各地中秋节的形式各有不同，但都寄托着对生活的无限热爱，以及对美好生活的无限向往。中秋节是团圆的象征，在这一天，人们把酒问月，期盼美好的生活，祝愿远方的亲人朋友健康快乐。

  直到现在，我还依然延续着在八月十五月上高楼时赏月的传统，以及蒸白面锅盔作为供品的习惯。我觉得，在皎洁明亮的月光下，摆上一桌时令的水果，诸如从街上买来的柿子、大枣，从自家院里树上摘下的大石榴，还有老家送来的地里丰收的毛豆、花生，以及亲手蒸出的白面锅盔，再撒上五颜六色的花瓣，一家人面朝着月亮慢慢升起的方向，观看天空的彩云追月，一下子就有了过节的气氛，别有一番滋味涌上心头……

花落了,娘和我们失散了

在我的记忆中,娘总是没明没夜地为这个家费心操劳,好像从来就没有停下来歇过一会儿。

自从小弟弟降生后,尽管娘还是"两眼一睁,忙到熄灯",但饭量却远远不如以前,而且身子也越发虚弱,老是提不起精神头来。为了减轻一点娘的负担,爹尽可能地在不上课时多抽出一些时间回家,帮着干一些家里地里的笨重活儿,如出粪、铡草、运肥料等,千方百计为娘腾出一点空闲时间,让她调养一下身体。爹是个细心人,对于娘的身体状况,看在眼里急在心中,悄悄问娘,究竟哪里不舒服,娘只是轻描淡写地一笑:"没什么,只是时不时地感到胃部和腹部有些胀,不耽误吃也不耽误喝的,别那么大惊小怪!"爹多次劝她,要带着她到医院看中医,娘反而说爹没事找事,瞎耽误工夫还多花冤枉钱。

无奈之下,爹的看家本事派上了用场。他自幼酷爱钻研医学书籍,也曾虚心向老中医请教过多种常见病、多发病的诊治和用药方面的知识。去学生家里家访时,也会带着他认为能用得着的医用书籍,还有一些处理烧伤、碰伤以及长疮害疙瘩等的消毒药水、纱布、医用钳等,顺便为当地农村的学生家长以及少儿没女、鳏寡孤独的老人进行义诊。爹对症开出的药方,都是让当地的老中医过目后,才允许到药铺抓药煎服,还对病人的病情进行跟踪询问,直到病情痊愈。

有了多年的刻苦自学和经验积累,爹针对娘开始出现的一些表象和不适,隔三岔五地开出一些处方,还利用放学后的时间,步行到六里外的张寨,到我的表舅、老中医赵九皋的家中讨教。会诊开药后,取药回家,给娘煎好了服下。经过一段时间的调养,病情是有些缓解,哪知道好景不长,接着又出现了多次的反复。

无奈之下,爹只好把表舅请到家里,经过望闻问切后,得出的结论是娘患上了"细病",也就是内里的脏器出了毛病。鉴于当时的医疗条件,表舅只能根据多年的临床经验,靠"隔皮断瓢"来诊断病情,开方抓药。

娘突如其来的病,让我们一家起初无论如何也难以接受,而且完全不知道这到底是一种什么病,危险究竟有多大,一时都像蒙了一般,不知该如何面对。小弟降生带来的欢快气氛没有持续太久,娘罹患重病又给我家蒙上了浓重的阴影,让我们内心痛苦不堪。

尤其是大姐,每天一放学,拿起作业本就从十里开外的学校往家跑,回到家拽着娘的手,劝她不要再干重活。平时家里有重活、累活,哥姐都是抢着干完,愣是把家里打理得一如娘生病前的模样,直到夜已经很深了,才搬个小凳子坐下来认真地做作业。娘心疼地对孩子们说:"我的孩子们懂事啦,知道心疼大人了,我很知足,可就是委屈了这一点点的娃娃们。"

到了第二年,也就是一九五六年开春,娘的病情一天天恶化起来,几乎到了不能进食的地步。爹从食品公司买回来一些藕粉、炼乳,搅成糊糊,再勉强喂到娘肚子里。此时,已经到了山穷水尽的地步,哪怕表舅的医术再高明,也难以使娘的病情得以好转。

那年春节过后的大部分时间里,九皋表舅都在我家南屋打地铺。紧靠北墙一个小壁橱的格子里,堆满了表舅给娘治病用到的装有中西药的瓶瓶罐罐,罐子上标明了药的种类和名称。表舅一门心思扑在了给娘治病上,除非自己诊所里来了紧急病人,指名道姓要求让他诊治外,一般就在我家,哪里都不去。可就是这样一颗炽热的心,终究也未能感动上苍,挽回娘的性命。

这一天在我的记忆中最为深刻。大姐用一个薄薄的小褥子裹着小弟哄他睡觉,本来小弟已经慢慢睡着了,突然,像是中了邪一般嗷嗷大哭起来,无论大姐怎么来来回回在屋子里走动都无济于事。大姐生怕惊动了刚刚迷糊睡过去的娘,就抱着小弟到院子里接着哄。然而,小弟仍然玩命地蹬着一双小脚,扯着嗓子不停气儿地哭,哭声凄厉无比。听到小儿子的哭声,昏迷中的娘从被子里伸出两只无力的手,好像要抱我那哭喊声不断的小弟。爹看到这一幕,痛苦的泪水倾泻而下……

爹示意我到院子里把大姐叫过来,伸手抱起几天没有吃过奶的小弟,轻轻塞到娘的怀里。娘顺势把小弟紧紧搂在怀中,把干瘪皱巴的奶头勉强塞到小弟小嘴里。只见小弟使劲吮吸着娘那干瘪的奶头,娘俩沉浸在无限的幸福之中。这一刻,四周的空气仿佛凝固了一般,院子里叽叽喳喳的鸟儿停止了喧闹,周围的人你看看我、我看看你,谁也说不出一句话。最后还是九皋表舅掀开娘的被窝,轻轻地把小弟从娘怀中抽了出来,叫大姐抱着去其他屋里,好让娘安静地休息一会儿。

突然,娘从浅浅的昏睡中醒来,发现怀中没有了小儿子的存在,发了疯似地惊悸不止,不停地吵着喊着:"我要孩子,我要我的孩子!"几近到了歇斯底里的程度。表舅几次试着让娘服用朱砂一类的药物来稳定情绪,希望娘从狂躁中安静下来,然而效果并不明显。只有把小弟放到她身边的时候,好像才能按住她的心口似的。爹摊开两手,无奈地对表舅说:"我看就这样吧,就依着他娘的意思吧!"表舅只好点头应允。此时此刻。我们一家人能够做的,也只有希望娘能够享受到最后的片刻安宁了。

天慢慢黑了下来,春寒料峭,这天晚上的温度比往常要低了很多,窗户上结满了冰花。表舅让自静哥从院子里端来一盆玉米棒芯,放到一个破锅里,再掐来一些软点儿的柴火放到玉米芯底下。表舅擦着火柴,点燃了锅中的玉米棒芯,火光照亮了整间屋子。一直守候在娘身旁的人,谁都不愿意离去,每一分、每一秒和亲人相聚、相处的时刻都是那么的宝贵和短暂……

　　时至深夜，我们小孩子家都抑制不住张嘴打哈欠。于是，爹安排大姐、自选哥和他一起在娘身边寸步不离守候着，安顿自静哥和我到外屋睡觉，让表舅也暂时去南屋睡一会儿，养养精神，万一有事，好能提起精神头来应付一阵子。我从记事开始，就一直睡在娘的脚头，从未换过地方，挪到别的屋子里，睡不安稳暂且不说，还老是害怕做噩梦什么的。当听到要把我和娘分开时，我不依不饶，哭着闹着仍要睡在娘的脚头，爹气不过说："你这孩子，看你平常总是乖乖的很听话，可如今看大人都病到啥样程度啦，你还这样不懂事，看我今天非狠狠地打你一顿不可！"说着，抬起巴掌就要落到我身上。

　　这时，娘猛然惊醒过来，用低低的声音含混不清地对爹说："别打孩子，就让咱二闺女还睡到我的脚那头吧。这孩子自幼胆子就小，以后我不在了，你们可都得多多地关照她呀。"谁都不曾想到，这几句看似轻描淡写的平常话，竟成了娘与我们永别的临终遗言。

　　挨到鸡叫两遍的时分，娘忽地抱着怀中的小弟坐了起来，两眼直勾勾地四处看着，哥姐伸出手，想托起她的后背，哪知道，娘顺势一出溜躺在了被窝里。爹觉得好像哪里不对头似的，想到人们传说的，人临到断气的时候，总要坐起来寻觅自己的出路，也就是回光返照。脑海里这个闪念一现，爹不敢有半点耽搁，急匆匆跑到南屋，不容分说从地铺上把睡梦中的表舅拽起来。

两人来到娘的床前,表舅探下身,掀开被子,在娘鼻子底下探了探,发现娘已经奄奄一息,濒临断气,可还是紧紧地搂抱着怀里的小弟。

表舅心急如焚地撬开了强心针剂,一滴滴的液体缓慢地注射到娘的身体内。然而,这一切都于事无补,娘的头朝后一奔拉,带着满满的不舍和深深的牵挂,离开了人世。大姐上前一步,抱着娘放声大哭。震天动地的哭声把我从睡梦中惊醒,自选哥把我拉起来,草草穿上了衣服,我瞥见他疲惫的面颊上满是泪痕。自静哥也拍着我的肩膀,泣不成声地对我说:"你这个小瞌睡虫,可真是心比天大,咱娘如今都已经没了,你咋还能睡得着?"我一边揉着惺忪的睡眼,一边问自选哥:"咱娘咋没啦?哪里去啦?"自选哥拉着我的手,让我看床上的娘,我一下子明白了,扑倒在娘的身上哭得昏天黑地。

爹趴在娘的床前,两眼饱含着痛苦的泪水,想从娘的怀中把小弟抱出来。可娘的两只手竟像那紧口的钳子一般,将我的小弟扣得结结实实,掰了几下都掰不开。娘的双手始终不愿就此松开,生怕有谁抢了她的孩子一样。

爹轻轻抚摸着娘那还没完全失去体温的柔软双手,爱怜地念叨着:"我知道,你这是放心不下你的亲骨肉,我向你保证,你走后,我会拿出我的全部精力来抚养这五个孩子,把他们一个个都养大成人。每年的清明节,我会领着孩子们给你上坟烧香,你就安心地走吧。"似乎是黄泉路上走了一半的娘听到了爹的一番话,慢慢地把两手松开了。

爹轻轻地从娘的怀中抱出小弟来，一抬头，猛然看到，娘瞪着一双已经失去神色的眼睛不肯闭合。

爹擦干满面的泪痕，生怕自己的泪水不慎滴落到娘的脸上、身上，闹得她到了阴间也不得安宁。爹一边用一块干净的漂白纱布蘸着温凉的白开水给娘洗净面庞，一边用手轻轻摩挲着娘的一双上眼皮，娘圆瞪着的双眼慢慢地闭合了。就这样，在举家哀恸声中，送走了我那平凡而伟大的亲娘。至此，娘就同我们天地相隔，永难相聚……

事后，爹托人给姥爷送信，但是先瞒着我姥姥，因为姥姥本来身子骨就不是很硬朗，爹和姨生怕她经不住这突如其来的打击。姥爷是家里的主心骨，尽管痛失亲骨肉，伤心过度，仍强撑着来到我家，帮着料理娘的后事。姨跪在娘墓前，久久哭泣，千般情、万般爱，也难以诉说她们姊妹俩的深厚感情，眼泪哭干了，嗓子也哭哑了，几次昏厥过去。姥爷颤巍巍地走上前，费尽力气拉起哭得肝肠寸断的姨，连拉带拽勉强送上了毛驴车。

原本姥爷和爹商量，把我那正在吃奶的小弟带到马盘池去，可是临到送姥爷走的时候，爹又改变了主意，还是让小弟留在自己身边。一来，爹已经向娘保证，在娘走后一定要把我们姊妹几个亲手抚养长大成人。这是爹的担当，也是对爱妻的一份承诺。二来，姥爷姥姥日渐变老，身子骨一年不如一年，突如其来的噩耗，说不定很快就会把姥姥她老人家击垮。

姨也是进退两难。看着刚刚失去了娘亲、还未满周岁的苦命小外甥,最大的外甥女也仅有十几岁,还在上学。姊妹五个小孩瞬间没了娘在身边照应,姐夫教学又忙得不可开交,带着五个大大小小的娃娃,未来的光景还长着呢,以后可咋过日子?可是,为了侍奉风烛残年、体弱多病的两位老人,姨只好咬了咬牙,跺了跺脚,暂时舍下我们。

  姥爷和姨怀着万般复杂的心情,泪眼婆娑地坐上车,不敢回头看我们。姥爷无力地挥动着手中的小皮鞭,赶着毛驴车,艰难地离开了这个让他伤心欲绝、肝肠寸断的村庄。这里,曾经住着自己的大女儿,曾经那么让他充满希望,更有他牵肠挂肚的外孙、外孙女,让他怎能割舍得下!白发人送黑发人,凄凄惨惨,令围观者涕泪交流。

  娘走的时候,大姐十四岁,自选哥十一岁,自静哥九岁,我六岁,小弟尚在襁褓中还未满周岁。爹和姥爷约定好,从今天起要和往常一样,日子照样往前,该咋过咋过,对姥姥只字不提娘已经离开人世的事,我们走姥姥家的时候也要记住脱下服孝的白鞋,能瞒多久就瞒多久。

  娘丧葬完毕后,爹还得到毛庄学校依旧给学生上课,大姐的功课特别好,爹也不愿意耽误她。自选哥别看当时只有十一岁,可面对厄运,特别有股子小男子汉的气魄,小脸绷得紧紧的,掷地有声地对爹说:"恁就让俺姐和自静弟弟跟恁回学校去上学吧!我得守住咱这个苦难的穷家,照顾弟弟妹妹的事尽管大胆放心地交给我一个人,要是他们受半点委屈,就拿我是问好啦!"当时自选哥作出的抉择,连大人都不敢相信,可以说相当有勇气和担当!

为了不让姥姥看出端倪，姨会接长不短地蒸几锅连她们自己平时都舍不得吃的馒头、包子、咸卷什么的，满满当当地装上一大篮子，再用一个蓝印花包袱包上她起早贪黑给我们一大家子做出的衣服鞋袜，和我的姥爷一起顺便再拐到丁栾集镇上，买些个好吃的放到车上，一路颠簸送到我们家里。丈母娘爱闺女疼女婿，普天下都是一样的，看到这爷俩的举动，姥姥没有半点怀疑。

　　每每看到姨和姥爷带来吃的、穿的、用的，我们几个孩子心里别提有多高兴了！甚至会一度忘记没娘的诸多苦楚和烦恼。不过，我们不约而同地有一个默契，不管肚子有多么饿、嘴有多么馋，哪怕是再想吃，也要把我们认为是最好的东西先让给小弟吃饱。为此，大家还约定要互相监督。那时我还小，有时走到小弟跟前，吮吸着手指头，可怜巴巴地看着他手里攥着的食物，弯下腰闻闻味，甚至用指尖蘸着唾液，狠狠地在吃食上摁一下，再把手指头放到自己的嘴里舔舔。看到我这副可怜相，自选哥有时也会狠下心来，从弟弟手上掰下一小块分给我。

　　当时，小弟还要吃奶，自选哥每天都要抱着他，在不同的时间点里到好心的邻居家寻找母乳吃，这样的情形一直持续到小弟长到一岁半多点。

遭厄运爹又离世

一九五七年夏末,爹从毛庄学校调到吕村寺小学校任教。上级了解了我们家的情况后,为方便爹照顾幼小的孩子,批准我们最小的三个孩子跟着爹到学校生活,还在爹的工资和粮食供应外,再给我们补贴一部分钱粮。

能跟爹天天生活在一块,自静哥、我和小弟已经感到无比温暖幸福。在业余时间,爹除了给我们洗衣做饭,还忙里偷闲教我识字。当时,我已快要到上学的年龄,但由于娘不幸辞世,我不得不负担起照顾小弟衣食起居的责任,只有见缝插针地跟着自静哥从一年级的课本学起。爹批改作业的时候,让自静哥先手把手示范着写一遍,然后再叫我照着他的笔画写。

爹在我们跟前的时候,自静哥还能耐下性子教我学一年级的一些知识和书写生字,但他毕竟只比我大三岁,也还是个孩子,一旦爹去给学生上课离开,他教着教着就有点心不在焉了。再加上小弟在一旁不时地搅和着,吵得自静哥有点不耐烦,教我写字时开始有点潦草应付,马虎走形,就像知了爬杈一般。等到爹下课回来,一眼瞥见自静哥教我写的字,一个巴掌照着他的脸抡过去,自静哥的腮帮上顿时就出现了五个红红的指头印。自静哥"哇"地哭了出来,捂着被爹打疼了的小脸,"扑通"一声跪倒在爹面前,好大一会儿才止住啜泣,断断续续地对爹说:"爹,我知道错啦,以后再也不会犯类似的错误啦,怹就狠狠地揍我吧!"

  爹对自静哥要求特别严格,在爹的言传身教下,自静哥写得一笔好字,无论是钢笔、毛笔,还是小楷、中楷、大楷,写得那叫一个棒!以至后来参军到部队,不管是办板报,还是给战友写信,包括给领导写材料,都有得天独厚的条件,在战友和领导的心目中自然而然有了威信。再到后来复员回家,自静哥的笔杆子在村里是出了名的,马上就被安排到公社的林场作会计员,还隔三岔五地被公社抽去帮助写材料。忙里偷闲回到家也不得清闲,这家叫去写个信,那家叫去写副对联。后来林场解散,自静哥又被推选为我们村的大队会计。这些,都得益于他能写出一手令人羡慕的好字,为此,自静哥经常会感念爹的恩德,感激爹对他的严格教诲,给他的人生道路奠定了坚实基础。

  那时自静哥上的是二年级,到了该上课的时候,他就连跑带跳地去吕村寺小学上课。我领着小弟,望着他远去的背影,既羡慕又难过,我也很想坐到教室里上课。朗朗的读书声,往往会一下子把我拽到娘还在的时光里……

  我们和爹住在他的小宿舍里,小家虽说不大,但还算温馨。爹整天忙得不亦乐乎,自静哥放学回到家偶尔还会帮忙做做饭。闲下来的时候,我们三个就跑到学校西墙外的大场地里,那里有一堆又一堆的花生秧垛,人们为了挣工分、赶时间干活领饭,花生角摘不净,往往会遗留一些秕的花生角在花生秧里。而这对于我们三个来说,无异于发现了新大陆一样。

孩童时代因为怕挨骂,不敢跟爹说明实情,经常背着爹偷偷地去翻花生垛,把捡回的花生剥成籽吃,或者放锅里用水煮熟吃。我们的这一举动被看场的大伯知道了,惊讶地问:"你们老家不种花生吗?为啥要费这么大劲,一遍遍来捡这些别人都不要的'秕秕妞'吃呢?"我们用稚嫩的声音回答说:"我们家是淤地,不成花生,肚子实在真是饿得很,才想起来拣一些填肚子充饥的。"

老人听了很是同情,从那儿以后,只要一见我们过来,就会弯下腰,用木杈翻来覆去、挑上挑下,把花生秧垛下面遗留下的花生角扒拉到一起,扬干净土后装到我们的小口袋里。为了不让别人看出端倪,还把我们翻过的花生秧重新垛整齐,仿佛没有动过的样子。在那吃糠咽菜都填不饱肚子的年代里,我们竟在此地遇到了这样的好心人,不能不说是我们的福分。后来,向村里的人一打听,才知道他不是别人,正是爹曾经教过的学生梁世臣的父亲。

爹是个工作上极其要强的人,在吕村寺教书的几年,几乎所有时间都扑在了工作上,身体长期处于极度紧张的状态,得不到调整,也不能正常休息。娘去世以后,爹的心情更是跌倒了谷底,再加上还要照顾我们,疾病频繁侵袭，也无法得到较好的治疗。

　　日积月累，滴水穿石。一九六〇年，爹终因疾病缠身卧床不起，不得已才让人送到丁栾乡卫生院。然而却为时已晚，这个时候爹已经油尽灯枯。临终前，爹把我们几个叫到床头，用手示意两个哥哥每人端来一盆清水，让我们一个个轮流洗一遍手和脸，然后换一盆清水，轮流再洗第二遍。当时，我不解其意，过了很多年后才破解了其中的深刻含义。哦！原来他是想让我们即便在没有了爹娘的岁月里，也要清清白白做事，干干净净做人。

　　这还不算，爹又伸出干瘦如柴的双手，牵过我们几个孩子的手叠在一起，用尽力气握了又握，然后深情地望着门外，也许是在盼望到城南十里开外的张寨乡"小疮呼"拿膏药的大姐快些回来。之前，大姐听丁栾卫生院的翟医生说，爹生的是口朝里的疮，贴上"小疮呼"的几贴膏药就会见效。望着，望着，爹也许是太累了，头突然向枕边一歪，两手一摊，带着许多的不甘，还有更多的遗憾和不舍，撒手人寰！

　　我们一下子扑到爹的身上号啕大哭，呼天抢地，痛不欲生。凄惨的哭声，惊动了左邻右舍。突然，一阵急促的脚步声到了门口，大姐顶风冒雪赶夜拿回膏药一溜小跑赶回来了。一见眼前的这幅情景，大姐两手一松，膏药滚落到了地上。大姐匍匐在地上，抱着爹尚未僵硬的尸体，连连摇晃着，哭喊着："爹呀！我把膏药买回来了，您睁开眼瞧一瞧，医生说了，贴上这几贴膏药就会好的！"边说着，边抓起刚才失落到地上的几贴膏药,起身抖抖索索划着火柴,在锅里烧了半盆温开水端到床前,让我两个哥哥掀开爹的上身,要给爹洗净身子把膏药贴上。大姐边给爹洗身子,边声泪俱下地说着:"爹呀,恁咋就等不到我来呀?要是恁老还疼女儿的话,恁就把伸到阎罗殿的那双脚再挪回来,我们这个家不能没有恁在,没有了恁,我们姊妹几个可怎么活下去啊!"院里院外哭声一片,围观的乡亲们也流下怜悯的泪水。

爹的病逝,再一次将我们这个风雨飘摇的小家推向崩溃的边缘!没娘又没爹、孤苦伶仃的我们姊妹五个可咋个过法,生活的道路究竟在何方?

自选哥一路小跑,到马盘池村叫来了姥爷和姨,帮爷爷一起料理爹的后事。骨瘦如柴的姥爷,又一次目睹了我家的惨剧,这次,是整个儿被抽去了顶梁柱。姥爷站在我们几个孩子面前,抱抱这个,拉拉那个,表面看去很平静。可是,当爹的尸体被人抬上架子车往老坟地走的路上,我那年迈的爷爷和姥爷都情不自禁地失声痛哭。

白发人送黑发人,看着我们几个未成年的孩子,姥爷痛哭流涕,伤心欲绝,几次昏倒在地。周围的好心人忙着掐人中、做心脏复苏,几经折腾姥爷才算缓过一口气来。姥爷口中不住声地喊:"老天爷呀,你咋就不开开眼!以后这一群小的小、老的老,日子可咋往前过下去呀!"年迈多病的爷爷更是一下下拍着自己的大腿,肝肠寸断,不能自持。看到此处,亲朋好友和前后帮忙的人都止不住地泪水涟涟，唏嘘不已。

爹走的时候，身上穿的还是上课时穿的衣服，外边套的是他平时舍不得穿的黑棉大氅。爹平时穿衣服很简朴，这件大氅是他结婚时做的，唯一一件既时尚又保暖的贵重衣物，不是节日的时候是舍不得穿它的。爹去世的前两年，大姐看到黑大氅的边边角，还有袖口都有些磨损，甚至露出了里面的棉花，于是利用星期天的时间拆洗翻面，照原样重新做了一下。爹从头到脚、浑身上下没有换一件新的陪葬衣服，这且不说，更叫人心痛的是，他老人家一生教书育人，临了竟连口藏身的棺材都没有，下葬的时候是一具直挺挺的僵硬尸首，用一块高粱秸秆织成的帘子一卷，头和两只脚都露出来了。

看着人前人后特要面子的爹最后却落得个"软埋"的下场，给我幼小的心灵留下了永远挥之不去的阴影。我一直认为，是因为当时我们家的日子苦不堪言，姊妹几个还没有长起来，才没有条件安葬他老人家。生我养我的亲爹，就这样离开了我们，让我们心有不甘，抱憾终生！

姨的婚姻被迫搁置

原本虽不富裕,甚至可以说是经济拮据的小家,却足以让我们从心坎里感到温馨幸福,但一个个突如其来的变故,将我们这个并不殷实的家撞击得面目全非。我们几个孩子孤苦无依,在生死边缘苦苦寻觅、挣扎,然而,我们并没有向命运低头求饶,求生的欲望反而愈挫愈强。

姨又一次饱含心酸的泪水,和姥爷一起踏进我们这个风雨飘摇、几乎破碎的家。爹下葬那天,姨匍匐在爹娘的坟前,两只手拢着我们几个孩子,拉拉这个,拽拽那个,然后抠着冻僵的地面艰难地双膝跪下,声泪俱下地说:"今天我向姐、姐夫保证,虽说咱的父母都已经年迈,但至少还有我在,终身大事我会先甩到一边,以后这几个孩子的衣食冷暖,我都会尽我的最大努力管起来,把几个孩子抚养成人。如若不把他们都抚养得好好的,我就没脸再来见您俩!"

从那时起,姨就用她那柔弱的肩膀,托起了我们五个孩子。她总是把平时舍不得吃和用的好东西大包小包地捎过来,一股脑儿摊到我们面前,千般疼、万般爱都在不言中。临走时，姨一再叮嘱大姐和自选哥，一定要照顾好下边的弟弟妹妹们。五岁的小弟被姨带回了马盘池姥姥家，由姨一手抚养。

白天下地里干活的时候，姨就带着小弟。娘过早去世，紧接着又是爹横遭厄运，撒手人寰，姥姥家村里的人听说了，都很同情，也感叹世事不公，苍天不开眼，怎么这一连串的不幸都降临到这家人的身上了呢？姥爷姥姥在村里都是好人缘，可能是村上的干部出于好意，有心照顾姨这一家子人，分工的时候，都是把姨和小弟安排在近处，而且还是像出花生、出萝卜、出红薯之类的活计。那个时候大伙食堂刚刚解散，人们生活相当苦，常常吃不饱饭，能让小弟有东西充饥、不哭不闹不找爹娘，大伙儿的心里就会感到些许的安慰。

小弟很有眼力见儿，或许是稚嫩的内心感到，现在是住姥爷姥姥家，是寄人篱下，所以平时嘴可甜，见到人不笑不说话。尤其是见到生产队长模样的村干部，便扯着长他两辈的人衣襟连声叫："我给怹唱个歌吧！"便又是唱歌又是跳舞，直逗得对方心花怒放，把能吃的东西直往小弟手里拿的小篮子里塞，常常能赚个盆盈钵满。在那种极其恶劣的生活环境中，大家都饿着肚子的时候，年幼的小弟能得到一些额外的吃食，这是相当难得的。有姨的精心照料，再加上这样的礼遇，可怜的小弟也算是那个时代的幸运儿。

然而，厄运并没有就此打住。也就是姨把小弟带回来后,再也瞒不住年迈多病的姥姥,她嘴上虽然没有说什么,可时间长了,心里也就能猜个八九不离十。后来,搁不住姥姥一再追问,姥爷只得将事情的原委和盘托出。姥爷悲痛地说:"咱的大闺女花妮,几年前就因病去世啦!知道你爱女心切、疼女心重,担心你量小,唯恐你接受不了这种打击,所以才没敢据实告诉你呀!如今,咱的女婿又撇下这几个苦命的孩子命丧黄泉,眼看着这个家顷刻之间就要散了,是我自作主张,让咱的二闺女伏叶把这个最小的孩子带到我们身边抚养的。既然事情已经到此关口了,你千万可要挺住,那几个大的也都能动动脚手了,也能各自去奔个活命了,咱们还要照顾好这个小的啊!"

　　听了姥爷一番话,姥姥老泪纵横,痛不欲生。自此,姥姥心事加重,饭量一天天有减无增,病情日渐沉重,又罹患了恶性痢疾,于一九六一年开春病逝。姥爷毕竟也是一大把年纪了,目睹了大闺女一家的不幸遭遇,本来就已经伤心到了极点,还得把悲痛掩藏到心底深处,打理好心情往前奔日子,不料这下老伴又撒手西去,这个倔强的农家老汉可真撑不住了。姥爷太累了,身体孱弱,加上免疫力严重低下,病菌便乘虚而入感染了肌体,姥爷也患上了恶性痢疾。架不住一连七八天的折腾,拉得直不起身子,几天水米不打牙,姥爷一下子躺倒了,与命运抗争的能力也消失殆尽了。仅仅相隔九天后,姥爷就追随姥姥而去,走完了他坎坷不平、多灾多难的一生。

　　九天里,相继从这个曾经是那么温馨的农家小院里抬出两口棺材，人间的凄苦和灾难像洪水一般铺天盖地向姨压了过来，几近将姨推入万丈深渊，喊天天不灵，叫地地不应。号啕大哭之后，姨这个倔强的小脚女子擦干了眼泪，拿出家里现有的，加上乡亲们送来接济的钱，先后掩埋了姥姥、姥爷。

上苍真的太绝情，六年间，随着娘、爹、姥姥、姥爷四位亲人相继去世，我们似乎已经到了万劫不复的悬崖边。在这一连串的打击下，我的姨，我仅有的至近亲人，也没有万念俱灰。此时的姨已经是不惑之年，心态与年轻的时候有了本质的不同。面对我们这群被撇下的苦命孩子，她常常在心里问自己："我该怎么办？是就此消沉下去，自己顾自己，还是重新振作起来，勇敢面对现实，只身挑起这副重担子，倾尽自己所有心劲，给失去的亲人们一个满意的交代？"

原本，姨的婚事就已经拖了很多年。娘出嫁的时候，姨正值青春妙龄，是谈婚论嫁的好光景。但是因为姥爷姥姥只有这么俩闺女，尚无一子在跟前帮衬左右。娘出阁得早，一连又生了五六个孩子，没有心力整日守候在老人跟前照料，因此家里的诸多活计，以及二老的衣食起居等杂务均落到了姨的肩上。姨那时立下誓言：要尽心尽力照顾好姥爷姥姥到百年之后。当时，如果按二位老人的意愿，绝对不允许她这么做，恰恰正在进退两难之时，亲人一个个地离开，给姨的精神带来了前所未有的重创。她一咬牙、一跺脚，坚定了自己暂时不婚的信念，想牺牲自己的婚姻大事，来保全我们几个还未成年的孩子，倾其精力来照料我们姊妹几个的衣食起居，直到我们都长大成人，自食其力，再考虑个人问题。

  那时的我们，眼看着姨的不离不弃，自然而然就把她当作自己的亲娘。姨和我们在一起度过的那些日子，虽然平平淡淡，却过得有滋有味。是姨守护着这一份亲情，让我们很幸运地度过了苦涩、艰难而又富于挑战性的童年和少年时光。我们姊妹几个都深爱着我们的姨，坚信有姨一路陪伴着我们，今后的生活一定是丰富多彩的，我们和姨将共同度过顺境逆境，直到地老天荒。

恩比天大

一九六一年初夏,苦日子终于有了转机。长垣县在满村公社的单寨村驻地成立了一所孤儿院,把全县孤苦无依的孩子们集中起来,还从县直机关抽调出有爱心肯奉献的干部和保育员,集中抚养这些孩子们。

接到这个激动人心的好消息,我们村子里的干部和乡亲们也都很兴奋,在他们眼里,这几个孩子终于算是有了救,再也不用整天提心吊胆地看着这几个可怜巴巴的孩子难受啦!我们姊妹几个更是兴奋得手舞足蹈,彻夜难眠。

自选哥马不停蹄地去马盘池姨家接小弟。临走时,姨还真有点不放心:"你弟弟还这么小,到那儿能行吗?"自选哥反复给她解释,听去孤儿院看过的村干部说,那儿还有比弟弟更小的呢,院里管吃管住,既有负责缝做衣服的,还有负责洗洗涮涮的,想上学的话还负责学费呢!

听了自选哥这一番话,姨如释重负,舒了一口气,仔细打理好小弟的随身穿戴,用温暖的双手摸了又摸他的头,不厌其烦地叮嘱:"到了孤儿院,要听大人的话,不要惹是生非,叫上学的话,赶快报名去上学。"自选哥告诉姨,大队的人下了通知,十五岁以下失去父母的孩子才可以进孤儿院,不过,即便接收他这个年龄的,他也不会去。他要把爹娘撇下的这个家守住,任何时候都不会轻易放弃,这样以后不管我们谁回来了,都会有一个老窝住。

于是,自选哥把小弟接了回来。我和自静哥在村东头的老寨墙豁口等着,看到小弟的那一瞬间,我们俩同时愣住了,几乎都有点不敢相信自己的眼睛。曾几何时,那个头上长着流脓黄水疮、面黄肌瘦的小弟弟,如今竟变成了白银娃娃一般,与一年前简直判若两人。

记得一年前,小弟在我们家的时候,常常手捧着从食堂领回来的杂合面菜窝窝头舍不得吃,总是将瘦小的身子贴在墙角,用小手一点点掐着糠糠皮皮的窝窝馍花,往嘴里慢慢地填。我们几个大点的孩子想让他放心大胆吃,尽量多吃点,没想到他却说:"这是咱们大家的口粮,我哪儿敢多吃呀。要是真让我吃饱的话,刚蒸熟出锅的馍,我一个人就能吃上一大笼!"这是他的真心话,也是他当时唯一的奢望。听了小弟的话,我们姊妹几个眼里都噙满了泪水,尤其是大姐,更是抱紧了小弟哭了起来。此后,每逢周六,大姐都会把这一周在丁栾学校省下的三个窝窝头捎回家,让我们姊妹四个分着吃一个,剩下的两个,让自选哥放到隐蔽的地方藏起来,细水长流贴补给小弟吃。说实话,那个时候的我们,就盼望着大姐周六回家的那一刻,那是我们姊妹几个能团聚在一起,共同分享净面大窝窝头的幸福时刻,也让我们感受到有大姐如母的家庭温馨。

好久未见,白白胖胖的小弟看到我们,还显得有点儿拘谨。但搁不住姊妹亲情的滋润,你给个礼物,我送个东西,这一来二去,不足半天工夫,小弟便开始蹦来跳去,欢天喜地,生疏感荡然无存。

约莫在家待了四五天后,就接到了正式通知,要求我们到孤儿院报到。姨过来帮我们做准备,其实要说准备,也真没有啥可准备的,就是把身上穿的衣服洗得干干净净,依旧穿在身上。姨、大姐和自选哥瞅了个好天好日子,办完一切入院必备手续,把自静哥、我和小弟送到了满村公社单寨驻地的孤儿院里。

此后,姨、大姐和自选哥各自肩上的担子不同程度减轻了一些。自选哥重返学校上学,大姐也不用三天两头下了晚自习还得大老远从学校步行回家,给我们洗洗涮涮、缝缝补补,再趁天不亮赶到学校上早自习了。姨也大可不必每天上地干完活,再回家拾掇完家务,累得精疲力竭的,还得坐在昏暗的棉油灯下,飞针走线给我们姊妹五个做衣服做鞋了,就大姐和自选哥两个大的在外面学校上学,姨肩上的重担顿时减去了许多!

爹亲娘亲,不如毛主席的恩情深!我们成长在党的怀抱里,在这个特殊的大家庭,吃得饱,穿得暖,而且还有学上,我们的心情格外激动,下决心学好本领,将来长大了报效祖国!我们心中也都有一个梦,盼望着好好活下去,一天天长大⋯⋯

银圆的故事

　　一九六三年初冬,一个星期天的早晨,我因为年终备考,学习任务比较紧张,多天没有去看姨,心里很是想念。好不容易凑了个空,我穿上孤儿院刚刚发下的新棉衣,围上一条新围巾,再穿上一双可脚的新棉鞋,顺着便道一路小跑,朝着马盘池姨家的方向飞奔。

　　迎着天空五彩缤纷的朝霞,四周的一切,除了麦苗是青青的,绿油油地焕发出些许生机,其他的树木、地里的野菜和青草都缩着头,往地缝里钻,像是要进入冬眠了。一阵北风吹来,耳边只听到一阵沙沙声,树上的枯叶不停落下来。放眼望去,映入眼帘的是一片荒凉,给冬天的我平添了一份莫名的凄楚和惆怅。后来又一想,冬天万物蛰伏,也许正是在为明年春天积蓄力量。这样一想,心情不由得轻松了许多,加快了脚步。

　　来到马盘池村时,正是家家户户要吃早饭的时候。我急急忙忙推开了姨家的木栅栏,忽然出现在姨的面前,想给她一个惊喜。看到我,姨先是一愣,继而"哟"了一声,问:"小尊,你这回来得咋这么早哇?"我回答道:"这几天老是做梦，心里光想恁，学校刚一考试完，我就迫不及待地来看恁啦！"姨说："来得这么早，肯定还没有吃早饭吧？今天我想法儿给你做点好吃的！"

姨把刚吃完的锅碗瓢盆刷洗完毕，顺手从罐子里舀出一碗红薯芡粉面，倒到一个瓦盆里，又从瓮里舀了三碗清水倒进盆里。只见她右手拿双筷子，顺时针方向使劲地搅，直到搅成稠糊涂，然后"呼啦"一下倒进热锅里，依旧继续按顺时针方向搅动，直到沸腾为止。然后将沸腾的糊糊倒进一个平底盆里晾凉，再用刀切成块，加些葱花、蒜末、盐、酱油来回翻炒几下，热气腾腾的炒凉粉就出锅啦！还真别说，自己亲手打出的凉粉，炒出来真的特别好吃。

姨说，要是到了夏天，把凉粉切成粗的长条状，再捣点蒜泥，搁上些醋、香油一拌，又是另一番口味。不过，平时庄稼人是舍不得做的，一个是因为费工夫，另一个是费东西，只有在招待客人的时候，才舍得费这么多周折。喝着姨搅的两碗面筋甜汤，就着她颇费心思炒好的一盘热凉粉，我身上顿时感到有一股暖流在流淌，一种深沉的情感充斥我的心田。

吃完凉粉，意犹未尽的我抹了抹嘴巴，听见姨说："今天你起得早，又赶了这么老远的路，一定累坏了，上床先去好好地睡个大觉吧！吃晚饭时我会喊你起来，趁着星期天你有个大空，咱娘俩办个以前早就打算办却没有大工夫办的事情。"我迫不及待地问姨是什么事，她却跟我卖起了关子："咱这事情，必须得趁着天黑利落了才能办，你先答应我今天不走,具体是啥事你就先别问了,到时候你自然而然就知道了,反正是件好事。"

我答应了一声,回屋躺在了床上,生怕误事,连衣服都没脱。不一会儿,就迷迷糊糊地睡着了,还做了个梦。梦见我来到一座高山上,蓝天白云下站着一位白发苍苍的老爷爷,身穿长袍马褂,慈眉善目,和蔼可亲,微笑着径直朝我走来。我看他有点陌生,想要走开时,他用手里的拐杖一横,拦住了我的去路。只见他伸手掀开衣襟,从衣兜里掏出一个小如意递给我:"小姑娘,我端详你这个孩子很久了,看你怪可怜的,但是你不缺骨气和勇气,还很善良,我很感动,想把这个东西送给你。"

我不好再拒绝他的好意,便怯生生地从他手中接过了这个外表光滑、呈琥珀色,像小孩子玩的"棒棒铃"一样的如意,拿在手中把玩。老爷爷悄悄凑近我的耳边说:"有灾有难的时候,你就把它拿出来摇摇,就会有解决困难的办法,你也会遇难成祥。不过,平时一定要把它放好,别到处招摇,切切记住我的话。"

待我正要向他表示感谢的时候,老爷爷早已经不知去向。我想要起身追他时,两条腿却怎么也迈不动步子,急得我使劲地乱弹腾一气,睡眼蒙眬中感到身上还是很倦怠,心里想,反正是今天走不成了,再加上已经考完试了,索性睡它一个昏天黑地。由于心中格外放松,不知不觉地又坠入了梦乡。

又一次醒过来的时候,天将要擦黑,姨已经做好了晚饭。想着自己梦中的蹊跷事,我感到莫名好笑,于是仔仔细细地给姨说了一遍。她听完,脱口而出:"好兆头!"我俩匆忙吃完晚饭,洗漱完毕,此时天色已经完全黑下来了,院子里伸手不见五指。

姨悄悄地对我说:"这黑黢黢的天,咱娘俩正好办事方便!"因为不知道她究竟要干什么事,她的这句话说得我有点瘆得慌,后背一阵一阵地发凉,汗毛都竖了起来。

姨一只手拿着根粉笔,另一只手掂着个火捅,让我端着一盏棉油灯在前面给她照明,两个人来到院子里。姨在靠墙的东南角处停了下来,沉思良久,弯下腰来,用手里的粉笔在地上画了个长方形,然后动手用火捅在长方形区域四处扎,来来回回踅摸了四五遍,嘴里还不住地念叨着:"你姥爷在弥留之际,明明对我特别交代过,在咱家南墙角地底下埋了一罐东西,让我到关键的时候再动它。怕我记错了方向,还特意拼命地用手朝着这个方向指。"

话音刚落,姨停了下来,叫我到屋门后拿铁锹来,开始小心翼翼地掘。挖了一尺深,姨停住了,又吩咐我去屋里拿小铲子来。我到了屋里,却怎么也找不到铁铲子,姨在院子里喊:"你把锅台上的锅铲拿来也行啊!"我慌忙拿起锅铲,跑到院子里,递到她的手中。

姨手里拿着锅铲,仔细清理浮土,用手把土一捧又一捧地往外捧。啊!一团破布和旧棉絮包裹着的罐子终于显露真容。姨小心翼翼地抱起这个在地下沉睡了三十多年的宝贝罐子,一步一步走回屋子里。昏暗的灯光下,姨剥开了外面几乎风化掉了的包装,一个咖啡色的琉璃瓦罐呈现在我们面前。

  姨点上一大撮香烛,虔诚地把罐子轻轻地放到神灵前,双手合十,毕恭毕敬跪在草垫子上,一连磕了三个响头。然后,她拿围裙擦了擦罐子上面的泥土,又用剪子小心地刮去罐子盖上一圈像玻璃胶般黏糊的东西,掀开了盖子。我探过头去,定睛一看,哇!里面竟装着大半罐白花花的袁世凯大头银圆。我伸手抓了一个,盯着正面反面端详了好久,才重新把那枚银圆放到罐子里去,那枚银圆随即发出了清脆的叮当声,似乎是在地下沉睡了这么多年有些压抑,现在终于又重见了天日,不弄出点动静才怪呢!

  我问姨,为啥现在忽然想起来要把银圆挖出来,姨回答说:"你大姐去年毕业就结了婚,这不是你大姐就要生孩子了吗?你大姐可真是为你们姊妹几个操碎了心,我这心里一直放不下这个事,总想给她做点什么,思来想去,觉得正是用得着这罐东西的时候。这可是咱家马上就要遇上的大喜事,我得拿两块到丁栾集的银器店里,给孩子打几件锁呀、手镯呀之类的首饰。"

  姨含着热泪,用亲娘一般的口气继续说:"到时候,你自选哥、自静哥,还有你和你自秋小弟,一个个都成了家,生了孩子,我都会留出些给你们过过事儿,这也算恁姥爷姥姥和我的一片心意!"

一根纺花锭

一个星期天,孤儿院里也没有安排其他什么活动,我就请了一天的假,回姨家看看。

为了节省时间,我顺着坷垃土路一路小跑。不知道什么时候,脸上感觉凉飕飕的,抬头望天,原来天空中纷纷扬扬飘起了雪花。我不时地扬起头来看看天空,四处的原野一片静寂,近处路上行人稀少,远处看不到一处村庄,黑压压一片昏黑。此时,我的心中隐隐感到有些发怵,悔不该不看天气变化,自作主张出了门。

这时突然从远处飞来了一群小麻雀,仿佛看到我一个人孤苦伶仃走在荒郊野外,要和我做个伴儿似的,抢着觅食的同时,也不忘叽叽喳喳地朝我打招呼,这闹吵吵的叫声回荡在寂寞的原野上,为这条路平添了勃勃生机,也给我增加了些许胆量。

雪越下越大,我也不由自主地放慢了脚步。漫天纷纷扬扬的大雪,使大地顷刻之间像铺上了洁白的毛毯,树木、房子,甚至场地里的柴草垛都变白了。行走在厚厚的积雪上,脚下发出了脆脆的"嘎吱嘎吱"声。大路两旁,偶尔可见傲然屹立的青松，覆盖着层层白雪，宛若玉树琼花，姿态万千，向人们诠释着"大雪压青松，青松挺且直"的美好意境。我心中暗想，雪真的是很厚待人们，不管出门走多远，时间有多久，都不会把你的衣服淋湿。望着漫天飞舞的雪花，我还想到了老农常说的话："今冬麦盖三层被，明年枕着馒头睡。"这场大雪下得真及时，瑞雪兆丰年，是个好兆头啊！

漫天的大雪不停地下，如柳絮，如棉花，如鹅毛，从天空飘飘洒洒，呼啸着的大北风也越刮越猛。我没带围巾，耳朵冻得生疼，不由得缩紧了脖子，用手捂住冻得发红、发紫的耳朵。时间一长，手也不听使唤了，又麻又疼，我不住地把两只手交换着搓呀搓的，还是不顶用，只好把手轮换着放到胸前，暖暖再捂耳朵。这时候，我有点埋怨自己，不该只顾在路上看雪景，耽误了行程。我暗自对自己说，怨不得别人，与其现在后悔，还不如加快脚步。大雪越积越厚，再想跑是不行了，双脚踏上去，竟足有脚脖子那么深，只好一步步往前挪。也仗着那时候年少身子壮，我鼓足勇气，一个劲儿地赶路，到下午三点来钟的时候，终于来到姨家的大门口。

姨家大门栅栏拴得紧紧的，不用说，这是家里没有人。我顺势拐到万荣舅家，一眼看见院子里正在扫雪的万荣妗子。妗子看见我，连忙放下手中的扫帚走到了我身旁，帮我拍拍身上的雪，关切地说："恁看看，恁看看啊，这么大冷的天，又下着鹅毛般的大雪，你咋瞅这么个天来啦？看把俺孩儿给冻成啥样啦,这手就跟那冰棍一样凉!快跟妗子到屋子里,我给你抱一些花柴,拢一堆火烤一烤,暖暖身子!"

我跟着万荣妗子走进屋子里,听见院子里动静的万荣舅已经把火拢着了,一股热浪扑面而来。妗子眼疾手快,顺手从麻包中捧出几捧花生,扔到了火堆旁边,不一会儿,屋里弥漫着烤花生的阵阵香味。妗子拉我坐下,一边烤火一边说着闲话。我迫不及待地问万荣妗:"俺姨去哪儿啦?天都快黑下来了,怎么到这个时辰还不见人影啊?"

万荣妗告诉我,今天是丁栾十月十五老古会,一年到头好不容易有个会,不少大闺女小媳妇要到会上置个东买个西,还有很多人想凑着农闲到会上听戏,小孩子们大多是去看玩杂耍的,老头老太太也有想去凑个热闹买点啥稀罕吃喝。姨也去赶会了,八点多钟走的,临走前来找过万荣妗,想让她跟自己做个伴儿一起去赶会,顺便旋根纺花锭。当时妗子还问她,那纺花筐里不是还有好几根纺花锭,怎么还要再旋纺花锭呀?姨回答说,那几根使用的时间长了,都秃尖了,纺出的线不但粗,还散劲,织出的布不瓷实,难看死啦,还是趁早换换。

姨平时赶会办事利落,缺啥买到手,二话不说扭头就回家,按说这个时候早也该回来了,叵今天赶上这么个鬼天气,早不下,晚不下,偏偏就来了这么一场大雪,也许在哪儿耽搁了。万荣妗是个热心肠,她对正在烤火的万荣舅说:"这越说我这心里越打鼓,路上不会出什么事吧?要不，你披上蓑衣到路上接接。"木讷的万荣舅没吭声，拿着蓑衣披在身上出了门。

夜幕降临，四周黢黑一团。一袋旱烟的工夫，万荣舅回来了，还有紧紧跟在万荣舅身后的姨。只见姨身上披着一个粗麻布口袋，头上顶着两个角折叠在一起的布袋片，浑身上下几乎被大雪团盖得严严实实，一走路还"啪嗒啪嗒"往下掉。我紧跑两步上前去，拉住姨的衣裳襟好一阵晃荡，心疼极了。姨啥都没说，扯着我的手出了万荣舅家的门，溜着墙根边缘雪少的地方，小心翼翼地回到了家。

看姨的脸色不太好，我慌忙推开栅栏，顺手拿起了院子里的扫帚，打扫出一条小路来。姨见状说："天还下着雪，扫它干啥？"

为了能让姨尽快地歇一歇疲倦的身子，回到屋里，我连忙把她身上的麻布口袋摘下来，又拿起围裙，使劲地拍打着她身上的冰凌茬。这时，只听她小声嘀咕着："我想到会上旋两根纺花锭，一早就回来，没承想却办了个窝囊事。"我好奇地问："咋窝囊啦？"她擦一下眼角止不住流下的泪水，懊悔地讲了事情的经过。

原来，姨去经常卖旋纺花锭的地方找一位老先生，哪知道今天老人没来。转过身来正要离开时，看见一个年轻人，手中掂着一捆纺花锭，正在大声叫卖，姨便喊住他说："小伙子，我要买纺花锭。"年轻人漫不经心地顺手从一大捆纺花锭里抽出一根，递到了姨手里。姨掂在手中仔细端详了一下，又插回到捆里去。年轻人问姨咋了，姨说："有点轻,有枣木的吗?"

年轻人显得有些不耐烦,冲着姨说:"看来你还挺在行,可今天逢大会,又是这么个大雪天,人来人往的,为一根纺花锭,在这里堵着道值得吗?让我陪着你在这儿挨冻,要不你把这一捆纺花锭全买了吧!"姨一听这话不对劲儿,心里也有点儿不高兴:"你这个小伙子,话咋能这样说呢?我又不是开工厂的,一个农家妇女,一下子买那么多纺花锭,我多少年才能用得完呐?"接着又央求那个年轻人:"你今天就行行好,让我挑一根称心如意的,好吗?"年轻人听后,就让姨挑选纺花锭。

根据姨的纺花经验,木头结实还是糠,姨在手中掂上一掂轻重,就能知道个八八九九。姨认认真真地挑了一根如意的梨树木头纺花锭,然后从兜里掏出仅有的两块钱,递到年轻人的手里。不料年轻人说:"我没有零钱找给你,你站在这别动,我再卖几根就来找你,卖不了的话,我找熟人借也得找你零钱。"姨看他面相也怪实诚,把他的话信以为真,就在原地等着。

哪承想,等啊等啊,却始终也不见这个人的影子。天一直下着雪,姨也不敢挪窝,心里仍抱着一丝侥幸,默默地继续等待着。天都昏暗下来了,姨还在那里傻等,村里一个老人赶着一辆马车正好从姨身旁经过,挽住缰绳停下车问她,天都到了这个时候了站这儿干啥,姨把刚才的事情一五一十地说了出来。老人听后一拍大腿:"别等啦,傻孩子,你上当受骗了!他不会再来找你钱的,要是不打算骗你钱的话,他早就来了,还用得着你等到他这个时候?天黑路滑的,快坐上我的车回家吧!"

老人还劝姨说:"坑骗你钱的人不得好报。咱吃一堑长一智,权当是这个钱咱买东西吃了。再不然,你仔细想一想,就算是你买了一根好的纺花锭,用的年数多些,不就啥都有了吗?林子大了啥鸟没有啊,现在这世道,孬人有的是啊,不是有句老话嘛,'害人之心不可有,防人之心不可无',这出门在外的,可不都得多长个心眼吗!"

姨讲到最后,目光注视着我,还特别加重了语气。看她的样子,话里话外分明是在提醒我,以后办任何事情都必须三思而后行,别像她一样犯如此低级的错误。

这件小事过去几十年了,我一直都没有忘记。那时的钱可真顶用,两块钱买一根梨木纺花锭,这样坑人太缺德了,更何况坑蒙拐骗的对象还是个小脚女人,这良心上怎么能过得去呀!不过,后来听姨不止一次地对我说,她买的这一根纺花锭,一直用了好多年都不曾折过,也不秃尖,光滑如檀木,敲击或是触碰到硬的物件就会叮当作响。这根纺花锭,已经成了她的压箱宝贝,被永久地存放了起来。

过了杠的姨终成婚

随着我们姊妹几个逐渐都已长大成人,姨肩上的负担也减轻了不少。这时候就有热心人一再劝她找个可心如意的人家把自己给嫁出去,一起度过下半生。常言道:"听人劝,吃饱饭。"姨也不是不懂这个极为普通的道理。

也许是机缘巧合,有一次我姐跟县里干部在林县搞社教,同当地的老百姓一起同吃、同住、同劳动,在一起的时间长了,大家彼此熟知,无话不谈,其中就包括各个家庭的基本情况。姐说起家中的遭遇,还有姨像亲娘般的奉献和付出,给在场人留下深刻印象,大家不约而同地伸出大拇指赞叹:"恁姨的心胸宽广,精神难能可贵。善良的人到哪里都会有一个好的归宿。"

一位程姓干部接下来说了自家的情况,还提到了自己的二哥。他家住在丁栾乡官桥营村,姊妹六七个,父母健在,均已高龄。弟兄四个中的三个均已成家立业,唯有他们家的老二,二十几岁就外出谋生。程家二哥目睹帝国主义铁蹄的百般践踏,眼见处处山河破碎,一时义愤填膺,自愿加入部队奋勇杀敌,为保卫祖国的领土尽自己一份力量。二哥曾参加过抗日战争、解放战争以及抗美援朝战争，负过重伤，多次立下战功，受到嘉奖。伤病痊愈后，他多次申请转业，回归故土。就这样，带着组织上发的安家费，怀着为家乡再尽一点绵薄之力的意愿，他义无反顾地来到了生他养他的故土。

回归故里后，程家二哥一门心思为本村干些力所能及的事情，如打堤挖河、改良土地、搞科学种田等，事事吃苦在前、享受在后，从不计较个人得失。他的行动被村民们看在眼里、记在心里，到本村基层组织改选时，他被本村村民一致推选为大队长，但自己觉得年纪偏大，且有伤病在身，担任不了大队长，不过愿意为生产队做些事。上级同意了他的一再请求，在身体条件的许可之下，他先后任过十几年的保管、生产队的队长等职务。程家二哥所在的大队，摘掉了长期戴在广大社员头上贫困落后的帽子，粮食基本上实现了自产自足，由一个极其落后的、靠吃国家救济粮的落后队，一跃挤进全乡先进生产队的行列。程家二哥也由此得到了上级和村民们的一致赞誉。

程家二哥为人低调谦和，脸上总是带着丝丝微笑，显得特别平和。在他长期珍藏的那个精美的盒子里，光是荣获二级、三级军功章就装得满满当当的。但他从不居功自傲，更不会时常佩戴在身上招摇过市。只有在每年的八一建军节，或是有重大的庆祝活动邀请他参加时，他才会从中挑出一两枚有着象征意义的别在胸前。

后来，这位干部有意无意地和姐侧面谈起这个事情，感觉他二哥和姨有很多方面相似,也都是未婚,两人要是能结合在一起倒是挺般配的,相互也有个照应。"要是合适的话,咱俩就给他们中间捎个话,做做工作,撺掇撺掇,不是又成了一家好姻缘嘛,你说是不是?"

姐一听也是这么个理儿,凑着放假的时候两个人相继回到长垣,各自向亲人如实地说明了情况。程家那边很快给了回话:愿意在一起,见个面说说话,定个好日子准备准备。

而这边,当姐把话刚一摊开,姨就把眉头一皱,对着姐发了脾气。姨怒气冲冲地说:"我才说把你们一个个都养活大了,你们插翅膀都能飞了,就想出这么个馊主意叫我嫁人。你说说看,这么一把岁数了再嫁人,不让人笑掉大牙才怪呢?你不嫌丢人我还害臊呢!以后再也别提这回事了。"姐一见势头不对,出师不利,她不急也不躁,仿佛这一切都在她的预料之中。

当晚,姐没有像往常一样办完事马上就回去,而是在马盘池姨家住下。姐和姨挤在一个大床上,彻夜长谈。经过一整夜耐心细致的思想工作,姨终于想通了:也是啊,人上了年纪,这身边有个伴,也有个说心里话的人,有个病啦灾啦啥的,也有个人陪伴在自己的身旁,省得给忙于工作的孩子们增添不必要的麻烦。一见姨的思想有了活动,姐又趁热打铁,对姨说:"这个人无论从哪方面的条件来说都不错,要是想通了,您就说句痛快话。我们安排一个日子,咱两家坐在一起好好地说说心里话,保您满意。"姨想了想，就对姐说："你安排吧，我没意见！"

　　风和日丽的一天，姨和程家二哥见了面，两个人一见如故，促膝长谈之后，大有相见恨晚之意，于是很快就定下了这门亲事。姨后来跟我们说了她的想法。她认为，生命里既然有这样一个机会，说明上苍还在眷顾着她，并没有将她的爱情之门关上。我们也已经长大了，没有我们姊妹的拖累，姨身上担着的责任已经基本放下。姨说："你们小的时候我只是能给你们做些衣服、鞋袜。这几年国家的孤儿院又把你们几个小的给抚养起来了，这都是托共产党的福！以后大部分时间是属于我自己，我也要慢慢度过自己安静、平淡、美好的一生。听了孩子们的话，我也真的想通了不少。我听你们的，就这么办吧！"

　　那年刚好赶上我代表学校去北京，而后又和同学们先后去了其他几个大城市。在北京时，我特地从北京王府井大街的商场里给姨买了一双尖口的下雨天穿的黑胶鞋和一条毛围巾。

　　第一眼在首都北京的大商场里看到那双黑胶鞋时，我一下子惊呆了，这大地方就是好，想买啥就有啥！就连农村小脚女人穿的鞋都真真儿地摆在你的面前，一时间我还不敢相信自己的眼睛。我将鞋拿在手里仔细比画着，以前我多次看到过姨穿在脚上的鞋的大小以及样式，这双小尖口雨鞋若是穿到她的脚上肯定是只大不小。再看雨鞋的定价是五块钱，我毫不迟疑地掏出钱递给了售货员。接过包好的鞋子，我小心地放在肩上背着的绿色挎包里。

在另一个摊位上，一条厚厚的咖啡色毛围巾再次抓住了我的目光。当时已经是十月初，北京也可能比我们当地要冷得早一些，行走在北京的街头上，一股飕飕的冷风扑面而来，街头讲究一些的女同志也都戴上了厚厚的毛围巾。我觉得戴上毛围巾既时尚还暖和，就自作主张，又花了三块钱，给姨买了那条我相中的毛围巾。毛围巾连同雨鞋，两样加起来总共八块钱，我觉得都是姨能够用得着的东西。这可是我有生以来第一次出门给姨买东西，而且这钱还是临出门前，姐特意从每月的二十四元工资中给我凑出的。我觉得，这是代表我们姊妹对姨的一份孝心，很值得！

当我风尘仆仆从外地回来时，首先去了方里公社，见到了在那里工作的姐。我先拿出带回来的毛主席像章，让姐挑出几个比较贵重的分送给公社的同事们，然后拿出在北京给姨捎的两样东西，让姐一一过目。姐告诉我，我外出不在家这段时间，姨的婚事终于尘埃落定，已经和姨父低调完婚。

我听了兴奋不已，跟姐商量星期天一起去官桥营村，看望姨和姨父一家人。在方里住了两天后，我们姊妹俩骑着自行车去了姨家。姐还特意从她工作的方里供销社给姨父扯了七尺咔叽布料，正好能做一件上衣，又拐弯到生活门市部给姨父买了一瓶老白干。姨父激动得泪眼婆婆，连连搓手，抚摸着我姐递到他手中的布料说："来就来呗，还花这冤枉钱给我买东西，我也没有为你们小姊妹几个做过什么，这份孝心说实在的我受之有愧，不过请你们相信，以后的路还长着呢,只要我和恁姨齐心合力,日子会越过越好!"

一家人都很高兴,我跟姐拽着姨的衣襟坐到了里间的大床上。娘仨热热闹闹一番谈话之后,我让姐将我在北京买的东西拿给姨看看,试一试鞋合不合脚。姨把那双雨鞋穿到她的小脚上,感到松松散散的挺合适,高兴极了!姨连连说:"不小,五冬六夏都能穿呀!尤其是冬天下雪、化雪,街里、地里都是稀泥,套上一双厚厚的棉绒袜子,你看有多合适啊!"姐陪着姨步出了堂屋准备到厨房做中午饭时,一股阴冷的北风呼呼地吹来,姐把我从京城带来那条厚厚的新围巾给姨围上,姨顿时感到暖烘烘的。她开心地笑了笑,兴奋地说:"我真的没有白疼你们姊妹们啊!"不多时,只见她们俩已经将午饭端到了堂屋的桌子上,农家小院充满了浓郁的饭菜香。

就这样,姨搁置多年的婚姻大事终于有了着落,这其中有姐很大的功劳啊!也了却了姥爷姥姥一桩未完的心愿,倘若他们泉下有知,一定会含笑九泉……

91

诱人的素饺子馅

如今,吃惯了大鱼大肉,品尝过不同味道的饺子,但最让我怀念的,还是姨为我们亲手盘(拌)的素饺子馅。

曾记得爹娘去世后,每逢重大的节日,需要换换口味的时候,姨就心里盘算着,给我们几个孩子多弄些吃的,免得让我们觉得没爹没娘,过节时不如人,甚至触景生情,年节过得不顺畅,而那将是姨最不愿看到的。于是,到了年根儿前腊月二十八、二十九的时候,姨总会将预先盘好的素饺子馅装满一个个瓷罐,不分早晚,不管路途遥远,姨都会风尘仆仆地给我们送过来。

姨唯恐我们不会和面,还会把揉好的面团,连同罐子里的饺子馅一同带到我们家。每次看到姨一手提一个罐子的素饺子馅,赶了那么大老远的路过来,我们首先想到的不是先包饺子,而是围着饺子馅,一个个拍着手,咂着嘴,用勺子、筷子,甚至不顾体面地用手抓起生饺子馅塞到口中,嘴里还不住声地吵吵着好吃好吃。最后,还是自选哥用手按住一直伸向罐子的小手,制止了我们贪婪的举止,才得以留下一些馅来包饺子。

当听到自选哥说,我们姊妹几个都特别爱吃她盘的生饺子馅时,姨顿时脸色大变,板着脸对自选哥说:"你们谁吃生的饺子馅都可以,下次不够的时候,我再给你们几个多盘一些,唯独你妹妹小尊不能够吃生的饺子馅。"自选哥疑惑不解,反问姨:"为啥别人都能够吃,可小妹妹自尊她就不能吃呢?这话要是让恁宝贝外甥女听见了,保不准还会怪恁偏心眼呢!"姨也觉得自己刚才太严肃,顿时恢复了笑模样,和颜悦色地对自选哥说:"小女孩子家吃了生饺子馅,将来嫁人的时候光尿轿,知道不知道呀,我的傻外甥!"虽然是迷信的说法,但听自选哥说姨如此惦念着我,我的心中顿时升腾起一股暖流,自己的亲娘在世也不过如此吧!

家里包饺子的时候,一般都是我和自选哥擀皮,自静哥包。自静哥从小就有包饺子的天赋,尤其是从部队转业之后,包饺子的技术更是炉火纯青。那时候,别人家的孩子回到家,一般都是吃现成饭菜,而我们回到家,则是冷锅凉灶。想要尽快吃到饺子,就得自静哥上手。包饺子对自静哥来说就是享受快节奏的过程,只见他把饺子皮拿在手里,塞上馅的那一刻,就如同变魔术似的,一个饱勾勾的饺子转眼之间就从他手窝窝里出来了,自选哥和我两个人擀皮,都供不上他一个人包。自静哥不单是速度快,而且包出的饺子模样也周正,一排排饺子列队雄壮威武,好像在迎接部队首长检阅的队伍,精神得很,让人不禁佩服得拍手叫好!

诱人的素饺子馅

我们初到孤儿院的头两年,姨特别嘱咐自选哥,把她带到宜邱村的素饺子馅,挖一些到另一个罐子里,然后步行十五六里地送到孤儿院来,让我们这些没爹没娘的孩子,在大过节的时候同样也能尝到她亲手盘出的素饺子馅的味道。当时我还在想,这又不是在老家,姨还在为我们操心,不就是普普通通的素饺子馅,有啥稀罕的,步行这么大老远的路,值得吗?

孤儿院里的孩子,都是在一个大锅里搅勺子,过的是集体生活。于是,我便把姨盘的饺子馅提到了大伙房,交给上了年纪的余师傅。余师傅包了一些素馅饺子煮好了分给孩子们。品尝了用姨盘的素馅包成的饺子,大家都不约而同地称赞:"好滋味,不同于往年。"院长深情地对大家说:"这是来自咱们孤儿院里自尊她姨给予的一份深沉的爱,可以说是一种母爱吧!我们大家都要把这份情谊时刻铭刻在心里。"以至于多年之后,原来孤儿院的姊妹们再相聚时,还会有人提起素馅饺子这回事。

后来,成了家的我对素馅饺子情有独钟。为了效仿姨盘的饺子馅,还特意让上了年纪的姨给我做了一次实地演练。各种用得着的原料,我一一亲自动手来摆置,姨则在一旁认真看着我的每一个用料环节。终于,我一丝不苟按照她的操作流程盘出了饺子馅,急不可耐地用勺子挖一些,放到嘴里仔细品尝一番,谁知竟远不如我们儿时姨盘出的饺子馅鲜美。我着急得很,因为姨已经到了风烛残年,一旦离我而去,恐怕这手艺就真的要失传了!

我一遍又一遍地回想姨盘的饺子馅里所使用的原材料。艰苦的年代,是把豆腐切成碎丁,过一遍油炸至稍黄,炸好的油馍头切成小碎丁,大葱、生姜、大白菜心切碎,适量的盐、香油和花椒在锅里干煸,透出香味后加入馅中!后来生活好些了,饺子馅的原材料也随之升级,不再是以豆腐、油馍头、大白菜为主料,而是被鸡蛋、大葱、韭菜所取代,调料也大有改朝换代的趋势,各种各样的调料琳琅满目。但我遵循姨的一句话,"好吃的饺子馅,不在于调料多少和贵贱",这句话在我心中扎根,每逢到了要调素饺子馅的时候,我的耳旁就会有一个声音在时刻提醒着我,调料不要太重,以防冲淡了各种鲜菜纯天然的味道。

经过多年孜孜不倦地琢磨和实践,我盘出的素饺子馅也得到了家人的一致好评。然而,还远远赶不上姨盘的素饺子馅,那种吃到嘴里反复咀嚼后回味悠长的滋味,我觉得那就是与生俱来的独特味道,是一种浓浓的亲情夹在其中的味道,是若干味道混合在一起构成的童年记忆中的味道。

我会一如既往地探寻着,努力把这种味道延续下去。姨与人为善、甘于奉献的品质和精神感染了我们下一代,铸就了我们以退为进、吃苦在前、享受在后的人生观。姨总是说,退一步海阔天空,觉得这样做很值得,至少我个人认为是对的。她把这种以退为进的正能量毫无保留地传授给了我们,这是她留给我们的无价之宝,将惠及子孙后代……

我跟姨学织布

三年的初中生活,在一场轰轰烈烈史无前例的运动中草草地结束了,紧接着又迎来了"知识青年上山下乡,接受贫下中农再教育"的号召。我带着满腔的热忱,义无反顾地投身到了这一洪流中。

带着毕业证和学校介绍信,我首先来到了曾经把我从危难中拯救出来的孤儿院,汇报了毕业以及响应上山下乡号召等情况。因为我是从孤儿院考上的中学,粮食关系以及户口诸多手续都还在孤儿院搁置着,在校的生活、衣食及各项补贴都由孤儿院供给。当我怀着满腔报效祖国的豪情壮志,把我所带的随身手续交到领导手里的时候,恰逢孤儿院资金短缺,几乎到了难以维持下去的地步。

正好我也初中毕业了,自静哥已经能自食其力了,只有小弟还在上小学。为了减轻国家负担,由孤儿院出面向学校和有关方面反映和提出申请,拨出少量的一部分资金作为我们的安家费,并由县民政部门出面向有关部门协调。为了照顾我那尚未成年的小弟,公社把我就近安置到本村插队,接受贫下中农再教育。于是,我又再次回到了生我养我的故乡宜邱。

带着返乡插队等手续,我找到了大队支部书记王颂章,强烈要求他把我分配到条件最差的生产队接受贫下中农再教育。王书记听了不住地点头说:"你们家所在的老十队就是咱村比较贫困的生产队,人多地少,土地贫瘠,这两年老靠吃国家救济、返销粮食过日子。我觉得把你安排到那里一定能得到很好的锻炼。一会儿我领着你把安置手续交给大队秘书靳启运管理。"

返乡后的我,快速地融入生产生活中去,如打堤挖河、大搞积肥运动、出粪以及往地里送粪等脏活累活,都是跑到前头抢着干。除此之外,我每天提醒自己要比别人家早起一个多小时,扛着畚箕和铲子到村外的大小路口拾牲口粪,还把拾到的牲口粪悄悄地扛到生产队地里倒掉。我认为这是我自愿做的事,想想国家、各级党组织对我的体贴照顾,我做这点事又算得了什么呢?我认为无论从哪方面来说都是应该的。既然生产队能考虑我家的实际情况,准许我实行弹性时间参加集体生产劳动,我自己就应该凑出时间给生产队多做些事情,才能对得起基层生产队对我的照顾。我的这些想法和举动得到了广大干部群众的高度认可,使得我插队那段时间在劳动、家务等方面处理得游刃有余。在此期间,我还要履行对小弟的穿衣、吃饭以及辅导学习等方面的义务。

光阴荏苒,插队已经一年有余,转眼间自选哥家快要生小孩了,这是我们家历经苦难将要迎来的又一件特大喜事。然而，缺衣少布的情况却让我作了难。我们家姊妹自幼失去爹娘，没有大人在身边打理家务，姨也已经组成了自己的家庭，大姐又公务在身，抽不出时间帮忙打理宜邱家里的事情。经过再三考虑，我只好向生产队长请了一段时间的长假，来到了官桥营姨家。此时她已经知道了这个好消息。作为长辈的姨兴奋得彻夜难眠，我的到来，更是给兴奋中的姨注入了无穷的力量。

　　我踏踏实实地在姨家住了下来，而且一住就是个把月。这段时间，我们娘俩吃住都在一块儿。她不但是我的亲姨，还是我纺花织布的启蒙先生。姨问我说："想学纺花织布吗？刚开始可能有点难，不过只要肯用心就没有学不会的东西！"我调皮地做了个鬼脸，信心十足地对姨说："只要我能坐下来专心致志地下决心学，就是再难，它能比解高等数学方程题还难不成？我下决心一定能学得会。我都这么大了，也该给恁分忧解难啦！"她听了我信心满满的一番话说："想想也是啊！眼下你嫂子马上就要分娩啦，没了爹娘的你们，说啥也不能叫旁人说三道四。咱娘俩就是起五更打黄昏也得给她织出一些粗布，还要再染成毛蓝色的，用来做小被褥和小垫子。要是织出一机布还不够宽裕的话，干脆咱娘俩再努努力，看能不能再赶织出两织布机的布，就不用发愁了。"

　　两个人总比一个人强，说干就干。姨给我打气说："那么聪明伶俐的一个女孩子，只要是心里想学，就不愁学不会。"她瞅个好天气，到邻近的滑县高平集上买了一些皮棉,然后到河道村找人弹了花。利用黄昏早晚,只要是姨有点空就教我学纺花。开始时,因为掌握不住纺花的基本要领,只求数量而忽视了质量,我纺出的线不但粗细不均,而且松散。姨说:"你看吧,你纺出的这些线,织出布来会又厚又粗,你嫂子那么讲究的一个人保准不会用,到时候只能是咱自己使。时间紧也不急,慢慢学,仔细琢磨,纺的线再细点。"姨还鼓励我说,才开始学成这样,已经很不错啦!姨的一番勉励的话语更增添了我克服困难的勇气。知道万事开头难,但我不怕,我本来就是抱着虔诚的学习态度来求学的,我一直这样激励自己。

真正开始学织布的时刻终于到来了。我从零开始学习,纺线、打线、拌线、络线、径线、刷线、冠、掏缯、吊机子、拴布、织布、了机等大大小小总共二十七道工序,认认真真看、仔仔细细琢磨,一点儿都不曾马虎。尤其是刚坐到织布机上的时候,也不知道是因为紧张还是什么,心跳加快,像有只小兔子在胸膛怦怦直跳……特别是织布前的那些工序,不仅工作量大,而且只要稍稍走神或者急躁,就会把机子上正在织的线,变成一团乱麻,既不能拽,也不能用剪子剪。我在心里反复告诫自己,只能严格按照姨给我交代的操作流程不走样,才能将布织好。

当我静下心来轻轻地把织布绺攒在张着口的织布机内,两脚交替踩着脚踏板,两手左右逢迎织布绺穿梭来往,越练越熟。织着织着,难免因为线有疙瘩啦,或者是线头的连接处特别细的时候,经不住织布机一阵一阵"哐里哐当"

拖一下，不由得突然就断线了。怎么办？我只好耐下心来请教姨。她弯下腰来，手把手地教我：手头前边缯线要是断了的话，就从篮子里薅出一截线，把断了的线再接长一点儿，再同靠着南墙的后缯挨着肩的线用手一捻，粘在一起自动就会从原来的杼眼里一同出来，组合得天衣无缝，才能继续织。姨还对我说，要是后缯断了的话，就把后边那根线接长一些，和紧挨边靠着北墙的前缯连在一起，以此类推。

我在心里好一番揣摩，这样不行，太机械，而且死板不好记。我就按此原理，自己总结出一个"前带左、后带右"的定律。这样，无论是地方，房子以及方位如何千变万化，这线都不会接错，织出的布就会既平整又均匀，而且还比较耐看。总地来说，上机织布最关键的就是不能接错线，只要是能做到这一点，织得快慢都不要紧，顺利完工只是迟早的事。

当我把织布定律记在心里，体现在手上时，我织布的速度明显加快了。姨做好饭来喊我吃饭的时候，我就已经织了将近有四五尺布啦！她凑近织布机跟前一看，不由惊讶得张大了嘴夸奖我说："多好哇！刚才还一个劲儿地说织布难，一转眼的工夫，就卷上这么多布了。照这样看来要是不出意外的话，一天织一丈布，是不成问题的呀！"我对姨说，之所以能在这么短的时间内织这么多的布，与我总结出定律有密不可分的关系。她紧追不舍地问我："你快别卖关子啦，织布还得有定律？快说给我听听。"我把我的一套关于如何接线的妙招一步一步分解给她听,她边听边点头:"还是多读点书好哇,看来干啥都离不开学问啊!"

果不其然,织了有小半个月,一百多尺布就从姨的织布机上卸了下来。这么多的布,几乎都是我自己学着织成的,没让姨过多地插手。看到第一次织布取得的小小成就,我心满意足地笑了,为能给家里出点绵薄之力而倍感欣慰,更为能替姨分担一点肩上的重量而自豪!

我把这些布拿到宜邱,让嫂子自己根据需要撕成尿布、被单、被子里、小垫子等。嫂子高兴得眉开眼笑地对我说:"小尊,你行啊,不但学上得好,这纺花织布你还真有一套呢!"我不好意思地说:"谁叫我马上就要当姑姑了呢,我这才叫大姑娘上轿头一回,不过是赶鸭子上架罢了!"

利用插队间隙我还学到了一技之长,实属不易,也算是公私兼顾吧。每当我忆起这件事时,都会激动不已。看来我并非白吃了这么多年闲饭,白喝了这么多年墨水,学以致用方为上策呀!

针线筐里的温暖

在我并不清晰的记忆中,姨的针线筐那可真是换了一个又一个,而且样式各异,有紫褐色柳条编织的椭圆形筐、柳条编织的圆形筐,还有姥爷姥姥在的时候为她和我娘准备的结婚用的八楞筐。

说起这个八楞的针线筐,那可有的说啦!因为是要准备结婚过门装到嫁妆柜里的,必须能拿得出门才行。当时用柳条编好后,姥爷又请油漆工外边用黑漆、里边用朱红大漆分别刷了三遍,然后晾干放起来留着姨出嫁的时候用。后来,我家接二连三发生变故,姨的婚事一拖再拖,以至人将中年方才寻觅到理想的归宿。然而,无论时局、家境如何改变,姨一直把这个八楞针线筐带在身边。

姨针线筐里搁的东西有各色的线团、线锭子、碎布头,以及铁顶针、锥子等零七八碎的小东西,其中最吸引我的,还是一个红色硬塑料做的知了一样的小东西,有头,有身子,顶端还装饰了两个小黑珠做眼睛,看起来栩栩如生。我忍不住拿出来要玩,姨赶紧一把抢了过去,娴熟地把"知了"的头和身子拔开,里面竟是一团乌黑的发丝,发丝里插着许多亮晶晶的钢针。姨说这是她年轻时的头发,还指着大大小小的钢针告诉我,这又粗又长的针是纳鞋底和引被子用的,又细又短的是纳布袜底、袜帮用的,还有用来缝补衣服的,而特别细的就是扎个花、锁个扣眼什么用的,各有各的用途。"你可别乱拿,小心扎伤你的小手!"

针线筐的一个角落,不声不响地躺着一个书本大小、用紫色小碎花布包裹的小包。我曾偷偷打开过,花布里边还有一层油光牛皮纸,打开叠制的牛皮纸,里面是六个大小不等的、仿佛男孩子们用纸叠成在地上摔着玩的洋牌盒子隔页,还有三个暗扣用来当开关,制作颇为精细。一个个隔页里,放着姥爷姥姥、姨和我们姊妹三代人的鞋帮、鞋底,以及大小不等的鞋样、帽样,还有刺绣时扎花描云所需的各种花样。在我的印象中,这个小包是打我记事起,一直到后来姨驾鹤西去,她一生都在使用的唯一一件精致的东西。即便偶然不小心滴上了水,有牛皮纸隔着,也不会弄湿里面的宝贝。

我总会不由自主地扒拉姨的针线筐,里面还有个黑墨线布袋,做棉衣服的时候怕跑偏,可以用它拉出标准的线条。还有一枚历经岁月打磨几乎已经辨认不出针孔,变得仿佛金戒指一般金光灿灿、闪闪发亮的黄铜顶针。随着姨一年年变老,后来,一副花镜就被永远定格在了针线筐里。

在农村,家庭主妇必须会缝缝补补,不然就会遭到村里人的耻笑,说某某家的连针都拿不动,不是过日子的料。姨从小就心灵手巧,在村子里是出了名的巧手姑娘,不论缝补衣服,还是打出的补丁,看着就比一般的端正顺眼。打补丁的时候,她总是在一堆碎布块中细心挑选,尽量做到补丁和衣服同一种颜色,深色衣服补深色的补丁,浅色衣服补浅色补丁。不光是颜色,补丁上的花纹和衣服上也对应起来,不仔细看,几乎看不出这是件打过补丁的衣服。姨也由此获得了贤惠、会过日子的美誉。

  姨每天不但要下地参加集体生产劳动,下晌回到家里还要自己生火做饭。无论白天黑夜,只要一有空,就会端出她的针线筐赶着做会儿活。每次去看望她,偶尔在她那住上一晚时,无论夏天蚊蝇叮咬,还是冬天滴水成冰,总能看见她守在昏黄的棉油灯旁,用针锥吃力地扎透厚厚的鞋底,再把带着长长棉线的针穿过去,有时还要用顶针顶一下,针露头了,再用钳子把针使劲地拽出来,然后再把线绳拉出来,最后把线绳缠到手指上,用力拉紧拽实,这才算完成了一针。

  四周一片静寂,连树上的鸟儿也结束了叽叽喳喳的吵闹,进入了梦乡。姨催着哈欠连天的我先睡,等我躺下了,陪伴她的只有映在墙上的影子和我均匀的呼吸声。一双鞋底究竟要纳多少针?我们姊妹五双鞋底要多少针?无数件的单衣棉袄有多少针?这些没人计算,也无法计算。这些针脚,承载着母亲般满满的、深深的大爱!正如姨自己曾经说的:"我得替我大姐、姐夫守住他们这个摇摇欲坠的家,替他们始终如一地守住这几个孩子,直到他们一个个长大成人。"她是这么说的,也是这么做的。

寒冷的冬夜，她闪闪晃晃的影子落在我的枕边，在一声声"哧啦、哧啦"的纳鞋底声中，我感受到这所普通的小土屋里蕴藏着的醉心的暖，并在暖意中不知不觉地沉沉睡去。而酷热难耐的夏夜，在屋子的一个角落里，一盏忽明忽暗的棉油灯孤零零地散发出昏黄的光亮。棉油的清香和火苗的跳动，引来了各种不知名的小飞虫，循着光线，飞蛾投火般冲向油灯的火焰，转瞬即被烧焦，散发出难闻的焦糊味，随即落在了桌子上。有时候我被烧焦了的蚊虫味呛醒了，心中想起那句"轻罗小扇扑流萤"的诗句，但姨身边并没有一把小扇可以用来扑打蚊虫。这一切丝毫没有耽搁姨做活的进度，她时而穿针引线，时而俯首比画，时而拈起细针在头顶上摩擦摩擦，时而口含线头打结。睡意蒙眬的我，偶尔会看到做活中的姨，尽管热得脸上的汗珠往下直淌，但她仍神态安详，目光慈善。

姨晚年时，每逢我们去看望她，她聊得最多的话题就是，在她的堂屋西间，靠着西山南北铺着的大床北头放着一个柜子，柜子里有她青年、中年乃至老年时期织出的棉布被子里、单子料，还有四页缯挑花被子料，这些是姨给我们小时候做被子剩下的余料。也许姨觉得自己已年迈，想让我们姊妹几个各自拿回家中一些布料，好留个念想；也许此时她觉得自己时日无多，想做出一点事先准备，兼或有其他想法也未可知。而我们姊妹们每一次都跟她老人家讲，条件差的时候，她不辞辛苦，忍饥挨饿把我们姊妹们拉扯大，现在我们生活得还不错，就别再挂牵我们啦！

百年之后留下的东西，我们谁都不会要一丝布、一文钱。我们姊妹几个纷纷劝她安享晚年，有姨父陪伴在她身旁，还有我们在，啥事都别多虑。

那一个个不同时期、不同阶段、不同材质的针线筐，静静地敞开圆圆滚滚的肚子，发着亮光，不离不弃，默默地陪伴着姨。圆圆的针线筐里，盛满了姨对家人、对我们无私的大爱，无论是严寒酷暑，还是夜晚白昼，姨就是用针线筐里一个个微不足道的小物件，给我们做出一件件过年时才舍得拿出来穿的新衣服，尽其所能缝补完整了我们几乎破碎的家庭和千疮百孔的生活，也缝补完整了我的童年生活，为我童年时光的回忆增添了许多温馨的色彩。

菜瓜熬面

提起新鲜的菜瓜熬面,我的心头就会生出别样的滋味,味蕾也随之被挑逗起来,恨不得每年的五月快些到来,以满足我肠胃的贪欲。

那是在一九六九年初夏的一天,按照以往的惯例,我每月至少也得去姨家三到四次,看望她和姨父。我们就像是姨的亲生孩子,为了照顾我们几个,她耽误了最佳的结婚和生育年龄。她也离不开我们姊妹,我们各自都成家之后,隔一段时间,就会自然而然地想起来,是该去看看姨啦。一旦这个想法产生,就会无限度地扩散,倘若因为家务活或者工作一时脱不开身,就会在晚上一直做梦。是想念?还是担心?也许二者皆有,理也理不清,道也道不明,也许这就是亲情使然吧。

清晨,我下了夜班,早饭都顾不上扒拉一口,跑到副食品店买了些点心,骑上自行车就上路了。骑行在路上,远远望去,官桥营村还笼罩着薄薄的轻雾。在官桥营的南地,贯穿着南北、东西两条小河,那是为了方便农民灌溉农田开挖的河流。河水潺潺流向田地里,在一股股溪流中偶尔还能瞄见一条条小小的鱼儿自由自在地游动。小河两岸边的便道上，桃花已经开过了，但枝头仍留有残花的痕迹。靠近河的东岸，是一片平坦的田畴，郁郁葱葱的麦苗青翠欲滴，不远处，责任田里种的甜瓜、西瓜秧，在微风的吹拂下摇曳不定，一派生机勃勃。

河的北岸有一块是姨家的麦地，麦地南头一小片地里，种的像是菜瓜的样子。我把自行车靠在麦地边扎牢稳，踏着麦垄走向菜瓜地。站在地头放眼望去，瓜秧已经蔓延到河沿边，唯恐大风刮乱了秧，还在一棵一棵瓜秧的上中下三段，分别用压瓜秧的小铲子培上了湿润的土壤。菜瓜秧长势茁壮，枝叶茂盛，秧旁躺着大小不一的柳条青菜瓜，瓜身上还有一条条纹理清晰的线条。我不由地赞叹：造物主真是善解人意，百般体恤农民，不失时机地带来个好收成，让他们都能吃饱饭，过上丰衣足食的日子。

我兴冲冲地推开姨家的大门，看见院子里姨正在一个大绿盆旁洗衣服。我撂下车子，跟姨打了个招呼，就蹲下来帮她洗衣服。姨问我："这么早就赶过来啦，清早饭吃没吃好啊？"我笑着对她说："心里只要想着来看姨，哪还顾得上吃饭呢！"姨父在旁边一听，就赶忙去厨房拾掇锅灶，准备做午饭。我劝他们不要急着做午饭，反正也不是很饿，先把衣服洗完晾到绳上，再放心做午饭。姨说："这个主意不错！"还让姨父回屋里掇个柳条编织的大篮子，去地里摘一篮菜瓜来，中午给我做熬面吃。一听这话，我脸上乐开了花。

不大一会儿工夫，姨父挎着一篮嫩嫩生生的菜瓜从地里回来了。正好，我们娘俩也把衣服晾到了一条长绳上。姨心疼我，怕我累，让我先坐在院子里歇会儿。她到厨房，先把面团和好，用屉布盖在面团上，让它有充分的时间醒发。等面醒发好后，她就开始动手擀面，先从面案上抽出一根又粗又长的擀面杖，擀面杖是用梨木旋成的，用的时间长了，表面磨得光溜溜的，紫里还透着红，用鼻子凑近闻一闻，仍有一股清香的气味，果真是纯天然的。

姨很快就擀好了面条，一把一把放在托盘上晾着。接着，从缸里舀出刚打的井水，洗了三四根菜瓜，每根都是一尺左右长短。用小勺把菜瓜里边的瓤挖出来，再切成一分多厚的半圆瓜片。锅里放上油，等油烧至四五成热时，放葱花、花椒、盐，煸炒出香味，放入切好的菜瓜片，炒至半熟，舀一勺自家晒的甜面酱放到一旁的碗里，倒入少许水搅成糊涂，倒到锅里。稍停一会儿，往锅里加足水，菜瓜炖熟后，把手工面条摊到上面，盖上锅盖，焖上大约二十分钟就大功告成了。

在那个粮食短缺、面少菜多的年代，菜瓜熬面绝对是平常见不到、吃不上的美味大餐，是让我至今回味悠长的家常饭，是一种家的味道。吃的时候，厚厚的菜瓜片被煮得软烂入味，面条筋道又有韧劲，味道相当醇厚。我觉得那个时候的人都饭量大，满满一大锅菜瓜熬面，已经快到了锅口边沿，盛饭也是用一个深深的大海碗，看到那一碗实实在在的面食，我真有点不敢相信自己能吃完。然而，一家人围坐在一起,边吃边聊家常,不一会儿,锅里的菜瓜熬面就所剩无几了。

也许我跟菜瓜有缘,在我人生长河中品尝过多种多样的味道,唯独对生菜瓜、菜瓜瓢以及菜瓜做出的食物情有独钟,是它,唤起了我童年、青年、中年乃至老年,不同时期、不同环境、不同生活状况下的生活记忆。

轧红薯饸饹

农历八月的一天,一个难得的休息日,我趁休班空闲时间,去官桥营村看姨和姨父。

我打理齐全所带的东西,又另外请了一整天的假,想留出充裕时间,帮姨做做家务,聊一些她喜欢的话题,还能品尝她亲手做出的那些普通又美味的家常饭菜。我骑上自行车出了门,沿着通往丁栾的柏油马路飞驰而去。

一路上,映入眼帘的是一块块农民承包的责任田。田地里,到处是一派丰收的景象。在这迷人的季节里,一片片树叶从枝头飘落,掉落在地上,酷似一把把小扇子,扇去了燥热。正应了人们经常挂在嘴边上的那句话:秋老虎也能热死个人!尽管秋天是一个让我思念的季节,但这年的天气似乎和人们较上了劲,让人感觉到格外的炙热难耐。

由于路上只顾欣赏秋日田野的美景,耽误了些许时间,等到推开姨家门的时候,已经赶不上吃早饭的茬口了。姨看见我来了,笑盈盈地端来一盆清澈见底的凉水,一边让我洗洗汗水涔涔的脸,一边说:"你看都到八月啦,天还这么热,早晚还凉快点,可到了中午,仍然会感到燥热难耐,真是反常啊！对了，小尊，晌午想吃点啥？你说吧！"我说："啥都行。"听了我的话，姨嘴里喃喃自语道："早晚两顿饭都好做，到了晌午的这顿饭，就情不自禁地发愁，不知道做啥饭好。"姨父在一旁忍不住接了腔："这都是现在生活富裕了，人们胃口养得娇贵啦，想做啥就做呗！"

姨想了想，咧着嘴笑了："有啦！今天改改样，换个口味，咱给外甥女轧红薯面饸饹吃吧！"姨父的脸上顿时收起了笑容，反问一声："你说啥，再说一遍？"姨不紧不慢地说："看把你急的啊，你听我说呀，说不定换个样还能多吃点，借此机会还能尝个鲜呢！"

姨的这番话，说得我"扑哧"一声笑了，这个主意正中我的下怀。小时候在老家生活，土地贫瘠，地里打的粮食少，红薯就被填补上了饮食的缺口。在我们那一带曾经流传过这样的顺口溜：多吃红薯少吃馍，留下口粮还好点，红薯烂了没法活。每年地里的红薯一出，村里的老少爷们就变着法儿地吃红薯，一天三顿锅上锅下，离了红薯不说话。其中，就包括轧红薯饸饹吃，那时是为了糊口填饱肚子，简单又实用。

如今，都一二十年过去了，还真有点想念这老味道呢。可是，饸饹床这种古老的家伙什儿已经不多见了，不过在姨的家里，还真有这么一台笨重的小型老式饸饹床，优哉游哉地躺在厨房的一个角落里。姨父把饸饹床搬到院里的压水井旁边，仔细地刷了一遍又一遍，晾干后又移到锅灶上方。姨从布袋里挖出些红薯面，用开水烫个半熟，稍停片刻再捣成一个个窝窝，逐一放到蒸馍的篦子上，开火后又蒸了十多分钟。蒸好后再把红薯面窝窝拿出来放凉，放进面盆里再揣一遍，捏成面团放到饸饹床的漏槽里。

然后，姨负责烧火，因为她烧火均匀，好像她办事一样不温不火。姨父身子坐在饸饹床杠杆的一头，用力将面团轧成面条下到滚烫的开水锅中。我则拿一双长筷子，轻轻把锅里的红薯饸饹一条条拨开，免得它们粘到一起，出锅后影响口感，锅里的水略微一滚，就点些凉水再滚一滚。红薯饸饹煮好后，就挑到两个分别盛着热水和凉水的大盆里。此时，姨征求我和姨父的意见，吃热的还是吃凉的？我抢先说："如今天还怪燥热的，咱吃点凉的试试！"姨说："挑出一半热的一半凉的，做两锅！咱又没啥急着要干的事，为了吃口如意饭，不麻烦。"

我和姨吃凉饸饹，用捣碎的蒜泥、微量的辣椒油、芝麻酱，加点醋、香油调成糊状，加入焯过一遍水的绿豆芽，混合搅拌调匀。当我端起那碗久违的、香喷喷的红薯面饸饹时，不禁脱口叫道："好面自有好味道！"红薯面饸饹不但柔软筋道、润滑爽口，而且汤味鲜美、香辣开胃，真算得上一顿营养丰富又独具地方特色的风味面食！

姨父由于在部队待过多年，饥一顿饱一顿的，肠胃生了溃疡，吃不得凉的，姨就给他单做热饸饹。姨随手打了两个鸡蛋，在热油锅里翻炒了几下，再加入西红柿块，混合煸炒成热卤，浇在刚从热水盆里捞出来的饸饹上。姨父端起盛满热红薯饸饹的大海碗，用筷子挑了一大团饸饹放进嘴里，不由自主地"啊"了一声："还是那个老口味，又重新找到了当年那个滋味啦，真好吃呀！"

红薯面饸饹轧制环节多，比较烦琐。过去人们是不得不吃，现在生活普遍好转，红薯面饸饹已经成为平时难得享用的稀罕饭啦。

送煤在路上

随着人们生活普遍改善，昔日的衣食住行，以及人们赖以生存的各种物资，必须凭票供应的现象已不复存在。可当回忆起那个年代，还是让人记忆犹新，随之而来的，便是那一股股五味杂陈的滋味。

当时，由于物资短缺，除了城镇户口长期使用的商品粮粮本、农村户口使用的购粮证外，还有相当数量的证件发放，如做衣服用的布票，买粮食和食品用的粮票、豆腐票、油票、肉票、糖票，一日三餐必备的煤票，出行代步的自行车票，等等，各种各样的票据五花八门。无论是吃商品粮，还是吃农村粮，每家每户的油水都不够，居家过日子经常是清汤寡水，营养自然严重不足。这些还都不算，最不能够俭省节约的，就是那一天三顿饭的烧火问题。

几次去看望姨，几乎都能看见她到野地里捡柴火，贴补家里煤票不足产生的缺口。当时，对农村供应的大都是无叶煤，点着"呼隆"一阵，冒冒烟就完事，十分不禁烧。若是晴天还好过点，要是遇见个阴天下雨的坏天气，烧柴火的时候可就遭了殃。柴火因为太潮湿，点燃后常常搞得狼烟动地,做一顿饭呛出来的眼泪,往往比大哭一场流的有过之而无不及。几次姨烧火的狼狈样子,我都看在眼里,疼在心中。于是,我每月会留一些煤票,再抽空骑自行车到县城煤建公司买一麻袋煤,送到官桥营村的姨家里,好歹也能缓解一下姨的燃眉之急。

一九七三年夏天的一天,已经入了伏,下午的日头火辣辣的,像是要把人烤焦似的。我推着自行车从煤建公司出来,后座上驮着营业员帮忙搭上的一麻袋一百来斤的红煤。我吃力地把车子推到马路上,憋足一口气,使劲地骑了上去,心里想,只要是能骑到车子上,就没问题。结果还真行,我蹬着脚蹬子,车辘轳转得飞快,顺着县城通往丁栾公社的阳关大道,向正北方奔去……

前面大半程的公路骑行还算顺利,没有费多少周折,到该往农村的土路上拐弯的时候,我开始谨慎起来。那时我们这边通往农村的各条道路基本上还都是土路,而且还曲里拐弯、坑坑洼洼。我心里嘀咕着,这路远不如在公路上骑轻松啊!但这些土路是通往姨家的必经之路,再难也得往前走。

我小心翼翼地骑着负重的自行车,遇到对面来的人或自行车,还得下车给人让路。下雨时碾压留下的两道车辙凹凸不平,车子轧上去便发出"咯噔、咯噔"的声响,颠簸得越发厉害。这时候,突然听见后面"咕噜咕噜"的声音,我赶紧抬腿下车,扭头一看,原来装煤的麻袋有一处已经裂开了个大口子,一块块煤直往地上滚落。

我把车后架上的绳子取下一段，想在麻袋上绑一个揪揪试试。可哪承想，麻袋里的煤装得太多、撑得太紧，还绑不住。我心里想，要是松一点，是不是就能绑住了？可多出来的煤放哪儿，总不能扔了吧？我看了看身上穿的裤子，一下子有了主意。说干就干，我脱下裤子，用绳子把两只裤腿分别系结实，再解开麻袋口，裤腰对准麻袋口，顺着劲倒出一条裤子的煤，然后再把裤腰绑住。麻袋一下子松散多了，不用多大劲儿，就用绳子把裂开的口子勒紧了。这时，我下身只剩下一条短裤，好在是夏天，反正我干的是笨重活，在路上也没人看见。

当把一裤子的煤放到了自行车大梁上，由于车后座重量骤减，车子也不再摇头晃脑，骑上后也稳当多了。我骑上车，心里不住暗暗祈祷着：路上可别再出"幺蛾子"啦！天遂人愿，剩下的路途，一直骑到姨家的院子里都平安无事，太幸运啦！虽然累到了极点，但是这一路也证明了我的体力，锻炼了我遇到困难时的勇气和应变能力，已经远远超出了我给姨送煤的意义，这就足够啦！

姨父帮我把自行车扶稳，放好车子。我先把夅拉在自行车前边裤子里的红煤卸下来，趁着姨不注意的当儿，麻利地拽到厨房，搁到墙角旮旯处。姨父吃力地把后座上那大半麻袋煤卸下来，有可能是两只手把麻袋扣得太紧的缘故，绑着口的地方又"刺啦"一声裂开了，麻袋里的红煤滚落了一地。姨只怪他不小心，还不住地嚷嚷着："你看孩子一路好不容易把煤给咱从大老远的地方驮了回来，都到家啦你还弄撒开了，你看这叫啥事啊！"姨父也真的是好脾气，只是笑了笑，没有说话。

还是我给姨说明了在路上发生的情况，替姨父解了围。我扮了个鬼脸，撒着娇说："事情真的不是像恁想的那样，也不是如恁说的姨父不小心，而是那个麻袋它本来就有问题，后来烂了口的地方我也没扎结实，恁没看见刚才我掂到厨房的那裤子煤吗？"

这时，姨才从我的脸上和穿的短裤上看出端倪来，那一路的汗水，抹抹擦擦，汗水和着煤面，煤面搅和着汗水，弄得那个脏啊。姨立马端来一盆清清的井拔凉水，催我快洗洗。站在清澈见底的水盆前，我"扑哧"一声笑出了声，姨又从堂屋拿了一面镜子递给我，我拿着镜子在眼前这么一晃，不用化妆，便是那一个大花脸的角色！

姨转回厨屋，找出那条装满煤的裤子，心疼地朝着我说："你看这个小二妮，多么肯豁本啊！好好的一条裤子，竟让她当成了口袋用！"我笑了笑对姨说："反正也是条旧裤子，洗一洗照样穿。"边说着，边把裤子里盛着的煤一股脑倒到了地上。姨说："按说也该换条新裤子啦，等我把织布机上的这机布卸下来了，让人家裁缝照着你身上这个样式、尺寸，再给你裁上一条！"

如今的日子，是芝麻开花节节高，再也不用为缺吃短烧费心思啦。但那一桩一桩往事，还是每每浮现在我的眼前，挥之不去……

一袋大麦面的苦涩旅途

那还是二十世纪七十年代初期,我在苗寨工作期间发生的一件事情,距现在已经过去将近五十年啦,但一幕幕还时常在我的脑海里萦绕着。

一天下午,趁着歇班的闲暇之余,我搬起粮所贴补的议价粮——一袋大麦面,搁到自行车的后座上,用绳子勒紧,骑上车子朝着官桥营村姨家飞驰而去。乡间的羊肠小道蜿蜒崎岖,我因为车上驮着面袋,只顾低着头、弯着腰,加快脚下蹬着车轮子。大约三四点钟,天空忽然乌云密布,紧接着就是狂风大作,一道道霹雳闪电伴随着轰隆隆的雷声划开了天际。

我失声叫道:"坏啦!要下大雨啦!"脚下加快了蹬车的频率,憋着一股劲儿,努力想骑得快些、再快些。马上就要到李官桥村东头了,听着头顶上发出"咔嚓、咔嚓"的声声巨响,不禁感到一阵阵害怕。

一瞬间,上中学时往学校带面的情景浮现在眼前。那次是在夏秋之交,回学校路上偶遇暴雨,前不着村,后不着店,无处避雨,装面粉的塑料兜下角有个小洞,装面的时候，我还特意垫上了一层牛皮纸。可谁知道雨下得来势凶猛，面粉兜底垫的那层牛皮纸经不住雨水长时间冲刷，给冲破了，面粉伴着雨水流了一路。雨停了，面粉兜也空了，没等到学校就竹篮打水一场空。

有了十多年以前那个极为深刻的教训，我就不想再重蹈那次的覆辙，也不再有丝毫的犹豫，一路勇往直前，还在心中暗暗为自己加油：到了，就要到了！到了李官桥村东头，看见路北角正好有一户人家开着过道门，看样子像是一对母女在那里做针线活。

当我吃力地推着驮面的车子往土岗上走的时候，这娘俩一前一后跑出来，一个在前边拉，一个在后面推，帮我把车子推到了她们家门口。这家的婶娘摆着手冲着我喊："姑娘，赶快进来，马上要下大暴雨了，先来过道里避避吧！"我感激地连连点头，推着车进了过道门。把车靠着墙角停好后，紧绷着的弦一下子松了，腿也不听使唤了，顾不上矜持，一屁股坐到了冰凉的泥地上。此时的我，只顾着大口大口地喘气，心"扑通扑通"一个劲儿跳个不停。

这时，又一道闪电划过昏暗的天空，随后传来沉闷的雷声，豆大的雨点砸了下来，顷刻之间，天地间就出现了一道道水帘。狂风呼啸着，猛地把门吹开，狠狠地撞击到墙上，发出"咣当咣当"的响声，让人心生惊恐。

外面的雨时大时小，等到天快要黑下来的时候，还是丝毫没有要停下来的迹象，哗哗流淌的水流，在地上冲出了一道道纵横交错的沟壑，地面上到处是浑浊不堪的泥浆。

赶着往姨家送面的我，听着门外的雨声，急得如同热锅上的蚂蚁，来来回回转圈圈。婶娘看见我一直搓手，不时叹气，仿佛早已看透了我的心思，一再劝我："姑娘，今晚你就别打算走啦，这山不转水转，人这一辈子，谁还保不住遇着个三灾两难的，以后的日子还长着呢！"我看看天已经黑了，雨也没有停的意思，只好点头同意住下。

唯恐夜里老鼠跑出来咬烂车上的面袋，婶娘便喊来闺女她爹，让他把面粉袋背到屋子里，又把我拉到厨屋，看她生火做晚饭。婶娘让闺女烧着锅，顺手从两个面缸里挖出一些白面和黄面，和成大小不等的两个面团，白面放在底下，黄面摊在上面，又加了些葱花、盐巴一卷，烙成了外皮雪白、内里金黄的大饼。婶娘还搅了一锅面筋穗甜汤，拌了些小咸菜，别提多美味啦！我和他们一家人围坐在桌边，吃着烙饼，就着咸菜，喝着甜汤，其乐融融，一时竟忘了自己只是一个滞留在此地的路人。

这一晚，我和这家的闺女睡在一个床上，聊了很久，还知道了这家人姓李，姑娘叫李翠香，乳名小香。聊着聊着，一阵阵睡意向我袭来，听着屋外淅淅沥沥的雨声，此时的我已经不再焦躁，取而代之的是一份从心底涌出的温暖和感激。我在心中暗暗发誓，有机会我一定要报答这家热心肠的人。

可能是由于白天的奔波劳顿，这一夜睡得很踏实，醒来时天已经大亮。我急忙穿好衣服，跑到院子里，从过道里推出自行车，准备上路。小香看我要走，立刻喊来了她爹，帮着把那袋面从屋里拖出来，搁上车子后座，用绳子扎紧。婶娘急忙从厨房里跑出来，看样子是正在做早饭，她硬把一个热热乎乎的窝窝头塞到我的衣兜里，挥挥手对我说："这雨从二更天就慢慢地停了下来了，东边还有点发亮，像是要雨过天晴的样子。走吧，姑娘，不会有事啦，以后不定啥时候咱还会见面的。"我一再表示感谢，并说以后会来这儿串门看望他们。

出了他们家的门，我顺着沿河边的小路一直往北飞快地骑着。这儿距离官桥营村也就三四里的路程，十几分钟就到了。拐过官桥营村一条南北小胡同，就到了姨家门口。推开栅栏门，看见姨父正在院子里扫地，地上到处都是泥，扫帚上也沾满了泥巴。一看见我进门，姨父就冲着厨房吆喝："你看，小尊来啦！"姨正在厨房忙活着做早饭，忙不迭地踮着小脚快步走出来，两手还不住地直甩手上的水，诧异地问我："你咋来得这么早哇，从哪儿来的？"

我把路上遇到下雨，还有夜宿路人家的情形一五一十说了一遍。姨和姨父不约而同地感叹，看来这世上还是好人多啊！姨还说，姨父家有个亲戚也是李官桥村的，和留宿我的这家人同一个姓氏，料两家门子也不会远了，姨赶明儿会把这桩事给她说一下，让她先把这个话捎到，以后若有合适的机会，再顺路瞧看人家也不迟。这个事就暂且搁到了一边。姨看到这么一大袋面，就说："我正好也该蒸馍了，等会儿发点面，蒸一锅馍，你拿走几个尝尝，好吃着呢！"

姨还对我说:"以后有点啥好的,可别光想着我。现在比以前的日子好过多啦,恁叔(指姨父)每月都有几个钱,虽然不多,但能细水长流地过日子,也足够了。你们也都多照顾自己一些,别老挂念着我,都把心放在工作上,我这里也就放心啦!"我连连点头称是。

无巧不成书,大概过了三四年后,我已经结婚成家,爱人的老家就在皮村。有一天,我跟爱人回老家,在皮村胡同口看见几个年轻的女人在闲聊天,出于礼貌,我也凑了上去和她们打招呼。当和其中的一个姑娘目光对视的一刹那间,彼此都惊讶得几乎同时喊出声来,原来是小香!

小香激动地拍着我的肩膀说:"原来是你呀,姐,咋想着能在这见面啊!"我百感交集地搂着这个曾经帮我躲过一劫的小妹,激动地说:"我也不知道成天净忙个啥,光说去恁村瞧瞧二老,直到现在也没有兑现承诺,多对不住二老的一片苦心帮忙啊!"

我迫不及待地牵着她的手,把她拽到了我家,拉住她的手一再表示感谢,如同亲姐妹一般互诉衷肠,说说各自找到的如意郎君。也许是上天有意,姻缘巧合,他们正好都是这个村里的人,门子也不远,还是一个辈分的人,按辈分她应该喊我嫂子。你看,不管是姐,还是嫂子,这不都差不多嘛!通过这件事,我明白了人和人之间真的是有缘分这一说的,就如我在她家躲暴雨时小香娘说的,"山不转水转",说不定哪个时候就又转到一起啦!

姨手中的蒲扇

转眼,姨已到耄耋之年,但她对过去的事仍记忆深刻,仿佛历历在目,对着我讲述一桩桩、一件件往事的时候,随着情节的变化,她脸上的表情不时地变换着,时而甜蜜,时而苦涩……

酷暑难耐的夏日里,姨手里总是会拿着一把蒲扇,一空下来就"啪嗒啪嗒"地扇起来。看着她手里的扇子,我常常不由自主地陷入久远的回忆。小时候夏天走姥姥家,家里燥热难忍,于是,到了傍晚时分,姨就一只手拎一块草苫,另一只手掂着一把蒲扇,领着我来到墙外的小溪旁。姨把草苫铺到岸边,让我偎依在她温暖的怀抱里,听她讲述那些古老动听的故事。

小溪边草木多,不时会有蚊虫飞过来骚扰。这时,姨手里掂着的那把蒲扇就义不容辞地派上了用场。儿时的我,只顾仰着脸,跟着她的手指方向看,夜空里哪儿是扫帚星,哪儿是北斗星。当她的手指到织女星、牵牛星的时候,我的脑海里顿时就会浮现出她给我讲过的牛郎织女的故事,那一对恩爱的小夫妻,被无情的王母娘娘用一支银簪狠狠这么一划拉，从此银河将他们分开。我记起了唐代诗人杜牧的《秋夕》："银烛秋光冷画屏，轻罗小扇扑流萤。天阶夜色凉如水，坐看牵牛织女星。"眼睛不由自主地模糊了，既同情他们的遭遇，也替他们惋惜，心头一阵紧紧的，五味杂陈的滋味一起涌了上来……

　　纳完凉回到家，已经是深夜时分。已经困得不行的我，一松开姨的衣襟，就顺势倒在了床上，晕晕乎乎地和衣而眠。睡梦中，仍会听到姨的蒲扇在"啪嗒啪嗒"地扇着，一阵儿紧一阵儿松，一会儿大一会儿小。蒙眬之中，姨挥动蒲扇的声音一直响在耳畔，深深震撼着我稚嫩的心灵。

　　等我长大了，工作了，结婚了，每每去姨家，看到她的蒲扇，亲切感就会油然而生。多少次的晚上，我和姨同榻而眠，两个人睡在一头，姨一边挥动手里的蒲扇，给我赶着蚊虫，一边跟我唠着家长里短。一阵困意袭来，先进入梦乡的人一准是我。姨还在一边说一边提醒着："睡吧，睡吧，已经二更天了，明天还要赶路呢！"我听了，立马又接上了腔："我没有睡着呀，姨。"心里还有一句话："您说的话，我句句都听到了心坎里。"躺在姨的身边，有她手里那把小小的蒲扇摇晃着，少了蚊虫的袭扰，觉睡得也很踏实。因此，我对蒲扇有种特殊感情和记忆，那是一种永远的怀念。

姨的葬礼

二〇〇九年腊月初一上午,姨因身体年迈,油尽灯枯,撒手离我们而去。按我们这一带的老规矩,老人到了一定年龄,故去后都要在家停放七天,谓之"喜丧",要等外出的孩子和亲人们一一归来后才能发丧。

我当时人还在北京,因路上耽误一时,直到第二天夜里才姗姗来迟,未能见姨最后一面,留下了无限遗憾。我心里唯一感到安慰的是,姨临终前的半个多小时,是在和我断断续续的通话中度过的。而且,还有六天时间可以守候在灵位旁告慰。

身边的亲人一再劝慰我,一定要强忍悲痛,千万不能让泪水滴到已故亲人的身上。但我又实在抑制不住心中的悲痛,只好用厚厚的毛巾捂住眼睛,生怕痛楚的泪水不慎落到她身上,给逝去的姨带来二次的伤害。

因为要等我,姨的棺椁顶盖一直半开半掩着。我的目光落到早已僵硬直挺挺的姨身上时,我用力抹了抹哭肿的双眼,尽可能睁得大大的,好看清她老人家临终时的面容。我跪在棺材边上,声泪俱下。姨啊!您为我们姊妹付出了太多太多，而我却因在千里之外看孙子，没能在您最需要我的时候守候在身旁，擦一把屎、端一次尿、递一碗水。我能想象出，您在弥留之际是多么想见到我啊！有多少的心里话想说给我听啊！我多么希望能轻轻地握住您的手，静静地送您上路，可就是这么一点小小的愿望，我都没能实现，实在是有愧于您呀！

听到我痛断肝肠的哭声，院子里帮忙料理后事的妇女纷纷围拢到我身边，安慰我说人死不能复生，说这么多年来他们都看着呢，我们姊妹几个不是你来就是我往，从未间断探望姨，姨可没少享我们姊妹的福，这吃的、喝的、穿的、戴的，她哪一样不比别人强啊！临终之际，其他姊妹几个黑天白夜寸步不离，就是有儿有女的，也未必伺候得这么周到。她们劝我不要再难过自责了，安排好后事要紧。

我勉强止住了哭声。仔细想想也是啊，无论我如何地哭天抢地，姨终归还是走了，与其在这里悲痛欲绝，还不如给她办上一个体体面面、朴素大方的葬礼，送她上路，入土为安。

在村里一位德高望重的执事人安排下，一切都有条不紊、紧锣密鼓地进行着。腊月天里，大北风不停地呼呼刮着，滴水成冰，人们搓着手、哈着气、跺着脚，冒着严寒赶到姨家帮忙。为了让大家能喝上口热汤、吃上口热菜，院子里南半边垒了两个大灶，从早到晚一直不停地烧水做饭，供来来往往赶来帮忙的亲戚邻居们吃喝用度。挨着西头原来的厨屋里，堆满了从集镇上买来的粉条、海带、豆腐、冬瓜、蒜薹，还有馒头和炸的油馍片，以及油盐酱醋、罐头干菜，等等。厨屋外边，是一堆堆码得高高的白菜、白萝卜和红萝卜，煞是惹人注目。

数九寒天，滴水成冰，熬上满满一锅热腾腾的菜，再切些肉片和油馍片，兑上自家酿造的头道粮食醋，还有事先炸好的辣椒油，味道醇厚、暖胃暖心的大锅菜就做好了。人们把滚烫的饭菜盛到碗里，端在手上，一个个蹲在院子里，狼吞虎咽地吃起来。

胡同对过，紧挨着邻居东屋山下，铺着两三领高粱篾编织的草席，上面堆着一卷卷的白孝布，旁边放着尺子、剪子、针线等。几个中年妇女坐在席上，时刻打量着门口进来的每一个人。至近亲人来了，要铰通身的白孝裇，男孝子不但要身披重孝，还要扯下一条宽一尺、长一尺九寸的白布，作为孝帽戴在头上。身为晚辈的，按规矩扯六尺白布披在身上，同样也有孝帽戴着。女的不论亲疏，只要踏进这个家门，就必然得撕下一块白布扎住头，以示前来吊孝免灾。街坊邻居和帮忙的、吊唁的，撕一块布扎住头就完事。一整套的撕扯仪式，一概由熟悉各种关系以及有这方面经验的人来把控。

姨下葬的头几天，每天人来人往，络绎不绝。姨父家是个大人烟，老两口的人缘在村里那是没的说，加上姨父在部队上转战多处，老战友、老朋友遍布各地，得知姨驾鹤西去，纷纷派出亲人和子女前来吊唁。此外，还有专管跑外差事的，大多是些脚腿利索的年轻人应承，在执事人的安排下,分别跑到官桥营东的丁栾集、官桥营北的崔寨村,或者西边稍远点的河道村定制一些纸扎活,预备出葬那天用。

转眼就到了第六天,几家扎彩铺捎来话说,寒冬腊月是老人亡故的高峰期,要扎彩活的人家很多,也没有那么多地方搁置,除去扎彩活的钱,多多少少再给跑路的几个小钱,只要能尽快拉走就成。执事人一听,马上指派一辆敞车,带着一干人,趁着太阳还没有落山时赶到铺子,把预定好的纸扎拉回来。

很快,一车子纸扎就拉回来了。人们手掂着,肩抬着,胳膊举着,小心翼翼地把纸扎从车上卸了下来,按顺序排好放到通往南北大街的两侧。这些五颜六色的纸扎活,还真的是活灵活现!灵棚前,路西边站着的是马童来顺,是为逝者上路牵马的,一只手里握着根长长的马鞭,另一只手紧紧地牵着一匹高头大马。大白马威武地站在棺椁一旁,走近跟前,可以看见马脖子下方垂着一幅字条,上写"千里驹"三个字。大骡子大马身后,站着小马驹和小骡驹,预示着子子孙孙生生不息,六畜兴旺发达。

路边一处纸扎的大院子,让人对扎彩师傅的高超技艺赞不绝口。院子有一堵高高的围墙,墙头上是金黄色的琉璃瓦,院子里是飞檐斗拱式的高楼大厦,房檐上边边角角还端坐着逼真的飞禽走兽,据说是为了避邪。

挨着灵棚东侧正前方,站着一对雌雄大黄牛。雌牛叫"喝不够",雄牛叫"盛得下"。雄牛通身金黄色,虎虎生威。而雌牛则通身呈明黄色，一副老实巴交、任劳任怨的憨态模样。不过，无论雌雄，纸牛都是鼓着一个大肚子。据老人们讲，牛肚子里盛放的是逝者在人世间用过的脏水，牛要跑很远的路，把脏水驮到没有鬼魂的地方消化掉，否则要受到严厉惩罚。逝者若是女性，就必须带走两头大黄牛，因为女人一年三百六十天洗洗涮涮，用过的脏水太多了。

据老人们讲，人在归西以后，都要到地狱里，那里没有房子住，没有衣服穿，出门又缺少交通工具，因此，人间的亲人就会为他们预备下这么一整套物件，在逝者临上路时用火烧掉，这样到了阴间阎罗殿就样样都有了。此外，有的纸扎中还有"喷钱兽"，就是张着大口能吐出金银财宝的奇龙怪兽，还有聚宝盆、大金山、小银山，以及金银元宝桌，上面按层次罗列着棱角分明的大小金银元宝。

灵棚里的棺椁用黑漆和桐油粉刷了两三遍，黝黑发亮，棺材大头正前方，用金黄色的大漆写着一个大大的、十分醒目耀眼的"奠"字。棺椁上方，端端正正地安放着用玻璃框装裱着的姨晚年的标准像。棺椁两边，各站着一位用彩纸扎成的童女，一个叫"巧姐"，另一个叫"顺平"，看上去栩栩如生，充分体现了扎彩师傅巧夺天工的技艺。

棺椁后面，右侧安放的是"金库"，就是拿一条逝者生前穿过的干净裤子，用白色的麻绳把两条裤腿分别绑起来。裤子里装满事先叠好的金黄色纸元宝，然后在裤腰的缝隙里穿上一条松紧带，拉上后美其名曰"金库"。左侧同样是用裤子装满叠好的银元宝，封上口，谓之"银库"。"金库"和"银库"，都是备着逝者日后在阴间的用度。

姨的灵位前供奉着六个素食盘子，里面是她的重外甥小勇亲自去稻香村买的北京风味糕点，这是姨生前最喜欢吃的一口。还有那二十多家不同辈分的亲戚供奉的一道道美味菜肴，八大碗、十六碗、三十二碗风味各异的鸡、鸭、鱼等，东南西北各类菜系汇聚在一起，形成一个荤素全席。

姨步入晚年后，特别安于清贫的生活。每当我们跟她说，要接她到城里或外地去住时，她嘴里就会蹦出那句话："金窝银窝，都不如自己家的这个穷窝。"而今天，将是姨在这个穷窝待的最后一天，眼看要送走她了，怎不让人唏嘘感叹，涕泪横流！孝子们都聚集在灵棚里守灵，一旦有人来祭奠行礼，执事人便大喊一声："开奠啦！"随着洪亮的喊声，孝子们便异口同声地扯着高喉咙大嗓，哭声震耳欲聋。

已经九十岁高龄的姨父强打着精神，在家里跑前忙后，指挥着眼前的这事那事，一刻也不让自己闲着。姨父和姨后半生相依为命，感情深厚，他尽心尽力给姨操办这个葬礼，唯恐出现个一差二错，对不起和自己生活了半辈子的老伴。

我担心姨父悲痛加上操劳过度，身体吃不消，就悄悄跟着他。只见姨父慢慢地走到大街上，朝着这里瞅瞅，又赶往那里瞧瞧，摸摸这些即将随同姨去往阎罗殿路上的陪祭纸品，确认一切都如他的心意，这才拖着蹒跚的双腿，走到姨的灵位前，俯身趴到还没合上棺盖的黑黢黢的棺椁上，老泪纵横，泣不成声："我今天好生打发你先上路，你不要担心这边的一切，我会记住你交代给我的每一句话，把你的一周年、两周年、三周年，最好是十周年忌日都过得像模像样，我才能放心地随你而去呀！"哭声里蕴含了夫妻间多少的恩爱与不舍，听得在场的人纷纷为之动容。亲朋好友、街坊邻居忙把老人搀起来，扶到屋里休息。

按照惯例，上午十点左右，等姨娘家至近的亲人到了，要给姨烧第一道倒头纸（也叫压纸）。之后，孝子们还要在娘家人陪同下，抬着祭品和要烧的纸扎，如纸糊的大骡子大马、侍奉的丫鬟马童，到南大街的关帝庙上去报庙。老规矩说，故去的人必须到阎罗殿前登记报到，以免入鬼门关后没有合法户口入住，成了孤魂野鬼四处游荡，下辈子不容易再托生回人间。

可眼看到了十点钟，马盘池姨的娘家人仍然还没有到。在无数人焦急等待和期盼中，一辆坐满了娘家人的大巴车才姗姗来迟。原来，因为亲戚们来自好几个村子，客多、人多、事多，等人都组织齐了，也耽误了不少的工夫。娘家人刚下车就抓住姨父他三弟和执事人的手一再表示歉意，正在寒暄之时，去往关帝庙前"起魂"的一干人等也急匆匆地赶回来了。

执事人吩咐，凡是姨的至近亲人和亲朋好友，在棺盖尚未封口之前，谁要想看最后一眼的，赶快朝前面围一围，一会儿亲戚朋友还要一一向姨遗体告别。此外，还有一个特别关键的仪式,就是给姨"净面",也就是临上路前最后一次洗脸。从姨生病到去世这段日子,大姐操碎了心,眼泪流干了,嗓子哭哑了,万一再看到姨的遗容,怕是接受不了这个刺激。因此,"净面"的任务由我和兄弟媳妇两个相对年轻点的人来完成。

为了能让姨在九泉之下有一个好的归宿,我强忍悲痛,手里拿着一团柔软的棉球,小心翼翼地顺着姨那清瘦蜡黄的面颊擦拭。只见姨双目紧闭、仪态安详,脸上全然没有被病痛折磨过的痕迹,这也让我的心稍稍宽慰了一些。怀着虔诚的心绪给她净过面,仔仔细细观察着她通身的穿戴时,我的眼前一片模糊,眼眶里顿时溢满了泪水。我牢记任何情况下都不能把眼泪滴落到她脸上的话,急匆匆地离开棺盖口,躲闪到一边,紧紧地拉住大姐的手,无声地抽泣不止……

遗体告别仪式结束后,二十多家亲戚全部到齐。执事人反复叮嘱在场的孝子们,说有一件顶顶重要的事,就是稍后棺椁封口,用锤子夯楔长钉的时候,务必要呼喊着棺材中逝者的称谓,提醒她"躲钉"。于是,随着"嘭嚓、嘭嚓"剧烈的夯钉声,一声声"躲钉啦、躲钉啦"的呼唤声此起彼伏,喊的人也泪流满面。

随着执事人一声高喊,起灵仪式正式开始。两个人手举肩扛抬着大型房屋和车马走在前面,孝子站在灵位前,扛着哀杖打着幡。棺椁被抬起的那一刻,姨父的二侄子双手捧起灵位前盛满饭的盆子,狠狠地照着棺材头摔过去,只听"啪嚓"一声,盆子被摔得粉碎,碎片四处飞溅,周围的人们纷纷躲闪。这谓之"摔老盆",意思是从此阴阳两隔,断了人间念想!

在一片哭喊声中,二三十个男孝子列队去往墓地,身后是一大班抬棺材的壮年汉子。棺材相当沉重,加上墓地离姨家有一段很远的路要走,因此配备了两班人马轮流抬,我们这里也叫"抬义扛"。棺材与"义扛架"之间,用一条又粗又结实的拧劲麻绳连接固定,棺材左右两侧,各留有四个绳孔。棺材上罩着一个精致的棺罩,贴近棺材的四周边沿上,描绘着栩栩如生的太上老君和老寿星图样,图案精美,大老远就能引来众人的围观。

按老规矩,棺材架后面,还留有三个麻绳鼻孔,留给姐、我和姨父的侄女三个闺女辈的人"捞灵",抬棺材的人走多快,我们就得跟多快。紧紧跟在我们后面的,是一大群没有出五服的亲戚和众多女眷。送葬队伍每隔一段路就得停下来一次,这时帮忙的人会抬来一张八仙桌,桌上放着上等的好酒,还摆满了荤素八大碗的祭品。身着通身黑色长衫、头戴黑色礼帽的祭拜人围着棺材前铺设的一领高粱席双膝跪倒、双手合十,代表逝者的亲人进行祭拜。送葬路上,还有两个认真细致的中年妇女,手里提着满满的一壶半热的白开水,不住地劝哭干了嗓子的孝子们喝口水润润喉咙。

从姨家到出村,一共需要六个这样的祭拜仪式,每次祭拜至少也得五分钟,这样算下来,出村就得半个多小时,距离下葬的时间就所剩不多了。我们这边下葬的最佳时间一般不超过正午十二点，还有些地方是看着日头刚好在头顶正上方才开始下葬。姨生前曾这样跟我们说过："人死以后，能在天到午时下葬最吉祥，人死入土得安乐。"于是，为了节省时间，送葬队伍一出村口就加快了速度，原先井然有序的队伍一下子被打乱了，抬棺椁的"义扛架"临时改变路线，抄了小便道，顺着麦地朝着墓地而去。我们这些在棺材后面"捞灵"的孝子们，几乎是被人一路拖着跟跟跄跄奔向墓地。

来到墓地，一阵鞭炮齐鸣之后，精心扎出的各种大骡子、大马、高楼大厦、金山银山、侍女随从，在一堆熊熊火焰中化为灰烬。盛着姨遗体的沉重棺木，在头顶和煦阳光的照耀下，缓缓降落到深深的黄土墓坑中。在执事人的呼喊声中，我们勉强抑制住悲痛的哭泣，围着墓坑四周蹑摸一圈，确认棺材不偏不倚后，姨父的二伯媳妇走到墓坑的四角，各抓一把黄土，放到孝衣前襟里兜着，头也不回地走回家。那些土会放到姨曾经住过的屋子四角，俗称"镇宅土"。随后，一铲又一铲的黄土开始掩埋姨的棺木。

眼睁睁看着墓坑即将封顶，我感到了剧烈的心碎。黄土隔断了姨和我们姊妹的亲情之路，从此以后，我们再也看不到她的笑容，听不到她的声音，握不到她那粗糙的双手。跪在姨的墓前，我们一片茫然，一瞬间感到天地的无情和人世间的无奈！

回去的路上，我们姊妹几个脱下一身重孝，双腿像灌满了铅一样沉重，干渴沙哑的喉咙里不愿进一滴水米。只是碍于亲戚邻居尚在，还得强打精神，招呼着身边的人。尤其是还有年迈的姨父，对他进行劝慰更是我们当前义不容辞的责任。我们还代表因事务繁忙未能从远方归来的各家孩子们，拿出一份份代表各自心意的钱，塞到姨父布满皱纹的手里，告诉他老人家，在今后的日子里节哀顺变，体恤好自己，过好每一天。我们还一再向他老人家表示，会像姨在世的时候一样对他尽孝。

离了姨娘,从此就断了蔓菁根

从墓地回到家,我顿时感到心里一阵阵收紧,一种前所未有的失落感弥漫在我的心头。

我下意识地朝着堂屋当门里看,看到姨经常躺卧的那把藤椅时,一时竟怔住了,不禁失声喊了起来,埋藏在心底深处的记忆,陡然重现在我的眼前。在这种情绪的驱动下,我的心一阵阵战栗着,心弦紧紧地绷着,胸中充塞着悲凉。我的眼里又一次溢满了心酸的泪水,姨那熟悉的身影早已不在这把我熟悉的藤椅上了,随之而去的仿佛是那些曾经和姨一起度过的温馨往事,姨已经离开了我们,再也回不来了!想到此处,我像一下子被抽掉了脊梁骨一般,浑身酸软无力,几乎瘫倒在姨生前年复一年、日复一日睡过的大木床上。

光阴飞逝,不知不觉间,姨的一周年忌日就要到了。我提前从北京赶了回来,一大早顶着凛冽的寒风,和大姐、自选哥、小弟驱车赶回姨家。失去姨的漫长一年里,我的内心备受煎熬,多想尽快来到她的墓前,隔着已经长满茅草的黄土,倾诉对她的思念。我心急如焚地催促小弟快点开，道路结冰路滑，多亏小弟开车技术娴熟，按既定时间赶到了姨家。

趁着客人都还没有到，我们姊妹几个在家里和姨父话别后，带着祭品和燃放的烟花爆竹，早早来到姨的墓前，摆上她生前爱吃的各种食物，焚香烧纸后，等待着众亲友前来。不多时，各路孝子有的抬着食盒，有的挑着篮子，从东南西北不同方向陆续赶来。人都到齐后，在姨坟墓的正前方摆上不同种类的祭品，按当地风俗依次排列开来。祭品虽然不及姨去世时葬礼上的那么丰盛，但也是荤素搭配、花样繁多，已经足够她享用了。

搭眼一瞅，一年工夫，姨坟墓四周已经长满了荒草。看到眼前这一幕，我甚是不忍，不顾别人劝说，弯下腰来，三下五除二便拔了个一干二净，之后还抓起地上的铁锹，培上了一些新土。

这个时候，一阵阵"砰砰啪啪"的鞭炮声响起，纸钱连同黄表纸熊熊燃烧起来。亲人们披着通身的孝衣，在坟前双膝跪倒，痛哭不止。姨父的侄媳妇及时起身，擦干眼泪，弯下腰来，劝我们姊妹几个不要哭了，还是早点回家陪一个人在家的姨父说会儿话吧。她还说，姨去世这一年里，姨父一个人孤独度日，身子骨也远不如以前硬朗了，有心让他一起搭伙吃饭吧，可他老人家总说牙口不好，跟年轻人吃不到一起，还是自己随便。无奈之下，只好顺着他本人的意思来。听了她的话，我们也倍感凄凉。后来，姨两周年的忌日没过几天，姨父也走了，这对相依为命的老夫妻,仅仅隔了两年零十四天,终于在天上会面了。从此,彼此再无担心和牵挂。

离开官桥营村的时候,我抬头望了望,天黑压压的,似乎随时要下雪的样子。在呼啸的北风中,鸟儿停止了歌唱,动物们不再出来觅食,农民们不再出门劳作,原野里一片静寂,只有几只麻雀站在干枯的枝头,叽叽喳喳地叫唤。看着此情此景,我心头顿时又涌来一种难以名状的惆怅。

姨没有了,和我们维系着亲情的姨父也离我们而去,姨和姨父的那个穷窝已经易主,那个曾经温暖的地方我们再也回不去了!这一刻,我忽然记起这么一句老俗语:"姨娘亲、姨娘亲,离了姨娘,从此就断了蔓菁根!"

后　　记

　　经过将近一年的笔耕墨耘,在年末岁初的寒冬腊月,我的这本小书终于脱稿了。由于本人文化功底有限,而且有些又是姨晚年口述给我的,对于她所经历过的一些事情,有可能描述得不是十分准确。不过,不管怎么说,这本书基本上已经圆了我们姊妹多年的一个梦,而且还是在我年近古稀之时,实属我暮年的一件大事。

　　回首往事,娘和姨就像蜡烛,从始至终都在燃烧自己,温暖我们姊妹幼小的心灵,也为我们照亮了前行的道路。所以,我把娘和姨作为本书的主线,试图通过讲述和她们相关的一个个小故事,再现我们这个普通家庭的悲欢离合,同时也描绘出旧时中原农村的民俗生活景象。我是一个性情中人,从开始到此书将要结尾,书写到动情之处,有感于姨和娘的舐犊情深,几乎是蘸着眼泪敲下的一字一句。泪水过后,阳光依然灿烂……

　　在我下定决心写作的前前后后,自始至终都得到了我身边亲人们的大力支持和无私的帮助。儿子小勇听说我准备要写点东西,特地为我购买了最好的笔记本电脑,给我写作增添了无穷的动力。女儿小宁耐心教我学习电脑打字,不到一个月,我就掌握了盲打的方式,这对我后来的写作有裨益。儿媳圆圆和孙子张译午及时把我想看的书找来，在精神上给予我莫大的鼓励。

最想感谢的是我的爱人张纪华，他可以说是我敬佩的老师，始终抱着满腔热忱，以高度负责的精神，从电脑入门教起，包括如何新建文件夹，如何进行英文与汉字的切换，一步步手把手地指导我，帮助我收集、整理资料。正是亲人们花费了大量的心血，才使我的这部处女作成稿问世。

同时，还要感谢包括姐、哥、小弟在内的各位亲朋好友对本书的大力支持，还有满村乡吴坡村支书赵义轩，他以极其负责的态度为我书中的章节提供了必要的素材，特表示衷心的感谢！最后，还要感谢知识产权出版社的支持，特别是王颖超博士专业、细致的策划和编辑工作，她为本书的出版付出了很多心血。

岁月不居，时节如流。不知不觉间，写书已经成为我晚年的最大兴趣和事业，我会以小作的出版为契机，在接下来的时间里笔耕不辍，如果能够给读者在茶余饭后和繁忙的学习工作之余增添些许趣味，将是我一生中最大的荣幸。

贾自尊
二〇二〇年十二月